# DES OMBRES DANS LA NUIT

Jonathan Kellerman

# DES OMBRES DANS LA NUIT

Traduit de l'anglais (États-Unis)
par Éric Betsch

ÉDITIONS DU SEUIL
57, rue Gaston-Tessier, XIXe Paris

Titre original : *Night Moves*
Éditeur original : Ballantine Books, Random House, New York.


ISBN : 978-2-02-148639-1



www.seuil.com

*Pour Zoe*

# 1

Jolie maison. Si on met de côté la sombre réalité.

La circulation avait été fluide sur Sunset Boulevard, en ce dimanche. Il était 22 h 30 et l'air frais d'avril embaumait l'intérieur de ma Cadillac Seville. Pour venir depuis le quartier de Beverly Glen, où j'habitais, j'avais traversé Bel Air et Brentwood, viré vers le sud cinq cents mètres après être entré dans Pacific Palisades, puis continué ma route sur quelques rues bordées d'arbres et de demeures rétro de styles colonial, espagnol, méditerranéen, grec et indéfinissable.

Les panneaux « Voie sans issue » plantés à la plupart des carrefours témoignaient de la volonté des résidents de décourager le passage d'automobilistes en balade. Mon GPS m'avait guidé jusqu'à Evada Lane, une ruelle de trois pâtés de maisons mourant sur un cul-de-sac.

Visiblement bâti dans les années 1970, ce quartier, bien que compris dans Pacific Palisades, ne présentait que peu de clôtures. En outre, cet endroit plat et dépourvu de spécificité géographique était trop éloigné de l'océan pour que l'on y respire un air marin.

Si dans le Midwest, la classe moyenne s'offrait sans souci des habitations similaires à celles de ce quartier, elles valaient toutes plus d'un million de dollars à Los Angeles.

Celle qui monopolisait l'attention générale était située au fond de l'impasse, telle une cerise sur un *sundae*. C'était une de ces demeures se voulant de style colonial, avec ses colonnes blanches et sa façade de brique peinte de bleu et de rouge par les faisceaux tournoyants des véhicules du LAPD. Ceux-ci éclairaient en outre un 4 × 4 Range Rover noir et une Lexus grise garés dans l'allée.

Cette puissante illumination était due à la demi-douzaine de voitures de police stationnées autour du fourgon blanc de la morgue qui attendait d'emporter son lugubre fardeau. Celui de la police scientifique, tous feux éteints, se trouvait non loin de là, vide. Aucune trace des enquêteurs du coroner, sans doute repartis aussi vite qu'ils étaient intervenus.

Des agents en uniforme étaient occupés à ne rien faire, tandis que des voix impersonnelles aboyaient dans les radios, relatant la malveillance et le malheur qui s'étaient abattus ce soir-là.

La brise printanière faisait voleter la rubalise jaune. Juste à l'extérieur du périmètre ainsi délimité, je reconnus une Chevrolet Impala brun terreux – l'engin du moment de l'inspecteur Moses Reed –, ainsi qu'une Porsche 928 blanche dans laquelle j'avais été passager à de nombreuses reprises. Ce bolide appartenait au lieutenant Milo Sturgis et à Richard Silverman, son compagnon chirurgien.

Intervenu sur les lieux un peu plus de deux heures auparavant, Reed avait jeté un coup d'œil dans la maison et aussitôt prévenu son patron. S'ennuyant ferme à un dîner de charité donné au bénéfice du service des urgences de l'hôpital Cedars-Sinai, où travaillait Rick, Milo avait quitté en toute hâte le Beverly Hilton et m'avait appelé dans la foulée.

– Que se passe-t-il ? lui avais-je demandé.

– C'est compliqué. Tu peux me rejoindre ?

Il me retrouva devant la porte d'entrée, affublé d'une tenue en papier avec capuche, surchaussures et gants.

– Oui, je sais, j'ai l'air d'un spermatozoïde géant, grogna-t-il. Tu n'auras pas à t'humilier ; les gars du labo ont presque terminé.

Il retira son déguisement, dévoilant un costume noir flasque aussi ancien que la maison, une chemise blanche et une cravate argentée appartenant certainement à Rick.

– La grande classe, commentai-je.

– Tu parles de ce pseudo-smoking ? Foutu banquet, j'ai dû élargir la taille du pantalon de cinq centimètres, et encore, ce n'était pas assez. Mais assez parlé de mes petits soucis, occupons-nous d'un vrai problème.

Alors que j'avais imaginé découvrir une scène d'horreur et de chaos, vu les tenues de papier enfilées par les intervenants, je fus accueilli par un calme étonnant lorsque Milo ouvrit la porte.

Au centre de l'entrée en noyer ciré se dressait une table d'acajou ornée d'un vase de roses artificielles, sous un lustre de bronze dispensant un éclairage rassurant. Sur la gauche, des tableaux de paysages étaient accrochés au mur blanc, face à l'escalier moquetté de bleu menant à un étroit palier.

Milo poursuivit son chemin droit devant lui ; des appliques étaient fixées au mur du fond, de chaque côté d'une ouverture.

Une silhouette se matérialisa dans ce passage : Moe Reed, le jeune inspecteur rougeaud, qui avait retiré sa capuche. La peau rosâtre de son crâne se devinait sous ses cheveux blonds coupés très court. Sa tenue de papier semblait sur le point de craquer par endroits, son élasticité mise à rude épreuve, notamment autour de ses biceps façonnés en soulevant de la fonte.

– Lieut', doc... dit-il sobrement, avant de s'écarter.

Je suivis Milo dans un salon de dimensions modestes mais bien agencé, avec une porte-fenêtre au fond. Au-delà de la baie vitrée, on distinguait du mobilier de jardin, une pelouse et des arbres. Sur la gauche, la salle à manger menait à la cuisine.

Les victimes assassinées chez elles le sont presque systématiquement dans leur chambre ou dans la cuisine. Milo traversa le salon et frappa à une porte située à notre droite.

– Un instant, lui répondit une voix féminine.

– C'est encore moi.

– Une seconde, lieutenant.

Le battant s'ouvrit sur une technicienne de la police scientifique en tenue de papier. « I. Jonas », indiquait son badge. Elle avait abaissé son masque, dévoilant un visage juvénile couleur chocolat. Elle tenait une pince dans une main et dans l'autre, une fiole contenant un lambeau de plastique noir.

– J'en ai presque terminé, lieutenant, mais vous pouvez entrer.

– Merci, dit Milo. Je voudrais que le D^r^ Delaware jette un coup d'œil.

– Le légiste se déplace sur la scène de crime ? s'étonna la jeune femme, me jaugeant du regard.

– Non, celui-ci est docteur en psychologie.

La technicienne m'observa plus longuement avant de se présenter :

– Inez Jonas, docteur. Je vous serrerais volontiers la main, mais vu les circonstances…

Elle se décala, ce qui me permit de découvrir une pièce douillette lambrissée et meublée d'une bibliothèque de style victorien et d'un bureau assorti recouvert de cuir. Sur celui-ci ne se trouvaient qu'une lampe à abat-jour vert et un bocal de verre rempli de bonbons aux emballages multicolores. Sur la gauche de la pièce, une ottomane à motifs écossais était disposée face à un écran de cent cinquante centimètres.

Il y avait entre ce siège et la télévision largement assez de place pour l'individu gisant sur le parquet.

Celui-ci aurait eu les yeux tournés vers le plafond… s'il avait encore eu un visage.

Le carnage au-dessus du cou suggérait un tir à bout portant au fusil de chasse. J'interrogeai la technicienne à ce propos.

– Je vous le confirme, docteur, me répondit Inez Jonas. Ce malheureux a avalé une sacrée dose de plomb.

Les sourcils froncés, elle baissa les yeux sur les bras du cadavre, me désignant ce que j'avais déjà relevé ; l'homme avait été amputé au niveau des poignets, de façon très propre, et ses membres étaient raidis.

– La rigidité cadavérique est encore présente, fis-je remarquer.

Milo hocha la tête :

– L'enquêtrice du coroner estime, au vu de la température ambiante, que ce type a été tué il y a tout au plus vingt-quatre heures, probablement moins. D'autre part, les moignons ayant peu saigné, elle affirme que les mains ont été sectionnées *post mortem*.

– Il n'avait peut-être pas ses règles, plaisantai-je.

– Vous croyez ? Sérieusement, je n'ai trouvé que quelques gouttes sur le parquet, et aucune trace de projection ou d'écoulement de sang, si ce n'est un léger ruissellement ici.

Elle désigna le cou du macchabée, incliné sur la droite – un filet couleur vin rosé coulait sur la chair grise –, et tendit la fiole à Milo.

– J'ai également trouvé ceci, juste avant votre retour. C'était sur le sol, sous ses fesses.

– Du plastique ? hasarda Milo, les yeux plissés.

– Exact, lieutenant. Ce n'est peut-être qu'une saleté quelconque déjà présente dans la pièce et qui s'est collée sur son pantalon, mais ça ressemble à un bout de sac poubelle. Ça expliquerait comment le corps a été transporté ici. Parce que cet homme n'a pas été tué – ni découpé – ici, c'est certain.

– L'assassin agit ailleurs, puis nettoie minutieusement sa victime avant de la fourrer dans un sac, résuma Milo. Une fois ici, il dépose le cadavre et récupère le sac. Oui, bien vu, ça me parait coller.

– C'est un raisonnement de cinglé mais il est logique, quand on se met à la place du tueur, dit Inez Jonas, rayonnante.

Quelque peu écœuré par la vision du cadavre, je balayai la pièce du regard ; elle m'apparut aussi bien entretenue que le reste de la maison.

Puis, tâchant d'ignorer les atroces blessures, je baissai de nouveau les yeux sur le visage massacré et me concentrai sur les détails les plus ordinaires, qui sont parfois très révélateurs.

Ce n'était pas le cas cette fois.

De taille et de corpulence moyennes et d'un âge impossible à préciser, cet homme avait des cheveux blonds clairsemés – ce début de calvitie indiquait peut-être une quarantaine ou cinquantaine d'années, après tout. Cette hypothèse semblait confirmée par ses vêtements : chemise bleu clair, coupe-vent brun, jean plissé dans un souci d'élégance, chaussettes blanches et chaussures de marche Nike. Les poches du pantalon étaient retournées.

– Vous l'avez trouvé comme ça ?

– Non, docteur, me répondit Inez Jonas. C'est l'enquêtrice du coroner qui a retourné ses poches, espérant y trouver une pièce d'identité, mais elles étaient vides. Même chose pour celles du coupe-vent.

– Pas de visage, pas de mains, pas de pièces d'identité, dit Milo. L'objectif du tueur est limpide. Reste la question-mystère : comment cet individu a-t-il atterri ici, alors que les propriétaires affirment ne pas le connaître ?

– Où sont-ils, à propos ? demandai-je.

– À côté, lâcha Milo, l'air renfrogné et les yeux rivés sur le corps, tout en se tripotant le lobe de l'oreille.

Il écarta une mèche de cheveux noirs de son visage grêlé de cicatrices d'acné. Une miette blanchâtre rescapée du dîner interrompu – du poulet, ou peut-être du fromage – était restée collée au-dessus de sa lèvre supérieure. En d'autres circonstances, je lui en aurais fait la remarque.

– Drôle d'affaire, lieutenant, dit Inez Jonas, après m'avoir de nouveau évalué du regard.

– D'où le psychologue, lui répondit Milo. Tes premières impressions, Alex ?

– Qui habite ici ? m'enquis-je.

Me voir éluder sa question fit tiquer mon ami.

– Une famille : les Corvin, me répondit-il. Ils sont tous partis au restaurant à 18 h 15, comme ils en ont l'habitude le dimanche soir, une ou deux fois par mois. Ils dînent dans les environs, généralement, mais ce soir ils ont roulé jusqu'au

Lawry's, sur La Cienega Boulevard. Ils sont rentrés peu avant 21 heures. Toute la famille est montée à l'étage puis le père est redescendu chercher ses lunettes. C'est là qu'il est tombé nez à nez avec le mort. Peu après, la mère est descendue pour lui demander ce qu'il fichait et a hurlé en découvrant la scène, ce qui a attiré les enfants. Toute la famille a donc vu le cadavre.

– Bonjour l'accueil à la maison, dit Inez Jonas.

– Combien d'enfants ? Quel âge ?

– Deux ados, me répondit Milo. Le plus jeune est tout juste sorti de l'enfance. Ils ont eu le bon réflexe en se réfugiant à toutes jambes chez le voisin, qui a appelé police-secours. Si tu en as assez vu ici, j'aimerais que tu leur dises deux mots.

– Allons-y.

– Bonne chance, lieutenant, dit Inez Jonas, avec l'air de penser « Vous en aurez besoin ».

Moe Reed, toujours posté à la porte d'entrée, pianotait sur son téléphone.

– Je peux faire quelque chose, lieut' ?

– Non, rentre chez toi. Les agents surveillent la scène de crime.

– Vous êtes sûr ? J'ai tout mon temps.

– Certain, Moses, affirma Milo, avant d'évoquer le bout de plastique prélevé. C'est peut-être un détail important, ou peut-être pas.

– Dommage que ces sacs soient tous les mêmes.

– Un sac maculé de sang ne ressemble pas aux autres, Moses. En partant, demande à quelques gars de chercher un sac poubelle – ou n'importe quoi d'autre taché de sang – sur cinq ou six rues. Il est peu probable qu'un tueur qui s'est donné la peine de sectionner les mains et de s'emparer des pièces d'identité de sa victime ait négligemment jeté une telle preuve, mais on ne sait jamais.

– Je chercherai avec eux, décréta Reed. Je n'ai pas remarqué de ruelles ni de bennes à ordures en arrivant, mais il y a une zone commerciale à quelques rues d'ici, où on peut facilement se débarrasser de n'importe quoi.

– Excellente idée.

Reed retira sa tenue de papier et se retrouva en civil – tee-shirt gris Gold's Gym et bas de survêtement blanc. Après quelques sautillements, il sortit de la maison en trottinant.

– Ah, la jeunesse… laissa échapper Milo.

– Combien d'accès à la maison ? demandai-je en regagnant l'extérieur.

– Si on ne compte pas les fenêtres, il y a la porte d'entrée, une porte de service dans la buanderie, derrière la cuisine, et la baie vitrée. Elles étaient toutes les trois verrouillées lorsque les Corvin sont rentrés, mais la porte de la buanderie est dérisoire.

– Pas de système de sécurité ?

– Si, une alarme, mais ils sont à peu près certains de ne pas l'avoir branchée.

– Ils ne redoutent pas trop les cambriolages, on dirait.

– C'est un quartier tranquille, ça endort la méfiance, m'expliqua Milo. L'alarme était déjà installée quand ils ont acheté la maison. Elle couvre le rez-de-chaussée mais pas l'étage – comme si les voleurs étaient incapables de penser à apporter une échelle. On en a cherché des traces, d'ailleurs, ainsi que d'autres anomalies, sans succès. Les fenêtres de l'étage étaient toutes fermées. Je pense que le tueur est entré par la porte de la buanderie.

– Ce serait un familier des lieux ? Quelqu'un qui savait que le verrou n'offrait que peu de résistance ?

– Ça expliquerait l'effraction. Raison de plus pour interroger la famille.

Il ponctua ses derniers mots d'une moue dubitative.

– Ces gens te chiffonnent, on dirait ?

– Je n'ai rien à leur reprocher, jusqu'à présent, mais il y a quelque chose qui cloche chez eux, je trouve, Alex. Tu en jugeras par toi-même.

# 2

– C'est là, dit Milo, désignant la maison à droite de celle des Corvin.

Située juste avant le fond de l'impasse, c'était une sorte d'hacienda à laquelle on accédait par une petite cour.

Une Ford Taurus gris métallisé était stationnée au bout de l'allée, le capot contre le portail en fer forgé. Celui-ci était fermé, et aucune lumière ne filtrait entre ses enjolivures.

Cette vision m'incita à inspecter la clôture des Corvin, constituée de pieux blancs de moins d'un mètre de hauteur.

– Pas de verrou au portillon, constatai-je. Cet obstacle est purement symbolique.

Milo se pencha de l'autre côté et secoua la tête :

– Il suffit de passer le bras par-dessus et de soulever le loquet pour l'ouvrir. Cela dit, je n'ai pas souvenir d'être intervenu dans ce quartier pour une sale affaire ; on ne peut pas leur reprocher leur négligence.

La cour de la maison des voisins était incrustée de galets, ce qui lui donnait une belle allure. Cependant, une observation plus attentive de la demeure faisait ressortir de façon évidente les économies décidées lors de sa construction ; l'enduit de stuc s'écaillait, le cadre métallique des fenêtres était clairement bon marché et la porte d'entrée cherchait en vain à passer pour du bois massif.

La policière postée en sentinelle ouvrit la porte pour Milo et m'examina. Je ne fis rien pour satisfaire sa curiosité. Comme précédemment, je suivis Milo à l'intérieur.

Pavée de dalles mexicaines craquelées dont les joints s'effritaient, l'entrée donnait sur deux marches plongeant sur un salon meublé de sièges blanc cassé et de tables basses mal assorties. Une couronne de fleurs séchées constituait l'unique décoration murale, et les deux rectangles sombres, au fond de la pièce, étaient en réalité des portes coulissantes permettant d'accéder à un patio.

Ses cheveux gris coiffés en arrière, un individu rougeaud et corpulent débordait du fauteuil disposé face à la porte. Âgé d'une bonne cinquantaine d'années, il portait un polo bleu marine, un short et des chaussures marron.

Sur le canapé installé perpendiculairement au fauteuil était assise une blonde fluette d'un millésime approchant. Malgré son charmant visage constellé de taches de rousseur, ses yeux tombants et gonflés indiquaient que cette femme connaissait bien des moments de stress. Amincie par son pull ras-du-cou et son pantalon ajusté, elle portait des chaussures plates ; un sac à main aussi noir que ses vêtements était posé à côté d'elle.

À sa gauche, un adolescent de treize ou quatorze ans à la tignasse rousse ébouriffée et aux membres interminables était occupé à s'arracher les cuticules des ongles. En guise de tenue de soirée pour le restaurant, il avait enfilé un maillot des Dodgers, un short de plage blanc et des chaussures montantes couleur haricots verts.

Enfin, au bout du canapé était assise une jeune fille rondelette plus âgée, sans doute en terminale ou en première année d'études universitaires. Ses yeux noirs semblaient enfoncés dans son visage joufflu, tels des raisins secs dans un muffin avant cuisson. Elle portait un chemisier à fleurs à manches bouffantes étonnamment vieillot, un jean près du corps et des chaussures de randonnée, et ses cheveux d'un brun terne lui tombaient sur les épaules. Enfin, ses mains potelées, sur ses genoux, s'agitaient nerveusement toutes les deux ou trois secondes.

L'imposant père de famille se leva d'un bond et adressa un sourire d'une nanoseconde aux nouveaux arrivants.

– Ah ! Lieutenant ! Vous avez du nouveau ? lança-t-il d'une voix de stentor. Vous allez rapidement faire le ménage et nous autoriser à rentrer chez nous, n'est-ce pas ?

Milo et moi nous approchâmes sans répondre. Et cet homme d'insister :

– Sans tarder ? On ne va pas rester ici éternellement.

– Chet… le réprimanda la femme, les sourcils froncés.

– Quoi ? réagit son époux, dont le sourire s'était envolé. On a bien le droit de leur poser quelques questions. Pas vrai, lieutenant ? Les citoyens bien informés sont un atout pour les forces de l'ordre. (Il m'évalua du regard.) Voilà du renfort ? Bonne idée, plus on est de fous, plus on rit. Et surtout plus ça permettra de régler au plus vite cette histoire insensée. (Il me tendit la main.) Chet Corvin.

– Alex Delaware.

– Enchanté de faire votre connaissance, Alex, dit Corvin en me secouant le bras comme une pompe à eau. Je fais les présentations pour l'inspecteur Alex, lieutenant ; je suis Chet Corvin, le type qui s'est endetté pour s'offrir la baraque d'à côté. La beauté en noir est ma poupée, Felice, et le petit gars assis à côté d'elle, c'est Brett, notre joueur vedette de première base.

Il lança un clin d'œil à son fils, qui resta sans réaction. Puis Chet Corvin, comme s'il n'y pensait qu'après coup, désigna l'adolescente.

– Et voici notre fille Chelsea, installée au pôle Nord du canapé.

Felice Corvin jeta un regard furtif à sa fille, qui, comme son frère avec leur père, l'ignora. Les deux adolescents donnaient l'impression d'évoluer dans une galaxie lointaine, ce qui, de façon surprenante, échappait totalement à Chet Corvin.

Un cinquième personnage entra dans la pièce par la gauche, soit depuis la salle à manger et l'espace cuisine, si cette maison était agencée de façon similaire à celle des Corvin.

De petite taille et approchant la cinquantaine, sec, l'homme portait des lunettes à monture transparente et une barbe de deux jours. Il était chauve, exception faite des touffes brunes plantées de chaque côté de son visage étroit. Confortablement vêtu en mode « soirée à la maison », il était en tee-shirt blanc, bermuda et claquettes.

– Paul Weyland, se présenta-t-il, la voix empreinte de lassitude.

– Merci pour votre aide, monsieur, lui dit Milo.

– Je vous en prie, répondit Weyland, qui s'assit sur une chaise, dans un coin de la pièce.

Milo se tourna vers Chet Corvin :

– J'aimerais vous donner de meilleures nouvelles, malheureusement votre maison restera une scène de crime une journée supplémentaire, voire davantage.

– Comment ? Mais pourquoi ?

– Nous devons tout inspecter, jusqu'au moindre détail.

– Hmpf... Je ne vois pas pourquoi... mais bon, d'accord, vous faites votre boulot. Je compte sur vous pour tout remettre en ordre ensuite.

– Il existe des entreprises spécialisées dans ce...

– Quoi ? s'agaça Corvin, les mains sur les hanches, penché en avant. Vous ne rangez pas après avoir fouillé ?

– Non, monsieur, mais je vous transmettrai des contacts, et il vous sera possible d'obtenir un financement dans le cadre des aides aux victimes. Cela vous aidera à vous loger provisoirement ailleurs, mais sans vous permettre de vous offrir un hôtel cinq étoiles, j'en ai peur.

– Laissez tomber, nous ne sommes pas des mendiants, lâcha Corvin. Nous avons une résidence secondaire à Arrowhead, gardez cet argent pour les pauvres de Compton.

– Vous devriez vous asseoir, monsieur, suggéra Milo, désignant le fauteuil inclinable.

– Je ne comprends toujours pas, insista Corvin, resté debout. Voyons les choses en face, lieutenant : un événement hallucinant s'est produit, mais il ne concerne en rien la famille Corvin.

– Comme je vous l'ai expliqué...

– Si vous devez tout retourner chez nous, pourquoi vous ne faites pas appel à suffisamment d'agents pour le faire rapidement ?

Tandis que Felice Corvin regardait droit devant elle, Paul Weyland sortit son téléphone et en tapota l'écran. Quant aux enfants, ils étaient toujours perdus dans le cosmos.

Milo tendit le menton vers le fauteuil, et Chet Corvin s'y assit enfin.

– Vous savez ce que vous faites, j'imagine… soupira ce dernier.

– Il y a eu un meurtre, papa, intervint Brett, sans cesser de s'affairer sur ses ongles. Ils ne peuvent pas faire n'importe quoi.

– Évidemment, mon petit frappeur de première, répondit Chet, le regard dur.

– Nous ne pouvons pas nous installer à Arrowhead, les enfants doivent aller en cours, fit remarquer Felice, avant de s'adresser à Milo. Quelle somme pouvons-nous espérer toucher en tant que victimes, lieutenant ?

– Je ne le sais pas précisément, madame, mais je ferai en sorte qu'on vous contacte à ce sujet.

– Merci beaucoup.

– Et on s'entasserait dans un motel miteux dans un quartier pourri ? s'insurgea Chet. Hors de question. Les enfants peuvent emporter du travail à faire à Arrowhead.

– Nous en reparlerons, éluda Felice.

– Ce serait cool d'aller à Arrowhead, dit Brett. On n'y va jamais, et je pourrais travailler là-bas.

– Bien tenté, lui rétorqua sa mère.

Chet soupira et fit craquer ses phalanges.

Les mains de plus en plus agitées, Chelsea n'avait pas dit un mot durant cet échange. Si Paul Weyland l'observait avec quelque chose ressemblant à de la pitié, les parents de la jeune fille ne lui prêtaient aucune attention.

– Bon, revenons à la question essentielle, dit Chet Corvin. Qui est ce pauvre diable dans ma bibliothèque ?

– Aucune idée, monsieur.

– Quel cinglé a pu faire ça ? Abandonner un cadavre dans une maison ! (Corvin se tourna vers moi.) On s'était régalés au restaurant avec de la viande premier choix et une tarte en dessert, j'en avais encore le goût dans la bouche quand on est rentrés. Tout avait l'air normal. On n'aurait peut-être trouvé le corps que demain matin si je n'avais pas laissé mes lunettes dans la bibliothèque. Je suis donc redescendu et je suis tombé sur ce type. (Il tourna la tête vers sa femme.) Et ensuite, tu m'as rejoint et tu as hurlé.

– Tu es resté longtemps au rez-de-chaussée, je me suis inquiétée, se justifia Felice.

– Ce n'était pas vraiment un mulot crevé, lui rappela son mari. Il m'a fallu un peu de temps pour m'en remettre. N'importe qui aurait été sous le choc en découvrant un cadavre dans sa foutue bibliothèque !

– Dans sa macchabothèque, tu veux dire, intervint Chelsea.

Tous les regards se posèrent sur l'adolescente, qui marmonna quelques mots incompréhensibles.

Brett afficha un sourire narquois, comme pour signifier que ce comportement bizarre n'avait rien d'inhabituel de la part de sa sœur. Quant à Chet et Felice, ils secouèrent la tête, aussi déconcertés l'un que l'autre par leur étrange fille, qui soudain se pencha en avant et fondit en larmes.

Paul Weyland semblait mal à l'aise, tel un hôte dont les invités abusent de l'hospitalité.

Felice tendit le bras et effleura l'épaule de Chelsea.

– Ça va aller, ma chérie, assura-t-elle, malgré le mouvement de recul de l'adolescente.

– Facile à dire… railla Chet, considérant son épouse et sa fille avec un détachement surprenant. Mais on s'en sortira. Les Corvin sont des durs à cuire, pas vrai ?

– C'était vraiment dégueu, réagit Brett avec mollesse, avant de se moquer de sa sœur en singeant ses sanglots.

– Allons, Bretty… le reprit sa mère.

Le garçon mima le geste d'abattre une hache :

– Le mort n'avait plus de mains, je l'ai bien vu. Une vraie boucherie. (Il se tourna vers Milo.) Elles ont peut-être été jetées dans la poubelle ?

– Brett Corvin ! s'exclama Felice.

Chelsea lâcha un gémissement, ce qui lui valut une nouvelle raillerie de la part de son frère :

– Pauvre petit bébé qui chouine...

– Tu exagères un peu, fiston, le tança son père.

Brett dénoua une de ses chaussures et en fit tournoyer le lacet, puis précisa :

– Son visage ressemblait à ce truc que tu as mangé la semaine dernière à la pizzeria, le steak tartare. Beurk.

Saisie d'un haut-le-cœur, Chelsea se leva en titubant, une main sur la bouche. Ses yeux noirs emplis de panique se posèrent sur Paul Weyland :

– Hé-oi-ettes ?

– Quoi ? lâcha son père.

Weyland se leva et s'approcha de la jeune fille et lui désigna la première porte à droite dans le couloir :

– Les toilettes sont juste là.

La maison des Corvin était peut-être agencée de la même façon, mais à vrai dire j'avais eu l'esprit focalisé sur autre chose en y entrant.

Chelsea vacilla, surprise par un nouveau spasme, sa main blanchâtre plaquée sur la bouche.

– Vas-y, fonce ! lui intima son père. Les toilettes sont au même endroit que chez nous. Ne ruine pas la moquette de Paul et Donna !

Chelsea s'élança, ouvrit la porte à la volée et la claqua. Des échos de renvois se firent rapidement entendre, puis un bruit de chasse d'eau. S'ensuivit une série de reflux gastriques, et la chasse d'eau fut de nouveau tirée.

– Dégueu, commenta Brett. Cette soirée aura été dégueu du début à la fin.

Milo reprit la parole :

– Monsieur et madame Corvin, pour cette nuit...

– Ils peuvent dormir ici, si ça peut rendre service, proposa Paul Weyland, quelque peu hésitant. Ma femme est chez sa mère, j'ai trois chambres disponibles, dont deux avec des lits. Pour la dernière, j'ai des futons dans le garage.

– C'est très gentil, Paul, mais nous ne voulons pas nous imposer, dit Felice Corvin.

– Merci beaucoup, voisin, j'apprécie le geste, mais vu que l'option Arrowhead est écartée, j'ai une meilleure idée, ajouta Chet. Ma carte de crédit professionnelle nous permettra de loger dans un hôtel correct. (Il tourna la tête vers Milo.) Du moins pour les vingt-quatre heures qu'il va nous falloir patienter pour retrouver notre maison.

– Nous ferons de notre mieux mais je ne vous promets rien, précisa Milo.

– Vous vous prenez pour le propriétaire ?

– Toute scène de crime est placée sous notre surveillance, monsieur Corvin.

Chet s'adressa à Weyland :

– Merci pour ton offre, Paul, mais on va se débrouiller.

– Entendu, répondit celui-ci, clairement soulagé.

– On va à l'hôtel, alors ? dit Brett. Cool ! Celui à côté de Magic Mountain ?

– Mais comment on fait, pour les vêtements, le dentifrice, les pyjamas ? s'inquiéta Felice. Et ton appareil antironflement, Chet ?

L'intéressé se crispa en entendant son épouse évoquer ce détail peu flatteur.

– Les bagages ne sont pas faits pour les chiens, ma douce, répondit-il. Vous nous accompagnerez certainement chez nous, lieutenant, le temps de rassembler quelques effets sans perturber votre procédure.

– C'est impossible, malheureusement. Nous devons préserver la scène de crime de la façon la plus stricte. Si vous avez besoin d'acheter quelque chose, le fonds d'aide aux victimes…

– On n'est pas des victimes ! pesta Corvin, avant de se tourner vers sa femme. Bon, d'accord. On achète ce dont on a besoin, et je te promets de ne pas ronfler comme une locomotive.

– C'est ça, on y croit, railla Brett, qui ouvrit grand la bouche et renifla bruyamment.

– Arrête ! lui ordonna sa mère en lui agrippant le bras.

– Quoi ?

La porte des toilettes s'ouvrit. Chelsea en sortit d'une démarche hésitante, le visage humide et des mèches de cheveux plaquées sur les joues.

– Ça ira ? lui demanda son père. Pas de réplique en vue ?

La jeune fille baissa la tête, honteuse.

Tandis que sa mère restait muette, elle se rassit, le dos tourné aux autres.

– On peut prendre nos voitures, au moins ? réclama Chet Corvin.

– Pas de souci, elles ont été examinées, monsieur Corvin.

– Oooh ! On se croirait dans *Les Experts* ! s'écria Brett. Hé, papa, tu ne serais pas un tueur en série, par hasard ?

Les yeux exorbités, il fit glisser son index sur sa gorge.

– Tu ferais bien de te calmer, fiston.

– Pourquoi ?

– Je ne suis pas contre l'humour, champion, mais…

– Toute cette histoire est dégueu, grimaça l'adolescent. Tu ne peux pas dire le contraire.

– Fiston…

– Ça suffit ! cria Felice. Taisez-vous, tous ! Nous bavardons comme si de rien n'était, en s'inquiétant du dentifrice, alors que nous vivons une tragédie. Quand je pense à ce malheureux… (Elle leva les yeux vers Milo.) J'espère que vous l'identifierez, pour au moins pouvoir informer sa famille.

Paul Weyland approuva d'un hochement de tête, ce dont Felice le remercia d'un sourire. Cet échange n'avait pas échappé à Chet :

– Je vois qu'un consensus sur la compassion a été trouvé. On peut y aller, maintenant ?

– Nous souhaitons nous entretenir avec chacun de vous, dit Milo. Individuellement.

– Sérieusement ?

– Ce ne sera pas long, juste le temps de vous poser quelques questions basiques.

– Qu'entendez-vous par « pas long », lieutenant ?

– Quelques minutes par personne.

– Je n'y vois aucun inconvénient, personnellement, même si je n'ai rien à ajouter par rapport à ce que j'ai déjà déclaré, mais les enfants devront être accompagnés par un adulte, j'imagine ?

– J'suis pas une gonzesse, protesta Brett.

– Bretty ! le reprit Felice.

– Quoi ? se défendit son fils, retrouvant son expression agressive, la mâchoire inférieure en avant. Je peux et je veux répondre tout seul à leurs questions.

Felice jeta un regard sur son époux, qui haussa les épaules.

– Entendu, si ça ne traîne pas et si vous me promettez d'y aller en douceur, lieutenant, céda-t-elle.

– Parole de scout, dit Milo.

– Vous avez été scout ? releva Chet. J'ai été promu Aigle, le plus jeune jamais vu dans ma troupe, et j'ai détenu le record du nombre de badges décrochés. D'accord pour les enfants. Les Corvin ont le cuir épais, notre lignée remonte à Richard Cœur de Lion.

Personne n'avait demandé à Chelsea comment elle se sentait. Milo s'approcha d'elle.

– Tu es d'accord pour nous parler seule ? lui demanda-t-il d'une voix douce.

Elle releva la tête :

– Je n'ai pas besoin d'eux. Je peux même passer la première.

# 3

Brett protesta et voulut être interrogé le premier, ce qui déclencha quelques chamailleries avec sa sœur ; il osa lâcher quelques obscénités, tandis qu'elle ricanait sans riposter.

– J'ai changé d'avis, lieutenant, intervint Felice Corvin. Ils ne sont clairement pas en état de répondre à vos questions.

– Pas de souci, la rassura Milo.

Il demanda à la policière en faction de rester auprès de Felice et des enfants pendant que nous nous entretenions avec Chet.

La cuisine fut réquisitionnée pour ce faire. Cette pièce était typiquement années 1990, avec ses placards blancs et ses plans de travail en granite noir, lesquels étaient surchargés de cartons de pizzas à emporter, de seaux Kentucky Fried Chicken et de canettes de soda vides.

– Tu fais des commandes groupées, Paul ? plaisanta Chet.

– Je vais ranger tout ça avant le retour de Donna, répondit Weyland, avec un sourire faiblard.

– Elle te mène la vie dure, pas vrai ?

Weyland fronça les sourcils, puis désigna la table ronde et ses quatre chaises :

– Ça vous convient, lieutenant ?

– C'est parfait, merci beaucoup.

– Je vous en prie, dit Weyland, réprimant un bâillement. Excusez-moi… Vous avez besoin d'autre chose ? Vous avez soif, peut-être ?

– Tu n'aurais pas du Macallan vingt-quatre ans d'âge ? demanda Chet.

– Mon salaire ne me permet pas de m'offrir ce genre de whisky, Chet.

– L'académie est pingre avec ses employés…

– Ça ira comme ça, monsieur Weyland, assura Milo. Ne vous occupez pas de nous, vous pouvez même sortir de la maison, si vous le souhaitez.

– Il est libre de ses mouvements, alors que nous… pesta Chet. Foutu système…

– Je vais trier quelques papiers dans mon bureau, se décida Weyland.

– Je parie que Donna…

Milo interrompit Chet d'un geste vif de la main :

– Merci encore, monsieur Weyland.

– Tu es un sacré veinard, Paul, maugréa Chet. Ta maison n'est pas une scène de crime…

Weyland souffla bruyamment et quitta les lieux les lèvres pincées.

Milo sortit son calepin et son stylo.

– Vous n'êtes pas encore équipés de tablettes, dans la police ? s'étonna Chet, un sourcil levé.

– Racontez-moi cette soirée, monsieur Corvin, sourit Milo.

– Il n'y a rien de particulier à signaler ; nous avons quitté la maison à 18 h 15 pour dîner en famille au restaurant, comme je vous l'ai déjà dit.

– C'est une habitude bien ancrée chez vous ?

– Et comment ! Une famille qui dîne ensemble est une famille qui… (Il grimaça, incapable de conclure cette phrase qu'il voulait percutante.) Enfin bref, on s'efforce de le faire un dimanche sur deux. Ce dîner saute parfois, quand je suis en déplacement, mais on y tient.

– Quelle est votre profession ?

– Je suis vice-président et directeur régional de la zone ouest chez Connecticut Surety, Auto, Home and Transport.

– Dans les assurances, donc.

– De la réassurance, pour être précis. On ne fait pas dans l'assurance décès ni dans quoi que ce soit de médical ou de trop incertain. Je me contente de traiter des assurances d'ordre général, à l'exclusion des automobilistes. Mes clients sont des grosses boîtes de transport ferroviaire et routier. Je suis chargé de la Californie, de l'Oregon et de l'État de Washington, ainsi que de l'Alaska, quand notre commercial canadien ne peut pas s'y rendre. L'Alaska est un endroit de folie, où les avions-cargos se font malmener par le blizzard.

– Vous voyagez beaucoup, on dirait.

Chet s'installa confortablement sur sa chaise, jambes croisées. Il s'anima en décrivant son métier.

– Oui, je résous des problèmes un peu partout, quoiqu'un peu moins ces derniers temps, depuis qu'on peut régler certaines choses par visioconférence. (Il afficha un sourire de conspirateur.) Ce qui me laisse plus de temps pour le golf ; cette année, j'ai réussi à baisser mon handicap de deux points. Mais bon, je suis quand même souvent sur la route. En plus de mon boulot proprement dit, je suis régulièrement pris par tout ce qui tourne autour, comme les conventions, les réunions au siège social, à Hartford, etc. La zone dont je m'occupe est immense : au total, les camions du secteur parcourent un million deux cent mille kilomètres par an.

– Ça fait beaucoup de responsabilités, commentai-je.

– Je ne vous le fais pas dire, Alan. Il faut avoir les épaules solides.

– Vous vous êtes donc rendu au restaurant avec votre famille, relança Milo.

– Comme je vous l'ai déjà expliqué, on reste dans le quartier, en général. Ma poupée mange léger, vous connaissez les femmes, et les enfants sont fans de pizzas. Les restaurants italiens, qui sont nombreux dans les environs, font donc l'affaire, car ma femme peut commander une salade. Mais ce soir, j'ai dit qu'il fallait changer un peu et je les ai emmenés prendre de la bonne viande, sans aucune restriction ; plus elle est rouge meilleure elle est. Et moi, je mourais de faim. On est donc allés au Lawry's, c'est le top du top. Si ma poupée ne voulait pas de viande, elle pouvait toujours demander une salade. En fin de compte, elle a pris des queues de homard, et les enfants et moi de la viande, histoire de nous mettre un peu de fer dans le sang. (Il gloussa.) Le tout en cholestérolorama.

– La Cienega Boulevard n'est pas la porte à côté, fit remarquer Milo.

– C'est le moins qu'on puisse dire, confirma Chet. Et impossible de deviner ce qu'on va trouver comme circulation le dimanche soir. On est donc partis assez tôt, mais on n'a pas rencontré d'embouteillage avant West Hollywood, où des voies étaient bloquées par des travaux. On est arrivés pile à l'heure, mon timing était impeccable.

– Et vous êtes rentrés…

– Je vous l'ai déjà dit ! (Milo sourit.) Bon, d'accord. Vers 21 heures, je le répète. Je ne peux pas être plus précis parce que je n'ai pas regardé ma montre à ce moment-là, je n'avais aucune raison de le faire. Si je me souviens de notre heure de départ, ce n'est que parce que je l'avais déterminée pour ne pas être en retard, et donc j'ai consulté ma montre à ce moment-là.

Il nous montra sa Rolex en acier, puis se pencha vers nous, son cou de taureau aussi rouge que la viande précédemment évoquée. Et d'enchaîner :

– Ça vous convient, lieutenant ? Une heure de départ précise et une heure de retour approximative ? Même si je ne vois pas quelle importance ont ces détails.

– Vous êtes donc rentrés vers 21 heures, résuma Milo en griffonnant. Et vous vous êtes rendu dans la bibliothèque.

– Oui, mais ce n'était pas prévu. Au départ, on voulait regarder un épisode de *Downton Abbey*, la seule série sur laquelle on est d'accord, ma poupée et moi. J'apprécie l'histoire, et elle adore les costumes d'époque et le décor. On a encore deux épisodes enregistrés à voir.

– Vous comptiez donc récupérer vos lunettes.

– Oui, je ne les avais pas emportées au restaurant car je savais d'avance ce que je commanderais ; je n'aurais pas besoin de lire le menu. Pour rédiger le chèque au moment de régler l'addition, j'ai emprunté celles de ma poupée. (Corvin laissa échapper un petit rire.) Des vraies lunettes de fille, toutes roses. Brett a trouvé ça tordant, heureusement l'éclairage était assez réduit.

– Vous êtes redescendu au rez-de-chaussée…

– … et boum, je suis tombé sur ce truc, compléta Chet, qui abattit le poing dans sa paume. C'était là, sous mon nez, sans mauvaise odeur qui aurait pu m'avertir avant d'entrer. J'étais un peu déstabilisé, normal ! N'importe qui l'aurait été. Imaginez-vous trouver ça dans votre propre maison ! C'était dingue, vraiment dingue.

« Ce truc ». « Ça ». Et non « lui ».

Chet dépersonnalisait-il la victime pour une raison précise ? Ou faisait-il simplement son Chet ?

– Vous êtes resté suffisamment longtemps dans la bibliothèque pour que votre épouse vous y rejoigne, rappela Milo.

– Oui, c'est ma faute, lieutenant. J'aurais dû l'empêcher d'entrer dans la pièce mais, en toute franchise, j'étais encore sous le choc. Elle a hurlé en le découvrant, ce qui a attiré les enfants au rez-de-chaussée, qui ont eux aussi tout vu. Elle les a aussitôt fait ressortir et les a emmenés avec elle vers la porte d'entrée. Je lui ai demandé où elle allait mais elle ne m'a pas répondu. Je l'ai suivie ; une fois dehors, elle a regardé autour d'elle, apparemment hésitante, puis elle a foncé ici, chez Paul et Donna. On a sonné, Paul nous a ouvert. Felice était si paniquée qu'elle bafouillait n'importe quoi ; j'ai pris les choses en main et clairement expliqué la situation à notre voisin. Quand j'ai voulu vous prévenir, je me suis rendu compte que j'avais laissé mon portable à la maison. C'est donc Paul qui vous a prévenus. (Chet changea de position.) Et nous voilà tous ici.

– Certaines de nos questions vous sembleront peut-être stupides, monsieur Corvin, mais il est impossible de les négliger, expliqua Milo. Pour commencer, avez-vous la moindre idée de l'identité de l'individu responsable de ce crime ?

– Négatif.

– Quelqu'un aurait-il des raisons de cibler votre maison plutôt qu'une autre ?

– Même réponse, affirma Corvin. Mais peut-on vraiment parler de cible ? Un corps a été abandonné chez nous ? Ce n'est pas comme si on nous avait frappés.

– Nous avons peut-être affaire à une agression d'ordre psychologique.

– Non, ça n'a rien à voir avec nous. On s'en remettra et on passera à autre chose. On ne se fera pas avoir par ces conneries de syndrome de stress post-traumatique que je vois souvent chez les routiers.

– Entendu... Comment l'intrus s'est-il introduit dans la maison, d'après vous ?

– Si je devais émettre une hypothèse, je pencherais pour la porte de la buanderie. Je passe mon temps à rappeler à ma poupée de la verrouiller, mais ça lui passe au-dessus de la tête. Même chose avec l'alarme. C'est une fille intelligente mais étourdie ; elle était déjà comme ça quand elle enseignait.

– Quelle matière ?

– Elle a été institutrice, puis directrice adjointe. Aujourd'hui, elle travaille pour l'académie de Los Angeles. Elle met en place les programmes scolaires. C'est un job important, avec toutes sortes de responsabilités. Ça explique qu'elle oublie des détails comme fermer la porte de la buanderie.

– Elle est employée au siège de l'académie, en centre-ville ?

– Non, dans l'annexe de la Vallée de San Fernando, à Van Nuys. Paul, lui, travaille au siège. C'est Felice qui l'a prévenu que la maison voisine de la nôtre se libérait – ils sont seulement locataires.

– Que fait M. Weyland, précisément, à l'académie ?

– Je n'en sais rien. Donna et lui ne sont pas enseignants mais plutôt gratte-papiers. Il y a deux ans, ils ont fait la connaissance de ma poupée lors d'un colloque, quelque chose comme ça. Elle leur a par la suite parlé de la maison.

– Qui en est le propriétaire ? m'enquis-je.

– Aucune idée. Elle a toujours été louée depuis qu'on est ici.

– Depuis combien de temps vivez-vous ici ?

– Six ans, répondit Corvin, une main sur la poitrine. J'ai acheté la maison quand j'ai été muté ici depuis San Francisco. J'ai dû viser moins spacieux que la super baraque qu'on avait à Mill Valley mais, heureusement pour nous, la récession a frappé, ce qui nous a permis de nous offrir cette maison pour trois fois rien.

– En somme, il est possible que la porte arrière de votre maison n'ait pas été verrouillée et que l'alarme ait été débranchée, résuma Milo.

– Je suis certain que l'alarme n'était pas branchée. Si ça avait été le cas, la compagnie de sécurité m'aurait envoyé un texto. En ce qui concerne la porte, je suis prêt à parier n'importe quoi que Felice ne l'a pas fermée. (Corvin fit un clin d'œil et esquissa un sourire.) Ne lui dites pas que je vous ai dit ça, sinon vous vous ferez complices de maltraitance sur un pauvre époux.

Milo lui rendit son sourire, puis parcourut ses notes.

– Votre femme m'a assuré avoir verrouillé cette porte.

Corvin haussa les épaules :

– Vous savez comment elles sont, messieurs. Choisissez votre camp.

– Pas d'événement étrange ces derniers temps ? enchaîna Milo, passant à une nouvelle page de son calepin.

– Comme quoi ?

– Un coup de téléphone et le correspondant qui raccroche quand vous décrochez, un véhicule inconnu garé près de chez vous ou passé à plusieurs reprises devant la maison ?

– Non.

– Vous n'avez jamais remarqué la présence de quelqu'un qui faisait tache dans le décor ?

– Non, rien de tout ça.

– Des conflits entre voisins, peut-être ?

– Comment ça ?

– Des disputes, sur un sujet quelconque.

– Non, le quartier est tranquille, dit Corvin, qui soudain dressa l'index. Attendez, je pense à quelque chose. Notre autre voisin est un peu excentrique. Je ne dis pas qu'il a fait quoi que ce soit de mal, mais bon, il n'est pas comme les autres.

– Son nom ? demanda Milo, se saisissant de son stylo.

– J'aurais peut-être mieux fait de me taire, regretta Corvin en détournant le regard. Je ne veux pas lui causer de tort.

– Ne craignez rien, nous allons de toute façon interroger tous les voisins, assura Milo. Notre passage chez lui fera partie de la procédure.

– Oui, mais il faut que je... Enfin, comme je vous l'ai dit, il est un peu bizarre.

– Vous avez eu des problèmes avec lui ?

– Non, pas vraiment...

– Mais... ?

– Non, rien. Ce type est bizarre, c'est tout. Ne lui dites pas que je vous ai parlé de lui.

Et Corvin d'ajouter, avec un demi-sourire :

– Parole de scout ?

Milo posa la main sur son cœur.

– Parfait, poursuivit Corvin. Il s'appelle Trevor Bitt. Il est auteur de bandes dessinées.

– Qu'est-ce qui vous fait dire qu'il est bizarre ?

– Il vit seul et ne parle à personne. Je n'ai jamais vu quiconque lui rendre visite. Il ne met jamais le nez hors de chez lui, à part pour sortir sa poubelle ou pour faire un tour dans son pick-up qui fait un boucan pas possible – un Dodge. Si on le croise à ce moment-là et qu'on lui dit bonjour, il fait mine de ne pas entendre.

– Pas très sociable, ce monsieur, dis-je.

– Il vit dans son monde, Alan, confirma Corvin. Vous le constaterez quand vous l'interrogerez. Cela dit, on ne lui a jamais donné une raison de vouloir nous créer des ennuis. Un jour, on a reçu son courrier par erreur ; je le lui ai porté. Il l'a pris et m'a même remercié – mais j'ai bien vu qu'il ne le pensait pas. La fois suivante, en sortant les poubelles, il m'a totalement ignoré. Bizarre.

– Il écrit des bandes dessinées, donc ?

– Oui, c'est ce qu'on dit, en tout cas. Moi, je ne lis pas trop ce genre de trucs.

– Qui dit ça ?

– Je ne sais pas, j'en ai entendu parler, c'est tout. Faites une recherche sur Internet, vous verrez bien. J'ai peut-être mal compris, après tout ; si ça se trouve, c'est le président de la Finlande, en réalité.

– Depuis combien de temps M. Bitt habite-t-il ici ?

– Il vous intéresse ? Attendez, je ne veux pas créer de problèmes.

– Ne vous en faites pas pour ça. Au point où nous en sommes, nous devons fouiner dans toutes les directions. Depuis combien de temps M. Bitt est-il votre voisin ?

– Il s'est installé… deux ans après nous, je dirais, répondit Corvin, grimaçant sous l'effet de la réflexion. Il y a donc quatre ans, à peu de chose près. Ce jour-là, j'ai voulu lui offrir une bouteille de vin. J'ai sonné à sa porte mais il n'a pas répondu. J'ai laissé la bouteille sur le seuil. Le lendemain, elle avait disparu. Il ne m'a jamais remercié. La deuxième fois qu'on a reçu du courrier qui lui était destiné, ma poupée le lui a porté. Je l'ai avertie qu'il la snoberait, car elle est aussi sensible et délicate qu'une pêche trop mûre. Au début, je la surnommais « ma pêche de Géorgie ». Elle a vécu à Atlanta quand elle était enfant, et son père était professeur à l'université Emory.

– Bitt a-t-il snobé votre épouse ? demandai-je.

– Elle ne m'en a pas parlé, mais il faut dire que ce type ne fait pas partie de nos sujets de conversation. Je ne peux pas vous en dire plus sur lui.

– Pas d'autre voisin qui mériterait qu'on s'y intéresse de près, même s'il semble peu probable qu'il soit impliqué dans notre affaire ?

– Non, personne, Al. C'est quand même hallucinant – le fait que ça nous soit tombé dessus, je veux dire.

Milo, comme à son habitude, répéta ses questions, processus qui fait souvent surgir de nouveaux détails. Ce ne fut pas le cas avec Corvin, que nous fîmes sortir de la cuisine. Sur le canapé du salon, Brett, qui s'était rapproché de sa mère, tapotait sur son téléphone. Quant à Chelsea, debout au fond de la pièce, elle avait les yeux rivés sur la baie vitrée noire.

– J'ai conscience qu'il est tard, madame Corvin, alors autant discuter dès à présent avec les enfants, proposa Milo. Commençons avec Chelsea.

Felice secoua la tête :

– Vous avez parfaitement entendu ce que je vous ai dit tout à l'heure, lieutenant, et nous en avons parlé à l'instant ; ils n'ont rien de plus à vous dire. Désolée, mais c'est comme ça.

– Quel âge as-tu, Brett ? demanda Milo.

– Quatorze ans.

– Et toi, Chelsea ?

Pas de réponse.

– Elle a dix-sept ans, précisa sa mère. Ils sont tous les deux mineurs, j'en suis donc responsable. Ils ne savent rien au sujet de cette affaire, et je refuse qu'on leur rende ce calvaire encore plus pénible.

– Comme vous voudrez, madame, céda Milo, avant de se tourner vers les adolescents. Mais si un détail vous revient à l'esprit, les enfants, dites à vos parents que…

– C'est des conneries, l'interrompit Chelsea, qui se retourna vers nous et posa un regard noir sur sa mère. Je peux répondre à vos questions, je me fous de ce que les autres en pensent.

– Surveille ton langage, jeune fille, la réprimanda son père.

– C'est des conneries, tout ça…

– Cheltz… soupira Felice.

– Des conneries ! Je peux parler, pas de souci.

Sa lèvre inférieure tremblante démentait quelque peu cette affirmation.

– Tu m'as expliqué que tu n'avais rien à leur dire, Cheltz, lui rappela sa mère.

– Je pourrais leur parler si je savais quelque chose.

– « Je pourrais leur parler si je savais quelque chose… » l'imita Brett, prenant une voix de bébé. Bouuuh…

Sa sœur pivota vivement vers lui :

– Va te faire foutre, trou du cul…

– Bouuuh, railla Brett, dodelinant de la tête et agitant les mains.

Chelsea cracha à terre et riposta :

– Ta gueule, bite de fourmi ! Je sais ce que je dis, je l'ai vue.

Ce fut au tour de la jeune fille d'afficher un sourire narquois. Le visage écarlate, son frère fit mine de se lever, mais sa mère l'en empêcha d'une main sur le bras. Il chercha à se dégager de cette emprise et adressa un doigt d'honneur à sa sœur, qui en rajouta une couche :

– Couilles de nain !

Le garçon voulut échapper à sa mère, qui le retenait à présent des deux mains. Elle haussa le ton :

– N'essaie même pas, Brett Corvin !

Brett se laissa retomber sur le dossier du canapé en montrant les dents, dévoilant ainsi ses bagues rouges et bleues, l'œuvre d'un orthodontiste aux penchants artistiques.

– Roubignoles de gogol ! insista Chelsea.

Chet Corvin, sidéré, avait suivi cet échange sans ouvrir la bouche, son regard alternant entre ses rejetons.

Felice plaqua Brett contre le canapé et menaça Chelsea d'un index dressé, puis elle se leva, les dents serrées :

– Taisez-vous ! Tous les deux !

Les adolescents obtempérèrent.

– Sauvages ! pesta-t-elle, avant de nous lancer un sourire glacial. Ça confirme ce que je vous ai dit. Voici ce que nous allons faire : je vais répondre à vos questions immédiatement, puis nous en aurons terminé. (Elle se tourna vers son mari.) Garde un œil sur eux et trouve-nous un hôtel correct – avec un wifi qui fonctionne !

Elle revint à nous, lui tournant le dos.

– Chérie... bafouilla Chet, considérant tour à tour ses enfants – Chelsea était saisie de tremblements, tandis que Brett bouillait de rage.

– Non, tu t'en occupes, pour une fois ! ordonna Felice Corvin.

# 4

Felice Corvin nous précéda dans la cuisine, où elle resta debout, contrairement à nous.

– Je passe mes journées assise à mon bureau, se justifia-t-elle. Mon chiropracteur me conseille de me lever dès que l'occasion se présente. Bon, que voulez-vous savoir ?

– Reprenons le cours de la soirée, dit Milo. D'après votre mari, vous êtes partis au restaurant à 18 h 15.

– Si c'est ce qu'il dit, ça doit être vrai.

Nous restâmes muets.

– Pardon, je suis à cran, pour des raisons évidentes, s'excusa-t-elle. Oui, cette heure me semble exacte.

– Vous êtes arrivés au Lawry's vers…

– À l'heure que vous a donnée Chet. Je n'ai pas les yeux rivés sur ma montre en permanence.

– Pour un dîner du dimanche soir tout ce qu'il y a de normal.

– Normal… Voilà un mot intéressant. (Elle rejeta ses cheveux en arrière.) Excusez-moi, je recommence… Oui, c'était une sortie ordinaire, tout sauf une occasion particulière. Mon mari et moi essayons de sortir de temps en temps avec les enfants. (Ses paroles lui arrachèrent un rire amer.) Pour entretenir la bonne ambiance familiale, en principe… Franchement, je suis consternée par la scène à laquelle vous avez assisté à l'instant.

– Ils sont extrêmement stressés, rappelai-je.

– Bien sûr, mais je ne vais pas vous mentir, ces disputes ne datent pas d'hier. Ils ne se sont jamais entendus. Ils n'ont rien en commun, même si ça n'explique pas ces frictions. (Elle haussa les épaules.) Brett est un sportif et ne se débrouille pas trop mal au collège. Chelsea, par contre… (Un soupir lui échappa.) Elle est encore en seconde à dix-sept ans. Elle souffre de problèmes moteurs et de déficiences cognitives et perceptives ; il est donc hors de question qu'elle fasse du sport, et l'apprentissage est un véritable défi pour elle. Tout cela fait d'elle une cible facile, et Brett se montre parfois très cruel… Je ne sais pas pourquoi je vous raconte tout ça. Peut-être à cause de ce stress dont vous parlez.

Elle leva les mains, dépitée.

– Merci encore, vraiment, de prendre le temps de nous répondre, dit Milo.

– Pas de souci. Bon, poursuivons.

– Bien sûr, allons-y. Donc, le dîner achevé, vous êtes rentrés chez vous vers 21 heures. Décrivez-nous ce qui s'est passé.

– Nous sommes tous montés à l'étage, puis Chet est redescendu pour récupérer ses lunettes. C'est à ce moment que j'ai entendu un bruit assourdissant. Il m'a fallu une ou deux secondes pour me rendre compte que c'était lui qui criait. Comme s'il souffrait. Je ne l'avais pas entendu hurler de la sorte depuis sa prostatite.

Chet avait passé ce détail sous silence, préférant mettre l'accent sur la sensibilité de son épouse.

– J'ai d'abord cru qu'il avait une crise cardiaque, ce qui ne m'aurait pas surpris, vu son poids et toutes les saletés qu'il avale. Je suis descendue en courant et je l'ai trouvé qui regardait fixement quelque chose. Et j'ai vu de quoi il s'agissait. (Elle secoua la tête.) Le pauvre homme… Je ne m'en remets toujours pas. Dans notre maison ! C'est certainement un fou qui a commis cette horreur.

Nous lui laissâmes un peu de temps pour ajouter quelque chose, mais elle n'en fit rien. Milo m'encouragea d'un regard.

– Quand vous avez vu le...

– Mon Dieu, non, m'interrompit-elle, fermant brièvement les yeux. Je ne veux plus y penser. Je ne sais pas si je parviendrai un jour à chasser cette vision de mon esprit. (Les paupières agitées de soubresauts, elle posa ses jolis yeux noisette sur moi.) Comment faites-vous pour supporter un tel spectacle au quotidien ?

– Avec le temps, nous...

– Oui, il paraît. Pourvu que ce soit la vérité, dit-elle, avant de se tapoter le front. Parce que pour l'instant, ça reste coincé là comme... comme... Je n'ai même pas envie de m'endormir ce soir ; j'ai peur des cauchemars qui risquent de surgir.

Elle s'assit, lâcha un soupir et rejeta une mèche de cheveux par-dessus son oreille gauche. Apercevant une boîte de mouchoirs, elle en piocha un qu'elle réduisit en boule avant de le passer d'une main à l'autre. Et d'ajouter :

– Tout ça résonne dans ma tête.

– C'est une épreuve extrêmement pénible, compatis-je.

– Un peu d'eau me ferait du bien.

Milo dénicha un verre, qu'il rinça et remplit. Felice le remercia et, après quelques gorgées hésitantes, s'en offrit une plus longue.

– Désolée, dit-elle en clignant des yeux.

– Vous n'avez pas à vous excuser, lui assurai-je. Pouvons-nous poursuivre ?

– Oui, je vous en prie.

– M. Corvin et vous-même étiez donc sur le seuil de la bibliothèque...

– En panique totale. Le visage de Chet avait pris une teinte affreuse, dans les tons violets – il faut dire qu'il a des soucis de tension. Pendant une seconde, je me suis vue avec deux cadavres sur les bras ; je me demandais déjà comment me sortir de cette situation.

Elle but encore un peu d'eau, puis tamponna avec son mouchoir quelques gouttes de sueur apparues sur les ailes de son nez.

– Si seulement nous avions eu la bonne idée de rester silencieux… Malheureusement, nos cris ont fait descendre les enfants. En les voyant, je suis instantanément passée en mode maman. Mon premier réflexe a été de les empêcher d'apercevoir le corps, mais je n'ai pas réagi assez rapidement. Et là, ça a été le chaos total. Brett a braillé que c'était dégueu et Chelsea est restée plantée sans rien dire. Fidèle à lui-même, Chet est resté inerte, figé sur place, comme vous l'avez vu à l'instant dans le salon, pendant que je tentais de faire sortir les enfants. Brett, qui avait eu le temps de détailler la scène, était devenu aussi blême qu'un fantôme… et que Chelsea, sous le choc depuis la première seconde. Comme vous l'avez noté, Brett s'est rapidement remis – il n'est pas du genre à rester longtemps troublé par de telles horreurs. Chelsea, à l'inverse… C'était la dernière chose dont elle avait besoin.

– Je peux vous orienter vers d'excellents psychothérapeutes, si vous le souhaitez, proposai-je.

– Vraiment ? Ce serait très aimable de votre part. Peut-être plus tard, mais pas dans l'immédiat. Chelsea a horreur des psys. Nous en avons essayé quelques-uns, qui ont lamentablement échoué. Que puis-je dire d'autre ? Entre ces gens et ma fille, j'ai choisi mon camp.

Felice reprenait là l'expression employée par Chet lorsqu'il avait évoqué son épouse.

Cette famille considérait-elle la vie comme une zone de guerre ?

– Vous n'avez donc aucune idée de l'identité de la victime ? demandai-je.

– Bien sûr que non ! Comment serait-ce possible ?

– Nous nous devons de vous poser la question.

– Pour suivre la procédure, c'est ça ? Je comprends. Je suis employée à l'académie, où tout est régi par des procédures, dont beaucoup sont stupides. Alors non, j'ignore tout de cette personne, et je suis incapable de vous dire pourquoi son corps a été déposé chez nous. (Elle se mordit les lèvres.) Ses mains… C'est pour qu'on ne puisse pas relever ses empreintes qu'elles ont été tranchées ?

– Possible.

– J'espère que c'est pour ça. Parce que si c'était je ne sais quelle folie satanique, là je serais terrifiée.

– La raison la plus probable est la volonté de nous priver de preuves, la rassurai-je.

– Mais rien ne permet de l'affirmer, nuança-t-elle, un étrange sourire aux lèvres. Vu ce qui s'est produit ce soir, la certitude devient une notion très hypothétique.

Je tournai la tête vers Milo, qui prit le relais et aborda les questions déjà posées à Chet, évoquant d'éventuels appels téléphoniques sans suite ou véhicules suspects, ainsi que quoi que ce soit sortant de l'ordinaire.

Comme son mari, Felice répondit par la négative à tout cela, s'accordant pour la première fois de la soirée avec lui – ce que ni l'un ni l'autre ne sauraient.

– Le voisinage est donc tranquille, madame Corvin, résuma Milo en refermant son calepin.

– Je n'emploierais pas le terme de « voisinage », car il implique des voisins avec lesquels on a des relations.

– L'ambiance n'est pas bonne dans le quartier ?

– Elle n'est ni bonne ni mauvaise, lieutenant. Cette rue est constituée de maisons proches les unes des autres, mais ça ne va pas plus loin. J'ai grandi dans l'Indiana et en Géorgie. Là-bas, on organisait des fêtes de quartier, et aucune clôture ne séparait les jardins. Et même plus tard, dans le Nord – nous avons vécu à Mill Valley avant d'emménager ici –, nous connaissions nos voisins, avec qui nous montions à cheval. C'était merveilleux.

– Vous n'avez rien retrouvé de tout cela ici, devina Milo.

– Loin de là, confirma Felice. Ici, on ne voit que rarement les autres, point final. Le week-end, la rue est morte. (Son visage rougit quelque peu, autour de ses taches de rousseur.) Pardonnez-moi, ce n'est pas l'expression idéale. Enfin, d'après ce que j'ai entendu dire, beaucoup de nos voisins ont des résidences secondaires ailleurs, et certains ne sont que locataires ici.

– Comme les Weyland, intervins-je, ce qui me valut un regard inquisiteur de la part de Felice. Ce détail est survenu dans la conversation que nous avons eue avec votre mari. Vous les avez aidés à trouver cette location, apparemment.

– Sur le moment, il m'a reproché de me mêler de ce qui ne me regardait pas. C'est ce qu'il vous a dit ?

– Pas du tout, il nous a expliqué que vous aviez été d'une grande aide pour les Weyland, assurai-je, en bon psy.

– Je les ai simplement prévenus que la maison voisine se libérait, raconta Felice. Je connaissais Donna car elle venait souvent déposer des dossiers au bureau – elle est comptable au siège du centre-ville. Un jour, en discutant, elle m'a signalé qu'elle cherchait une maison à louer. Je n'ai rencontré Paul qu'après leur emménagement. Ce sont des gens aimables mais nous les voyons rarement ; ils n'ont pas d'enfants et voyagent beaucoup.

– Nous avons également évoqué M. Bitt, qui habite de l'autre côté de la rue, poursuivit Milo.

– Et alors ? s'enquit Felice, avec un mouvement de recul.

– C'est un homme un peu bizarre, d'après votre époux.

– Je ne peux pas prétendre le contraire, abonda Felice, tapotant la paillasse de granite. Mais pourquoi Chet vous a parlé de lui ? Il sait quelque chose qu'il préfère ne pas me confier ?

– Absolument pas, madame. Il a simplement dit que M. Bitt n'était pas comme tout le monde, quand nous lui avons demandé de nous faire part des moindres détails étranges dans le voisinage – comme avec vous à l'instant.

– D'accord, je préfère ça ; j'en voudrais beaucoup à Chet s'il me cachait des choses importantes. Trevor est un drôle de loustic, en effet. C'est un taiseux que nous ne voyons que rarement, même si je crois qu'il émerge quand nous sommes déjà au travail. Un jour, je lui ai porté son courrier, qui avait été déposé chez nous par erreur ; il m'a remerciée mais ça n'a pas été plus loin. Comme je vous l'ai expliqué, les habitants de cette rue ne sont pas très sociables. Sauf Chet, évidemment ; il donne l'impression de connaître tous les gens qu'il croise. (Un sourire sans joie se dessina sur son visage.) Enfin, ce soir, il s'est vraiment retrouvé nez à nez avec un inconnu.

Nous la raccompagnâmes dans le salon, dont les trois occupants étaient absorbés par leur téléphone. Contrairement aux enfants, Chet leva les yeux à notre entrée.

– J'ai dégotté des chambres au Circle Plaza, annonça-t-il. C'est un hôtel sympa, tout près de l'autoroute 405 ; ce sera pratique pour te rendre à ton travail.

– Ça ira, nous n'y resterons pas longtemps, de toute façon, approuva Felice, qui se tourna vers Milo. Pouvez-vous au moins me donner une estimation du moment où nous serons autorisés à rentrer chez nous ?

– Comme je vous l'ai expliqué, votre maison restera une scène de crime toute la journée de demain, et peut-être la suivante.

– Bon, je peux m'organiser. Pour le nettoyage, inutile de faire appel à quelqu'un ; notre femme de ménage s'en chargera. Il faudra simplement lui fournir des gants épais.

– Je ne sais pas trop… hésita Chet. C'est quand même un peu violent, comme situation…

– Je sais bien, mais je n'ai pas vu beaucoup de sang. Vous confirmez, lieutenant ? Nous pouvons gérer ça nous-mêmes.

– Oui, sans doute.

– Vous préférez ne rien nous garantir, c'est ça ? dit Felice, avec un petit rire, avant de tourner la tête vers son époux. Ça ira, il n'y a qu'une pièce à nettoyer.

– Oui, ma bibliothèque…

– La macchabothèque, intervint Brett en agitant la main, sans même se donner la peine de lever les yeux de son minuscule écran. Oulala, j'ai peur…

Chelsea l'ignora, concentrée sur la rédaction d'un texto.

– Nous achèterons ce dont nous aurons besoin au Ralphs de Brentwood, tout près de l'hôtel, c'est ouvert jour et nuit. Au fait, lieutenant, mes enfants peuvent-ils récupérer leurs sacs d'école et leurs manuels ?

– Bien sûr. Un agent accompagnera l'un de vous dans la maison pour les chercher.

– Ce sera moi, décréta Felice. Merci.

– Pour une journée ? releva Brett. Pas la peine.

– Tais-toi, jeune homme, lui lança sa mère, avec un sourire sec que son fils lui rendit.

Quant à Chelsea, elle avait repris son observation du néant nocturne.

Milo appela par radio Moe Reed, qui accompagna Felice chez elle, tandis que nous patientions à l'extérieur.

Les deux véhicules des Corvin avaient été inspectés et remis à leur disposition. Nulle trace de sang n'y avait été relevée, l'unique découverte douteuse étant une flasque en argent remplie de whisky dans la boîte à gants du Range Rover.

– Je l'emporte souvent au club-house ; j'aime offrir un peu d'Orban à mes partenaires de golf.

– Je vous conseille de la ranger ailleurs, monsieur, dit Milo, qui rendit la flasque à son propriétaire avant de couper la rubalise qui bloquait l'allée.

– C'est noté, lieutenant, répondit Corvin, sans la moindre trace de sincérité dans la voix.

– Vous êtes libres de partir dès le retour de votre femme.

– J'y vais tout de suite. Je vous laisse attendre maman, les enfants.

Il grimpa dans le Range Rover, recula un peu trop précipitamment, passa la marche avant si brusquement que son engin parut se cabrer et se volatilisa en une seconde. Hypnotisés par leur téléphone, Brett et Chelsea ne semblèrent pas remarquer son départ, pas plus que leur mère, qui fit sa réapparition chargée de deux sacs à dos.

– Éteignez ça ! Nous n'avons plus beaucoup de batterie sur ces téléphones, et les factures crèvent le plafond ! cria-t-elle en se dirigeant vers la Lexus.

La berline disparue, Milo prit le temps d'observer la demeure de style Tudor, à gauche de celle des Corvin. Maladroitement conçue avec son toit de fausses ardoises exagérément incliné, elle souffrait en outre de trop de colombages se croisant sur le stuc et la brique.

Par ailleurs, le décor ne rappelait en rien l'Angleterre médiévale ; cactus, aloès et autres végétaux piquants bordaient une allée pavée en C longeant la maison. Ce paysage adapté aux sécheresses avait quelque chose d'inhumain. Un pick-up Dodge Ram noir d'une vingtaine d'années masquait la porte d'entrée.

– Il est trop tard pour interroger les voisins, sans parler du solitaire qui habite dans cette maison, dit Milo. Voyons ce qu'ont trouvé les gars du labo.

– Je peux fermer ? lança une voix, dans notre dos.

Paul Weyland était en robe de chambre devant sa porte ouverte.

– Bien sûr, monsieur, et merci pour votre hospitalité, répondit Milo.

– Je ne peux pas vraiment dire que c'était un plaisir, mais il fallait bien qu'ils se réfugient quelque part, dit Weyland en frottant son crâne chauve. Quelle horreur… Ils se sont remis de leurs émotions ?

– Autant que possible, oui.

Weyland bâilla et se couvrit la bouche.

– Excusez-moi, dit-il. Je crois que je vais me coucher sans tarder.

– Tant que vous êtes là, pouvons-nous vous poser quelques questions ?

– Je vous en prie, répondit Weyland, qui rajusta ses lunettes.

Milo enchaîna les questions déjà servies aux Corvin et obtint les mêmes réponses. Puis il désigna la bâtisse de style Tudor :

– Vous connaissez bien ce voisin-là ? M. Bitt ?

– Non, pas vraiment, avoua Weyland, les sourcils froncés. Ce n'est pas le type le plus sympathique de la planète.

– Un solitaire.

Weyland hocha la tête et se mordilla la lèvre.

– Vous avez quelque chose contre lui ? Ou un souci avec lui ?

– Pas du tout, assura Milo. Les Corvin le décrivent comme une sorte d'ermite. Nous l'interrogerons, comme tous les autres habitants de la rue.

– Bon courage pour ça, c'est vraiment un antisocial. Peu après notre installation ici, ma femme l'a aperçu alors qu'il se dirigeait vers son pick-up. Donna, aimable comme à son habitude, lui a dit bonjour, mais Bitt l'a ignorée et a filé, comme si elle était transparente, ce qui l'a quelque peu contrariée.

– J'imagine.

– Si vous en arrivez à le soupçonner, j'apprécierais d'être tenu au courant, dit Weyland, les lèvres pincées. Voyez comme sa maison est proche de la nôtre, comme de celle des Corvin. Y porter un corps depuis son jardin ne devrait pas poser de problème, je pense – mais vous ne pouvez rien affirmer pour le moment, bien sûr. (Il secoua la tête.) Sans vouloir intervenir dans un domaine dans lequel je suis totalement ignorant… ne voit-on pas fréquemment des gens discrets commettre de telles horreurs ?

– Ce monsieur est plus que discret, semble-t-il, fis-je remarquer.

– Oui, en effet, et ça n'a pas d'importance, en réalité. Oubliez ce que je viens de dire.

– Ne vous en faites pas.

– Je n'ai pas vu la scène de crime, de toute façon, dit Weyland en retirant ses lunettes. Je n'ai pas vu le cadavre, mais Chet me l'a décrit. Je n'y tenais pas vraiment, mais Chet est du genre à…

– … à n'en faire qu'à sa tête.

– Exactement. Enfin… Bonne chance pour l'enquête.

– Merci de nous avoir accordé un peu de temps, monsieur, conclut Milo. Essayez de dormir un peu.

Weyland sourit et resserra la ceinture de sa robe de chambre.

– Je vais « essayer », en effet.

Inez Jonas sortie de la maison, deux employés de la morgue poussèrent un brancard à roulettes à l'intérieur et emballèrent le corps. Maîtrisant leur art à la perfection, ils effectuèrent le transfert de la dépouille à une vitesse et avec une grâce impressionnantes.

– Enchantée d'avoir fait votre connaissance, Docteur, dit Inez Jonas. J'espère que vous trouverez un volet psychologique à explorer dans cette affaire – en tout cas, c'est une folie totale.

– Je ferai de mon mieux, répondis-je. Bonne nuit.

– Elle commence à peine ; on me réclame dans le quartier de Pico-Union. Ce n'est pas mon secteur, en principe, mais personne d'autre n'est disponible.

– Une histoire de gangs ? hasarda Milo.

– On ne m'a pas donné de précisions, mais oui, c'est probable. Il y a eu une fusillade, apparemment. Cette intervention devrait être assez simple – relativement parlant.

Nous retrouvâmes Moe Reed sur le palier, au sommet de l'escalier de la maison des Corvin.

– Il y a trois chambres et deux salles de bains à l'étage, nous décrivit-il. On n'a rien trouvé d'intéressant à part quelques revues pornos dans un tiroir de Monsieur et sous le matelas du fiston – le même genre de magazines, comme si Junior les avait empruntés à son père. Quant à Madame, elle ne possède rien de plus violent qu'un roman à l'eau de rose sur sa table de chevet.

– Des bons vieux magazines pornos ? releva Milo.

– Eh oui, lieut', à l'ancienne. Des revues datées et bien usées. Rien de sanguinolent, sadique ou flippant. Junior pourrait visionner n'importe quoi sur Internet mais il apprécie peut-être l'originalité désuète du stock de son père. Et celui-ci ne se plaindra certainement pas s'il se rend compte que certains magazines ont disparu.

Milo s'esclaffa.

– À propos d'Internet, ils ont combien d'ordinateurs ?

– Les parents et le fiston ont chacun un portable.

– La fille n'en a pas ?

– Non. La mère les a pris ; je n'ai vu aucune raison de l'en empêcher. Son comportement n'avait rien de louche ; elle voulait juste retrouver au plus vite sa vie normale.

– Une ado sans ordinateur... médita Milo, avant de se tourner vers moi. Quel est ton diagnostic ?

– Elle n'est pas très portée sur les études. Son téléphone doit lui suffire pour surfer sur Internet.

– J'ai déconné, en laissant la mère récupérer les ordinateurs ? s'inquiéta Reed.

– Pas du tout, Moses, le rassura Milo. À ce stade de l'enquête, les Corvin sont des victimes collatérales, pas des suspects. Tu n'as trouvé aucune arme, je suppose ?

– Non, la mère a dit qu'ils n'en possédaient aucune, ce que la fouille a confirmé.

– Vérifie également en bas.

Reed redescendit au rez-de-chaussée. Milo entra dans la grande chambre : papier peint jaune canari et salle de bains attenante dans les mêmes tons, parfumée par un pot-pourri à la lavande. Les Corvin partageaient une imitation peu inspirée de lit-bateau d'époque edwardienne, avec des draps bleu pâle usés aux coins, le tout bien loin du reste des meubles fonctionnels des années 1990.

Je regardai Milo fouiller avec dextérité tiroirs et placards, non s'en s'assurer de tout remettre exactement à sa place. Ce n'était pas qu'il doutait du travail de Reed, mais s'activer stimulait sa réflexion.

Les chambres de Brett et Chelsea se révélèrent plus modestes et simplement meublées, celle du garçon rendue encore plus exiguë par ses murs bleu marine, les équipements sportifs en tas et les vêtements roulés en boule.

À l'inverse, la chambre blanche de Chelsea était impeccable, si ce n'est son bureau noyé sous des dessins au crayon.

Ces nombreuses feuilles étaient couvertes de formes géométriques rudimentaires et répétitives : des cercles se chevauchant évoquaient une pipe à bulles prise de folie, des lignes parallèles si serrées qu'elles donnaient au papier un aspect de tissu, des étoiles à cinq branches sur fond de traits zébrés pareils à des éclairs semblaient décrire l'explosion d'un univers.

– Cette fille ne souffrirait pas d'une maladie mentale par hasard ? Elle est peut-être autiste ?

– Impossible d'établir un diagnostic avec si peu d'éléments, répondis-je à mon ami, qui feuilletait les dessins.

– Rien de sanglant. Bon, d'accord, c'est seulement une fille un peu excentrique.

Moe Reed réapparut au sommet de l'escalier :

– Pas d'arme ni de munitions dans la maison ni dans le garage. Je n'ai pas non plus trouvé d'appareil qui aurait pu sectionner les mains du mort, comme une scie à ruban, par exemple. Les seuls outils que possèdent les Corvin sont les plus basiques : tournevis, marteau, clés à douilles, clés Allen… Des cartons encombrent les deux tiers du garage ; j'en ai ouvert quelques-uns. Ceux sur lesquels est indiquée la mention « vêtements » contiennent des vêtements ; même chose pour les « ustensiles de cuisine » et les « livres ». Apparemment, ils n'ont jamais trouvé le courage de déballer tout ça après leur emménagement ici.

– Des cartons de livres renfermant vraiment des livres… se désola Milo. L'honnêteté est une vraie plaie.
– C'est la pire chose au monde, confirma Reed.

– Je vous retrouve à quelle heure, demain, lieut' ? s'enquit Reed pendant que nous le raccompagnions à sa voiture.
– Vers 7 heures, c'est bon ?
– Je peux être là à 6 heures, si vous voulez.
– Pas moi, gamin. On se retrouve ici à 7 heures. On sondera le quartier avec Sean et les agents que j'aurai réussi à chiper. Mais avant d'interroger qui que ce soit, il faudrait vérifier s'il y a des caméras de vidéosurveillance dans le quartier. La séquence temporelle qui nous intéresse est assez clairement définie, et la circulation est rare à cette heure-là, alors croisons les doigts. Sean est de service en ce moment ?
– Je ne sais pas trop, mais il vient de régler une histoire d'agression.
– Dans ce cas, récompensons-le en lui donnant un peu plus de travail, Moses. Il a des enfants, de toute façon ; il doit se lever tôt tous les jours. La capitaine Brazil est aux commandes ce soir, elle ne nous causera pas de problème. Je ferai de mon mieux pour réquisitionner six agents. Si ça coince, on fera avec ce qu'elle nous cédera, mais je parie qu'elle me donnera son feu vert. Tu sais pourquoi ?
Reed leva les yeux sur la maison des Corvin.
– Parce qu'on est dans un quartier chic.
– Tu es doté d'une fine perception des subtilités socio-économiques, Moses, dit Milo, qui ponctua ses mots d'une tape amicale sur l'épaule du jeune inspecteur.
Celui-ci sourit et nous quitta.
– J'aimerais jeter un coup d'œil à la porte de service, dis-je.
– Ça peut s'arranger, me répondit Milo.

Munis de gants, nous remontâmes l'allée déserte jusqu'au portillon des Corvin – plus décoratif qu'autre chose. Milo passa la main par-dessus l'obstacle, souleva le loquet et alluma sa lampe torche.

Derrière la maison, le jardin comprenait une piscine rectangulaire cernée de planches et pas grand-chose d'autre. Éclairée par le faisceau de Milo, l'eau nous apparut aussi noire que du pétrole, totalement invisible en l'absence de lumière. C'était là un sacré piège pour qui ignorait tout des lieux.

J'en fis la remarque, ce qui fit grogner Milo, qui continua d'avancer. Je le suivis, plissant les yeux pour discerner des détails dans l'obscurité. Sur trois côtés, des haies de ficus isolaient le jardin des voisins. Voués à l'entretien de la piscine, un filet et un aspirateur se devinaient au fond à gauche de la zone couverte de planches. Je n'aperçus rien d'autre en dehors de deux chaises pliantes et d'une chouette en plastique chargée d'effrayer les pigeons, perchée non loin du côté le moins profond du bassin.

Les planches se prolongeaient jusqu'à la porte-fenêtre aperçue de l'intérieur – y accéder ne présentait aucun problème. Milo éprouva les deux battants, qui lui résistèrent.

– La serrure est solide, dit-il. Il serait difficile d'ouvrir cette porte sans briser la vitre.

Il poursuivit son exploration en longeant le flanc de la maison, où quelques marches de béton menaient à une porte blanche.

Pas le moindre lambeau de plastique noir sur le sol pavé, pas plus que de traces de pas ou de signes évoquant un corps traîné. Milo éclaira les deux fenêtres de part et d'autre de la porte.

– Condamnées, et depuis longtemps, on dirait. Les pompiers seraient enchantés de voir ça.

Un examen attentif de la porte ne me révéla aucun signe d'effraction. Milo la tapota, ce qui provoqua un son creux.

– Pas bien solide, dit-il. Notre bon vieux Chet estime que l'intrus est entré par ici. C'est peut-être un guignol mais il connaît bien sa maison.

Il sortit de son porte-monnaie une carte de crédit, qu'il glissa entre le battant et le montant.

Le succès ne fut pas immédiat – nous n'étions pas dans un film. Après avoir trifouillé environ une minute avec son passe de fortune, il obtint enfin un claquement qui nous ouvrit la porte.

– Ça demande quelques efforts mais il ne faut pas non plus être Houdini pour en venir à bout, commenta-t-il. D'autant qu'en l'absence des Corvin, l'intrus a eu tout son temps et a pu agir en toute discrétion.

D'un coup de coude, il entrouvrit le battant, qui grinça.

– Cette porte ne vaut rien et ils ne branchent pas l'alarme… ajouta-t-il.

– Tu as entendu Chet : c'est la faute de sa femme.

– Oui, quelle galanterie, rit Milo. J'aimerais pouvoir dire que l'insouciance est un indice décisif, Alex, mais je constatais régulièrement ce genre de comportement à l'époque où je travaillais sur des cambriolages, alors qu'ils étaient très fréquents en ce temps-là. Ça complète ce que j'ai dit à propos des gens qui ne pensent pas à protéger les fenêtres de l'étage. Ils dépensent des sommes folles pour une alarme dont ils ne se servent même pas. Même quand ils sont convaincus de se montrer prudents, on remarque des incohérences, des points faibles – un écran de vidéosurveillance hors service, par exemple.

– Si on se fie aux cartons entreposés dans le garage, les Corvin ont tendance à laisser traîner les choses, fis-je remarquer en tapotant la fenêtre de gauche. Ces lucarnes étaient probablement condamnées avant leur emménagement.

– Ils sont trop sûrs d'eux, résuma Milo. Mon job dépend de ce défaut.

Il ouvrit grand la porte, ce qui nous permit d'entrer dans une buanderie aux murs beiges équipée d'un lave-linge, d'un sèche-linge, d'un panier et de placards préfabriqués suspendus de travers pour la plupart.

La propreté impeccable du sol en linoléum ne laissait en rien imaginer qu'on eût traîné un cadavre dans cette pièce quelques heures auparavant.

– Une question se pose, dis-je. Pourquoi ne pas avoir abandonné le corps ici, plutôt que de le traîner jusqu'à la bibliothèque de Chet ?

– C'est peut-être lui la véritable cible de l'opération.

– On sent bien qu'il y a quelque chose de personnel dans ce crime, en effet, et comme tu l'as souligné, ce type n'est pas le plus charmant qui soit.

– Il faudrait tout de même sacrément lui en vouloir pour en arriver à faire ça, Alex. Et si quelqu'un le haïssait à ce point, pourquoi ne pas l'avoir tué, lui ? Pourquoi s'en être pris à un autre pauvre diable ?

– C'est peut-être un avertissement. Ou alors le pauvre diable en question était une connaissance de Chet.

– Chet m'a semblé assez convaincant, quand il a assuré ne pas connaître le mort. Il serait si bon acteur que ça ?

– Si l'enjeu était de dissimuler son implication dans l'affaire, il avait de quoi être motivé pour bien jouer la comédie, estimai-je. Ses paroles creuses n'étaient peut-être qu'un écran destiné à dissimuler la vérité.

– Mouais... Bon, admettons que Chet ait rendu quelqu'un fou furieux. Il assure des transporteurs. Qu'a-t-il pu se passer ? Un client aurait perdu un chargement quelconque et n'aurait pas été correctement remboursé ? J'ai du mal à voir un tel différend aboutir à une tête explosée et deux mains coupées.

– Une vengeance d'ordre personnel, alors ? Rien à voir avec son boulot ?

– Quoi, par exemple ?

– Les possibilités sont nombreuses, éludai-je.

– Vas-y, balance.

– Une arnaque dont la victime se rebelle, ou encore une liaison, voire une agression sexuelle. Chet est sans arrêt sur la route pour son job ; il a peut-être sérieusement déconné lors d'un de ces déplacements. Autre hypothèse, ce crime est lié à Felice, peut-être un amant ; le tueur aurait dans ce cas voulu l'exposer sous le nez de Chet. Les Corvin sont peut-être tous les deux impliqués. Je pourrais continuer des heures comme ça, Grand, mais ce qu'il faut comprendre, c'est pourquoi le cadavre a été déposé dans cette maison et pas une autre et, encore une fois, pourquoi le tueur s'est donné la peine de le transbahuter jusqu'à la bibliothèque.

– Toutes ces questions me donnent mal au crâne, dit Milo, qui m'offrit tout de même un sourire. Mais merci quand même. Sincèrement. Tu stimules mes cellules grises.

Vidée de son contenu morbide, la bibliothèque nous parut d'une propreté et d'un calme surprenants.

De retour à l'extérieur, j'interrogeai Milo :

– Qu'est-ce qui te chiffonne dans cette famille ?

– Je ne sais pas trop... me répondit-il en plongeant les mains dans les poches de sa veste. Ils ne nagent pas dans le bonheur, c'est clair, mais comme tout le monde, après tout. C'est juste qu'ils m'ont paru... (Il secoua la tête.) J'ai l'impression que cette femme ne peut pas supporter son mari. Et je te parie ce que tu veux qu'il l'appelle autrement que sa « poupée » quand il en parle à ses potes ou quand il pense à elle. Et il y a les enfants ; on dirait deux chacals qui s'étripent. Qu'en pense le psy ?

– Les membres de cette famille sont déconnectés les uns des autres. Ce sont quatre individualités indépendantes plutôt qu'une unité fonctionnelle.

Milo sortit un panatella et une boîte d'allumettes de sa poche et se frotta la joue.

– Je savais que je ne t'avais pas fait venir pour rien, dit-il. C'est exactement ça ; ils se comportent comme des inconnus rassemblés. Si c'est la famille type de l'avenir, on est mal barrés. (Il se massa la tempe d'un doigt.) Cela dit, ce détail n'a pas forcément d'importance dans notre affaire.

– Peut-être que si, nuançai-je. L'isolement est le terreau idéal pour les secrets.

– Il faut donc que je creuse un peu plus dans leur passé ?

– C'est ce que je ferais, à ta place. Commence par Chet, vu que la bibliothèque est sa tanière, manifestement. Si rien ne te saute aux yeux, passe à Felice.

– Et les gosses ?

– Brett est trop jeune pour être impliqué. Quant à Chelsea, elle est assez âgée pour avoir des amis louches, mais si eux ou elle étaient responsables de crime, on aurait trouvé un grand désordre et beaucoup de sang dans la bibliothèque. Or la mise en scène a été méticuleusement pensée.

– Et si la fille avait un petit copain nettement plus vieux qu'elle, Alex ? Ça a pu créer des tensions.

– Les parents désapprouvent le chéri de leur fille, alors Roméo sort son fusil de chasse ? Chelsea semble ignorée par son père ; je l'imagine facilement attirée par un homme nettement plus âgé qu'elle, comme pour remplacer Chet. Chaque fois que j'ai assisté à un tel scénario, ce sont les parents qui ont été suspectés, pas le père de substitution, mais ça ne peut pas faire de mal de fouiner un peu du côté de Chelsea, évidemment.

– Tu as vu ses dessins, dit Milo, en déballant son cigare. Et quand elle a parlé de « macchabothèque ». Elle avait peut-être entendu quelqu'un prononcer ce mot. C'est peut-être pour ça qu'elle est allée vomir, chez Weyland. Elle sait quelque chose. Sa mère surprotectrice m'a interdit de lui parler, peut-être parce qu'elle aussi sait quelque chose.

Il considéra l'eau noire de la piscine, puis alluma le panatella et souffla quelques ronds de fumée.

– Tu vois autre chose qui peut t'intéresser ici ?

– Non.

– Fichons le camp, alors.

Il me raccompagna à ma voiture. La scène de crime était toujours interdite d'accès par la rubalise, et deux flics s'ennuyaient ferme.

Installé au volant, je baissai ma vitre.

– Merci d'être venu malgré l'heure tardive, *amigo*, me dit Milo.

– Pas de souci, je ne faisais rien de particulier.

Léger mensonge. En vérité, j'avais tout juste fait l'amour à une splendide créature, quand Milo m'avait appelé, et je rêvais d'un long bain et de me coucher tôt. Tandis que la baignoire se remplissait, Robin et moi étions encore au lit, sa tête sur mon torse, ses cheveux bouclés me chatouillant le visage. Quand le téléphone avait sonné, elle avait répondu – « Oh, coucou, Grand » – et m'avait passé Milo.

Connaissant mon ami, j'avais instantanément deviné à sa voix qu'une affaire sérieuse se présentait.

« Désolé, chérie », m'étais-je excusé en m'habillant.

Robin avait chassé ces mots d'un rire et, un bras passé sous le mien, m'avait accompagné jusqu'à la porte d'entrée.

Était-elle encore éveillée ? Si oui, j'aurais beaucoup à lui raconter.

– Quel est ton programme demain ? me demanda Milo.

– J'ai une conférence téléphonique avec des avocats le matin, mais je suis disponible l'après-midi.

– Je te tiens au courant si j'obtiens quelques réponses d'ici là. Je t'appellerai sans doute même si je n'ai rien de neuf à me mettre sous la dent, surtout si je mets la main sur celui-là. (Il désigna la maison de Trevor Bitt.) Vu ce qu'en disent tous ses voisins, le soutien d'un pro des maladies mentales ne me serait pas inutile pour l'aborder. C'est peut-être notre assassin, va savoir. Et cette affaire sera réglée en deux temps trois mouvements. D'un autre côté, depuis quand fait-on appel à l'optimisme pour mener des enquêtes criminelles ?

# 5

En m'engageant sur Evada Lane, j'étais instantanément passé en mode pro, à savoir hyper concentré, privilégiant l'aspect logique des choses et imperméable à toute émotion. Sur le chemin du retour à la maison, je fus frappé par l'horreur de la scène de crime.

Plus que d'un meurtre, il s'agissait là d'un effaçage, d'un assassinat ayant évolué en boucherie pour se conclure par une mise en scène d'une froideur clinique sur le décor le plus fade qui soit, une demeure de banlieue.

L'étendue et la diversité géographique de la région de Los Angeles offraient une multitude de sites parfaits pour se délester d'un cadavre. Pourquoi Evada Lane ? Pourquoi les Corvin ?

La vérité apparaîtrait peut-être le lendemain, incarnée par le gus asocial de la rue, le psychopathe sadique cloîtré dans son antre, au cœur de ce quartier chic.

Un ermite malveillant qui espionnait ses voisins ? Trevor Bitt, en écartant légèrement ses rideaux, avait-il vu la famille Corvin s'en aller pour son dîner du dimanche ? S'était-il ensuite chargé de cette macabre mise en scène ?

Si elle n'éclairait en rien le mobile, cette hypothèse avait au moins le mérite de décrire l'aspect logistique de l'opération.

De chez lui, Bitt n'avait que quelques pas à faire pour gagner le jardin des Corvin. Parvenu au fond de leur allée chargé de son fardeau enveloppé dans un sac plastique, il lui avait suffi de soulever le loquet du portillon pour entrer sur leur terrain, où les trois haies opaques lui avaient offert toute la discrétion voulue. Il ne lui restait ensuite qu'à venir à bout de la serrure fragile de la porte de la buanderie pour entrer par effraction chez ses voisins.

Mais pourquoi les Corvin ?

Peut-être parce que rien ne développe la rancœur mieux que des années de promiscuité.

Les idéalistes aiment à croire que rassembler diverses personnes favorise l'apparition de tolérance et de bonne volonté. En vérité, cela aboutit le plus souvent au résultat inverse. Les Corvin n'avaient pas évoqué le moindre conflit les opposant à Bitt, seulement quelques rebuffades de sa part, mais que ressentait l'intéressé ?

Dans certaines structures mentales, l'hostilité est profondément ancrée ; un détail anodin suffit parfois à déclencher le passage à l'acte.

Comme la télévision trop forte chez les voisins.

Ou des enfants trop bruyants.

Ou encore, si j'avais vu juste en estimant que Chet était visé dans cette affaire, un commentaire pénible de trop de la part d'un fanfaron capable d'irriter un saint.

Chet raille Bitt, qui ne réagit pas. Chet insiste ; Bitt bout de rage. Lâche la bride à son imagination. Conçoit un plan.

En toute discrétion.

Son jardin était rempli de plantes agressives. Peut-être cet individu maintenait-il le monde extérieur à distance parce qu'il avait beaucoup à cacher ? Des envies malsaines, un univers imaginaire tout en violence ayant débordé dans la vraie vie au point de lui donner des pulsions meurtrières ?

D'un autre côté, Trevor Bitt n'était peut-être qu'un artiste ayant besoin d'isolement pour exprimer son talent. Ou encore un type appréciant son intimité.

Je me promis d'effectuer des recherches à son sujet dès le lendemain – après avoir décidé que dire à Robin sur cette affaire. D'ici là, mieux valait me concentrer sur ma conduite en m'efforçant de ne plus penser à l'horreur découverte dans la bibliothèque de Chet Corvin.

J'allumai la radio, déjà réglée sur KJazz. Par chance, je tombai sur les premières mesures de *Samba Triste* de Stan Getz, un de plus beaux morceaux jamais enregistrés.

Ce fut une diversion efficace, mais seulement durant ces quelques minutes. Les nombreuses annonces émanant de divers services publics qui furent ensuite crachées par mes enceintes me firent me sentir de nouveau humain.

Sensation qui, au petit matin, sur la route reliant Pacific Palisades à Brentwood, n'avait rien d'agréable.

# 6

Robin ayant branché l'alarme, je désactivai celle-ci le temps d'entrer dans la maison, la réenclenchai, retirai mes chaussures et gagnai à pas feutrés la chambre, où ma compagne était roulée en boule sous la couette.

La vision d'un cadavre sans visage ni mains à l'esprit, je me rendis dans la cuisine et remplis un verre d'eau du robinet.

Un couinement aigu se fit entendre dans la buanderie ; c'était Blanche, notre bouledogue français couleur crème, qui me saluait depuis son panier.

Nous avons pour habitude de laisser la porte entrouverte, mais elle ne pousse jamais le battant pour sortir de la pièce. Elle est bien dressée, ce dont nous nous félicitons, mais je la soupçonne d'apprécier le privilège de nous voir nous occuper d'elle chaque matin et lui donner l'autorisation officielle d'investir la maison.

Confortablement installée, cette saucisse grassouillette surmontée d'une tête bosselée ouvrit un œil. Je la caressai un instant, ce qui la fit grogner de plaisir et lâcher quelques-uns de ses gaz retentissants. Puis elle me gratifia de son fameux sourire, bâilla, retroussa sa langue et tendit une patte vers moi. Je la pris dans ma main, qu'elle lécha en m'examinant de son œil marron ouvert.

– Tu as besoin de quelque chose, ma belle ?

*C'est toi qui as besoin de quelque chose, mon gars*, sembla me répondre ce mini-cyclope.

Je lui frottai un moment le crâne derrière les oreilles. Elle s'étira et se rendormit. Je bus mon verre d'eau face à l'évier, avec la sensation d'avoir été réconforté.

Je rejoignis au lit Robin, qui rabattit la couette sur sa tête et frotta ses petits petons sur mes grands pieds.

Deux heures plus tard, elle dormait toujours tandis que le sommeil me fuyait. Je finis tout de même par sombrer, car je m'éveillai vers 8 heures, aussi reposé qu'après avoir été secoué quelques heures dans un sèche-linge.

L'autre côté du lit était désert ; Robin était sous la douche. Je me déshabillai et gagnai la salle de bains, où Blanche, affalée sur le tapis de bain, mâchouillait un bâtonnet de viande séchée. La cabine de douche était couverte de buée, réduisant Robin à quelques touches floues de peau bronzée. Elle fredonnait si discrètement qu'il me fut impossible de reconnaître des paroles ou une mélodie.

Je dessinai un *smiley* dans la buée ; elle ouvrit la porte et m'attira sous la douche. Tout en me savonnant, elle reprit son air :

– Sifflez en travaillant…

Propres et habillés, nous étions à présent installés à la table de la cuisine, savourant café et toasts tandis que Blanche s'acharnait toujours sur son bâtonnet.

Bien que m'étant douché, j'avais décidé de m'offrir un footing. Quant à Robin, prête à achever la fabrication d'une guitare archtop pour le compte d'un génie du jazz, elle avait enfilé sa tenue de travail, à savoir un tee-shirt noir, une salopette bleue et ses chaussures de tennis rouges. Ses cheveux auburn étaient retenus par un bandana, dont quelques boucles s'étaient échappées, formant comme une auréole.

– Tu es rentré à quelle heure, chéri ?

– Vers 1 h 30.

– Je n'ai rien entendu, dit Robin, qui mordilla dans un toast puis porta son mug à sa bouche tout en me caressant la nuque de l'autre main.

– Tu dormais comme une masse.

– Tu es sur une affaire compliquée ? me demanda-t-elle en me chatouillant délicatement.

– Oui, compliquée et sordide.

– Ah…

– Tu veux tout savoir ?

– Oui, tout ce que tu veux bien me dire.

Elle semblait sincère. Ce que je lui révélais ou lui cachais avait un jour posé un problème, mon instinct protecteur s'opposant à sa volonté d'être prise au sérieux.

Ce conflit était désormais résolu à mes yeux, mais je décidai de me limiter aux grandes lignes de l'affaire… et finis par tout lui raconter dans les moindres détails.

– Le pauvre… Comment on identifie ce genre de victime ?

– On épluche les fichiers de personnes portées disparues. L'autopsie peut également être utile, en nous apportant un élément peu commun. Si rien de tout ça ne donne de résultats, il nous reste la possibilité de faire appel aux médias. Cela étant, même si nous n'avons pas identifié le cadavre, nous avons déjà un suspect : un voisin solitaire et peu avenant – un vrai cliché.

– Un type flippant ?

– Pour l'instant, on nous l'a surtout décrit comme un individu revêche. Il travaille chez lui, ne sort que rarement de sa tanière et ne répond pas quand on lui adresse la parole.

– Qu'est-ce qu'il fait, comme métier ?

– Auteur de bandes dessinées.

– Il s'appelle comment ? s'enquit Robin, tripotant son toast.

– Trevor Bitt.

– *M. Torticolis.*

– Tu le connais ?

– Seulement ses BD. Ça date de ma folle jeunesse. À l'époque, San Luis était une ville encore plus conservatrice que de nos jours, peuplée de militaires à la retraite, d'employés du pénitencier, de modestes propriétaires de ranch et d'ouvriers comme mon père.

– J'ignorais que tu étais passée par une phase de contre-culture.

– J'essayais surtout de faire plaisir à tout le monde, sourit Robin. J'obtenais de bonnes notes, je n'étais pas insolente avec mes parents, je passais des heures dans l'atelier de mon père à apprendre à travailler le bois et je savais me taire pour éviter les disputes avec maman. Mais en même temps, je faisais partie d'un petit groupe un peu à l'écart, à l'école. Nous nous étions baptisés le Culte créatif – merci de ne pas ricaner.

– Dieu m'en préserve ! plaisantai-je.

– Dieu et moi te l'interdisons, chéri. Nous étions toute une bande d'artistes un peu idiots, bien allumés à l'herbe ; les plus audacieux touchaient à des drogues encore plus fortes – certains ont fini en prison.

– La fureur de vivre, en somme.

– Ce serait trop flatteur. Non, nous n'étions rien de plus que des frimeurs asociaux prétendant se rebeller contre l'autorité. Et donc, quand il était question de musique et d'art de façon générale, nous étions attirés par tout ce qui était d'avant-garde, notamment les bandes dessinées alternatives. Nous étions fans de Robert Crumb, des frères Hernandez, de Peter Bagge… et de Trevor Bitt. Celui-ci publiait à son compte des BD bas de gamme qu'on trouvait dans le bureau de tabac principal de la ville. M. Torticolis était son personnage le plus fameux : corps de géant, petite tête, regard lubrique et mains poilues en forme de griffes.

– Un beau mec, quoi.

– Un authentique Adonis. Le gag récurrent venait du fait que sa tête était plantée à l'envers sur son cou, et donc il passait son temps à se cogner. (Robin leva les yeux au ciel.)

Il percutait souvent les gens, généralement à hauteur de leurs parties génitales...

– Son handicap était pratique, en fin de compte.

– « Oups, pardon, madame... mais dites... maintenant que nos forces tantriques sont entrées en contact, pourquoi ne pas consommer... »

Cet exemple me fit rire. Et Robin de poursuivre :

– Oui, c'était marrant. Enfin, sauf quand M. Torticolis heurtait sa fille, sa mère ou sa grand-mère.

– Ah d'accord.

– C'était super glauque, Alex, et Bitt était si talentueux que son dessin accentuait la réaction qu'il cherchait à provoquer, que ce soit le rire ou la nausée. Les garçons de la bande se tordaient de rire en lisant ses BD, se balançant d'avant en arrière comme des singes déments, mais les filles les trouvaient écœurantes. Elles ont même tenté de convaincre leurs copains de cesser de lire la production de Bitt, ce qui a créé des fractures dans le groupe. C'est une des raisons qui ont causé la dissolution de la bande, même si cette période a surtout pris fin parce que nous étions incapables de rester longtemps focalisés sur une seule et même vision des choses. (Elle posa son toast sur la table.) Et donc, Bitt vit aujourd'hui à Pacific Palisades ? Qui l'aurait cru, à l'époque...

– Oui, dans une maison de style Tudor.

– Je parie que tu vas ensuite m'annoncer qu'il possède un minibus.

– Non, un pick-up, répondis-je, avant de décrire la maison et le jardin de Bitt.

– Un environnement plutôt hostile.

– Ses BD étaient violentes, en plus d'être portées sur le sexe ?

– La violence était omniprésente. M. Torticolis adorait faire exploser des trucs et percuter des détonateurs, des interrupteurs faisant éclater des bombes atomiques ou encore des contacts de scies électriques. Bitt construisait ces scènes avec une grande minutie, à la façon de Rube Goldberg. Dans une de ses BD, des rats géants, en fuyant des chats sauvages, renversent des lampes qui tombent dans des cuves de pétrole, ce qui déclenche d'immenses incendies. Ses dessins sont bourrés de corps qui explosent et surtout de nuages atomiques. Ses histoires se concluent généralement dans un bain de sang, avec des organes et des membres arrachés empilés les uns sur les autres.

Robin posa son toast et conclut :

– Quelle ironie, c'est incroyable. Pendant tout ce temps, on a cru que Bitt se moquait de la société, alors qu'en réalité il était malade.

Après m'être douché pour la deuxième fois de la journée, j'entrais dans mon bureau lorsque le téléphone sonna.

– Tu as bien dormi ? me demanda Milo.

– Comme un bébé. L'interrogatoire des voisins a été fructueux ?

– Non, personne ne sait rien sur qui que ce soit. Comme le dit Felice, les gens du coin n'ont pas pour habitude d'organiser des fiestas de quartier. Seules quatre maisons sont équipées d'une vidéosurveillance – dont une factice, avec de fausses caméras censées dissuader les intrus. Les occupants des trois autres ont accepté sans problème de nous faire visionner leurs enregistrements, malheureusement deux de ces systèmes se résument à une caméra braquée sur la porte d'entrée ; c'est contre-productif, me semble-t-il, mais il est évident que les habitants d'Evada Lane ne s'attendaient pas du tout à subir quoi que ce soit de violent.

– Comment ont-ils pris la nouvelle ?

– Avec l'inquiétude qui convient, sans que ça nous apporte la moindre information utile. Ils ont tous exigé des patrouilles dans le quartier. La seule caméra orientée vers la rue est une antiquité mal entretenue donnant des images granuleuses en noir et blanc ; on distingue tout juste une tache floue quand quelqu'un passe dans le champ. Pendant l'absence des Corvin, on n'y voit pas de silhouette humaine mais trois véhicules. Le premier part de la maison des Corvin à 18 h 16 – c'est la famille qui se rend au restaurant. Un autre fait demi-tour au fond de l'impasse et repart sans s'être arrêté – sans doute quelqu'un qui s'est perdu. Le véhicule le plus intéressant se présente un quart d'heure après le départ des Corvin. Puis plus rien pendant un moment ; soixante-huit minutes plus tard, la même tache floue repasse en sens inverse. Le timing correspond à notre affaire, mais je n'ai aucun indice quant à la marque de la voiture. Je ne peux même pas prouver que c'est le même véhicule qu'on voit lors de ce second passage ; il est possible que quelqu'un se soit garé hors du champ de la caméra et qu'une autre personne soit partie plus tard. J'espérais faire affiner ces images, mais le technicien m'a expliqué que c'était impossible ; il peut au mieux estimer la taille de la voiture : plus grosse qu'un coupé mais plus petite qu'un gros SUV. Vive la précision technologique.

– Tu as parlé à Bitt ?

– Pas encore. Son pick-up est toujours là mais il n'a pas répondu quand j'ai sonné chez lui. Je n'ai pas interrogé ses voisins à propos de lui ; je ne tiens pas à voir des paysans se rassembler armés de torches et de fourches. J'ai creusé du côté des conflits de voisinage, mais ils ne m'ont parlé que des disputes classiques : crottes de chien dans les massifs de fleurs, poubelles laissées trop longtemps sur le trottoir, etc. Pas de violentes querelles. J'ai étendu le porte-à-porte aux rues adjacentes ; Sean y est encore, mais *nada* pour le moment.

– J'ai du nouveau à propos de Bitt, dis-je, avant de résumer ce que m'avait appris Robin.

– Du sang, des tripes et de l'inceste… Il faut vraiment que je fasse connaissance avec ce charmant personnage. Je ne serais pas contre t'avoir avec moi lorsque je tenterai ma chance une deuxième fois chez lui.

– Je serai dispo vers 13 heures.

– Alors disons 13 heures.

# 7

Ma conférence téléphonique prit fin assez tôt ; les deux avocats s'opposant vivement au sujet d'une garde parentale s'étaient enfin décidés à « résoudre rapidement l'affaire pour ménager l'équilibre émotionnel des enfants ».

J'en fis part à la juge.

– Ils disent ça mais, en réalité, ils en restent là car leurs clients arrivent au bout de leurs réserves financières.

– Si ça peut donner un résultat positif…

– Le point positif, c'est surtout la disparition de ces deux idiots de mon agenda.

Je raccrochai et appelai Milo :

– Je peux te rejoindre dès maintenant.

– Enfin une lueur d'espoir en cette sombre journée.

Avec ses fleurs et pelouses lumineuses et les ombres des arbres joliment mouchetées de taches de lumière, Evada Lane avait meilleure allure en plein jour. Malgré la présence de rubalise jaune, la maison des Corvin donnait une impression étonnamment paisible. Plus aucun flic ne surveillait les lieux ; seul Milo m'attendait dans sa voiture.

Il en sortit et nous nous dirigeâmes vers la demeure de Trevor Bitt. Le portail métallique noir dépassait les deux mètres de hauteur.

– Quel accueil… lâcha Milo.

Trois marches nous menèrent à une porte en chêne manifestement taillée à la main. En guise de judas, elle était percée d'un petit panneau coulissant protégé par une grille en fer forgé.

Milo sonna, toqua sur le battant, sonna encore une dizaine de fois, frappa plus fort...

Alors que nous faisions demi-tour, le minuscule panneau s'ouvrit, nous dévoilant un œil marron cerné d'une peau pâle.

– Monsieur Bitt ? dit Milo.

Pas de réponse.

Mon ami produisit son insigne.

L'œil nous dévisageait sans ciller.

– Veuillez nous ouvrir, monsieur. Nous aimerions nous entretenir un instant avec vous.

Toujours pas de réaction.

– Monsieur...

Enfin, une voix profonde répondit :

– À quel sujet ?

– Un crime a été commis chez un de vos voisins.

Pas de réponse.

– Il s'agit d'une affaire grave, monsieur Bitt. Nous interrogeons tous les habitants de la rue.

Silence.

– Monsieur Bitt...

– Je ne suis pas intéressé.

– Vous rendriez les choses plus faciles en ouvrant la porte.

– Plus faciles pour vous.

– Vous n'avez aucune raison de vous opposer à nous, monsieur.

– Je ne m'oppose à personne, je préserve mon intimité.

Le panneau se referma.

Milo sonna encore une dizaine de fois, le visage écarlate :

– Il ne demande pas qui a été tué, ni chez qui. Peut-être parce qu'il est déjà au courant. (Il renonça, puis, de retour sur le trottoir, sortit son téléphone.) C'est une perte de temps, mais bon...

Mis en contact avec John Nguyen, l'assistant du procureur, il lui décrivit la situation et lui demanda si la réaction de

Bitt nous suffisait pour obtenir un mandat de perquisition. Je n'entendis pas la réponse de Nguyen, mais l'expression affichée par Milo fut parlante.

Il se retourna vers la maison de Bitt, dont la végétation épineuse semblait encore plus agressive à la lumière du jour.

– Ce type est un crétin, grogna mon ami. En se comportant de cette façon, il ne fait que m'inciter à m'intéresser de plus près à lui.

Il s'installa au volant de sa berline banalisée et pianota sur l'écran tactile récemment installé.

Malheureusement, et comme précédemment avec la vidéosurveillance, la technologie a ses limites. Il ne dénicha rien sur Trevor Bitt dans les dossiers du LAPD, pas plus que dans la base de données centrale, dans le fichier californien regroupant les délinquants sexuels, ou encore dans une autre base de données nationale privée.

Assis sur le siège passager, je fis apparaître une galerie d'images extraites des bandes dessinées de Bitt. J'y découvris drogue, nudité, sang et autres tabous enfreints avec une violence qui semblait parfois forcée.

M. Torticolis était une andouille grotesque et hirsute portant chemises à fleurs, perles, sandales et pantalons pattes d'eph' incapables de dissimuler de fréquentes érections d'une taille invraisemblable.

Quand il percutait quelqu'un, il clignait d'un œil exorbité, et sa bouche ouverte laissait échapper un filet de bave, auquel s'ajoutaient fréquemment d'abondantes sécrétions d'autres fluides corporels.

En somme, ce personnage était une sorte de bouffon terrifiant, à l'image d'un oncle dont on espère qu'il ne se présentera pas à une réunion familiale.

Des photos de Trevor Bitt le montraient comme un individu des plus ordinaires.

Grand et fin, le dessinateur avait les cheveux impeccablement coiffés, avec une raie sur le côté gauche. Sur le cliché le plus récent, pris une dizaine d'années auparavant tandis qu'il dédicaçait des bandes dessinées lors du Comic-Con International de San Diego, il avait l'allure d'un cadre moyen, avec ses cheveux blancs. Assis avec une certaine raideur, des lunettes perchées sur le nez, il était cerné par des fans, dont certains portaient des costumes faits main de M. Torticolis et des masques grossiers reproduisant son air lubrique. Enfin, punaisé au mur en arrière-plan, on devinait un immense agrandissement du visage baveux du personnage.

Contrastant furieusement avec les visages en adoration des fans ne portant pas de masques, l'objet de leur idolâtrie donnait l'impression de souffrir d'un calcul rénal.

Cet homme souffrait-il d'une timidité maladive ? Les contacts sociaux n'étaient-ils à ses yeux qu'une forme de torture ? Voilà qui expliquait peut-être son style de vie, voire son refus de coopérer avec Milo. D'un autre côté, il était étonnant qu'un crime commis chez ses voisins ne suscite pas la moindre curiosité chez un individu ayant créé des images et des dialogues tordus des décennies durant.

*Peut-être parce qu'il est déjà au courant ?*

– Pas même un délit mineur, dit Milo, mettant un terme à ses recherches. On a simplement affaire à un abruti qui refuse de nous aider.

Je lui fis voir les dessins de Bitt, qu'il survola en quelques secondes.

– Déprimant, jugea-t-il, avant de tendre le menton vers la demeure des Corvin. C'est dans le ton de ce qui s'est passé là, non ?

– Tu devines ce que je vais te dire, Grand.

– Ouais, ouais, je sais : les données sont insuffisantes pour émettre un diagnostic.

Il contacta Binchy et brancha le haut-parleur de son téléphone.

– J'en ai terminé, lieut', répondit Sean. La seule chose que j'ai à me mettre sous la dent, c'est une femme, à deux rues d'ici, qui dit avoir vu un pick-up vers 20 heures, 20 h 30. Elle a été cambriolée l'an dernier et assure qu'elle ouvre l'œil désormais, mais ce n'est sans doute pas vraiment le cas, car elle est incapable de nous donner une heure précise ou la marque et le modèle du véhicule. Selon elle, celui-ci roulait avec une « lenteur suspecte », comme si son conducteur effectuait un repérage de la rue. Elle a voulu nous prévenir, sur le moment, mais elle a ensuite oublié de le faire.

– Elle ouvre l'œil et ce qu'elle voit lui sort de la tête ?

– Elle a dans les quatre-vingt-dix ans. Elle m'a demandé si la police tenait à jour un fichier recensant les phénomènes paranormaux. Quand je lui ai répondu que ce n'était pas le cas à ma connaissance, elle m'a jeté un regard dubitatif, comme si je lui dissimulais quelque chose. Elle a ajouté que sa rue était une cible pour les « extraterrestres » parce que leurs vaisseaux se posent plus facilement près de l'océan.

– Ayons une pensée émue pour les malheureux habitants de Malibu, alors... plaisantai-je.

– C'était le doc ? demanda Binchy.

– Salut, Sean.

– Bref, cette femme est le témoin idéal, grogna Milo. Je parie que tu vas me dire qu'elle porte des lunettes en cul de bouteille.

– Vous ne croyez pas si bien dire, lieut'...

– Génial. Mais attends, Sean, figure-toi que le seul véhicule qui nous a fait tiquer est passé dans le coin vers 20 heures, justement.

– Waouh ! En plus, la rue où vit cette dame est une des rares des environs à ne pas être une impasse. Elle débouche sur Sunset Boulevard quatre pâtés de maisons plus au nord ; c'est donc une voie idéale pour entrer ou sortir du quartier.

– Quelle importance, quand on peut poser son vaisseau spatial n'importe où ? ironisa Milo. Elle est certaine d'avoir aperçu un pick-up ?

– C'est ce qu'elle affirme.

– Le voisin bizarre des Corvin en a un, justement, un vieux Dodge Ram, et il a refusé de nous ouvrir et de répondre à mes questions. Je t'envoie une photo de lui ; vois avec Mme E.T. si sa trogne lui dit quelque chose.

Milo joignit le geste à la parole, puis fit quelques pas sur le trottoir. Binchy le rappela peu après :

– Elle dit qu'elle l'a peut-être déjà vu. Franchement, lieut', je pense qu'elle n'en sait rien du tout.

– La franchise est une maîtresse cruelle, Sean.

# 8

De retour chez moi, je gagnai l'atelier de Robin, à qui je décrivis le refus de Bitt de s'entretenir avec nous.

– Ça ne m'étonne pas, me répondit-elle. Je ne l'imaginais pas du genre sociable.

– Tu n'aurais pas dans tes relations des gens le connaissant personnellement, par hasard ?

– Non, désolée.

Elle chassa la sciure de ses mains, ouvrit le bocal de bâtonnets de viande séchée et en donna un à Blanche, puis remplit deux tasses de café et m'en tendit une.

Deux gorgées plus tard, ma compagne ouvrit grand ses yeux marron :

– Ah mais si, je connais peut-être quelqu'un, chéri. Tu te rappelles quand j'ai fabriqué une copie de guitare Danelectro pour Iggy Smirch ? Il me semble que Bitt a dessiné la pochette d'au moins un de ses albums.

– Le concept d'album est désuet, de nos jours.

– Tiens, voilà, dit-elle, pianotant sur son iPad. *Les Toilettes de Karl Marx*. La pochette de cet album est typique du style de Bitt hors M. Torticolis.

Je découvris un paysage urbain en noir et blanc. Une silhouette solitaire arpentait une ruelle plongée dans l'ombre de gratte-ciel curieusement luisants. En observant le dessin de plus près, on se rendait compte que ces bâtiments étaient en réalité de monstrueux empilements de viscères.

– C'est dégueu mais le bonhomme a du talent, non ? dit Robin. Attends, j'appelle Iggy.

Elle se dirigea vers son bureau, dans un coin de l'atelier, et fit défiler les pages de son Rolodex datant d'avant l'ère informatique. Elle secoua la tête :

– Navrée, chéri, ça fait une éternité… Je ne suis même pas sûre qu'il soit encore en vie. (Elle farfouilla sur son téléphone.) D'après Google, il aurait aujourd'hui… soixante-quatorze ans. Il n'a rien enregistré depuis des années. Attends, je passe quelques coups de fil.

Robin contacta des musiciens, des agents et des managers, remontant une chaîne au bout de laquelle elle obtint ce qui était peut-être le numéro de téléphone personnel d'Isaac « Iggy Smirch » Birnbaum.

L'ultime maillon était un producteur à la retraite établi à Scottsdale :

– Ig ? Il vit dans votre coin, à Sherman Oaks. Dites-lui qu'il me doit toujours un déjeuner !

– Iggy ? Robin Castagna à l'appareil.

– Qui ça ? répondit l'ancienne star.

– Vous ne vous souvenez peut-être pas de moi, mais je vous ai fabriqué une…

– Vous êtes qui, exactement ?

– Je suis luthière. Je vous ai fait une réplique de Danelectro à quatre micros…

– Ah oui, bien sûr… Je vous situe, vous êtes la mignonnette qui manie de puissants outils. Ouais, cette gratte était géniale… C'est bien vous, donc ? La petite créature de rêve aux mains magiques ? Vous avez envie de me fabriquer un autre instrument ?

– Ce serait avec plaisir.

– Non, je ne joue plus de guitare pour qui que ce soit et je n'en veux pas d'autre, j'ai déjà trop de bordel qui s'entasse.

Mais je ne vous ai pas oubliée, vous étiez vraiment… charmante.

– Merci.

– Je vous en prie. Alors, qu'est-ce qui me vaut le plaisir de votre appel ?

Robin lui résuma la situation.

– Vous êtes avec un psy-flic ? l'interrompit Iggy Smirch. Vous étiez déjà en couple avec lui quand vous m'avez fabriqué cette guitare ?

– Oui.

– Je me rappelle que vous habitiez à Beverly Glen. À l'époque, je me suis demandé comment vous aviez pu vous offrir une telle maison. Vous y êtes toujours ?

– Oui.

– Maquée à un psy… Vous êtes heureuse avec lui ?

– Tout va pour le mieux, oui.

– Robin…

– Castagna.

– Ah oui, Robin Castagna… Écoutez, je ne voulais pas dire de mal de la Dano en vous disant que je n'en joue plus. Je kiffais cette gratte, pour être franc. J'en ai joué pendant des années, puis je l'ai donnée à une de mes petites-filles, qui est accro à la technique et à la vitesse. Pour elle, mes solos craignent grave ; elle ne jure que par Steve Vai. Et je dois dire que les micros que vous avez ajoutés sur cet instrument donnent des sons intéressants quand on les pousse vers leurs limites… Et donc, vous êtes avec un psy ? À Beverly Glen. C'est drôle, le karma, quand même : figurez-vous que je me trouve en ce moment même pas loin de chez vous. J'ai donné une conférence devant des étudiants, à l'université ; j'ai comparé l'art à un « mensonge constructif ». La prof était une idiote qui se prenait pour une pointure, et ses élèves m'ont donné l'impression d'être encore en âge de porter des couches. Je leur ai dit d'oublier toutes les conneries qu'elle leur servait, de laisser tomber les arts et la musique, de se dégotter des boulots normaux, de devenir des citoyens responsables. La prof crétine a ouvert les yeux comme des soucoupes, et les mômes ont soudain paru avoir vraiment besoin de couches.

– Vous leur avez donné un sage conseil, Ig, jugea Robin.

– Bref, vous voulez en savoir un peu plus sur Bitt. Ce type est un authentique trou du cul. Vous êtes toujours avec lui, donc ? Je parle du psy, pas du trou du cul. C'est pour lui que vous m'interrogez ?

– Eh oui, c'est le grand amour, Ig.

– C'est ce que j'éprouvais pour ma cinquième femme, mais finalement elle ne valait pas mieux que les précédentes.

– Je peux vous passer Alex ?

– Alex. Le psy a donc un prénom. Non, ne bougez pas, j'arrive. Vous êtes sur mon chemin et je suis sur le parking de l'université. Si j'ai accepté de donner cette conférence, c'est uniquement parce qu'on m'a permis de me garer gratuitement – à l'époque où j'étais étudiant, c'était mission impossible.

– Vous avez fréquenté l'université ?

– Ne soyez pas si choquée. Oui, j'ai décroché une licence en chimie, *cum laude*. C'est d'ailleurs pour payer mes frais de scolarité et mon loyer que je me suis lancé dans le rock alternatif ; qui aurait cru que je donnerais des concerts toute ma vie ! Rappelez-moi donc votre adresse.

Quatorze minutes plus tard, une Ferrari F430 noire s'immobilisa devant la maison après un ultime rugissement. Ce bolide était si près du sol que son pilote eut besoin d'un certain temps pour s'en extraire, non sans grimacer.

À sa grande époque, Iggy Smirch, quand il se produisait sur scène, portait un pantalon de cuir noir et des chaussures rouges à semelles compensées – mais pas de chemise, afin de mieux exhiber son torse dépourvu de la moindre couche de graisse.

S'il était resté fidèle au pantalon et aux chaussures, il cachait désormais un thorax quelque peu épaissi sous un pull noir à col en V.

Exception faite de son torse devenu imposant, cet homme d'une taille modeste était resté assez sec, avec une tignasse de cheveux teints en noir sur un crâne peut-être un peu trop gros. Sans graisse pour combler ses rides, Iggy, les traits déjà anguleux et marqués au temps de sa jeunesse, évoquait à présent un sachet froissé, ses yeux marron réduits à deux taches d'huile sur un visage bronzé.

Il s'approcha de nous en boitillant, puis, après s'être un instant frotté le torse, étreignit et embrassa Robin. Il s'éternisa un peu trop, et sa main s'attarda près des fesses de ma compagne quand enfin il s'écarta d'elle.

– Ig, je vous présente Alex Delaware, dit Robin en prenant ses distances d'un mouvement gracieux.

– Vous avez touché le jackpot avant tout le monde, pas vrai ? me lança le vieux musicien, qui me donna sa main fragile à serrer avant de revenir à Robin. Il vous apporte un bienfait psychologique, c'est ça ? C'est pour ça que vous restez avec lui ?

– Oui, on peut dire ça. Entrez, Ig.

Elle s'engagea sur les marches menant à la terrasse.

Iggy Smirch la suivit à petits pas, une main sur la rampe, sans oublier de suivre du regard le balancement de ses fesses.

– Le psy décroche la timbale... se désola-t-il. J'aurais dû poursuivre mes études.

À l'intérieur, il se figea en découvrant Blanche assise près de la porte.

– Qu'est-ce que c'est que ça ? Un pitbull nain ?

– Un bouledogue français.

– Il mord ?

– Non, Ig, répondit Robin. Regardez, elle vous sourit.

– Il faut se méfier des chiens qui sourient – c'est comme pour les policiers. Sympa, chez vous. Voyons votre atelier. Je crois m'en souvenir mais j'aimerais avoir la confirmation que je ne perds pas totalement la boule. Au fait, je ne serais pas contre un verre d'eau.

Il traversa la maison d'un pas tranquille, mais sa respiration se fit rapidement sifflante.

– La cigarette m'a détruit les bronches, expliqua-t-il, comme s'il en avait l'habitude. C'est le jeu…

Parvenus à la porte du fond, nous descendîmes dans le jardin.

– Très chouette, ce bassin à poissons. Oui, oui, je m'en souviens, maintenant. Ils ont grandi, dites-moi !

Il s'approcha de l'établi de Robin et souleva la guitare archtop en cours de réalisation.

– Joli… mais je n'ai plus assez de force dans les doigts pour jouer de la guitare acoustique. Oui, mes souvenirs me reviennent. Ça ne vous dérangerait pas d'éloigner un peu le chien ? Je ne suis pas fan.

– Pas de souci, dit Robin, qui entraîna Blanche dans un coin de la pièce et lui murmura quelques mots en la caressant.

La chienne poussa un grognement affectueux et s'installa.

– Qu'est-ce que vous lui avez dit ? voulut savoir Iggy. Que ce vieux bonhomme est un peu cinglé ? Ce n'est rien à côté de Bitt, je vous assure ; ce type était un modèle de frappadingue.

– C'est-à-dire ? m'enquis-je.

– Pourquoi vous vous intéressez tant à lui, docteur Alex ? J'ai tapé votre nom sur Google en route ; je ne vous ai pas trouvé d'activité policière, ni de site Internet ou de page Facebook. Vous avez un vrai travail ou vous vivez de vos rentes ?

– Il travaille beaucoup trop, Ig, intervint Robin. Il ne fait aucune publicité car les gens trouvent toujours un moyen de le contacter.

– Vous m'en direz tant… La seule info que j'ai dénichée sur vous, c'est que vous avez été psy à l'hôpital pour enfants. J'adore cet endroit. Un de mes petits-fils y a été soigné du cœur ; j'ai fait un don. (Soudain, il serra les poings.) Attendez… Ne me dites pas que Bitt s'en est pris à un gamin ?

– Non, absolument pas.

– Je dis ça parce que ses dessins sont sacrément tordus : viol, inceste… Tout ça, c'est de la blague, pour lui.

– Notre affaire ne concerne aucun enfant.

– Pourquoi vous vous intéressez à lui, alors ?

– Je ne peux rien vous dire, désolé.

– Vous bossez pour cette putain de CIA ou quoi ?

– Un crime a été commis la nuit dernière, expliquai-je. Rien n'indique que Bitt soit coupable, mais son nom est apparu au cours de l'enquête. J'aimerais vous en dire davantage mais ça m'est impossible. D'après Robin, vous le connaissez suffisamment pour m'en faire une description détaillée.

Iggy Smirch se massa le torse puis ouvrit la bouche, dévoilant de fausses dents trop grandes.

– Je ne voulais pas vous contrarier, je suis seulement curieux de nature. Alors comme ça, vous menez une enquête ? Sur un crime, donc. D'accord, je vais vous dire tout ce que je sais sur ce type, je suis à fond derrière les forces de l'ordre.

Il clopina jusqu'au canapé et s'y installa en jetant un coup d'œil en direction de Blanche, qui, guidée par son instinct affûté, lui tournait le dos.

– Bitt a dessiné la pochette d'un de mes albums, poursuivit-il. Mon producteur m'avait recommandé de faire appel à lui ; il ne m'avait pas montré l'ensemble de son travail – il m'avait caché ses créations les plus tordues – et j'avais été époustouflé par son talent. J'ai fait la connaissance de Bitt dans un restaurant – le Duke's, à West Hollywood. Il a griffonné sur une serviette et ça a donné une reproduction de la *Joconde* – un vrai chef-d'œuvre. J'aurais aimé garder cette serviette, malheureusement elle était tachée de sauce. Le talent de ce gars était évident, mais la collaboration avec lui a été pénible.

– Il n'était pas fiable ?

– On pouvait compter sur lui pour être un emmerdeur de première, en tout cas. Mon album était centré sur le fait que tous les principes qui se terminent par « isme » ne sont rien d'autre que des conneries – communisme, capitalisme, végétarisme, etc. J'ai expliqué ce concept à Bitt ; il m'a écouté, puis, sans autre commentaire, m'a répondu qu'il était d'accord pour se charger de la pochette de l'album pour le tarif – payable d'avance – qui lui semblait juste. Quand je lui ai demandé s'il avait déjà des idées en tête, il m'a dit qu'il n'avait que ça, des idées. Tout ça en dessinant sur la serviette, en la regardant à peine. Les honoraires qu'il exigeait équivalaient à plus du double de ce qu'on avait l'habitude de régler pour le dessin, et vouloir être payé en totalité d'avance était carrément inadmissible – on versait plutôt la moitié à la commande et le solde à la livraison –, mais quand j'ai posé les yeux sur cette serviette, j'ai dit banco. Il a dessiné cette foutue *Joconde* tout en bâfrant. Ce mec était un génie, c'était évident, à la hauteur de Giger. Je kiffe Giger, mais on avait déjà pas mal fait appel à lui, il était temps de passer à autre chose. J'ai filé son fric à Bitt sur place, au restaurant. Quand j'ai voulu l'appeler, quelques jours plus tard, pour lui suggérer des idées qui m'étaient venues, il n'a jamais décroché. On a multiplié les tentatives… Rien. Le temps passait ; tout était prêt pour la sortie de l'album, sauf cette foutue pochette.

– Il avait du retard ? hasardai-je.

– Non, justement, c'est ça le truc dingue, me répondit Smirch. Il s'est pointé à la date limite, au jour près, avec un énorme carton à dessins dans les bras. Il en a sorti une feuille protégée dans une pochette plastique et l'a posée sur le bureau du producteur. Et il a fait mine de repartir. (Smirch leva les mains, désabusé.) Ça n'avait rien à voir avec ce dont on était convenus. Le producteur l'a aussitôt fait remarquer ; Bitt s'est figé et est resté planté là comme un putain de robot, sans nous regarder. « Nous avons pourtant discuté en détail de ce projet », a ajouté mon producteur. « Vous en avez parlé, c'est vrai, et moi j'ai écouté », a simplement répondu Bitt, avant de filer.

– Et vous avez utilisé son dessin pour votre album ?

– On n'avait pas le choix. De toute façon, il avait pondu un truc génial. L'album s'est vendu comme des petits pains.

– Vous n'avez plus jamais collaboré avec lui ?

– J'aime varier les plaisirs, docteur Alex, chambouler les choses. Giger était une exception parce qu'il avait son propre univers, très original.

Smirch jeta un regard sur Robin, qui examinait le dos d'une guitare Martin du XIX^e^ siècle qu'un collectionneur taïwanais l'avait chargée de réparer.

– Même sans ce bug, vous seriez passé à un autre dessinateur pour l'album suivant, donc ?

– Exact, docteur Alex, même si Bitt avait été aussi inoffensif que des corn flakes.

– Vous le jugez dangereux ?

– Pas vous ? sourit Iggy. Ne prenez pas la peine de me répondre, j'ai pigé. Vous allez ensuite me demander si je l'ai déjà vu faire quoi que ce soit de flippant. Non, pas vraiment, mais quelque chose clochait dans son crâne. On aurait dit qu'il avait une cocotte-minute à la place du cerveau. Il ne répondait pas quand on lui adressait la parole. Il était calme, mais pas zen, loin de là ; il faisait plutôt penser à un volcan endormi. Bon, cela dit, j'ai dû passer deux heures avec lui, au total.

– Votre producteur en saurait-il davantage sur ce type, d'après vous ?

– Lanny Joseph... Oui, possible, si son cerveau fonctionne encore. Ce putain de fossile ambulant est encore plus vieux que moi. Aux dernières nouvelles, il a pris sa retraite en Arizona. Ou en Floride. Enfin, il a filé quelque part... Attendez une seconde.

Il sortit un téléphone couvert d'une coque de protection d'un noir scintillant parsemé de crânes rouges.

– C'est un cadeau de ma petite-fille guitariste, expliqua Iggy. J'aurais préféré une coque Gucci, mais je ne veux pas la vexer.

Il fit défiler ses numéros programmés, lança un appel et se trouva bientôt en communication avec un certain Oswald.

– Je cherche Lanny Joe, il respire encore ?... Ah, ça fait plaisir à entendre. Tu sais s'il est encore *compos mentis* ? C'est du latin, ça veut dire sain d'esprit... Ah, ouais, je sais, mon pote, on avait tous un peu l'esprit ailleurs, à l'époque... Ouais... Bon, tu sais où Lanny crèche aujourd'hui ?... Non, ce n'est pas une histoire de fric, Oz, je veux seulement lui parler d'un ami commun. Tu as son numéro ? OK, merci, mec.

Il mit fin à la communication et débita sept chiffres de mémoire.

– Lanny habite à Fort Myers Beach, en Floride, conclut-il.

Je pris note de ces renseignements et remerciai Iggy, qui s'adressa à Robin :

– C'est une vieille Lyon & Healy ?

– Non, une New York Martin, répondit-elle.

– De quelle année ?

– 1835.

– Presque aussi vieille que moi. Le chevalet est en ivoire ?

– Tout à fait, Ig.

– Parfait. Ces putains d'éléphants écrasent des gens ; on n'a pas besoin d'eux. Tiens, ça vous dirait de me faire une nouvelle gratte ?

– Vous comptez remonter sur scène, Ig ?

– Aucune chance, chérie, c'est seulement un prétexte pour vous revoir.

Robin raccompagna Smirch à sa voiture, sa main sur son coude tremblotant – ce qui valut au vieux musicien son plus grand frisson de la journée.

Quant à moi, je joignis Lanny Joseph depuis mon bureau. Une voix féminine dotée d'un accent cubain à couper au couteau me demanda qui j'étais.

– Un ami d'Iggy Smirch, répondis-je.

– D'accord, et c'est pour quoi ?

– J'aimerais lui parler de Trevor Bitt.

– C'est un autre musicien ?

– Un dessinateur. Un artiste, si vous voulez.

– Comme moi. Attendez, je vais voir.

Plusieurs minutes s'écoulèrent dans le silence, puis une voix encombrée m'apostropha :

– Lanny à l'appareil, z'êtes qui ?

J'eus tout juste le temps de prononcer quelques mots avant d'être interrompu :

– Ah, Iggy, mon fasciste préféré. Il s'est enfin décidé à consulter un psy ? Excellente initiative, mais en quoi ça me concerne ? Je suis très occupé à guetter les dauphins ; c'est l'heure où ils font des bonds hors de l'eau.

Je repris mon laïus mais Lanny Joseph me coupa de nouveau la parole :

– Le LAPD ? « Central à Adam-12, on a une urgence au croisement de Lexington et de la Cinquième Avenue[1] ! » Haha... Bitt a fait une connerie ?

– Nous cherchons simplement à nous renseigner sur lui.

– Je n'en serais pas surpris, en tout cas. Ce type est cinglé. Quand on voit les dessins qu'il faisait... c'était écœurant.

– Vous en parlez au passé, relevai-je. Il a pris sa retraite ?

– Je crois qu'il a laissé tomber son boulot, à vrai dire. Ça ne lui a pas posé de problème car il a hérité d'un bon paquet de fric.

– D'où vient sa famille ?

Aucune idée. Iggy vous a parlé des *Toilettes de Karl Marx* ?

– Oui, Bitt a été mieux payé que la normale pour créer la pochette de cet album.

– Beaucoup plus. Plus que Giger, même, que tout le monde s'arrachait. Il a reçu plus de billets qu'on en a raqué pour reproduire une photo d'un tableau flippant de Jérôme Bosch appartenant à un Allemand. C'était pour *Passage vers*

1. Référence à la série *Auto-patrouille* (*Adam-12* en version originale), diffusée dans les années 1970.

*l'oubli* ; on a craché un sacré paquet, je vous dis, mais Bitt a reçu encore plus de fric. Non seulement il nous a arnaqués, mais en plus il nous a livré un dessin qui ne correspondait pas du tout à notre commande. On s'en est quand même servi parce qu'on avait des délais à respecter. Quand j'ai appris qu'il avait quitté le métier, je me suis dit que c'était le jour de chance du reste du monde.

– Et comment l'avez-vous su ?

– Je ne sais plus, docteur... Quelqu'un a dû m'en parler... Ah oui, ça me revient ; vu les ventes excellentes de *Karl*, un collègue qui produisait Tommyrot a voulu faire appel à Bitt. Quand il a appris que celui-ci avait pris sa retraite, il m'a appelé pour se plaindre, comme si c'était ma faute. Il voulait que je convainque Bitt de se remettre au boulot pour lui. Comme si j'étais lié à ce trou du cul psychotique ! Pourquoi les flics le recherchent ? Et pourquoi ils ont mis un psy à ses trousses ? Il est cinglé ?

– Je ne suis pas autorisé à entrer dans les détails, désolé.

– Oubliez ma question, on s'en fout, après tout, lâcha Joseph. La curiosité tue les chats *has been*, comme dit le proverbe. Iggy vous a donc dit que j'avais dégotté Bitt pour la pochette de son album, c'est ça ? Et il me le reproche ?

– Non, pas du tout. Je lui ai demandé comment il avait fait la connaissance de Bitt et...

– Et vous, au fait, d'où vous connaissez Iggy ?

– Ma compagne lui a fabriqué une guitare.

– Votre chérie... Ce ne serait pas la mignonnette installée dans un atelier dans les collines ?

– C'est elle.

– Et c'est votre copine ! dit l'ancien producteur, qui laissa échapper un sifflement admiratif. Iggy l'appréciait beaucoup.

– Et vous, comment avez-vous rencontré Bitt ?

– Même chose : par une nana.

– Laquelle ?

– La copine de Bitt, une intello. Je l'ai croisée à un gala de bienfaisance, je ne sais plus lequel.

– Ici, à Los Angeles ?

– Non, à San Francisco. Je montais souvent là-bas, à l'époque ; j'y produisais un tas de groupes. Je louais une maison flottante à Sausalito et j'enchaînais les soirées, comme ce gala au bénéfice d'une œuvre caritative – je ne sais plus pour quoi, c'était toujours le même train-train emmerdant. Et soudain, j'aperçois cette nana canon. Je m'approche, je discute un peu avec elle en balançant plein de noms connus, je me dis que c'est une affaire qui roule. Et d'un coup, ce type surgit de nulle part, je ne l'ai pas vu arriver ; il s'est instantanément matérialisé entre cette fille et moi, comme du brouillard, un joint à la bouche mais en costume-cravate. Il lance un regard qui tue à sa copine, qui s'éclipse aussitôt, puis c'est sur moi qu'il pose son regard mortel. Je l'interroge : « Vous êtes qui ? » Il me répond « Le Rembrandt de ce siècle » et s'éloigne. Je me suis ensuite renseigné auprès d'un invité pour savoir qui était ce trou du cul. Je le connaissais de nom car j'avais vu certaines de ses œuvres lors d'une expo de dessinateurs de BD, dans je ne sais quelle galerie à la mode, mais j'étais loin d'imaginer qu'il avait une allure de PDG. Quelques mois plus tard, quand est venu le moment de s'occuper de la pochette de *Karl*, Ig était d'humeur très sombre. Je me suis dit que Bitt nous ferait le dessin idéal. J'ai demandé ses coordonnées à une connaissance – je ne sais plus qui, ne me posez pas la question. Iggy vous a raconté la suite. C'était une époque de folie ; un jour, des membres du groupe de Zappa se sont pointés aux Studios Gold Star et…

J'écoutai quelques minutes Lanny Joseph laisser libre cours à sa nostalgie, puis il reprit son souffle et conclut :

– Fin de l'histoire.

– Vous voyez autre chose à me dire à propos de Bitt ?

– Ce gars dessinait comme un dieu mais c'était sa seule qualité. Ah ! Voilà les dauphins ! Je vous laisse, ciao !

Une recherche sur Internet me révéla que Trevor Bitt avait tendance à exprimer des opinions très tranchées, que ce soit pour ou contre. J'eus également la confirmation qu'il n'avait jamais connu de soucis d'argent.

Il tenait son aisance d'un arrière-arrière-grand-père – Silas Bitt – financier à New York et associé de Rockefeller. Aucune trace d'accomplissements professionnels de ses descendants ; le reste de la famille en avait peut-être profité en se la coulant douce.

Taper les mots « silas » et « bitt » dans la barre de recherche ne m'offrant que davantage de liens en rapport avec Rockefeller, je revins à l'arrière-arrière-petit-fils du financier.

Comme tout ce qui concernait le dessinateur, la richesse de Bitt donnait lieu à des opinions extrêmes des deux côtés : il était aussi bien décrit comme un outil dépensier du Monstre capitaliste que comme un génie ayant intelligemment exploité sa fortune pour créer des œuvres d'art révolutionnaires.

Je poursuivis mes recherches, surfant d'un site à l'autre. Bitt ne sévissait plus depuis près de vingt ans et ses ouvrages étaient tous épuisés depuis longtemps. Le prix modique de ceux que l'on trouvait encore d'occasion indiquait que l'artiste avait sombré dans l'oubli.

Diverses théories expliquaient son retrait : une addiction à l'héroïne, au crack, à la méthamphétamine – rayez les mentions inutiles – ; une hospitalisation prolongée en institution psychiatrique pour soigner une schizophrénie, une dépression, voire le syndrome Vincent van Gogh – qu'est-ce que ça pouvait bien être ? – ; une maladie physiquement débilitante telle que la chorée de Huntington ou la maladie de la vache folle ; ou encore un simple *burn out.*

Ces grandes vérités étant toutes gracieusement offertes par les internautes crachant anonymement leurs hypothèses sur Internet.

Rien, dans l'historique de Bitt, ne suggérait même de loin une quelconque tendance à la criminalité.

Appeler Milo pour lui faire part de cette mauvaise nouvelle me semblant indélicat, j'optai pour un silence de vingt-quatre carats.

# 9

Milo m'appela trois jours plus tard :

– Le légiste n'a toujours pas identifié notre John Doe. Ce pauvre type avait le cerveau bourré de plombs et, comme on l'avait supposé, les amputations ont été pratiquées *post mortem*, sans doute au moyen d'une scie électrique ou d'une tronçonneuse. Il n'avait pas les artères en très bon état, sans pour autant être à deux doigts de la crise cardiaque, et il a vécu des années compliquées avant d'être tué : ablation de la rate et du rein gauche, deux anciennes fractures au fémur gauche, et d'autres sur la clavicule gauche et sur quatre côtes.

– Un accident de voiture, peut-être ?

– Ce pourrait être des séquelles de n'importe quel type de choc, d'après le coroner.

– Les fractures à la jambe ont-elles pu provoquer une claudication ?

– C'est vraisemblable.

– On peut estimer de quand datent ces blessures ?

– Probablement de moins de dix ans. Et comme notre bonhomme avait entre cinquante et soixante ans, il ne les a pas récoltées au cours de matchs de football universitaire.

– Elles pourraient être liées à son boulot. Il était peut-être chauffeur de poids lourd, ou alors il manipulait de gros engins.

– Il peut aussi avoir bêtement chuté dans un escalier un jour de malchance.

– Entre cinquante et soixante ans, ça le met dans la tranche d'âge de Bitt.

– Ce serait un vieux pote ? Pourquoi pas, mais il va falloir prouver tout ça. Bilan des courses : pas de miracle à l'autopsie. Les blessures du cadavre nous révéleront peut-être quelque chose si je fais appel aux médias.

– Tu n'es pas certain de le faire ?

– Si, ça va sans doute se terminer comme ça, mais je m'accorde encore une journée pour parcourir une dernière fois les fichiers de personnes portées disparues. Avec un peu de chance, un détail nouveau me sautera aux yeux et m'évitera de me taper toutes les conneries journalistiques.

– John Doe en a bavé, apparemment, contrairement à Bitt, qui profitait d'une fortune héritée depuis un bon moment.

Je révélai à mon ami les nouvelles informations apportées par Iggy Smirch et Lanny Joseph.

– OK, un môme élevé grâce à un compte d'épargne bien garni. Voilà qui explique son attitude snobinarde. J'y ai encore eu droit ce matin. Quand j'ai frappé chez lui, il a entrouvert sa porte et m'a dévisagé comme si j'étais un étron. Quand j'ai eu terminé mon baratin, il m'a tourné le dos et a claqué sa foutue porte. Dans ces moments-là, je regrette de ne pas vivre dans un État policier.

– Je te vois bien enfonçant des portes avec Kim Jong-un !

Milo s'esclaffa et poursuivit :

– Notre gus plein aux as prend sa retraite et s'installe à Pacific Palisades… Ouais, ça colle, mais je ne trouve toujours rien de bien méchant dans son historique. Pas mieux chez Chet Corvin, d'ailleurs, si ce n'est des yeux qui se lèvent au ciel quand j'en parle.

– Qui a réagi comme ça ?

– Sa secrétaire. Je suis allé à son bureau hier. Si on en croit ce qui est indiqué sur la porte, c'est l'agence locale de sa société, mais dans les faits ça se résume à deux pièces dans un immeuble quelconque du sud de Beverly Hills.

Corvin y bossait seul avec sa secrétaire, une septuagénaire coincée. Cet endroit m'a fait l'effet d'une boîte aux lettres dont le rôle se limite à justifier l'activité de la société en Californie. Cette femme m'a confirmé les paroles de Chet, à savoir qu'il est très fréquemment en déplacement. Il réserve lui-même ses billets pour ses trajets. Elle n'a pas été surprise de me voir car Chet lui avait parlé du cadavre, avec des détails crus. C'est en me donnant cette précision qu'elle a levé les yeux au ciel. Elle m'a dit que ça l'avait écœurée. Elle a renouvelé sa moue lorsque je lui ai demandé si elle pouvait me renseigner à propos d'éventuels amis de son patron, que ce soit *via* le boulot ou autre. « Aucune idée, lieutenant, mais je suis sûre que tout le monde adore Chet. »

– Le charme de son patron ne lui fait plus d'effet, apparemment.

– Qu'elle ne puisse plus le supporter m'a paru une bonne nouvelle – elle n'aurait pas tendance à le protéger –, mais elle n'a rien su me dire quand je lui ai demandé si quelqu'un avait une dent contre lui. Bref, elle ne savait pas grand-chose, point final. Elle est surtout payée pour chauffer son siège et prendre les messages, on dirait. Elle n'a pas reçu le moindre appel ou courrier louche destiné à M. Corvin depuis qu'elle travaille pour lui, c'est-à-dire un an et demi.

– Il organise lui-même ses voyages... peut-être pour ne pas dévoiler certains détails ?

– Une femme dans chaque port ? Des maris furax ? J'y ai pensé, mais pourquoi ne pas viser Corvin directement ? Pourquoi déposer un John Doe sans mains dans sa baraque ?

– Rien à dire sur les vêtements de notre cadavre anonyme ? Ils m'ont paru très ordinaires.

– Parce qu'ils le sont. Il avait des Nike aux pieds, et du *made in China* pour le reste, acheté dans des magasins discount un peu partout dans le pays.

– Ce n'était donc probablement pas un partenaire de golf de Chet, ni un descendant d'un pote de Rockefeller.

– À moins qu'il ne fasse partie des richards qui vivent comme tout le monde. Tiens, c'est peut-être un cousin de Trevor, et les Bitt ont un peu trop forcé sur les mariages consanguins ? Ils viennent d'où, au fait ?

– L'ancêtre a fait fortune à New York.

– *New York, New York*... chantonna Milo, se prenant pour Sinatra. Bon, OK, je vais voir ce que je trouve sur ce clan. Si je découvre une grosse dispute à propos d'un héritage et un cousin qui boite dont on n'a plus de nouvelles, tu seras mon meilleur ami.

– Ah, parce que ce n'est pas déjà le cas ?

– Disons que tu le seras encore plus. Notre amitié se hissera à un niveau supérieur, un peu comme ce qui se fait dans ces week-ends de stimulation relationnelle. Sauf qu'au lieu de Kumbaya[1] et de méditation, tu auras droit à une invitation à dîner. Avec Robin et le chien. J'achèterai même de la nourriture pour tes poissons.

Je fis quelques recherches. Comme beaucoup de riches héritiers, les Bitt semblaient vivre sans laisser de traces.

Internet me fit découvrir une poignée d'individus portant ce nom, mais aucun n'était de la famille du dessinateur. Au moment où j'éteignais l'ordinateur, Lenore, de mon service de standard téléphonique, m'appela :

– J'ai un M. Corvin en ligne, Docteur Delaware. Il n'a pas voulu préciser à quel sujet il souhaite vous parler. Quand je lui ai proposé de laisser son numéro, il a insisté, en affirmant que vous sauriez de quoi il était question. Je lui ai demandé s'il y avait urgence, ce qu'il a confirmé, mais ça ne m'en donne pas l'impression, même si je ne suis pas psy.

– Rien à voir avec l'angoisse classique, donc ?

1. Chanson de feu de camp typique.

– Non, au contraire, Docteur. Il est très calme. Pour tout vous dire, on dirait qu'il cherche à vendre quelque chose, à l'entendre. Je l'ai mis en attente. Je peux lui dire que vous n'êtes pas disponible…

– Non, c'est bon, passez-le-moi. Et merci pour votre prudence, Lenore.

– Toujours.

Un clic.

– Docteur Delaware à l'appareil.

– Bonjour, docteur, ici Chet. Comment ça va ?

– L'enquête, vous voulez dire ?

– Oui, et le reste, façon de parler. J'ai vu que votre prénom est Alexander, et non Alan, comme je le croyais. Enfin, j'ai besoin de vous. Ma fille, pour être plus précis.

– Chelsea a des soucis ?

– Je vous explique : on est de retour à la maison depuis mercredi. Tout se passe bien depuis, mais la nuit dernière, je l'ai entendue se lever. Je jette un coup d'œil au réveil, il était 3 heures du matin. Elle descend au rez-de-chaussée, je me dis OK, elle va prendre un verre d'eau. Et soudain, la porte d'entrée de la maison claque. Là, je ne pige plus. Je sors et je la vois qui s'éloigne, non pas en pyjama mais habillée et pieds nus. Quand je lui demande de rentrer, elle me lance un de ces regards…

– Quel genre ?

– Vous savez bien.

Je ne réagis pas.

– Vous l'avez vue, Alex, reprit Corvin. L'air rebelle. Je lui ai dit que c'était n'importe quoi de sortir en pleine nuit, qu'elle devait rentrer à la maison. C'est là qu'elle m'a lancé son regard rebelle avant de m'obéir.

– Ce n'était pas une crise de somnambulisme ?

– C'est vous l'expert en la matière, mais non, je ne pense pas. Elle avait les yeux ouverts et ne semblait pas sur une autre planète. Elle avait plutôt l'air de me défier.

– À quel sujet ?

– Je ne sais pas ; de la punir, peut-être. J'espérais que vous pourriez m'éclairer. Vous avez souvent eu affaire à ce genre de comportement ?

– Des gosses qui font le mur ?

– Habillés mais pieds nus, rappela Corvin. À 3 heures du matin. C'est peut-être un trouble de stress post-traumatique ?

– Avait-elle son sac à main avec elle ? Son téléphone ?

– Non, elle marchait, c'est tout.

– Dans quelle direction ?

– Elle faisait des allers et retours dans l'impasse.

– Jusqu'où ?

– Pas loin… Cinq ou six mètres, puis demi-tour et rebelote.

– Et vous l'avez observée.

– Évidemment, je voulais comprendre ce qui se passait. Quand pouvez-vous la voir ? Je transmettrai votre facture au fonds d'aide aux victimes.

– Je ne peux pas m'occuper de Chelsea mais je peux vous orienter vers un spécialiste.

– Quoi ? Mais pourquoi ?

– En tant que consultant sur l'enquête, je communique régulièrement avec la police. Il m'est impossible de vous offrir la moindre confidentialité.

– On se fout du secret médical, Alex. Recevez-la et trouvez les mots pour qu'elle renonce à ses absurdités. Et expliquez-nous comment la gérer à l'avenir. Ça vous va ?

– Ça ne fonctionnera pas, monsieur Corvin, mais je serais ravi de vous donner les coordonnées d'un spécialiste.

– Hmm… Vous êtes sacrément entêté. Moi qui croyais que le boulot d'un psy consistait à trouver des compromis.

*Ça consiste en beaucoup de choses, notamment établir des limites à ne pas franchir.*

– Bon, je vous donne le nom d'un confrère ?

– Nan… Je n'ai pas envie de faire appel à un autre psy. Franchement, je ne comprends pas pourquoi vous refusez de nous aider. Si c'est le fait d'être payé par le fonds d'aide aux victimes qui vous gêne, je vous réglerai directement.

– Ce n'est pas une question d'argent.

– J'entends cette phrase à longueur de journée, Alex, alors qu'en réalité la plupart des problèmes sont précisément des questions d'argent.

Voyant que je restais sans réaction, Chet Corvin enchaîna :

– Écoutez, réfléchissons ensemble et trouvons une solution. Parlez-lui au moins une fois, ne serait-ce que pour vous rendre compte si oui ou non il y a matière à se faire du souci à son sujet. Si c'est le cas, ma femme et moi on prendra le relais. Sinon, on n'aura rien fait de mal.

Je pris le temps de réfléchir à cette proposition.

– Vous êtes toujours là, Alex ? relança Corvin.

– Si le lieutenant Sturgis est d'accord, je verrai Chelsea une fois.

– Vous avez besoin de sa permission ?

– J'ai surtout besoin d'éviter un conflit d'intérêts.

– Bon, d'accord. Où se trouve votre cabinet ? Votre secrétaire n'a pas voulu me le dire.

– Je verrai Chelsea chez vous. Ce sera plus facile pour elle sur son terrain.

– Sur son terrain… gloussa Corvin. Comme quand on est plus à l'aise au golf sur son parcours. Ou les gangs sur leur territoire. Elle… n'est pas comme tout le monde, vous l'avez constaté. Quand pouvez-vous passer ?

– Quelle heure conviendrait le mieux à Chelsea ?

– Ce n'est pas comme si elle avait besoin d'une secrétaire pour gérer son emploi du temps. Venez quand vous voulez – aujourd'hui, si ça vous arrange. Après les cours – elle rentre vers 15 heures ; disons 16 heures pour ne prendre aucun risque. Je serai en déplacement, je suis en ce moment sur la route de l'aéroport, mais ça ne changera rien, vu qu'elle ne m'adresse jamais la parole.

La nuance de tristesse perceptible dans ses derniers mots fit naître en moi un léger doute concernant la superficialité affichée de Corvin.

– Je suis heureux que nous nous soyons mis d'accord ; ça me fait un poids en moins, conclut-il.

# 10

– OK, vas-y, tu glaneras peut-être des renseignements qui me seront utiles, me dit Milo. Mais il est possible qu'il ne te verse pas tes honoraires. Notre bon vieux Chet a tendance à esquiver ses obligations financières.

– Tu as déniché du louche ?

– J'ai convaincu un gars de la banque qui gère ses prêts de me parler de son dossier de façon officieuse. Même chose avec la société de leasing à qui il loue ses voitures. Sans aller jusqu'au défaut de paiement, il prend tout son temps pour verser ce qu'il doit. Il reçoit des avertissements, des appels téléphoniques, puis il fait un chèque à la dernière minute, mais sans tenir compte des pénalités de retard, ce qui relance toute la machine. Ses créanciers ne peuvent rien contre lui car techniquement, il finit toujours par régler ses dettes.

– Il joue avec tout le monde.

– Oui, mais ça sonne faux.

– Il a des soucis financiers ?

– Non, apparemment. C'est ça qui est curieux. Il est généreusement défrayé, et l'emploi de Felice à l'académie apporte un confortable second revenu au couple. À eux deux, ils gagnent pas loin de quatre cent cinquante mille dollars par an. Leur prêt immobilier et les remboursements pour les voitures leur coûtent un peu plus de cinq mille par mois, ce qui, sans être négligeable, est loin de les ruiner. Si Corvin a un vice qui lui revient très cher, je n'ai pas encore mis le doigt dessus.

– Il joue avec tout le monde, donc. Moi aussi il m'a manipulé.

– D'autant que tu l'as laissé le faire, *amigo*.

– Exact. Je me suis dit que ça ne ferait pas de mal d'observer Chelsea d'un peu plus près, de revoir la maisonnée après dissipation du choc initial.

– Qu'est-ce qu'elle a, cette gosse, d'après toi ?

– Elle souffre peut-être de troubles du sommeil, on verra bien.

– Tu réserves ton jugement, comme d'habitude, plaisanta Milo. En tout cas, Corvin a raison sur un point : sa fille n'est pas comme les autres.

À 16 h 15, Evada Lane m'apparut comme une impasse pareille à mille autres. Comme dans la plupart des rues de ce quartier du Westside, pas un piéton ne circulait, ni même le moindre chien errant, ce qui permettait à toute une volée de corbeaux de picorer en toute tranquillité. Ces volatiles ayant manifestement déniché quelque chose au beau milieu de la chaussée, je dus contourner la masse qu'ils formaient.

La Lexus de Felice Corvin était garée dans l'allée de la maison. Elle m'ouvrit la porte – chemisier bleu, pantalon gris et chaussures grises – et me dévisagea en nettoyant les verres de ses lunettes au moyen d'un chiffon en microfibre.

– Docteur Delaware ?

– Bonjour, je viens voir Chelsea.

– Comment ça ?

– Votre mari m'a demandé d'examiner Chelsea.

– Quoi ?

– Vous n'étiez pas au courant, visiblement.

– Pourquoi veut-il que vous examiniez ma fille ?

– Il m'a appris que Chelsea était sortie la nuit dernière…

– Je n'en reviens pas qu'il ait fait ça, déclara Felice Corvin. Ça n'a rien d'étonnant, Chelsea a toujours eu des nuits agitées.

– Lui arrive-t-il souvent de sortir de la maison quand elle se réveille en pleine nuit ?

– Laissez-moi vous expliquer, Docteur : si Chet passait plus de temps à la maison, il connaîtrait mieux les habitudes nocturnes de Chelsea et ne vous aurait pas fait perdre votre temps.

– Désolé pour ce malentendu, alors.

– C'est moi qui suis désolée que vous vous soyez déplacé pour rien.

Sur le point de refermer le battant, elle interrompit son geste :

– La prochaine fois, appelez-moi avant de venir, mais il n'y aura pas de prochaine fois, nous nous débrouillons sans souci.

– C'est une bonne chose.

– Peut-être pas pour vous, lâcha sèchement Felice.

– Je vous demande pardon ?

– Désolée, ma remarque était déplacée. Je voulais simplement dire qu'un psychologue aurait plutôt tendance à préférer que les gens aient des problèmes mentaux. Je vous prie de m'excuser, docteur.

– Pas de souci, la rassurai-je, faisant déjà demi-tour.

– Si vous comptez nous facturer le déplacement, je peux vous faire un chèque tout de suite.

– Non, vous ne me devez rien.

– C'est très aimable à vous. Encore une fois, navrée pour la perte de temps. Vous avez du nouveau à propos de ce pauvre homme ?

– Pas encore.

– Tant pis… Au fait, docteur, puis-je vous demander pourquoi vous vous êtes déplacé jusqu'ici pour examiner Chelsea, plutôt que de la recevoir à votre cabinet ?

– J'ai estimé qu'elle serait plus à l'aise chez elle.

– Oui… je comprends, conclut Felice Corvin, un sourire glacial sur les lèvres. Quoi qu'il en soit, il est inutile de la voir ici ou ailleurs, nous nous en sortons parfaitement.

Les corbeaux, qui avaient migré sur une pelouse voisine, me conspuèrent en me voyant repasser à leur hauteur. L'un d'eux tenait en son bec quelque déchet organique rosâtre – le membre le plus imposant de la bande exerçait son privilège.

Je m'éloignai en réfléchissant à ce qui venait de se passer. Le manque de communication ayant abouti à mon déplacement inutile confirmait mon opinion selon laquelle les Corvin étaient comme quatre étrangers vivant sous le même toit. Leur comportement tranchait par ailleurs avec ce à quoi j'étais habitué ; généralement, la mère réclamait de l'aide, tandis que le père était convaincu qu'il n'y avait aucun problème.

Il existe des pères sensibles au bien-être de leur famille, bien sûr, mais Chet Corvin ne semblait pas entrer dans cette catégorie, tant s'en fallait.

« Ça me fait un poids en moins », avait-il reconnu.

Avait-il réellement voulu aider sa fille en faisant appel à moi ? Ne s'était-il pas plutôt servi d'elle – et de moi – pour humilier sa femme ?

Je l'imaginais volontiers glousser en filant à l'aéroport.

Les enfants à problèmes sont fréquemment exploités par les conjoints en désaccord pour s'agresser mutuellement. Je les qualifie d'« armes accusatrices » dans les cours que je donne à mes étudiants. Chelsea servait-elle depuis longtemps d'artillerie lourde à son père ?

Chet Corvin savait certainement quelles touches presser pour faire réagir son épouse. Comment mieux la faire passer pour une mère indigne qu'en faisant appel à un psychologue dans son dos ?

La réaction de Felice laissait supposer qu'elle avait reçu le message.

« Appelez-moi avant de venir », m'avait-elle intimé.

Peut-être me montrais-je un peu dur avec Corvin, qui s'inquiétait peut-être réellement pour sa fille, à sa façon peu fine. Mais alors, pourquoi ne pas en avoir parlé à Felice, tout simplement ? Et pourquoi avoir insisté pour que j'intervienne, plutôt qu'un autre psychologue ?

Parce que n'importe quel autre psychologue n'aurait pas été consultant pour la police ? Tout cela se résumait-il pour Corvin à l'envie de faire un pied de nez aux forces de l'ordre ?

Cette hypothèse cadrait bien avec l'image que je me faisais de ce type, un maniaque du contrôle qui réservait lui-même ses billets d'avion et faisait mariner ses créanciers parce que ça l'amusait.

Sa dernière manipulation n'était-elle pas motivée par des raisons plus profondes ? Était-il impliqué d'une façon ou d'une autre dans le meurtre de l'homme amputé ?

Mais pourquoi aurait-il souillé son propre nid ?

D'un autre côté, pourquoi pas, s'il se souciait si peu de sa vie familiale.

Traversant Brentwood après avoir laissé Pacific Palisades derrière moi, je m'attardai sur ses autres caractéristiques : cet individu était une grande gueule qui cherchait à attirer l'attention, assez malveillant pour débiter des détails sanguinolents à sa secrétaire, parfaitement conscient qu'elle en était écœurée.

Assez superficiel et cruel pour voir en sa fille un problème dont il souhaitait se débarrasser.

En assemblant tout cela, on obtenait une parfaite description de psychopathe. Or les psychopathes, en particulier les sadiques, jouissent bien souvent davantage des conséquences d'un crime que de l'acte en lui-même.

C'est pour cette raison que les pyromanes se matérialisent fréquemment sur les lieux des incendies qu'ils ont déclenchés, que les kidnappeurs participent aux recherches des disparus et que les assassins d'enfants déposent des ours en peluche sur les stèles funéraires.

Chet Corvin prenait-il son pied en parlant à autrui de la victime sans mains à la tête ravagée ?

Son espace personnel ayant été violé, je l'avais dans un premier temps considéré comme la cible probable. Et s'il avait précisément cherché à me le faire croire ? *Sacré bluff, Alan, ha ha ha ! Ah non, pardon, Alex.* Son parquet était taché de sang, certes, mais c'était réparable, comme Corvin l'avait lui-même très vite souligné : « Vous allez rapidement faire le ménage et nous autoriser à rentrer chez nous, n'est-ce pas ? »

Ajoutez à cela la réaction de Felice en découvrant le cadavre – cette salope avait eu la peur de sa vie –, et le désordre temporaire était largement compensé par les sensations fortes dont il s'était délecté.

Et si les sales gosses étaient un peu traumatisés, c'était encore mieux.

L'hypothèse impliquant Corvin dans le meurtre résolvait en outre la question de l'accès aux lieux. Il n'avait eu qu'à remettre un double des clés à un complice. Idem pour le code, au cas où cette cruche de Felice avait pensé à brancher l'alarme. Il pouvait également l'avoir débranchée une fois la famille sortie de la maison.

Il avait tenu à nous faire savoir qu'il était à l'initiative du dîner de dimanche, qu'il avait insisté pour renoncer à l'habituelle pizzeria voisine au profit d'un restaurant en ville.

Encore une fanfaronnade ? C'était surtout pour offrir à son complice tout son temps pour traîner et positionner le cadavre, faire un peu le ménage et repartir.

Enfin, pour faire bonne mesure, Corvin avait orienté nos recherches sur le voisin asocial.

« Ce type est bizarre », avait-il précisé.

Avec plus de trois cents homicides à son actif, Milo avait développé un instinct très affûté. Je l'appelai à son bureau.

– Toujours rien sur les Bitt de New York, me dit-il.

– Tu es encore un moment à ton bureau ?

– Je viens de grignoter une cochonnerie, je remplis de la paperasse.

– J'arrive.

– Chelsea t'a dit quelque chose d'intéressant ?

– Je n'ai pas pu lui parler.

– Quoi de neuf, alors ?

– Je préfère éviter de te parler en conduisant. Je suis là dans vingt minutes.

# 11

Le placard qui sert de bureau à Milo se trouve au milieu d'un couloir faiblement éclairé du premier étage du commissariat de West L.A. Le reste de ce boyau est partagé entre une réserve et deux salles d'interrogatoire empestant l'anxiété. Le territoire réduit de mon ami fait l'effet d'une punition, ni plus ni moins, mais les choses ne sont pas si simples.

En ces lieux, il travaille à l'écart des autres policiers du bâtiment, arrangement qu'on lui a imposé il y a des années dans le cadre d'un accord conclu avec le chef de la police corrompu sur le point de partir en retraite. Ce dernier avait vu dans ce réduit dépourvu de fenêtre un ultime coup porté à ce flic gay qui lui avait forcé la main. Il était loin d'imaginer que Milo avait accueilli avec joie cette nouvelle disposition.

Les années ont passé mais Milo reste terré tel un grizzly dans sa grotte, enchanté d'esquiver le tapage et les regards de l'open space où s'entassent les inspecteurs.

Quant à son rôle au sein des forces de l'ordre – ce lieutenant n'hésite pas à délaisser son bureau pour réellement travailler –, il constitue une étrangeté supplémentaire. Deux chefs de la police successifs, agacés par ces entorses à la procédure, ont voulu y mettre un terme… pour tous deux changer d'avis dès qu'ils ont eu vent de son taux d'élucidation d'enquêtes.

Parvenu sur les lieux peu après 17 heures, je fus accueilli d'un hochement de tête par le civil en poste à la réception ; je gravis l'escalier en quelques bonds et me dirigeai vers l'unique porte ouverte du couloir. Milo m'attendait dans un fauteuil pivotant à roulettes, à moins d'un mètre d'une chaise métallique disposée à mon intention. Il sortait d'une pause casse-croûte, comme en témoignait l'énorme carton à pizza graisseux – vide – calé contre un mur, et il régnait dans le bureau une chaleur renfermée imprégnée d'une senteur d'ail.

Il renifla la paume de sa main puis attrapa un chewing-gum qu'il entreprit de mâchonner.

– Si l'odeur te gêne, on peut sortir, me proposa-t-il.

– Non, c'est bon. C'est plutôt la théorie que j'ai à te proposer qui risque de paraître puante.

Après m'avoir écouté, il se frotta les yeux et considéra un instant le plafond bas constellé de trous.

– Tu déduis tout ça d'un rendez-vous annulé ?

– Pas simplement annulé, répondis-je. Plus j'y réfléchis, plus je suis convaincu que Chet a voulu humilier Felice. (J'énumérai la liste des symptômes psychopathiques que j'avais relevés.) Je pousse peut-être le bouchon un peu loin, mais j'ai cru bon de t'en parler.

– Tu crois vraiment qu'il serait arrogant à ce point ? douta Milo, étirant sa nuque. Il aurait fait ça dans sa propre maison ?

– Pourquoi pas, s'il n'a que mépris pour sa vie domestique ? Dès la première seconde, tu as senti que quelque chose clochait dans cette famille.

– Je les imaginais plutôt en tant que cibles, pas en tant que complices d'un crime, et tu étais d'accord avec moi.

Voyant que je restais muet, Milo enchaîna :

– OK, je reste ouvert à toute nouvelle hypothèse. Bitt n'est donc plus la priorité, tu crois ?

– Pas forcément, nuançai-je. Je pense simplement qu'il faut fouiner du côté de Corvin.

– Super, j'adore suivre plusieurs pistes… Tu penses chercher dans quelle direction ?

– Commençons déjà par ses relevés téléphoniques et son emploi du temps professionnel.

– Ça m'oblige à demander des assignations à comparaître. Tu connais le problème.

– Rien ne le justifie.

– Rien du tout.

Il se saisit d'un crayon, le tripota quelques secondes et le reposa.

– Une autre piste pourrait être intéressante, suggérai-je. La femme de Corvin le déteste.

– Les conjoints ou ex qui se haïssent sont une véritable aubaine pour la police. Felice te semble accessible ?

– Pas pour le moment.

– Qu'est-ce qu'on fait, alors ?

– Gardons Chet à l'esprit et concentrons-nous sur l'identification de notre John Doe.

Milo se leva et trouva le moyen de s'étirer, ses mains touchant presque le plafond.

– Pas top comme plan, commenta-t-il, avant de sortir du bureau.

– Où vas-tu ?

– Quand le doute t'assaille, nourris-toi. Il est temps d'aller dîner. Allez viens, je ne te demande pas ton avis, suis-moi et fais comme si tu avais faim.

# 12

Une semaine après le meurtre de l'homme sans mains, Milo fit publier un communiqué de presse décrivant la découverte « dans l'ouest de la ville » d'un individu d'âge moyen, de sexe masculin, auquel il manquait la rate et un rein et ayant autrefois subi un traumatisme.

Les chaînes de télévision ne relayèrent pas ce communiqué, si ce n'est deux chaînes locales, qui lui consacrèrent une vingtaine de secondes dans le journal de 23 heures. Le *Times* se fendit de quelques lignes dans la section « Homicides » de son site Internet. Cet article fut repris par quelques autres sites. Dès lors, Milo reçut des appels téléphoniques et eut droit à quantité de tuyaux offerts par l'habituelle foule de citoyens bien intentionnés et de farceurs, sans oublier la ménagerie glapissante de conspirationnistes et autres crétins.

En cette ère du numérique, l'information ne serait pas moins marquante si elle était imprimée à l'encre invisible. Le téléphone de Milo cessa de sonner moins de vingt-quatre heures après la mise en service de la ligne spéciale. Quelques jours plus tard, un mardi, Milo reçut un ultime appel, dont il me fit aussitôt part :

– Le père Noël a reçu ma lettre, on dirait. Une femme – qui m'a paru sensée, pour une fois –, m'a très précisément décrit les caractéristiques physiques et les traces de fractures du mort. Il s'agirait de son ex-époux, un certain Hal Braun, cinquante-quatre ans. Ses fractures datent d'il y a onze ans, à la suite d'une chute lors d'une randonnée. Je file la voir. Tu es dispo ?

– Tu me poses la question ?

– Évidemment, je sais bien que tu n'es pas fiable, comme gars.

Mary Ellen Braun, cinquante et un ans, vivait à Encino et vendait des sacs à main au magasin Saks de Beverly Hills. Quand il passa me prendre, Milo avait déjà jeté un coup d'œil à l'historique de cette personne, dont l'unique infraction datait de trois ans – elle n'avait pas respecté le stop à l'intersection de Gregory Way et Roxbury Drive.

– Ce carrefour est situé à deux ou trois rues de Saks, fis-je remarquer. Elle était peut-être en retard pour aller travailler.

– Ce qui traduirait une bonne conscience professionnelle, supposa Milo, tandis que nous nous dirigions vers sa voiture. Tant mieux pour notre enquête. Bon sang, j'espère qu'on ne va pas avoir affaire à une dingo.

Il prit la direction de la Vallée de San Fernando, délaissant le sud et Beverly Hills.

– Elle ne travaille pas aujourd'hui ? en déduisis-je.

– Non, elle est chez elle, en arrêt maladie pour la journée. Elle n'a pas trop envie d'être vue en compagnie de flics, j'imagine. J'ai noté un certain stress dans sa voix. Et ça aussi, c'est prometteur pour notre enquête.

Milo se gara devant la résidence La Plaza – quatre immeubles de trois étages situés dans une rue tranquille, au nord-ouest de l'intersection des boulevards Balboa et Ventura. Un système de vidéosurveillance, des panneaux d'interdiction et un parking souterrain fermé rassuraient les résidents. L'annuaire nous avait appris que M. E. Braun logeait dans l'appartement 24. Milo pressa sur la touche de l'interphone correspondante.

– Une seconde, nous répondit une voix, à peine un murmure, suivie d'un cliquetis et d'un bourdonnement.

L'ascenseur nous conduisit au deuxième étage, après quoi il nous fallut arpenter une moquette rouge jusqu'à la seizième porte noire d'un couloir qui en comptait au moins deux fois plus.

Milo toqua – la version discrète et polie. Une femme de taille et de constitution moyennes et aux yeux d'un marron ordinaire nous ouvrit. Sa chevelure, d'un brun aussi quelconque que le reste, était coiffée en un carré tout simple. Si de la tension émanait clairement de sa voix, son visage arrondi par l'âge dénotait un calme relatif.

– Bonjour, lieutenant. Je suis Mary Ellen Braun.

– Merci de nous recevoir, madame. Voici Alex Delaware.

Le sourire que m'adressa Mary Ellen Braun fut aussi bref que le clignement de paupières qui l'accompagna. Elle nous tendit le bout de ses doigts glacés.

– Entrez, messieurs.

Son appartement était peu spacieux mais bien tenu, avec deux canapés corail et une table basse en bronze et en verre sur laquelle étaient disposés du café et des muffins. La kitchenette occupait un coin de la pièce principale, ses placards blancs et divers appareils électroménagers en inox visibles depuis l'entrée. Sur le plan de travail en granite noir étaient rangés des bocaux en verre remplis de citron et d'autres récipients plus modestes contenant une mixture évoquant de l'huile infusée aux herbes.

– Servez-vous, je vous en prie, nous proposa-t-elle, après nous avoir invités à nous asseoir.

– Merci, répondit Milo.

– Je vous sers un café. (Elle se tourna vers moi.) Vous en prenez également ?

– Avec plaisir, répondis-je, bien qu'ayant eu ma dose de caféine.

Tandis que je sirotais quelques millilitres de mon breuvage, Milo s'attaqua à un muffin au chocolat.

– Merci de nous avoir contactés, madame Braun, dit-il.

– Je ne suis sûre de rien, comme je vous l'ai précisé, mais je me suis dit qu'il fallait que je le fasse. Avez-vous apporté une photo ?

– Non, madame. Ça ne nous aurait pas servi à grand-chose.

– Pourquoi… ? Oh, vous voulez dire qu'il est… défiguré ?

– J'en ai peur, oui.

– Mon Dieu… C'est épouvantable, même si je ne devrais pas être étonnée.

– Pourquoi donc ?

Elle soupira avant de répondre :

– Hal prenait parfois des risques inconsidérés. C'est comme ça qu'il s'est blessé, d'ailleurs, en randonnant seul dans les montagnes d'Angeles Crest. Il s'est éloigné de la piste, comme toujours, puis il a perdu l'équilibre et chuté sur une dizaine de mètres. Il s'est retrouvé coincé en contrebas, incapable de bouger. Il a eu de la chance que des hippies en quête d'herbes sauvages ou je ne sais quoi tombent sur lui. Ils l'ont entendu gémir et ont appelé les secours. Il a fallu l'évacuer sur une civière puis par hélicoptère.

– Il randonnait seul, donc… laissai-je échapper.

– Toujours. Moi j'ai horreur de ça ; ce n'est pas cool de ma part, je le sais bien, mais ça me rend folle de ne rien voir d'autre que des arbres pendant des heures.

– Hal n'était pas de votre avis, souris-je.

– Nous étions différents sur bien des points. Il vivait sa vie et moi la mienne.

– Étiez-vous encore mariés à l'époque de l'accident ?

– Non, nous venions de divorcer, mais nous étions restés en contact. Nos rapports étaient devenus amicaux. Nous nous sommes séparés il y a douze ans, juste après notre dixième anniversaire de mariage.

Mary Ellen Braun croisa les jambes et poursuivit :

– Nos chemins se sont éloignés l'un de l'autre, même si c'est un cliché de dire ça. Je n'étais pas assez aventureuse pour Hal. Je le savais, et lui aussi le savait depuis le début. Dès notre premier rendez-vous, je lui ai avoué que j'étais casanière. Il m'a assuré que ce n'était pas un problème pour lui, et en effet ça n'a pas paru le gêner durant un temps. Il n'exigeait rien de ma part, et moi je ne m'attendais pas à le voir changer. Mais au bout du compte… Vous voyez ce que je veux dire.

– Les différences entre vous se sont intensifiées.

– Nous avons évité disputes et autres drames, dit-elle en haussant les épaules. Dieu merci, nous n'avons pas d'enfants. Nous n'avons pas réussi à en avoir ; en fin de compte, ça a simplifié les choses. Idem concernant notre situation financière ; comme nous étions aussi fauchés l'un que l'autre, nous nous sommes quittés bons amis sans souci.

– Le métier de Hal comportait-il des risques ? m'enquis-je.

– Autant qu'on en prend en vendant des chaussures, dit-elle avec un petit rire. Nous nous sommes rencontrés au magasin Nordstrom du centre commercial Westside Pavilion. Je travaillais au rayon des vêtements pour enfants et lui vendait des chaussures pour dames. Je comprends qu'il ait eu envie de mettre un peu de piment dans sa vie.

– Quels autres risques prenait-il ?

– Il faisait du vélo la nuit sans éclairage, il nageait dans l'océan même quand on annonçait une tempête – surtout dans ces cas-là, à vrai dire.

– Il aimait braver le danger.

– Il s'enorgueillissait de savoir gérer les contre-courants ; il nageait parallèlement à la côte jusqu'à trouver une zone plus calme pour regagner la plage. Il adorait me raconter ses exploits à son retour. Quoi d'autre… ? Il faisait toutes sortes de choses délirantes, comme du saut à l'élastique ou du parachute ascensionnel, quand nous en avions les moyens. Il a même fait un saut en parachute, mais c'était vraiment trop cher… Ah oui, il a aussi fait ce truc sur un câble, une tyrolienne. Il s'est même essayé à l'escalade dans une salle pourvue de parois artificielles, mais c'était trop dur pour lui. Il n'avait pas trop la forme, il ne faisait pas vraiment de sport et se nourrissait n'importe comment. En fait, c'était une larve plantée sur le canapé, sauf quand il se lançait dans une aventure. C'est ainsi qu'il qualifiait ses sorties : « mes aventures ».

Elle tendit la main vers un muffin, puis suspendit son geste.

– Je n'en achète jamais, en principe, expliqua-t-elle. J'essaie d'éviter la farine et les produits laitiers. Hal pouvait en avaler quatre ou cinq en une soirée. Il n'était pas gros, plutôt tout mou. Escalader ces murs en ne s'aidant que de minuscules prises en plastique était hors de sa portée. Il avait une personnalité tout aussi douce ; c'était un gentil.

Elle effleura le bord de la table basse avant de conclure :

– Y a-t-il de fortes chances pour que ce soit lui ?

– Nous l'ignorons, répondit Milo. Vous êtes donc restés amis ?

– Oh oui. Comme nous nous croisions encore sur notre lieu de travail, le fait de nous entendre correctement nous facilitait la vie. Il nous arrivait même de déjeuner ensemble. C'était agréable d'être amis, sans aucune pression. Puis j'ai été embauchée chez Saks, et Hal est resté chez Nordstrom.

– Il y est toujours ?

– Oh non, il en est parti il y a six ans, disons sept. Il a quitté la ville pour s'installer à Ventura, après son troisième mariage.

– Vous n'étiez pas sa première épouse ? releva Milo.

– Non, j'étais sa deuxième femme. Il s'est marié une première fois il y a longtemps, tout juste sorti du lycée, avec une fille rencontrée à Stockton – c'est de là qu'il est originaire, mais toute sa famille a disparu. La seule chose que je peux vous dire, c'est qu'elle s'appelait Barbara et qu'elle est morte. Une sorte de cancer, apparemment. Hal n'aimait pas en parler, alors je ne l'embêtais pas avec ça. Il était célibataire depuis un bon moment quand j'ai fait sa connaissance.

– Qui est sa troisième femme ?

– Une autre Mary, c'est drôle, non ? s'amusa-t-elle, avant de faire la moue. Une certaine Mary Jo. C'est de son côté que vous devriez fouiner s'il s'avère que c'est bien Hal que vous avez retrouvé.

– Pourquoi donc ?

– Parce que Hal et elle étaient en conflit. Elle lui en faisait baver, d'après ce qu'il m'a raconté.

– C'est-à-dire ?

– Il n'est jamais entré dans les détails. Il m'a seulement dit que j'étais la femme la plus cool qu'il ait eue, que Mary Jo n'était pas sympa avec lui. C'était il y a trois ans, à Noël. Je m'en souviens parce que j'ai donné une petite fête ici, pendant les vacances, avec quelques collègues, à la bonne franquette. Une heure après le début de la soirée, j'ai reçu un appel de Hal, ce qui m'a beaucoup étonnée car je n'avais pas eu de ses nouvelles depuis longtemps. Il m'a dit qu'il passait Noël seul dans un bar. Quand je lui ai demandé pourquoi il n'était pas chez lui, il m'a répondu quelque chose comme : « Des petits soucis… Ça arrive, tu sais bien. » C'est là qu'il m'a dit que j'étais la femme la plus cool qu'il ait eue. J'ai deviné qu'il avait envie qu'on se remette ensemble mais j'étais passée à autre chose, je fréquentais quelqu'un – je ne suis plus avec cet homme, aujourd'hui, mais à l'époque… Enfin bref, je lui ai dit que s'il trouvait le moyen de se rendre chez moi sans conduire, vu sa probable ivresse, il était le bienvenu. Il m'a dit qu'il essaierait mais on ne l'a pas vu. Je n'ai plus jamais entendu parler de lui.

– S'était-il plaint de Mary Jo avant ce soir-là ?

– Oui, quelques fois, sans donner de précisions. Il disait simplement qu'elle se montrait parfois très critique envers lui. Quand je lui demandais à quel propos, il changeait de sujet. Loin de moi l'idée de créer des ennuis à quiconque, mais si c'est bien Hal que vous avez trouvé, vous devriez discuter avec elle, non ?

– Nous n'y manquerons pas, madame, assura Milo. M. Braun a-t-il pris un emploi similaire au précédent lorsqu'il a déménagé à Ventura ?

– Il est resté dans la vente, pour autant que je le sache, mais pas dans les chaussures. Il travaillait dans une boutique d'huile d'olive de la Vieille Ville – il m'en a envoyé quelques flacons.

– Dont ceux-ci ? devinai-je, l'index tendu vers les récipients disposés sur le plan de travail.

– Oui, c'est une huile infusée à l'ail et une autre au piment jalapeño. Je n'ai jamais ouvert ces bocaux car je ne suis pas fan des assaisonnements épicés. Hal le sait parfaitement, mais bon, c'est Hal, quoi... Dès qu'il a une idée en tête, il est incapable d'imaginer qu'on puisse ne pas être de son avis.

– Qui pourrait vouloir s'en prendre à lui, d'après vous ?

– Personne ne me vient à l'esprit, mais ce n'est pas à moi qu'il faut poser cette question, puisque nous ne nous fréquentons plus depuis des années. Malgré cela, quand j'ai entendu les détails à propos de ce cadavre, à la télévision, ces blessures... (Elle secoua la tête.) J'espère de tout cœur que ce n'est pas Hal. Vous le trouverez peut-être ronflant sur son canapé, qui sait ? Ou lancé dans une de ses aventures.

– Avez-vous son numéro de téléphone actuel ?

– J'ai son numéro de portable d'il y a trois ans, répondit Mary Ellen, avant de nous le donner de mémoire.

Elle n'avait donc pas oublié comment joindre Hal, même s'ils ne se voyaient plus.

– Merci. Avez-vous quelque chose à ajouter, madame Braun ? Ou peut-être avez-vous repris votre nom de jeune fille ?

– Non, je suis restée Mme Braun. Et non, je vous ai tout dit.

– Auriez-vous une photo de M. Braun ? Et un effet lui ayant appartenu – pour une analyse ADN ?

– Je dois avoir de vieilles photos quelque part.

– Nous aimerions vous en emprunter quelques-unes.

– Un instant.

Elle se leva et s'engagea dans le petit couloir, à gauche de la kitchenette. Milo terminait un nouveau muffin lorsqu'elle fit son retour avec deux photos dans une main.

– Elles ont été prises peu après notre mariage, avant l'arrivée des appareils numériques. Il fallait payer pour les faire développer, alors on y tenait.

Milo enfila ses gants et se saisit des clichés, qui représentaient la même scène. Sur le premier, une Mary Ellen Braun plus jeune, plus fine, les cheveux blond cendré, tenait par la main un blond au visage joufflu. Tous deux en jean et baskets, ils portaient des lunettes de soleil et le même coupe-vent vert. Sur l'autre, Hal Braun avait un bras sur les épaules de sa femme, tandis qu'elle le tenait par la taille. En arrière-plan, on devinait des pins et des montagnes sombres, presque noirs, et un ciel grisâtre parsemé de traînées blanches, avec quelques nuages menaçants sur les côtés.

– C'était au Parc national de Sequoia, précisa Mary Ellen. Nous y sommes allés le temps d'un week-end, nous avons passé la nuit dans un chalet, il n'a quasiment pas cessé de pleuvoir. J'ai fait beaucoup de mots croisés pendant que Hal randonnait. Il rentrait trempé parce qu'il ne prenait jamais de parapluie, évidemment. Il a réussi à me faire sortir pour prendre ces photos juste avant notre retour à la maison. Vous les voulez toutes les deux ?

– Une seule, ça ira, madame Braun, répondit Milo, qui conserva le cliché où les époux se tenaient par la main et lui rendit l'autre.

– Si vous pouviez me la renvoyer…

– Bien sûr, dès que nous en aurons fait une copie. Concernant un objet ayant appartenu à M. Braun…

– Non, désolée, je n'ai rien.

– Les flacons d'huile d'olive, peut-être ? suggérai-je.

– Hmm… C'est Hal qui me les a envoyés, alors oui, il les a sans doute touchés. À moins qu'un autre employé de la boutique ait été chargé de faire le colis. Vous pouvez récupérer de l'ADN sur du verre ?

– Absolument, madame.

– Bon, eh bien allez-y, alors. Je ne les ouvrirai jamais, de toute façon.

Milo s'empara des récipients. « Le Rameau d'olivier, Main Street, Ventura, Californie », spécifiait leur étiquette marron.

– Une huile infusée à l'ail et l'autre au piment jalapeño, répéta Mary Ellen Braun, tandis que nous nous dirigions vers la porte. Pourriez-vous me tenir au courant du résultat de votre recherche, quel qu'il soit ?

– Bien sûr. Quant à vous, si d'autres détails vous reviennent à l'esprit…

– Ce ne sera pas le cas. J'ai déjà réfléchi avant votre arrivée à tout ce que je pouvais vous dire. L'autre Mary en saura peut-être davantage.

– La bataille des Mary, commenta Milo, à l'extérieur.

Il ouvrit le coffre de la voiture et y déposa les flacons dans une pochette pour indices qu'il scella. Avant de faire de même avec les photos, il les examina de nouveau.

– La taille et l'âge correspondent à notre macchabée, tout comme les cheveux.

– Un amoureux du risque, ajoutai-je.

– Avec une troisième épouse désagréable. Avec un peu de chance, Mary numéro 2 sera une véritable gorgone.

# 13

Tout en conduisant à allure réduite, Milo passa quelques appels téléphoniques.

Hargis Raymond Braun était détenteur d'un permis de conduire californien valide. Une Jeep marron de dix ans avait été enregistrée à son nom trois ans auparavant, à une adresse située sur Barnett Street, à Ventura.

À l'époque âgé de cinquante et un ans, il mesurait un mètre soixante-dix-huit pour soixante-dix-neuf kilos. Blond, les yeux verts, Braun ne faisait l'objet d'aucun mandat, d'aucun avis de recherche, mais il avait été arrêté pour conduite en état d'ivresse huit ans auparavant, sans faire de prison.

– Ce n'est pas grand-chose, commenta Milo.

– Je ne te le fais pas dire. Robin a fait partie d'un jury, l'année dernière ; sur ses douze membres, sept avaient récolté une amende pour conduite en état d'ivresse.

– C'est un miracle qu'on soit encore en vie. Bon, voyons si Mary Pas-cool vit toujours là-bas.

Cette adresse correspondait à une maison de plain-pied de soixante-dix mètres carrés sur un terrain de quatre cents mètres carrés situé à l'ouest de la ville. Selon l'acte de propriété, ce lot, qui appartenait à Maria Josefina Braun depuis sept ans, était estimé à hauteur de 259 000 dollars. D'après le GPS de la voiture, cet endroit se trouvait assez loin de la plage, des contreforts des collines, de la Vieille Ville ou encore de la Mission de San Buenaventura – bref, de tout décor pittoresque. Les photos disponibles sur Google montraient un cube gris cerné d'une clôture de piquets blancs.

Ni Milo ni moi ne connaissions d'agent en poste au commissariat de Ventura, toutefois nous avions collaboré deux ans plus tôt avec des policiers de la ville voisine d'Oxnard, sur une affaire de meurtres multiples. Milo appela l'inspecteur en chef, un individu enjoué nommé Francisco Gonzales.

– Cette adresse se trouve dans la partie la plus malfamée de la ville, nous expliqua ce dernier. Rien à voir avec ce que vous connaissez à L.A., cela dit. Ce quartier populaire se transforme peu à peu dans le bon sens, malgré quelques problèmes de gangs. En réalité, il est essentiellement constitué de gens de la classe ouvrière qui font de leur mieux pour s'en sortir.

Milo le remercia et composa le numéro transmis par Mary Ellen Braun, lequel se révéla non attribué. L'annuaire inversé ne nous donna aucun résultat. Quant à l'employée du Rameau d'olivier qu'il contacta ensuite, elle avoua n'avoir jamais entendu parler de Hal Braun.

– Pourriez-vous me passer quelqu'un qui se souvient de lui ?

– Je suis vendeuse ici depuis cinq ans, nous n'avons jamais eu de mec dans l'équipe – toujours des filles.

– Je vois… Le Rameau d'olivier est un commerce trop pacifique pour employer de la testostérone, pas vrai ?

– Pardon ?

– Je vous remercie.

Milo raccrocha, se carra dans son siège et consulta sa Timex.

– Il est 13 h 08. Déposer les flacons et les photos au labo puis faire l'aller et retour dans le nord nous vaudra un cauchemar de trois heures, avec les embouteillages, et rien ne dit que Mary numéro 2 soit chez elle. D'un autre côté…

– Si on file dès maintenant sur l'autoroute 101, on n'en a que pour une heure. Si elle est chez elle, elle pourra nous fournir des vêtements de Braun, une brosse à dents, peut-être même un dossier médical qui nous permettra d'établir une correspondance avec notre cadavre.

– Et si elle est absente, ce sera l'occasion de nous offrir un déjeuner tardif – j'ai envie de fruits de mer.

– Le prix de consolation.

– Tss... Des besoins basiques à satisfaire, plutôt.

Grâce à la conduite nerveuse de Milo, le trajet, animé par ses fréquentes invectives visant les autres conducteurs – « Sept sur douze, tu dis ? Il y a certainement un connard bourré pas loin de nous. » –, ne nous prit que cinquante-quatre minutes.

La bretelle de sortie nous mena dans une zone où se mêlaient commerces, industrie légère – en très grande partie en lien avec l'automobile – et barres d'immeubles ternes. On notait quelques graffitis par endroits, certes, mais rien de terrifiant. Des maisons de plain-pied nous apparurent quelques rues plus loin.

À l'image de ses voisines, la demeure de Hargis et Maria Josefina Braun était un bâtiment très ordinaire datant d'avant-guerre. Si on n'apercevait guère de caméras de surveillance ni de panneaux d'avertissement, les barres de sécurité étaient nombreuses sur les accès privés. Enfin, les trottoirs étaient irrégulièrement parsemés d'arbres de tailles diverses, dont beaucoup luttaient contre la sécheresse.

Comme presque partout, la maison des Braun était en stuc gris et sa clôture peinte en blanc, l'usure clairement visible. En surplomb de l'allée déserte et fissurée, le porche en papier goudronné combattait tant bien que mal la gravité. Une rampe métallique pliable reliait le sommet des trois marches du perron à la terre brune.

– Les blessures de notre bonhomme étaient peut-être plus sérieuses qu'on ne l'imaginait, commenta Milo en tapotant la rampe.

Nous nous y engageâmes, déclenchant un concert métallique. Milo dut insister pour faire cracher un son dur et intermittent à la sonnette, à laquelle il manquait une vis.

– Ah, quand même ! lâcha une voix féminine.

La porte s'ouvrit lentement, tirée par le bout recourbé d'une canne en aluminium bleue tenue par une main osseuse. Apparut une quadragénaire brune à la coiffure exubérante, assise dans un fauteuil roulant.

Son beau visage était blême, et ses grands yeux noirs surmontés de sourcils tatoués dont la courbe marquée lui donnait un air de stupeur permanent. Son corps sec était enveloppé dans une robe d'intérieur rose en satin.

– J'ai cru que c'était la livraison du déjeuner, dit-elle lorsque Milo produisit son insigne.

– Vous êtes bien madame Braun ?

– Oui, répondit-elle, avec un regard en direction de la rue. Ils sont encore en retard, comme souvent.

– Vous parlez du livreur de repas ?

– Oui, c'est un système mis en place par l'église, même si je ne vais pas à la messe. Ce n'est pas délicieux mais ça me permet de ne pas cuisiner deux fois par semaine. Les plaques de cuisson sont hors service depuis le mois dernier. Il fait chaud, en ce moment, donc ce n'est pas bien grave, mais on se lasse vite des repas froids. (Elle jeta un nouveau regard à l'extérieur.) Ils m'ont dit qu'ils arrivaient d'une minute à l'autre. Bon, que me veut la police ? Il y a encore eu un cambriolage ?

– Si vous êtes Maria Josefina Braun, nous sommes ici à propos de votre époux.

– Oui, je suis bien MJ. Qu'est-ce que vous lui voulez, à Hal ?

– Quand l'avez-vous vu pour la dernière fois ?

– Je ne sais pas… Il y a dix ou onze jours, je dirais. Il est parti pour une de ses aventures. Pourquoi, il lui est arrivé quelque chose ?

– Pouvons-nous entrer ?

– Il a des ennuis, c'est ça ? devina Maria Josefina, plus résignée qu'angoissée.

– Il vaut mieux que nous en discutions à l'intérieur, insista Milo.

Elle n'esquissa par le moindre mouvement, nous bloquant le passage, et tourna pour la troisième fois la tête vers la rue.

– Oui, bien sûr, pourquoi pas, dit-elle en tapotant sa canne, qu'elle posa sur ses genoux avant de s'écarter.

L'avant de la maison se partageait entre un salon de trois ou quatre mètres de côté aux murs bleu-vert et une cuisine deux fois moins spacieuse. Dans celle-ci, le plan de travail de droite était ordinaire, contrairement à celui de gauche, plus bas que la normale, tout comme le réfrigérateur. Dans le salon, des plaids recouvraient deux antiques fauteuils en tweed et un canapé en cuir noir. Le tout sur un parquet de pin usé.

Dépourvu de la moindre table, le centre de la pièce donnait sur un large passage cintré et un couloir, tandis qu'une autre ouverture, tout aussi vaste, menait à la cuisine.

– Asseyez-vous, nous proposa MJ Braun, après avoir immobilisé son fauteuil roulant.

La sonnette retentit – de l'intérieur, elle évoquait le bourdonnement d'une guêpe enragée.

– Enfin, dit MJ. (Je fis mine d'aller ouvrir.) Non, laissez, j'y vais.

Elle roula jusqu'à la porte et en actionna la poignée du bout de sa canne. Une jeune femme coiffée d'une casquette noire entra, tout sourire, un sac plastique dans les mains, qu'elle remit à MJ Braun après avoir échangé quelques mots avec elle. Cette dernière referma le battant et fila dans la cuisine, où elle vida le sac sur le plan de travail abaissé et rangea quelques produits dans le réfrigérateur.

– Ils adorent glisser quelques paroles religieuses quand ils livrent de la nourriture, genre « merci pour la bouffe, Seigneur »…

Elle nous rejoignit, s'installa face à nous et reprit :

– Je sais qu'il n'a pas réglé son amende, mais franchement, on a l'air d'être millionnaires ?

– Quelle amende ? demanda Milo.

– Quatre-vingt-dix dollars, pour avoir planté un arbre sans autorisation du côté du port. C'est pour ça que vous êtes ici, non ? Ils voulaient aussi qu'il l'arrache, mais ils ont laissé tomber quand ils ont vu l'état de sa jambe.

– Nous venons de Los Angeles, madame Braun. Ce n'est pas facile à annoncer, mais nous avons trouvé un cadavre il y a quelques jours. Nous n'avons aucune certitude mais il semblerait qu'il s'agisse de votre mari.

– « Il semblerait ? » Qu'est-ce que ça veut dire ?

Cette femme n'était aucunement choquée, plutôt indignée.

– Cet individu a été quelque peu défiguré, ce qui nous empêche de formellement l'identifier. Cependant, les traces d'anciennes blessures visibles sur ce corps correspondent à celles de M. Braun.

– Qui vous a parlé de ses blessures ?

– Son ex-épouse.

– La feignasse.

– Vous la connaissez ?

– Hal m'en a parlé. Elle ne se bougeait jamais les fesses. Pourquoi elle a fourré son nez dans cette affaire ?

– Nous avons lancé un appel à témoins dans les médias. Elle nous a contactés car la description de notre homme lui semblait correspondre à M. Braun.

– C'est-à-dire ? (Milo lui donna les détails.) Et alors ? Beaucoup de personnes récoltent des blessures de ce genre.

– C'est vrai, mais celles-ci collent parfaitement avec celles de votre…

– Et alors ? répéta MJ Braun.

Et soudain, elle s'effondra.

Elle se pencha brusquement en avant et se prit la tête à deux mains, haletante. Saisie de tremblements, elle laissa échapper sa canne, qui tomba au sol. Je la ramassai.

– Non, non, non, non, non, mais quel crétin, quel crétin, quel crétin !

Délaissant sa tignasse, elle frappa à plusieurs reprises de la main droite la roue de son fauteuil, des cheveux noirs arrachés coincés entre les phalanges. Elle martela tant le pneu en caoutchouc que la paume de sa main prit une teinte grisâtre.

Elle ne se tut qu'au bout d'un long moment, sans redresser la tête.

– Si c'est bien M. Braun que nous avons retrouvé, nous vous présentons nos condoléances, madame Braun, mais nous avons besoin d'en être certains.

– Évidemment que c'est lui ! Comment ça pourrait ne pas être lui ? Il était censé m'appeler il y a une semaine. Il n'a pas donné de nouvelles, mais bon, c'est Hal, il me fait souvent ce genre de coup foireux.

La voyant sangloter, je partis chercher un mouchoir en papier dans la cuisine. Elle me l'arracha des mains et se tamponna les yeux.

– Quel crétin ! répéta-t-elle.

– Je suis navré de vous demander une telle chose, madame, mais une analyse ADN pourrait nous confirmer que…

Elle leva les yeux :

– En partant, il ne m'a donné aucune précision, si ce n'est qu'il se lançait dans sa plus grande aventure. Je lui ai dit que c'était idiot… Quel abruti…

Elle lâcha le mouchoir en papier, qui se posa sur ses genoux.

– Vous vous dites sans doute que j'aurais dû signaler sa disparition, vu qu'il ne m'appelait pas comme promis, mais les choses ne fonctionnaient pas comme ça entre nous. J'étais censée la fermer et attendre qu'il rentre avec toute une histoire à me raconter, genre CIA.

– Il vous a dit qu'il appartenait à la CIA ?

– Mais non ! Je n'ai pas dit ça ! (Elle inspira profondément, gonfla les joues, puis souffla.) Il se prenait pour un agent de la CIA en mission secrète. Ce n'était pas le cas, je le sais bien ; c'était juste une de ses stupides aventures. Il me donnait l'impression d'avoir besoin de relâcher la pression, comme une machine à vapeur.

– Chaque fois que ce besoin se faisait sentir, il repartait, résumai-je.

– Il se tenait tranquille un moment, puis il s'agitait de plus en plus, jusqu'au jour où il faisait quelque chose d'idiot. Comme l'arbre. Il a décidé de lui-même que le port avait besoin d'un eucalyptus car son feuillage bleuté ferait ressortir l'océan. Il en a donc acheté un et l'a planté là-bas en pleine nuit, pensant agir en toute discrétion. Malheureusement pour lui, des agents de sécurité du port l'ont pris sur le fait. Il se trouve que les racines des eucalyptus ne sont pas très longues ; l'arbre planté par Hal aurait peut-être été arraché au premier coup de vent. Mais il s'en moquait. Il pensait avant tout à l'arbre. Quelques années plus tôt, il avait fait la même chose avec des fleurs près d'une station-service. Personne ne s'est plaint de ces massifs installés gratuitement, mais les gérants de la station se sont moqués de lui et les fleurs ont fané en moins d'un mois car personne ne les arrosait. Quand il faisait le plein d'essence, Hal reprochait souvent aux sociétés pétrolières de ne pas respecter la nature. Il a fini par se faire jeter dehors, avec interdiction de revenir, ce qui nous oblige aujourd'hui à nous rendre plus loin pour remplir le réservoir.

– De sa Jeep.

– Elle est bonne pour la casse. Hal n'est pas le mauvais gars, c'est juste qu'il fait des choses idiotes, comme se promener en pleine nuit dans des quartiers malfamés où traînent des gangs. Comme si… comme s'il relevait un défi. Sauf que personne ne l'a mis au défi d'accomplir quoi que ce soit. Il se mêlait souvent des affaires des autres, il a même failli se faire frapper pour ça.

– Par qui ? voulut savoir Milo.

– Il y a quelques années, en passant à hauteur d'un McDonald's, il a vu un type qui criait sur une femme. Il s'est aussitôt arrêté, est descendu de voiture et lui a dit que ce n'était pas une façon de s'adresser à une femme. Ce gars, qui était deux fois plus baraqué que lui, l'a littéralement soulevé du sol et l'a projeté plus loin comme s'il ne pesait pas plus lourd qu'une plume.

– Vous avez assisté à cette scène ?

– Non, c'est Hal qui me l'a décrite en riant, apparemment fier de lui. Quand je l'ai supplié de cesser d'agir ainsi, il m'a tapoté la tête et m'a répondu qu'il ne faisait que suivre le code. Je lui ai demandé de quel code il parlait ; il m'a sorti tout un baratin sur l'époque où l'honneur comptait encore, avec des chevaliers, des dragons, tout ça. Il avait lu beaucoup de romans de chevalerie, avant de passer à l'espionnage, Tom Clancy, ce genre de choses. Il me répétait souvent à quel point ce serait génial d'agir en secret, sans que personne connaisse sa véritable mission.

Elle s'interrompit un instant, les joues ruisselantes de larmes, puis poursuivit son récit :

– J'aurais dû le deviner. J'aurais dû lui poser des questions quand il a rempli ce sac en toile. Mais il ne m'aurait pas répondu. Il ne me parlait de ses aventures qu'à son retour. Je ne vais pas vous mentir : j'étais furieuse, une semaine plus tard, en voyant qu'il ne donnait pas signe de vie. Puis je me suis dit qu'il n'avait plus d'unités dans son téléphone.

– Il avait un téléphone à carte ? demanda Milo.

– Oui, comme moi. C'est moins cher. Nous ne sommes pas vraiment des Bill Gates. (Elle fit pivoter son fauteuil d'un côté, nous offrant son profil.) Pourquoi est-il impossible de l'identifier ?

– Il est inutile d'entrer dans les détails, éluda Milo.

– C'est si affreux que ça ? Répondez-moi, s'il vous plaît.

– L'assassin s'est servi d'un fusil de chasse.

– Mon Dieu... grimaça MJ Braun. J'espérais que ce n'était qu'une nouvelle chute. C'est comme ça qu'il s'est blessé la première fois, lors d'une randonnée – d'une « aventure ».

Elle baissa les yeux sur sa main et en retira les quelques cheveux restés accrochés.

– Je devrais faire plus attention ; mes cheveux sont tout ce qui me reste en bon état, dit-elle avec un sourire rêveur. J'étais mannequin, autrefois. Surtout pour mes mains et mes cheveux, et même parfois tout le corps. J'avais la vingtaine. Rien d'extraordinaire, des catalogues de produits bon marché, mais je gagnais convenablement ma vie. Un jour, j'ai contracté une spondylarthrite ankylosante. Les gens ne savent pas ce que c'est, en général, quand j'en parle.

– Si, je connais cette maladie, dis-je.

– Vraiment ?

Des années auparavant, j'avais beaucoup appris à propos de l'arthrite de la colonne vertébrale lors d'une période de consultation au service rhumatologie du Western Pediatric.

– Je connais quelqu'un qui a été touché par ce mal.

– Et cette personne s'en sort ?

– Oui, ça va mieux.

– Tant mieux pour elle. Moi, je m'accroche. J'avais vingt et un ans quand ça a commencé – par un mal de dos tout bête. C'est passé, puis c'est revenu. (Elle tapota un pneu.) Je ne suis pas handicapée, je peux faire quelques pas quand c'est absolument nécessaire, mais ça me fait un mal de chien. C'est d'ailleurs dans un centre de rééducation que j'ai rencontré Hal ; il y renforçait sa jambe blessée, et moi j'étais venue pour qu'on examine une fois de plus ma colonne vertébrale.

– À la suite de son accident.

– Qui datait de bien des années, mais il boitait encore. Il s'en était remis mais ses muscles s'affaiblissaient ; les médecins lui ayant conseillé de les étoffer, il fréquentait ce centre de rééducation. Ma maladie n'était pas encore très sévère à l'époque où on a commencé à se voir. Quand mon état a empiré, il est resté avec moi. Je me suis dit que c'était un type fantastique. (Ses traits se crispèrent.) Et c'est vrai que c'est un ange, si on met de côté ses extravagances.

Elle versa encore quelques larmes, puis, quand elle se fut calmée, je lui tendis un autre mouchoir en papier.

– Les blessures sur ce corps… reprit-elle. C'est forcément lui, pas vrai ?

– Une analyse ADN nous permettrait de…

– Bon, d'accord. Que vous faut-il ?

– Une brosse à dents ou à cheveux, ou n'importe quel objet qu'il touchait régulièrement.

– Il a pris son peigne et sa brosse à dents avec lui. Il a fourré ses affaires dans son sac, qu'il a jeté à l'arrière de la Jeep, et il a filé. Il m'a dit au revoir d'un grand geste et m'a soufflé un baiser… que je ne lui ai pas renvoyé.

Elle secoua la tête.

– Il vous a quittée de bonne humeur, résumai-je.

– C'est pour ça que je n'étais pas inquiète. J'ai seulement supposé qu'il avait besoin d'une escapade tout seul. Nous ne vivons pas précisément dans un palace ; nous sommes l'un sur l'autre vingt-quatre heures sur vingt-quatre. (Elle esquissa un sourire.) En toute franchise, je n'étais pas mécontente d'avoir un peu de temps pour moi. Je comptais moi aussi m'offrir une petite balade, peut-être faire les boutiques à Camarillo, en espérant trouver quelque chose dans mes moyens.

– Vous possédez un véhicule ? s'étonna Milo.

– Oui, un fourgon équipé. Il est au garage, en ce moment, et on ne cesse de me répéter qu'il sera prêt « d'ici quelques jours ». En attendant, je suis coincée ici. Comme je vous l'ai dit, j'ai encore la force de marcher s'il le faut, et l'église me livre des repas – mais uniquement deux par semaine, pas plus ; je tiens à rester un minimum active. Une chemise de Hal vous conviendrait, pour l'analyse ADN ? Même si elle a été nettoyée ?

– Non, ça risque de ne pas suffire.

– Hmm… Je fais des lessives tous les jours, rien ne reste sale dans cette maison. Une bouteille, alors ? Il est le seul à boire du cognac – j'ai horreur de ça. Ce n'est pas un gros buveur, un cognac une fois de temps en temps. Il y aussi le verre de brandy – Hal dit que sa forme permet de parfaitement sentir le parfum de l'alcool. Je ne crois pas qu'il le lave ; il dit qu'il préfère garder... Comment dit-on, la patine ?

– Ça pourrait faire l'affaire, dit Milo.

– Je vais vous le chercher, dit MJ, se tournant vers la cuisine.

– Mieux vaut que je m'en charge, intervint Milo.

Il enfila ses gants et déplia un sachet pour indices extirpé d'une poche intérieure de sa veste.

– Vous le trouverez du côté normal de la cuisine, précisa MJ Braun. Dans le placard le plus proche du mur.

Mon ami fut rapidement de retour, le verre dans la pochette scellée.

– Au fait, comparer les empreintes digitales ne serait pas plus rapide qu'une analyse ADN ? demanda MJ.

En effet, quand le corps a encore ses mains...

– Ceci nous suffira, madame. Quelqu'un voulait-il du mal à Hal, selon vous ?

– Non, à part peut-être ce type du McDonald's, mais je n'ai aucune idée de son identité, sans compter que c'était il y a des années.

– À quelle fréquence Hal se lançait-il dans ses aventures ? demandai-je.

– Deux ou trois fois par an, je dirais. Il ne partait que peu de temps, généralement, un jour ou deux, et à son retour il me racontait avoir campé en pleine nature – c'était son truc, la nature. Comme les Indiens Chumash, qu'il appréciait beaucoup. Il disait qu'il aurait aimé avoir du sang indien, mais sa famille était originaire d'Autriche.

– Où a-t-il grandi ?

– À Stockton. Il n'avait plus de famille quand je l'ai rencontré. Il était fils unique et n'avait pas grand-chose à dire sur ses parents décédés depuis longtemps. C'est pour ça qu'il tenait tant à profiter de chaque jour. En revanche, il aimait que je lui parle des miens, qui étaient formidables, je les adorais. J'ai hérité de la maison à leur mort. Sans ça, je ne sais pas comment je m'en serais sortie.

– Hal ne travaillait pas.

– Non, plus depuis sa rééducation. Nous percevons tous les deux une pension d'invalidité.

Elle étira les bras, les doigts entremêlés, puis fit mine de se lever. Elle se souleva de quelques centimètres mais se laissa retomber.

– Je vais vous raconter un épisode qui décrit bien sa personnalité. Un jour, il est parti randonner à Deer Creek. Il est rentré avec son sac rempli de linge sale et un énorme sac poubelle qui empestait la pizza. Je me suis étonnée : « Tu as commandé une pizza sous ta tente ? » « Non, j'ai trouvé ce sac dans une poubelle. » « Mais pourquoi ? » Là, il a donné une petite tape sur le sac, dont le contenu a remué ! J'ai crié de peur. Hal en a sorti un serpent ! J'ai hurlé de plus belle. Hal s'est excusé de m'avoir effrayée et m'a assuré que ce serpent n'était pas venimeux. « Il est joli, tu ne trouves pas ? » Il m'a expliqué l'avoir trouvé abandonné sur une piste, à un endroit où on risquait de l'écraser. C'était un bébé serpent. Après qu'il l'a remis dans le sac, j'ai dû avouer que cette bestiole était plutôt jolie, en effet, avec ses couleurs vives – rouge, noir et jaune – et ses rayures, mais je n'en restais pas moins terrifiée. Je lui ai ordonné de la mettre dehors immédiatement. Il m'a répondu qu'il avait déjà prévenu la SPA, qui était en route. « Je ne veux pas le savoir, fiche ce serpent dehors ! » « Je te promets qu'il est inoffensif, Em, et j'ai peur qu'il soit malade. Je ne voudrais pas qu'il soit attaqué par un chat. » Il m'a calmée – il était très fort pour ça. Je lui ai permis de le garder dans la maison à condition qu'il mette le sac dans un autre sac et qu'il le noue. Il a percé quelques trous pour que le serpent puisse respirer, puis une femme en uniforme s'est présentée et l'a félicité pour son acte charitable. Apparemment, il s'agissait d'une espèce rare qu'en principe on ne trouve pas dans la région. Bref, Hal avait fait une découverte d'importance. Les spécialistes étaient impatients d'examiner ce spécimen, de s'assurer qu'il était en bonne santé et de lui trouver un endroit où vivre. Elle a remercié Hal comme s'il était un héros. C'était son but ultime, justement : faire le bien et en être fier.

– Quelle a été sa dernière aventure, avant celle qui lui a été fatale ? m'enquis-je.

– Hmm… Trois semaines plus tôt, il a passé deux nuits à Santa Barbara, mais je ne suis pas certaine que ça ait été une aventure. Il m'a dit avoir traîné là-bas, profité de la plage et dormi sur le sable, sous une jetée. C'était peut-être vraiment une aventure, après tout. Il avait un air bizarre quand il est rentré. Le regard focalisé, vous voyez ? Comme s'il avait un projet en tête.

– C'est ce que nous cherchons à déterminer, dit Milo. Que serait-il allé faire à Los Angeles, d'après vous ?

– Je ne vois aucune raison à ça. Il a vécu à L.A. mais il avait horreur de cette ville, beaucoup trop dense à son goût. Il aimait la nature. Que portait le… enfin, l'homme que vous avez trouvé ?

Milo décrivit les vêtements du cadavre.

– Ce stupide pantalon… dit MJ, les yeux baissés. Son « jean de grand-père », comme je disais. Il l'a acheté dans une friperie. Il en a pris deux paires, d'ailleurs : l'autre est sans doute encore ici, s'il ne l'a pas emportée. (Elle roula vers le couloir.) J'ai également une photo de Hal, si vous voulez – de nous deux, à vrai dire. Dans la chambre. Je ne suspends aucun cadre dans le salon car ça me rend folle quand j'en vois un de travers ; je ne veux pas devoir me lever pour le redresser.

– Hal ne pouvait pas s'en charger, quand il était à la maison ? m'étonnai-je.

– Ha ! Il s'en moquait éperdument, sourit-elle. Ce n'est peut-être pas dans les attributions des chevaliers. Suivez-moi, c'est par ici.

De la même marque que celui du cadavre, le pseudo-jean était rangé dans le tiroir du bas d'une commode contenant la quasi-totalité de la garde-robe de Hal Braun. Milo s'empara du pantalon, d'un boxer et d'un tee-shirt. En dehors de cela, il n'y avait là qu'une vareuse bleu marine et une veste en velours côtelé.

MJ se saisit d'un cadre disposé sur une table de chevet ; un couple en vêtements décontractés posait sur les marches d'un splendide bâtiment aux allures de cathédrale.

– Le jour de notre mariage, à la mairie de Ventura.

Les cheveux rassemblés en chignon et un grand sourire aux lèvres, Maria Josefina était resplendissante au bras de son nouvel époux.

Quant à Hargis Braun, un air enjoué éclairait son visage joufflu déjà aperçu sur les photos de Mary Ellen et sur son permis de conduire. Il portait les mêmes vêtements que le cadavre découvert chez les Corvin.

– Vous n'avez pas besoin de cette photo, j'espère ? s'inquiéta MJ.

– Non, madame, la rassura Milo. Hal possédait-il un ordinateur ?

– Oui, un portable. Il l'a emporté pour son aventure, comme d'habitude.

De retour dans le salon, Milo tendit sa carte à MJ :

– Si des détails vous reviennent à l'esprit...

– Et vous, vous me tenez au courant dès que vous avez identifié le corps ?

– Absolument.

Elle pinça un instant sa lèvre inférieure, ce qui y laissa une trace en forme de croissant, presque une coupure.

– Vous ne vous seriez pas déplacés depuis L.A. jusqu'ici si vous n'en étiez pas déjà convaincus.

– En toute franchise, nous n'avons aucune certitude à ce stade, madame Braun.

– D'accord, mais prévenez-moi dès que ce sera le cas. J'aurai des dispositions à prendre. Je n'ai plus fait ce genre de choses depuis la mort de mes parents. Eux, au moins, ils avaient mis un peu d'argent pour leurs obsèques. Cette fois, je ne sais pas comment je vais faire.

– Nous pouvons peut-être demander à une de vos connaissances de vous aider ? proposai-je.

– Les gens de l'église sont très aimables, je leur demanderai conseil. (Nous nous dirigeâmes vers la porte.) Est-ce que je risque des ennuis si j'encaisse le chèque de la pension de Hal ? Comme vous n'avez encore aucune certitude... Je recevrai peut-être un dédommagement quelconque, cela dit, un genre de prime versée aux veuves.

– Les services sociaux vous renseigneront mieux que nous sur ce point, madame.

– Je ne veux surtout pas commettre quoi que ce soit d'illégal, mais j'avoue que la pension de Hal me serait bien utile ce mois-ci, en plus de la mienne.

– Nous ne vous créerons pas d'ennuis, madame.

– Merci. Tout ce qu'on pourra m'offrir ne sera pas de trop, ma vie va changer du tout au tout, dit-elle en refoulant quelques larmes. Que vais-je devenir sans lui... ?

# 14

Milo fourra les sachets d'indices dans le coffre de la voiture, s'installa au volant et prit le temps de détailler la modeste maison grise.

– Au risque de m'aventurer sur ton territoire, Hal Braun était un peu cinglé, non ?

– Je dirais plutôt idéaliste, une sorte de Don Quichotte.

– Affrontant des moulins à vent ?

– Oui, et ça a gêné quelqu'un.

– Cet idiot cherchait les ennuis. On pourrait trouver mille personnes qu'il a agacées. Il a pu être tué n'importe où, pourvu qu'il ait pu s'y rendre en voiture. Je peux au moins lancer un avis de recherche sur la Jeep ; si on la retrouve, ça nous donnera peut-être un indice.

Ce qu'il fit, en quelques ordres donnés par radio, puis il raccrocha :

– Rien, dans ce que nous ont raconté les deux Mary, ne nous explique comment il s'est retrouvé gisant dans la bibliothèque de notre bon vieux Chet.

– Mary numéro 2 nous a précisé que les aventures de Hal étaient assez espacées dans le temps. Or son déplacement à Santa Barbara est survenu peu avant qu'on ne retrouve son cadavre à L.A. C'était peut-être la même, après tout.

– Il aurait sauvé des baleines et ça aurait foutu en rogne le capitaine Achab ?

Cette hypothèse me fit rire.

– Ça soulève une question, en tout cas : pourquoi s'être tapé soixante kilomètres en voiture pour trouver du sable et des vagues alors qu'il habitait déjà en bord de mer ?

– Il préférait peut-être le sable des villes plus chic, hasarda Milo en mettant le contact. J'espère que tu te trompes, bon sang. Sinon, comment veux-tu que je débrouille une affaire qui a commencé à cent cinquante kilomètres de L.A. ?

– Il serait bon de savoir si les Corvin connaissent du monde à Santa Barbara.

– Oui, en effet, je leur poserai la question. Hal sauvait des serpents, rêvait d'agir en agent secret… Le Lancelot du pauvre, en somme.

Un individu apparut à la porte d'une maison beige, non loin du côté sud de la rue. Cet Hispanique de grande taille portait un polo bleu pastel, un pantalon blanc et des mocassins impeccablement cirés. Son visage bronzé et marqué de rides était surmonté d'une épaisse chevelure blanche et orné d'une moustache couleur neige, sous un nez imposant.

Raide comme un piquet, il semblait solidement bâti, malgré ses soixante-dix ans bien sonnés. Plutôt que de nous observer ouvertement, il faisait mine d'inspecter un massif de géraniums.

– Le voisin s'intéresse à nous, fis-je remarquer.

Milo pivota sur son siège, ce qui n'échappa pas au vieil homme. Celui-ci croisa les bras et regarda ostensiblement dans notre direction, comme pour nous défier de l'affronter. Ne voyant rien venir, il arracha une fleur fanée et rentra chez lui.

– Contentons-nous de ce qu'on a sous la main, décida Milo, avant de s'extirper de la voiture.

Les murs de la maisonnette beige avaient été récemment repeints, tout comme les moulures couleur chocolat. Une pelouse artificielle renvoyait des reflets émeraude et une inscription indiquait que l'occupant des lieux n'ouvrait pas aux colporteurs. Pas de sonnette visible. La porte rouge vernie s'ouvrit sans laisser le temps à Milo d'y toquer.

– Ah, tout de même ; je vous prenais pour deux paresseux, dit le vieil homme. Vous êtes en pleine enquête, c'est évident. Qu'est-il arrivé chez les Braun ?

Milo lui montra son insigne.

– Police de Los Angeles ? lut le voisin, les yeux plissés, avant de considérer notre voiture banalisée. On avait ce genre de véhicule, à l'époque où j'étais de la partie. Vous avez la clim là-dedans ? Nous, on ne l'avait pas.

– Oui, en principe, répondit Milo. Si vous pouviez nous accorder quelques instants, monsieur…

– Prieto, Enrique. Mais tout le monde m'appelle Henry. J'ai patrouillé pendant quinze ans dans les rues d'Oxnard, avant de m'occuper des cambriolages. Quand j'ai dû partir en retraite, je suis devenu détective privé – j'ai surtout viré des clochards qui traînaient dans le port.

– Vous connaissez Frank Gonzales ?

– Francisco ? Oui, bien sûr. Il adorait la bonne bouffe, il devait en permanence surveiller son poids.

– Oui, c'est un fin gourmet.

Prieto tapota son estomac plat et considéra longuement le ventre bombé de Milo.

– D'où vous connaissez Frank ? s'enquit-il.

– J'ai collaboré avec lui sur un homicide.

– Un homicide… Et vous êtes toujours à la brigade criminelle ?

– Toujours.

– J'en déduis qu'un des Braun a été tué ? devina Henry Prieto, le regard tourné vers la demeure de ses voisins. J'ai vu la femme descendre et remonter son allée en fauteuil roulant ce matin, c'est donc son mari qui est mort.

– Possible.

– Possible ?

– Nous avons un corps à identifier.

– Qu'est-ce qui vous en empêche ?

– Il est dans un sale état.

– Décomposé ? J'avais horreur de ça. Un jour, j'ai découvert le cadavre d'un ivrogne sous une bâche, au port. Les rats des quais s'étaient régalés le temps d'un petit déjeuner, un déjeuner, un dîner et encore un petit déjeuner. Vous avez interrogé la femme, en espérant qu'elle vous aide à identifier votre bonhomme ?

– Exact. Que pouvez-vous nous dire à propos de ce couple ?

– Ils passent leur vie à attendre leur chèque de pension à la fin du mois. Elle, c'est normal, elle est handicapée depuis longtemps, mais lui... (La moustache de Prieto s'abaissa.) Depuis quand une légère claudication empêche de travailler ? Il flemmarde toute la journée. En y réfléchissant, ça fait un moment que je ne l'ai pas vu. Une semaine, je dirais, peut-être deux. Dans quel quartier vous l'avez trouvé ? Watts ? East L.A. ?

– Non, dans l'ouest de la ville.

– Une fois n'est pas coutume.

– Que pouvez-vous nous dire d'autre à propos de ce couple, monsieur Prieto ?

– N'espérez pas que la femme fasse une bonne suspecte. Sans vouloir me mêler de vos affaires – j'ai toujours eu horreur qu'on cherche à résoudre mes enquêtes à ma place –, je ne l'imagine pas commettre quoi que ce soit de répréhensible. Elle n'est pas très futée mais elle a toujours été aimable. Je connaissais ses parents, des gens bien. Gustavo a travaillé pendant quarante ans à l'entretien des espaces verts, et Dorothy était femme de ménage dans des bureaux. Leur autre fille, Sophie, n'était pas une beauté mais c'était l'intello de la famille ; elle est allée à la fac. Aujourd'hui, elle est assistante juridique, quelque chose comme ça. Mary Jo était nettement plus canon mais n'avait pas grand-chose dans le crâne, peut-être parce qu'elle a été malade très jeune. C'est peut-être pour ça qu'elle s'est mise avec ce type, d'ailleurs.

– Vous n'appréciez pas beaucoup M. Braun.

– Je n'aime pas les feignants, déclara Henry Prieto. Si ce pays tombe en ruine, c'est parce que les paresseux vivent aux crochets de ceux qui travaillent. Il boite ? Et alors ? Personne ne l'oblige à courir le cent mètres en moins de dix secondes pour travailler, non ? Il pourrait faire quelque chose, pas vrai ?

– Je ne vous le fais pas dire.

– En plus de ça, c'est un gars bizarre. Il sourit en permanence, même quand il n'y a aucune raison, comme s'il voulait vous cirer les pompes. J'estime qu'on doit mériter l'amitié de quelqu'un, on ne s'y glisse pas comme dans une paire de pantoufles. Que lui est-il arrivé à West L.A. ?

– Quelqu'un l'a descendu.

– Quelqu'un ? Vous ne savez pas qui, donc.

– Notre enquête débute tout juste, monsieur Prieto. Tout ce que vous nous direz nous sera utile.

– Utile… Le seul détail sortant de l'ordinaire est peut-être la Camaro noire qui s'est garée devant chez eux il y a quelques semaines, un jour ou deux avant qu'il balance son sac en toile dans sa Jeep et prenne la tangente. Il n'y avait que le conducteur à bord, un gosse de moins de vingt ans, qui s'est garé à la même place que vous. Il devait être dans les 7 heures du matin car j'avais tout juste récupéré mon journal et j'attendais que mon café soit prêt. J'ai entendu un bruit de moteur, j'ai regardé dehors et je l'ai vu. Une minute plus tard, Braun est sorti de chez lui. L'autre est sorti de sa voiture et ils ont bavardé un peu, puis le môme s'est remis au volant et est reparti. Et donc, deux jours plus tard, Braun a filé à son tour. Je me suis demandé s'il n'y avait pas un deal de drogue ou un truc louche là-dessous.

– Qu'est-ce qui vous fait croire que Braun pourrait tremper dans ce genre de trafic ?

– Il ne travaille pas… alors forcément ça soulève des interrogations. J'ai été étonné de voir surgir cette Camaro. Jusqu'à ce jour, je n'avais jamais vu Braun discuter avec quelqu'un, exception faite de Mary Jo et des quelques âmes charitables de l'église qui livrent des repas gratuits. Braun n'a fait que bavarder avec le gosse mais j'ai ouvert les yeux, vu la dégaine hippie de ce dernier. Mais ni l'un ni l'autre n'a acheté ou vendu quoi que ce soit, ni même remis quelques billets à l'autre.

Ce qui l'avait déçu, visiblement. Milo sortit son calepin :

– Auriez-vous d'autres précisions à nous donner concernant ce hippie ?

Henry Prieto considéra les pages quadrillées.

– Nous avions les mêmes calepins, à mon époque... Pour votre gars, taille moyenne, maigrichon, cheveux longs d'un blond crasseux, quelques poils ici. (Il se tapota le menton.) Quand on n'a pas de quoi faire pousser une barbe digne de ce nom, mieux vaut se raser. (Il caressa sa moustache généreusement fournie.) Vous avez tout noté ?

– Oui, monsieur, répondit Milo, relevant son stylo.

– Bon, ensuite les vêtements : tee-shirt noir avec une inscription blanche que je n'ai pas pu déchiffrer, jean bleu, baskets blanches. Pas de tatouage visible ni d'autre signe particulier, mais ils font ça n'importe où de nos jours. Et des lunettes de vue. Il n'avait pas l'air d'un dur, on aurait plutôt dit un étudiant ou un autre genre de bon à rien.

– Au volant d'une Camaro...

– N'importe qui sachant se débrouiller un minimum peut s'offrir une Mercedes, affirma Prieto. C'était une Chevrolet Camaro de troisième génération – produite de 1982 à 1992. J'ai en moi-même possédé une de 1970, et un de mes fils a customisé un modèle de 1978 avec lequel il a couru sur circuit, jusqu'au jour où les freins ont surchauffé. Celle du visiteur de Braun n'avait rien de customisé ; roues ordinaires, pas de bandes ni de décalcomanies ni d'autocollants sur les pare-chocs. (Le vieil homme fit claquer ses dents de dépit.) Malheureusement, j'étais trop loin pour lire la plaque d'immatriculation.

– Leur conversation vous a-t-elle paru amicale ? voulut savoir Milo.

– Non, mais sans agressivité. Dites-moi, lieutenant, pourquoi un gradé comme vous effectue-t-il un véritable travail d'enquête ?

– J'ai touché le gros lot.

– Tous les lieutenants que j'ai côtoyés passaient leur temps à leur bureau. Enfin bref, nos gars ont eu une conversation banale, neutre, pendant deux minutes. Braun a peut-être un fils aussi flemmard que lui dont j'ignore l'existence, après tout. L'âge collerait, non ?

Milo acquiesça.

– Ce n'est pas à moi de vous dire comment mener votre enquête, mais il me semble que c'est une piste intéressante, ajouta Prieto. Quand quelqu'un se fait tuer, il faut commencer par fouiner du côté de la famille.

– Je confirme. Autre chose, à propos de Braun ?

– Non. Ce type ne m'intéressait pas ; je sais analyser ce que je vois, c'est tout.

Milo s'engagea sur la bretelle d'accès de l'autoroute 101 et fila vers le sud.

– Et notre déjeuner au port ? m'étonnai-je.

– Tu as de l'appétit, toi, maintenant ?

– Non, je me soucie de ton bien-être, c'est tout.

– Merci de penser à moi. Non, j'ai trop de questions qui me trottent dans la tête. Que penses-tu de ce môme en Camaro ? Ce n'est probablement rien du tout, mais c'est le seul contact que nous connaissions à Braun pour l'instant. Dommage qu'il ne se soit pas pointé en Ferrari ou dans un autre bolide hors de prix.

– L'hypothèse de Prieto, selon laquelle ce serait le fils de Braun, est intéressante, mais s'il a entre dix-huit et vingt ans, ce jeune homme pourrait également être le copain de Chelsea Corvin.

– Elle a un chéri secret ?

– Peut-être pas secret au point que ses parents ne s'en rendent pas compte. On sait où ça mène.

– Oui, vers un drame façon Roméo et Juliette. On en a déjà parlé et tu as jugé que le crime avait été trop minutieusement planifié pour être le fait d'ados.

– Des éléments nouveaux peuvent me faire changer d'avis. Nous savons que Braun se voyait volontiers en héros défenseur des opprimés ; il était peut-être membre d'un groupe de désendoctrinement, le genre d'association vers lesquelles se tournent les parents pour arracher leurs enfants aux griffes de la drogue, des sectes ou d'autres influences néfastes. Autre possibilité, il agissait seul, tel un guerrier solitaire. Dans un cas comme dans l'autre, ça expliquerait les aventures dont il ne disait rien à sa femme.

– Notre Lancelot du pauvre aurait ainsi ajouté quelques billets à son chèque de pension mensuel, conclut Milo, tapotant le volant. Tu imagines Chet et Felice faire appel à ce genre de chevalier ?

– Le désespoir rabaisse les exigences.

– Hmm… marmonna Milo, qui laissa passer quelques kilomètres en silence. Si Braun a été engagé pour éloigner Roméo de Juliette, comment expliquer l'absence d'agressivité dans la conversation surprise par Prieto ?

– Un deal a peut-être été conclu. Le chéri de Chelsea a peut-être reçu de l'argent pour ne plus l'approcher. Mais ensuite quelque chose a cloché, Roméo a changé d'avis. Ou alors Chelsea a découvert le pot aux roses et piqué une crise. Roméo a alors décidé de se racheter en assassinant l'ennemi. Si ce scénario est le bon, les Corvin en savent davantage qu'ils ne le disent et restent discrets dans l'intérêt de Chelsea. Pendant ce temps, elle fait le mur en pleine nuit.

– Un rendez-vous galant avec Roméo ? hasarda Milo, se mordillant l'intérieur de la joue. Deux jeunes tourtereaux pris de folie… Oui, c'est une théorie plausible.

– Une théorie qui confirme ta première impression, selon laquelle quelque chose cloche dans cette famille.

Milo resta muet et ne réagit qu'à l'approche de l'échangeur avec l'autoroute 405 :

– En te demandant de t'occuper de Chelsea, en faisant appel à un psy consultant pour la police, Chet aurait en premier lieu cherché à régler l'amourette de sa fille ?

– C'est une possibilité. Et il file à l'aéroport.

– Il allume une mèche et déguerpit, résuma Milo. Pour le moment, tiens-toi à l'écart de cette famille, d'accord ? Je te dépose et je fonce au labo. Ensuite, si j'ai le temps, je rends visite aux Corvin et je balance le nom de Braun dans la conversation, histoire de voir leur réaction.

– Bon plan.

– Ce n'est pas génial, mais c'est toujours mieux que ce qu'on avait il y a quelques heures.

# 15

Tout en savourant un plat indien, je récapitulais l'affaire avec Robin, tandis que Blanche ronflait à nos pieds.

– Pauvre M. Braun, se désola ma compagne. Il devait être désespéré, pour vouloir à ce point laisser sa trace – ou il avait simplement besoin qu'on le remarque. Je ne serais pas étonnée qu'il ait un site Internet ou qu'il ait été très actif sur les réseaux sociaux.

– On a vérifié : rien du tout.

– S'il se considère comme une sorte d'agent secret, il a peut-être pris un pseudonyme.

– Vous êtes dotée d'une intelligence hors du commun, mademoiselle...

– Tu imites qui, là ? James Cagney ?

– Non, c'était plutôt Bogart, mais Cagney, ça me va.

– Allez, va jeter un coup d'œil pendant que je prépare le dessert, sourit Robin.

Je lançai une recherche sur les associations de désendoctrinement et obtins un peu de tout, des boîtes louches empochant de grosses sommes pour faire rentrer dans le droit chemin des gosses de riches aux groupes religieux à but non lucratif mus par leur vision de la morale. Je dénichai également quelques loups solitaires, principalement d'anciens alcooliques devenus sobres, mais aucun d'eux n'était Braun.

Par ailleurs, ces « agents » ne dissimulaient pas leur identité. Bien au contraire, ils donnaient nom, adresse et courrier électronique, ainsi que leur photo, pour la plupart. Ces clichés se rangeaient en deux catégories : les durs à cuire et les sourires béats.

Aucun ne ressemblait à l'homme au visage joufflu en jean plissé qui se lançait dans des quêtes solitaires.

De retour dans la cuisine, je n'eus pas besoin de dire un mot ; Robin devina à mon expression l'échec de ma recherche.

– Bon, tant pis... Tiens, prends des quartiers d'orange à la crème fouettée. Autant se faire plaisir.

Milo m'appela à 7 heures le lendemain matin. La cafetière bouillonnait, Robin prenait son bain et Blanche, pelotonnée sur mes genoux, mordillait un bâtonnet de viande séchée.

– Bonjour, monsieur le lève-tôt, lui dis-je.

– Ce serait plutôt monsieur-qui-ne-dort-pas. Quand j'ai quitté le bureau hier soir, il était si tard que mon estomac réclamait de nouveau sa pitance. J'ai donc fait une escale au Pantry pour le dîner. Sans entrer dans les détails, je te dis quand même que les côtelettes de porc font un excellent accompagnement pour steak T-bone.

*Tu aurais pu ajouter du Lipitor*[1], répliquai-je en pensée.

– Tu t'es bien gavé, on dirait.

– L'esprit ne fonctionne que si le corps est satisfait, *amigo*. Reed m'a appelé vers 22 heures ; on a retrouvé la Jeep de Braun – enfin, ce qu'il en reste – à Playa del Rey, dans une ruelle. Elle a été désossée par les voyous du coin puis incendiée. Je me suis rendu sur place et j'ai insisté pour que les techniciens prélèvent rapidement les empreintes sur la carcasse. Ils en ont trouvé quelques-unes, incomplètes, sur la portière côté conducteur, mais elles ne sont pas répertoriées dans le fichier. Ce sont celles de Braun, selon toute vraisemblance, mais il me faudrait ses foutues mains pour le confirmer. Le temps d'en arriver là,

1. Médicament contre le cholestérol.

il était déjà une heure du matin. C'est là que ça devient intéressant.

– Tu es allé chez les Corvin et tu as eu droit à une surprise ?

Mon hypothèse fut suivie d'un silence.

– Tu es pénible, tu sais ! s'agaça-t-il enfin.

– Je me trompe ?

– Tu as ruiné mon effet ! Allez avoue, tu fais de la divination dans un jeu de tarot.

– Non, le chien l'a dévoré.

– Impossible. Pas ton chien, en tout cas. C'est un fin gourmet – ou plutôt une « gourmette ». Bref, en effet, ô oracle de Delphes, j'ai roulé jusque chez les Corvin, histoire de dépenser un peu d'énergie et à tout hasard, en espérant remarquer un détail qui m'aurait échappé jusque-là. Je me suis garé à l'écart et j'ai marché en évitant le champ des caméras de vidéosurveillance. Ce coin est une vraie ville fantôme, à cette heure-là ; la plupart des maisons étaient plongées dans l'obscurité. En approchant de l'impasse, j'ai vu quelqu'un surgir des ombres et se diriger vers la maison des Corvin. Grâce à mes semelles en caoutchouc, j'ai pu encore avancer un peu, ce qui m'a permis de voir la silhouette contourner la maison, du côté du portillon.

– C'est par là qu'est passé l'assassin.

– Sauf que ce n'était pas un intrus, *amigo*. C'était Chelsea, en pleine balade nocturne. Sans monsieur Barbichette ni qui que ce soit d'autre. Elle était seule, comme nous l'a raconté son père. En temps normal, ça ne m'aurait pas troublé plus que ça ; j'aurais pensé que cette fille était bizarre, somnambule ou je ne sais quoi. Mais au moment où elle a disparu de mon champ de vision, une lumière s'est éteinte dans une maison voisine. Celle de Trevor Bitt. Est-ce que ça prouve que Chelsea venait de chez lui ? J'aurais peut-être la réponse à cette question si j'étais arrivé quelques secondes plus tôt. Mais ça fait réfléchir, non ?

– Et comment, convins-je. Découvrir que leur fille fréquente un homme beaucoup plus âgé qu'elle serait nettement plus problématique pour les Corvin que de la savoir en couple avec un ado qu'ils n'apprécient pas. S'ils n'ont pas pris de mesures pour y mettre fin, c'est qu'ils ne sont pas au courant.

– Je suis d'accord, mais c'est peut-être parce qu'il soupçonne quelque chose que Chet a fait appel à toi, dans l'espoir que tu m'en parles et que je fouine un peu de ce côté-là. (Il s'esclaffa.) Et c'est exactement ce qui s'est passé ! Tout ça n'explique pas le rôle de Braun dans cette affaire, je sais, et ça laisse de côté l'hypothèse du désendoctrinement, à moins que je ne réussisse à établir un lien entre Braun et Bitt, mais quand même...

– Braun ne semble lié à personne, de toute façon, rappelai-je, avant de détailler ma recherche vaine sur Internet. Mais s'il connaît Bitt parce qu'ils ont les mêmes goûts en matière de sexe, ça expliquerait qu'il se montre discret à propos de ses « aventures ».

– Deux vieux porcs accros aux adolescentes... Bon sang...

– Aux adolescentes vulnérables, précisai-je.

– Comme Chelsea, donc. Qui est Barbichette, alors ? Ils ciblent à la fois des filles et des garçons, tu crois ? À moins, pour reprendre l'hypothèse de Prieto, que Barbichette soit simplement le fils de Braun passé dire bonjour à son père avant que celui-ci parte pour une aventure.

– Il est possible qu'il n'ait rien à voir avec notre affaire. Il vendait peut-être sa voiture, et Braun s'est montré intéressé.

– Quoi qu'il en soit, je vais de nouveau me focaliser sur Bitt. S'il fricote avec Chelsea, ça explique qu'il soit si peu bavard avec moi. J'ai demandé à quelques juges si on avait de quoi lancer un mandat, ils m'ont donné la réponse que je craignais. D'autres suggestions ?

– Non, désolé.

– Bon, je m'en tiens au premier plan : lâcher le nom de Braun dans la conversation en présence de Chet et Felice et guetter leur réaction. Mettons ce soir vers 18 heures. Tu es partant ?

– Je peux apporter mon jeu de tarot ?

– Nan, laisse-le chez toi avec ta boule de cristal et ton turban. On fait comme d'habitude : j'incarne le côté officiel et sécurité, tu te charges du tact et de la sensibilité.

Il était 18 h 30 lorsque je me garai derrière la voiture de Milo stationnée à l'entrée d'Evada Lane. Peu avant d'atteindre la demeure des Corvin, il me désigna la petite zone de béton entourée de pelouse située devant le portail peu accueillant de Trevor Bitt :

– C'est là que j'ai vu Chelsea.

– Ce recoin sombre est à l'abri des regards, constatai-je. Si elle n'est pas entrée chez le voisin, elle s'est peut-être tapie là pour fumer ou boire.

Milo trottina jusqu'à l'endroit concerné et fut rapidement de retour :

– Pas de bouteille, ni de canette, ni de mégot de cigarette ou d'autre chose. Je n'ai rien vu dans ses mains, d'ailleurs. D'autre part, si elle n'est pas entrée chez Bitt, pourquoi aurait-il éteint la lumière chez lui juste après le départ de Chelsea ?

Sans attendre de réponse, Milo pivota vers l'allée des Corvin.

– Les deux voitures sont là ; Chet est rentré.

– Rien de tel qu'un petit moment en famille.

Felice Corvin nous ouvrit, un Coca Light dans la main gauche. Vêtue d'un sweat-shirt vert, elle avait les cheveux relevés en chignon et le visage démaquillé.

– Oui ? dit-elle, haussant ses sourcils bien dessinés.

– Bonsoir, madame Corvin, dit Milo. Si vous avez quelques instants à nous accorder, pouvons-nous entrer et vous poser quelques questions complémentaires ?

– Pour l'enquête sur le crime ou pour la psychothérapie ? demanda-t-elle en me regardant.

– Pour l'enquête, madame.

Elle laissa passer une seconde avant de nous céder le passage :

– Nous sortons tout juste de table. D'accord, si ça ne s'éternise pas.

Le dîner avait consisté en quelques boîtes de KFC, si l'on en croyait les reliefs abandonnés sur la table de la cuisine. Si Brett et Chet étaient invisibles, Chelsea, debout devant l'évier, nettoyait un verre qui semblait propre.

Nous avions pénétré dans un intérieur paisible, sans le moindre signe trahissant l'horreur vécue par les Corvin dix jours auparavant. Non loin d'un mini-four, des enceintes crachaient un air folk-rock tendance indé – une voix pleurnicharde altérée électroniquement se démenait, accompagnée par deux accords mineurs.

Felice débarrassa les emballages de fast-food et rangea les sachets de ketchup dans un tiroir.

Quant à Chelsea, elle lavait toujours le même verre, sans même s'être tournée vers nous.

Milo s'installa à la table sans y avoir été invité, et j'en fis autant. Felice haussa de nouveau les sourcils mais nous proposa tout de même à boire.

– Non merci, répondit Milo.

– Sûrs ? Je me prépare un thé.

– D'accord, alors. Merci.

Elle s'activa avec quelques sachets d'Earl Grey et trois mugs sérigraphiés de scènes de parcs nationaux, puis elle s'adressa à sa fille d'une voix douce :

– Ce verre est assez propre, ma chérie, et j'ai besoin de l'eau chaude.

Chelsea n'esquissa pas un geste. Il fallut que sa mère la pousse délicatement pour qu'elle s'écarte du robinet. Sans essuyer ses mains dégoulinantes, l'adolescente posa le verre sur le plan de travail. Puis elle recula d'un pas et se retourna vivement lorsqu'elle percuta la desserte. Le visage flasque, les yeux gonflés de sommeil et les cheveux filasse, Chelsea affichait une expression difficile à déchiffrer mais qui ne contenait à coup sûr aucune trace de bonheur.

Elle quitta la pièce en toute hâte, nos sourires lui ayant visiblement fait autant d'effet que si nous avions montré les dents.

Felice la suivit un instant du regard, puis elle apporta les mugs sur la table, un sourire crispé aux lèvres.

– La famille va bien ? demanda Milo.

– Nous sommes en thérapie, lieutenant ? réagit-elle, ce qui fit sourire mon ami. Pardonnez-moi, la journée a été épouvantable. J'ai dû me battre avec la bureaucratie municipale et ensuite affronter des embouteillages monstrueux. Pour répondre à votre question – de politesse, j'imagine –, oui, tout va bien, merci.

– Chet est à l'étage ?

– Non, il est en déplacement. À Portland, je crois.

Ces deux derniers mots, accompagnés d'un début de ricanement, étaient éloquents : *Je ne lui demande pas où il va, il ne me dit rien, on se fiche tous les deux de l'autre.*

– Pourtant, sa voiture...

– Un taxi l'a conduit à l'aéroport. Il en appelle parfois quand son timing est serré et qu'il doit travailler en chemin.

– Ah...

– Chet est un homme très occupé, ajouta Felice, sur un ton qui aurait convenu pour une insulte. Et vous, tout va bien de votre côté, lieutenant ? Et vous, docteur ?

Sa voix avait grimpé dans les aigus en évoquant son mari. Elle luttait à présent pour simuler une bonne humeur, ce qui ne faisait que souligner sa tension.

– Nous avons peut-être identifié la victime, révéla Milo.

– Peut-être ?

– Vous n'avez certainement pas oublié dans quel état nous avons découvert le corps.

– Oh… Oui, évidemment. De qui s'agit-il ?
– D'un certain Hargis Braun.
Pas de réaction.
– Il se faisait appeler Hal.
Après un nouveau silence, Felice haussa les sourcils pour la troisième fois de la soirée.
– Oh, vous me demandez si je le connais ? Non, je n'ai jamais entendu ce nom. Qui était cet homme ?
Milo lui montra la photo de Braun récupérée sur le fichier des immatriculations. Elle eut l'amabilité de l'examiner avec attention.
– Non, ce visage ne me dit rien. Il était des environs ?
– Il habitait dans le comté de Ventura.
– Que faisait-il par ici, alors ?
– Excellente question, madame. Votre famille a-t-elle des connaissances par là-bas ?
– Non, aucune. J'ai assisté à une conférence à Goleta, l'année dernière, mais je n'ai jamais croisé cet homme.
– Et Chet ?
– Chet est responsable de la côte Ouest, alors oui, il est probable qu'il ait des relations là-bas. Ce crime serait lié à son travail, d'après vous ?
– Si seulement je le savais.
– Voulez-vous que j'appelle Chet pour lui poser la question ?
– Ce serait très aimable de votre part.
Elle sortit son téléphone de la poche de son pantalon de survêtement, tapota quelques touches et raccrocha rapidement.
– Je tombe sur sa messagerie.
– Ce n'est pas grave, j'ai son numéro.
Tout en remuant son thé, Felice examina la photo.
– Désolée de ne pas vous être utile, dit-elle, avant d'esquisser un sourire. À vrai dire, j'aime autant *ne pas* vous être utile, si ça me contraint de penser à ce qui nous est arrivé, mais cet homme m'est totalement inconnu. C'est peut-être

un artisan – un plombier, quelque chose comme ça – qui avait un chantier dans le quartier et qui s'est fait… Non, pardon, c'est idiot, ça n'expliquerait rien.

– Il ne travaillait pas, madame. En réalité, il touchait une pension d'invalidité.

– Et il a fini dans ma maison, se désola-t-elle en secouant la tête. Quelle folie… Plus j'y pense, plus je trouve ça insensé. Vous entendre prononcer son nom et me montrer sa photo me replonge dans cette horreur.

– J'en suis navré.

– Je vous en prie, vous faites votre boulot.

– Pourrions-nous montrer la photo à Chelsea et Brett ?

– Hors de question. Ce sont encore des enfants, et comment voulez-vous qu'ils connaissent cette personne ?

– Vous avez certainement raison mais, comme vous l'avez souligné, je fais mon boulot.

Felice Corvin se tourna vers moi, les sourcils froncés :

– N'estimez-vous pas que ce serait psychologiquement dangereux pour mes enfants de leur reparler du crime ?

C'était une question rhétorique, bien entendu, mais j'y répondis tout de même :

– Ça dépend de leur état mental. Où en sont-ils niveau humeur, appétit, sommeil, scolarité ?

Felice cligna des yeux, étonnée :

– Je pensais que vous me sortiriez un simple blabla officiel.

– Le Dr Delaware est consultant indépendant – dans tous les sens du terme.

– Oui, il semblerait, convint la maîtresse de maison. Comment vont mes enfants ? Plutôt bien, de mon point de vue maternel. Brett est fidèle à lui-même, c'est-à-dire émotionnellement aussi résistant que du titane. Quant à Chelsea… c'est Chelsea, quoi. Je ne vais pas vous mentir, elle a toujours eu des problèmes. La scène à laquelle vous avez assisté il y a quelques minutes, avec le verre, est typique. Selon divers experts, elle souffre de troubles obsessionnels compulsifs, ainsi que de tout un tas d'autres pathologies. Quant à savoir si elle a changé depuis… ce qui s'est produit, non, je n'ai rien remarqué de tel, en toute franchise. Cela dit, un professionnel comme vous aurait peut-être un œil plus affûté sur la question, Docteur.

– Mon expérience m'a appris que personne ne connaît mieux les enfants que leur mère, fis-je remarquer.

– Vous donnez vraiment l'impression de le croire.

– C'est le cas.

Felice Corvin s'octroya une gorgée de thé et s'attarda de nouveau sur la photo de Hargis Braun.

– Voir ce visage ne peut pas leur faire de mal, après tout, concéda-t-elle. Il n'est pas couvert de sang, contrairement à son corps quand nous l'avons découvert. Entendu, allons-y… Pour ce que ça change.

Elle appela ses enfants du pied de l'escalier. Brett descendit aussi discrètement qu'un troupeau de bisons. Vêtu d'un maillot des L.A. Kings trop grand pour lui, au point qu'il couvrait en partie ses jambes constellées de taches de rousseur, il passa en trombe devant sa mère et nous salua d'un tope-là, Milo et moi.

– Quoi de neuf ? Vous avez chopé le tueur ?

– Que Dieu t'entende, Brett, plaisanta Milo, réprimant un rire.

– Quoi ?

– Ça veut dire que… intervint Felice. Oh, peu importe. Ces messieurs souhaitent te montrer une photo de l'homme qui… enfin, de la personne…

– Du mort ? Cool !

Milo lui tendit le cliché.

– Il est gros, commenta-t-il.

– Brett ! le tança sa mère.

– Quoi ? C'est vrai ! se défendit-il, mimant une sphère des deux mains.

– Tu ne l'as jamais vu, n'est-ce pas ?

– Ouais.

– « Ouais », ça veut dire que tu ne le connais pas ?

– Ouais, c'est ça, s'esclaffa le gamin, qui sautilla en donnant quelques coups de poing dans le vide.

Lorsque Felice voulut lui reprendre la photo, il l'esquiva d'une feinte et agita le portrait de Braun en direction de Milo :

– C'est qui ?

– Je ne le sais pas encore, Brett.

– Vraiment énorme, ce gars, répéta l'adolescent.

Il entrouvrit les lèvres, prêt à lâcher une nouvelle remarque bien sentie, mais son regard se ternit et il ne trouva rien de mieux que de répéter le mot « énorme ».

– Remonte finir tes devoirs, jeune homme, lui ordonna sa mère.

– J'en ai maaarre, râla-t-il.

Il fila, non sans nous avoir adressé un tope-là de loin.

– Énorme ! beugla-t-il une dernière fois, après avoir martyrisé l'escalier d'une nouvelle chevauchée digne des plus imposants ongulés.

– Dites-moi que ça va passer avec l'âge, je vous en prie, me supplia Felice Corvin.

– Son sens de l'humour, vous voulez dire ?

– Son insensibilité. J'ai tenté de parler sérieusement avec lui de ce que nous avons vécu, mais il ne réagit que par des blagues.

– Les garçons de son âge traversent toutes sortes d'épreuves, déclarai-je, affichant mon meilleur air thérapeutique, façon sphinx, tout en songeant au père de Brett.

Les chiens ne font pas des chats.

– Pourvu que ce soit temporaire, espéra Felice, avant d'appeler sa fille.

Celle-ci sortit de sa chambre et nous observa un moment, plutôt agitée, puis se décida enfin à descendre.

Felice lui expliqua la situation, et Milo lui tendit la photo de Braun. Elle ne s'y intéressa qu'une seconde et secoua la tête, puis se tourna vers sa mère, comme en quête de son approbation.

– Merci, ma chérie, dit cette dernière.

Chelsea regagna aussitôt l'étage, une main sur la rampe de l'escalier.

Voyant Milo m'interroger du regard, je conservai un air neutre qui fut éloquent pour lui.

– Une dernière question, madame, et j'espère qu'elle ne vous blessera pas, mais je me dois de vous la poser, dit-il.

– Quoi, encore ? s'agaça Felice Corvin en croisant les bras.

– Vous comprendrez, j'en suis certain, que notre expérience nous apprend que certains cas de figure doivent être envisagés.

– Quoi donc, lieutenant ?

– Je ne pense pas spécifiquement à vos enfants, madame, mais il nous est arrivé de voir des relations entre jeunes gens déboucher sur de la violence.

– Mais qu'est-ce que vous racontez ?

– Quand un ou une adolescente a une relation avec une personne que ses parents n'apprécient pas, il arrive que…

Felice l'interrompit d'un grand geste, fendant l'air à l'horizontale, et lâcha un rire dur, un gloussement de sorcière.

– Aucun de mes enfants n'a de « relation ». Personne n'emploie ce terme, d'ailleurs, de nos jours. Aujourd'hui, les ados « traînent » ensemble. Ce détail mis à part, Brett est trop jeune pour avoir une relation. (Elle s'interrompit, le temps d'inspirer profondément.) Quant à Chelsea, elle n'est pas – et n'a jamais été – intéressée par un engagement émotionnel.

– Elle n'a pas de petit copain ?

– J'aimerais bien, se lamenta Felice, les yeux embués. J'aimerais tant de choses pour elle… Bon, ce sera tout ? J'ai à faire.

Elle nous reconduisit prestement à la porte.

– Désolé de vous avoir dérangée, s'excusa Milo.

– Vous ne m'avez rien dit à propos de ce pauvre homme, ce M. Braun.

– C'est parce que nous ne savons pas grand-chose d'autre que son nom, madame. Je vous tiens au courant dès que j'en sais plus, c'est promis.

– Vous semblez sûr d'y parvenir.

– Nous gardons toujours espoir.

– Pardon, je ne sais pas ce qui me prend. Vous faites un métier difficile, je n'aimerais pas être à votre place. Bonne chance.

Le visage de Felice fut éclairé par des phares lorsqu'un véhicule se gara dans l'allée de la simili-hacienda voisine. Paul Weyland sortit de sa Ford Taurus gris métallisé, un attaché-case à la main. Le clair de lune faisait ressortir son crâne chauve. Ne nous ayant pas remarqués, il s'appuya sur le toit de la voiture, clairement peu stable sur ses pieds.

Avait-il du mal à conserver son équilibre ? Peut-être avait-il évité de justesse un contrôle de police qui lui aurait valu une amende pour conduite en état d'ivresse. Il se redressa, resta immobile un moment et s'avachit. Déjà pas très grand, il parut rapetisser encore un peu plus.

– Bonsoir, Paul ! lança Felice.

Weyland répondit à sa voisine d'un geste de la main et nous aperçut, Milo et moi.

– Oh ! Bonsoir, messieurs. Du nouveau ?

– Interrogatoire de routine, répondit Milo.

– Ah... laissa échapper Weyland d'une voix faiblarde.

Voyant ses épaules saisies d'un spasme, Felice s'inquiéta :

– Tout va bien, Paul ?

– Oui, ça va. Pas d'ennuis avec la police, en tout cas.

Sa voix s'était enrouée à la fin de sa phrase.

– Tu n'es pas malade ?

– Non, je vais bien, assura Weyland, qui rajusta ses lunettes. Oh, et puis à quoi bon mentir, je ne vais pas pouvoir te le cacher éternellement... Tu as certainement remarqué que Donna n'est pas là.

– Elle est chez sa mère, c'est ça ?

– Exact… mais elle ne compte pas rentrer. On se sépare, Felice.

– Navrée de l'apprendre, Paul.

– C'est la vie, dit Paul en haussant les épaules.

Du bout du doigt, il essuya quelque chose dans son œil gauche.

– Excusez-moi, je ne voulais pas vous embêter avec ça, ajouta-t-il à notre intention.

Felice s'approcha de lui, les bras grands ouverts.

Ils s'étreignaient encore lorsque Milo et moi nous éloignâmes.

Parvenu à la moitié du pâté de maisons, Milo jeta un regard par-dessus son épaule et constata qu'il n'y avait plus personne en vue.

– Quelle scène émouvante, dit-il. Ça donne à réfléchir.

– Tu imagines une sordide intrigue de banlieue ?

– Je pense surtout à l'avenir à Evada Lane, précisa-t-il en se frottant le visage. Elle en a marre de Chet, et qui incarne mieux que ce bon vieux Paul l'antithèse de Chet ?

– Ce genre de choses arrive, c'est vrai.

– Pendant ce temps, Chet est en déplacement, occupé à je ne sais quelle affaire, Chelsea sort peut-être avec le voisin flippant, et le petit dernier est aussi sensible qu'une pierre. Tu crois qu'on trouve encore des gens qui mènent une vie tranquille ?

– J'espère que non.

– Pourquoi ?

– Parce qu'on n'est pas encore prêts pour la retraite, toi et moi.

De retour au commissariat, Milo envoya la photo de Braun à Chet Corvin, puis il consulta ses messages.

Poubelle, poubelle, poubelle… jusqu'à ceci :

– Ah, la morgue nous dit que Braun était A – ; ce groupe sanguin n'est pas rare mais pas non plus très répandu. Ils ont établi une correspondance relativement fiable entre le sang trouvé sur le cadavre et une tache sur le boxer que nous a remis MJ – certainement un bouton percé. Les tests antigéniques vont dans le même sens, et les résultats des tests ADN seront disponibles d'ici quelques jours. Dès que nous aurons confirmation que c'est bien lui, je préviendrai MJ – mais elle le sait déjà. (Il glissa son téléphone dans sa poche.) J'appellerai aussi Mary Ellen. Avec un peu de chance, une de ces deux femmes se sera souvenue d'un détail supplémentaire à propos de notre Don Quichotte.

– Il y a aussi sa première femme, rappelai-je. Barbara, qui vivait à Stockton.

– Elle est morte d'un cancer.

– C'est ce que disait Braun, en tout cas.

Milo tourna la tête vers moi :

– Bien vu. Je vérifie ça dès demain, on a assez bossé pour aujourd'hui. Rick n'est pas de service ce soir, on a prévu de s'offrir une soirée détente.

– Amusez-vous bien.

– Puisque tu ne réclames pas de détails, je te précise que par « détente », j'entends un dîner dans un restaurant argentin qui vient d'ouvrir sur Fairfax Avenue. J'ai bien l'intention d'oublier mon régime et de déguster un bon steak. Rick commandera un tilapia avec de la sauce, sans oublier de me fusiller du regard en pensant à mon cholestérol.

# 16

Consultant moi aussi mes messages avant de m'en aller, je découvris bon nombre de spams qui échouèrent aussitôt à la corbeille. Un certain « M. Joseph » avait également tenté de me joindre. Ce n'est qu'en remarquant l'indicatif de son numéro – 239, en Floride – que j'associai un visage à ce patronyme.

Il s'agissait de Lanny Joseph, le producteur qui avait conseillé à Iggy Smirch de faire appel à Bitt pour la pochette de son album.

Cherchant à le rappeler, je n'obtins ni réponse ni messagerie. Le lendemain matin, je procédai dès le réveil à une seconde tentative. La voix féminine à l'accent cubain décrocha :

– Une seconde.

Plusieurs minutes s'écoulèrent.

– *Buena morninga,* docteur, me lança enfin Lanny Joseph. Parler avec vous de cet abruti de Bitt m'a donné à réfléchir, ce qui a fait ressurgir quelques souvenirs, notamment le nom d'une femme. Je l'ai appelée hier, elle accepte de répondre à vos questions.

– De qui s'agit-il ?

– C'est quelqu'un avec qui vous serez ravi de bavarder, je ne vous en dis pas plus, vous verrez bien. Si vous tenez toujours à en apprendre davantage sur ce connard de Bitt, bien sûr.

– Il nous intéresse toujours, évidemment.

– Comment ça, « nous » ?

– Comme je vous l'ai signalé, je suis consultant auprès de la poli…

– Oui, j'ai bien compris, Docteur, mais permettez-moi de vous donner un sage conseil : ne vous en vantez pas trop avec cette personne. Elle n'est déjà pas ravie de discuter avec vous, je vous ai rendu un grand service en la convainquant de le faire, mais jamais elle ne collaborera officiellement avec les flics.

– C'est noté, merci d'avoir pris le temps de m'aider.

– D'après Iggy, votre copine est un vrai canon, et vous êtes ensemble depuis une éternité. Or j'aime les gens fidèles, sans compter que Bitt était un vrai trou du cul. Je vous donne le nom de cette personne, elle habite près de chez vous, à L.A.

Maillot Bernard.

Maillot ? J'étais à peu près certain que ce prénom était un terme vestimentaire en français – le genre de détail qu'on a retenu sans se rappeler où on l'a appris. Une recherche sur Internet me le confirma en me proposant de nombreux liens de tenues de danse. Avais-je affaire à une danseuse ? Entrer son nom dans la barre de recherche ne m'apportant rien de nouveau, je composai son numéro.

– Oui ? me répondit une voix indécise.

– Bonjour, madame Bernard. Docteur Alex Delaware à l'appareil.

– Oui ?

– Lanny Joseph m'a transmis votre numéro.

– Oui, je lui ai donné mon accord.

– Je vous appelle à propos de Trevor Bitt.

– Oui…

– Pourrions-nous nous rencontrer pour parler de lui ?

– Oui, pourquoi pas… Plutôt en ville, j'aime autant.

– Quel endroit vous conviendrait le mieux, madame Bernard ?

– Le mieux ? répéta-t-elle, comme si je lui apprenais un nouveau terme. Disons le Cuppa, sur Melrose Avenue. On y sert des petits déjeuners toute la journée. J'y serai à 10 heures.

– Moi aussi.

– Attendez, non, venez plutôt à 10 h 10, pour me laisser le temps de choisir ma commande.

– Entendu. 10 h 10.

– Oui… Lanny m'a expliqué que vous êtes psychologue à la police, comme dans les séries télé ?

– Je ne fais pas partie de la police, à vrai dire. Je suis plutôt consultant indépendant.

– C'est très intéressant, commenta Maillot Bernard, contredite par le ton de sa voix. J'ai moi aussi travaillé en tant qu'indépendante, mais j'étais danseuse. Puis j'ai enseigné la danse à des enfants. On se pose en permanence des questions, quand on est son propre patron : quand vais-je recevoir mon prochain chèque, par exemple. Mais aujourd'hui, je ne travaille plus.

– Ah.

– Disons plutôt 10 h 15. Je serai en orange.

Le Cuppa était coincé sous deux étages de bureaux d'un immeuble en brique des plus ordinaires. Cernée par une boutique d'abat-jour d'un côté et par une blanchisserie chinoise de l'autre, la devanture du restaurant se limitait à une baie vitrée.

À l'intérieur, un comptoir en formica pailleté d'or et en forme de boomerang faisait face à des box aux sièges couverts de plastique vert. Des affiches de tauromachie et le menu punaisé au mur faisaient office de déco. Coiffée à la Lucille Ball, façon années 1950, et les lèvres rouge carmin, la jeune femme en tenue blanche postée de l'autre côté du comptoir s'ennuyait ferme. Le passe-plat donnant sur la cuisine permettait d'apercevoir un homme avec une toque blanche occupé à fumer une cigarette électronique.

Cet ancien café s'était métamorphosé en un commerce hybride où, en plus des cafés à huit dollars, on vendait désormais également des boissons à base de céréales à six dollars, ainsi que des omelettes/œufs brouillés/*frittatas*, que l'on pouvait accompagner d'ail sauvage, de poisson, de bière belge ou encore de ris de veau.

Contrairement au reste du menu, les flocons d'avoine étaient abordables – trois billets – et fièrement présentés comme « entiers ».

Dans un coin, un hipster à la barbe digne d'un rabbin et visiblement d'humeur maussade semblait se prosterner devant le minuscule écran de son téléphone. Deux autres sièges étaient occupés par des rescapés de l'ère Kerouac aux cheveux blancs enchaînant les cuillerées de flocons d'avoine en lisant le journal.

Enfin, installée dans le box le plus éloigné de l'entrée, une femme en robe orange me dévorait du regard, délaissant le verre de jus de fruits rouges posé sur sa table, ainsi que la tasse de je ne sais quel breuvage et le bol d'oignons frits saupoudrés de brins d'herbe – je l'aurais juré, en tout cas.

Un mois passé à s'empiffrer aurait seulement permis à Maillot Bernard d'atteindre le stade de la maigreur faisant peine à voir.

Elle pouvait avoir n'importe quel âge entre trente-cinq et soixante ans ; la maigreur brouille les repères temporels. Elle avait les cheveux longs et frisés, d'un blond tirant sur le blanc, et un visage taillé à la serpe tartiné d'autobronzant.

Elle répondit à mon signe de la main par un sourire douloureux. En plus de ses immenses yeux verts, ses formes laissaient imaginer une beauté depuis longtemps érodée. Des perles de verre ornaient l'encolure dégagée de sa robe légère.

– Alex Delaware.

– Mai-la, me répondit-elle en me présentant des doigts glacés fins comme des lacets. Vous prenez un café ? Il est excellent, ici.

– Bonne idée.

Je pivotai vers le comptoir, où la serveuse, sans bouger d'un pouce, brailla :

– Que désirez-vous ?

– Du café ? N'importe lequel.

– Attention, on a du Jamaican Blue Mountain à vingt dollars.

– Merci pour l'info. À quoi j'ai droit pour dix billets ?

– Au reste du monde, me promit la pseudo-Lucille Ball, avec un grand sourire carmin.

– Vous avez du café africain ?

– Tout à fait. Le kenyan est toujours apprécié. (Elle s'adressa à Maillot Bernard.) Il est futé, cet homme-là !

– Il est docteur, expliqua cette dernière.

– Waouh ! s'extasia Lucille. Je ne me sens pas malade, c'est dommage…

Ponctuant sa plaisanterie d'un large sourire, elle me gratifia d'un déhanché de rumba.

Un des vieillards leva la tête :

– Y a un toubib dans la salle ? Vous faites crédit ?

Il conclut sa vanne par un rire gras, tandis que sa compagne restait concentrée sur ses flocons d'avoine.

Lucille m'apporta mon café et repartit, non sans m'avoir lancé un clin d'œil.

– Merci de m'accorder un peu de temps, Mail-la.

– Oui, Lanny m'a expliqué que les flics enquêtaient sur Trevor. Ça ne m'étonne pas.

– Pourquoi donc ?

Elle secoua la tête, tripotant sa salade.

– Je vais commencer par un aveu : je l'aimais, autrefois. Beaucoup. Nous avons vécu en couple pendant six mois.

Elle trifouilla de nouveau son plat. De près, je m'étais rendu compte que son herbe coupée était en réalité un mélange de germes de luzerne et de feuilles de salade rabougries. Quant à ce que j'avais pris pour des oignons, il s'agissait en réalité de filaments séchés d'une substance probablement animale évoquant vaguement du bacon.

– Trevor était un homme très séduisant, décrivit Maillot. Il l'est peut-être toujours, d'ailleurs.

– De quand date votre histoire avec lui ?

– De très longtemps. Une éternité... Une vingtaine d'années. J'habitais à San Francisco, où je décrochais des cachets en ballet, jazz et danse moderne. (Elle baissa sa fourchette.) Comme ça ne suffisait pas à payer mes factures, je dansais également dans des clubs de North Beach.

La Mecque des bars à strip-teaseuses...

– Vous diversifiiez vos activités.

– Jolie façon de le présenter, dit-elle. Même si cet argent supplémentaire était le bienvenu, c'était une mauvaise idée. (Elle posa la main sur sa poitrine plate.) Là-bas, on m'a convaincue de me faire refaire les seins. Non seulement ça a ruiné ma carrière de danseuse de ballet, mais en plus cette décision a détruit ma santé. On injectait simplement du silicone dans la chair, à l'époque, sans même le contenir dans une poche. Une fuite a provoqué une infection, ce qui m'a valu quatre mois d'hôpital. J'en suis sortie telle que vous me voyez.

– Quelle terrible épreuve.

– C'était il y a longtemps, philosopha Maillot, qui se pencha en avant et m'effleura la main. Mais la vie est une épreuve, non ?

– Elle peut l'être, c'est certain.

– Pas pour vous, peut-être ? Vous me faites l'effet d'un homme heureux.

– J'y travaille.

– Ça demande des efforts, c'est vrai. J'ai depuis longtemps renoncé au bonheur, je me contente de viser une relative satisfaction. C'est une émotion plus mûre, non ?

– Comme le dit l'adage, la richesse se trouve en se contentant de ce que l'on a.

– C'est brillant, docteur. C'est agréable de discuter avec vous – pour tout vous avouer, j'appréhendais quelque peu de me retrouver à converser avec un thérapeute. Mais je suis ravie d'avoir accepté. Dites-moi tout : qu'est-il arrivé à Trevor ?

– Ce n'est pas encore très clair, à vrai dire et, même si ça l'était, il me serait impossible d'entrer dans les détails avec vous, navré.

– La communication ne fonctionne que dans un sens, c'est ça ? Peu importe, sa vie d'aujourd'hui ne m'intéresse pas vraiment, c'était juste histoire de parler.

Elle enfourna quelques feuilles de salade, ce dont je profitai pour m'offrir une gorgée de café. Le hipster sortit de la salle, les yeux toujours rivés sur son mobile. La vieille le suivit du regard et lâcha :

– Regardez-moi tous ces gribouillis qu'il a sur la peau, on dirait des zyroglyphes.

Cette remarque fit rire Lucille. La cliente essuya les flocons d'avoine éparpillés sur son visage.

– Vous et Trevor étiez donc… poursuivis-je.

– En couple, tout à fait, confirma Maillot Bernard. Quand j'ai fait sa connaissance, j'ai aussitôt noté qu'il était à la hauteur de certaines de mes exigences : canon, très talentueux, sans oublier qu'il était riche, ce qui ne fait jamais de mal. Cela étant, j'ai avant tout été touchée par sa façon de m'accepter telle que j'étais. Après mon séjour à l'hôpital, j'avais la sensation d'être mutilée, déformée, mais lui s'en moquait. Vraiment.

Elle tapota de nouveau ses seins inexistants.

– Je me suis montrée franche avec Trevor, concernant mon physique, telle était ma philosophie avec les hommes, même si la plupart me laissaient aussitôt tomber. Mais pas lui. Il m'a dit qu'il m'aimait comme j'étais. Il était sincère, je pense, mais bon, comment en avoir la certitude… ?

– Dans quelles circonstances vous vous êtes connus ?

– À votre avis ? Lors d'une soirée, évidemment. Ne me demandez pas où ni chez qui, je n'en ai aucune idée. J'avalais beaucoup de cachets pour lutter contre la douleur ; mes souvenirs de cette époque sont assez flous. Tout ce que je peux vous dire, c'est que je me rappelle vaguement une réception à laquelle je ne comprenais même pas pourquoi j'avais été invitée. Elle se tenait dans une énorme maison – peut-être à Pacific Heights.

Elle haussa les épaules et enchaîna :

– Un cadre de rêve, avec des drogues incroyables pour tous ceux qui en voulaient : coke, pilules, héroïne, et de l'herbe, bien sûr. L'herbe faisait office de cocktail, les joints étaient servis sur des plateaux d'argent. J'étais parfaitement au courant en arrivant sur place, mais je n'ai pris que de l'herbe. C'était de la bonne, d'ailleurs, et elle m'a complètement défoncée. Je me suis affalée dans un coin et je n'ai plus bougé. J'ai dû m'endormir car soudain, j'ai repris conscience ; ce type mignon en blazer, et surtout avec une sorte de foulard autour du cou, me souriait, comme s'il tenait à moi.

Elle saisit un filament de simili-bacon du bout des doigts.

– C'est du bison, murmura-t-elle. C'est faible en matières grasses mais ça contient autant de calories que le flétan.

Elle mordilla la moitié d'une tranche et reposa le reste sur la salade.

– Un foulard... reprit-elle. Vous voyez souvent des hommes en porter, à part dans les films anglais ? J'ai cru que je rêvais ; une sorte de duc était apparu comme par magie, il allait certainement engager la conversation avec un accent anglais puis me conduire ailleurs à bord de sa Rolls-Royce. Il s'est assis près de moi et m'a demandé – sans accent – si tout allait bien pour moi. Nous avons bavardé et je ne me suis pas réveillée. J'ai donc compris que je ne rêvais pas. Vous me suivez ?

– C'est limpide.

– J'espère que vous avez raison, soupira Maillot, avant de s'adresser à Lucille. Pourriez-vous m'emballer le reste, Angela ?

– Pas de souci, répondit la serveuse.

Elle ramassa le bol, me lançant au passage un regard, l'air de dire « Elle fait tout le temps ça ».

– Où en étais-je ? dit Maillot Bernard, quand Lucille fut repartie.

– Vous vous êtes rendu compte que vous ne rêviez pas.

– Ah oui. Il était très aimable et parlait d'une voix posée. Il m'a proposé de me reconduire chez moi, ce que j'ai accepté. Je n'ai pas eu droit à une balade en Rolls, mais il m'a tout de même fait monter dans une belle Jaguar. Chez moi, il m'a raccompagnée jusqu'à la porte sans tenter quoi que ce soit. Alors évidemment, quand il m'a demandé mon numéro de téléphone, je le lui ai donné. Je dis facilement oui ; j'ai toujours eu du mal à dire non. Ça ne me facilite pas la vie mais ça me va comme ça.

– Vous voyez les choses de façon positive.

– Je suis surtout trop docile, docteur, soupira-t-elle. Allez, autant vous l'avouer, je suis plutôt du genre soumise. J'espère que vous n'y voyez pas une pathologie psychologique ou je ne sais quoi.

– Chacun est comme il est. Tant que vous ne vous mettez pas en danger.

– Je ne me souciais pas toujours de ma sécurité, à l'époque, contrairement à aujourd'hui. Si vous en déduisez que Trevor était un dominateur et que c'est pour cette raison que nous nous sommes mis ensemble, vous faites fausse route ; il n'était pas comme ça. C'était un mec normal, en tout cas de ce point de vue. Il ne cherchait pas à me contrôler mais je l'appréciais quand même. Peut-être à cause du piano doré.

Je restai muet, l'incitant à préciser.

– Ça ne vous parle pas, forcément. En fait, il y avait dans un club un piano doré suspendu à des poulies. Une fille se juchait dessus, et on faisait descendre l'instrument jusque sur scène pendant qu'elle faisait un strip-tease. (Maillot esquissa un sourire.) Nous étions le clou du spectacle, servies comme des plats. Enfin bref, un videur avait un faible pour moi. Un soir, alors que nous étions restés tard tous les deux, il a voulu… faire vous-savez-quoi sur le piano. J'ai dit OK. Alors qu'on était en pleine action, Billy – c'était son nom – a actionné par mégarde le mécanisme des poulies ; le piano a commencé à remonter. Le temps pour nous de comprendre ce qui se passait, le plafond s'était dangereusement rapproché. Billy était baraqué, du genre joueur de football américain, il s'est fait écraser entre le piano et le plafond. Enfin, j'ai fini par trouver l'interrupteur. Il n'en est pas mort mais cet accident lui a valu plusieurs fractures qui l'ont mutilé à vie. Si j'en suis sortie indemne, c'est uniquement parce que j'étais beaucoup plus fine que lui. C'est lui qui a encaissé tout le choc. (Elle donna un petit coup d'ongle rongé sur sa tasse.) C'est ce jour-là que j'ai décidé de rester maigre. Terrifiée par le piano, je ne suis jamais retournée dans ce club. Je voulais évoluer dans un autre décor. J'ai alors donné des cours de ballet à des fillettes pour des sommes dérisoires. Incapable de conserver mon appartement, j'ai dû vivre en colocation avec des gens… pas top. C'est à cette époque que j'ai fait la connaissance de Trevor. Et j'ai découvert qu'il ne cherchait pas à me contrôler du point de vue de la « chose ». En vérité, ce n'était pas trop son truc, tout simplement.

– Il était asexuel ?

– Je le qualifierais plutôt de très peu actif sexuellement, ce qui ne me posait aucun problème. Mon corps étant ce qu'il est, avec ces douleurs et cette sensation d'être déformée, je n'avais surtout pas envie d'un compagnon qui me prenne violemment tous les soirs. (Un sourire se dessina sur ses lèvres.) Et en plus, il possédait une splendide maison victorienne qu'il avait rénovée, suffisamment proche des quais pour se balader en bord de mer. Sur le moment, j'ai eu le sentiment qu'il m'avait sauvé la vie.

– Vous avez changé d'avis sur ce point ?

Elle tourna la tête vers la baie vitrée et regarda passer quelques voitures.

– C'est toujours la même histoire, je suis sûr que vous l'entendez sans arrêt, surtout si vous travaillez avec la police.

– Je ne suis pas certain de vous suivre.

– Les relations amoureuses finissent toujours mal. Il ne s'est rien passé de spectaculaire, mais ce mal s'est peu à peu insinué entre nous. Trevor s'est montré de plus en plus possessif, pas physiquement, mais simplement... Le truc, c'est qu'on ne sortait jamais, ce qui ne me gênait pas, au début ; j'étais enchantée d'avoir trouvé un refuge, qui plus est dans une demeure immense et tranquille. Trevor dessinait toute la journée, puis il dormait, dessinait encore, dormait encore, et ainsi de suite. Ce rythme ne me dérangeait pas du tout, dans les premiers temps.

– Qu'est-ce qui a changé ?

– J'ai fini par m'ennuyer. J'avais envie de sortir, au moins une fois de temps en temps, et pourquoi pas de reprendre l'enseignement – car j'avais arrêté de travailler. Je passais mes journées à regarder la télévision et des vidéos d'exercices de danse. J'ai rapidement moi aussi pris l'habitude de beaucoup dormir, et en définitive ça m'a épuisée. Quand j'ai demandé à Trevor la permission de prendre l'air un moment, il me l'a déconseillé, prétextant que j'étais vulnérable. N'étant pas prête à monter au créneau, j'ai cédé. Puis j'ai pris l'habitude de sortir en douce quand je savais Trevor enfermé dans son atelier. Je me contentais de balades, rien de louche, mais j'avais la sensation de découvrir une autre planète, et ça me plaisait beaucoup. Je rentrais très vite à la maison, terrifiée à l'idée qu'il remarque mon escapade.

– Vous étiez un peu comme en prison.

– Oui, sans doute. Un soir, très tard, Trevor travaillait encore, lancé dans un de ses marathons de dessin – même quand il sortait de l'atelier, il ne disait pas un mot, ne me répondait pas quand je lui adressais la parole. Je suis donc sortie et j'ai marché plus longtemps que d'ordinaire. En rentrant à la maison, je l'ai trouvé qui m'attendait sur le pas de la porte, le visage totalement inexpressif. Je me suis dit qu'il n'allait pas m'autoriser à entrer, mais il s'est écarté. Dès que je suis entrée dans la maison, son visage a changé du tout au tout.

– Il s'est mis en colère ?

– Non, justement. Je l'aurais compris, d'autant plus que j'ai été élevée dans la colère. (Elle baissa les yeux.) Mais c'est une autre histoire... Non, Trevor n'a montré aucune colère ; il est seulement devenu glacial avec moi. J'étais physiquement présente, mais on aurait dit que je n'avais plus aucune importance pour lui spirituellement, humainement.

– Il vous rejetait, en quelque sorte.

– Exactement, docteur. J'avais conscience d'être punie mais je pensais que ça ne durerait qu'un temps. Lorsque je lui ai dit que j'allais me coucher, il m'a désigné une chaise et, d'un geste, m'a ordonné de m'y asseoir, puis il m'a laissée là. Il est rapidement revenu avec une arme et s'est placé face à moi, me dominant de toute sa taille.

– Il vous a menacée ?

– Non, il tenait son arme le long du corps, mais elle était bel et bien là.

– Quel genre ?

– Comment le saurais-je ? J'ai horreur des armes à feu.

– Un fusil ou un pistolet ?

– Un fusil, avec une crosse en bois.

Je sortis mon mobile et dénichai sur Internet une photo de Remington calibre 12.

– Quelle horreur, frissonna Maillot Bernard. Oui, peut-être quelque chose comme ça. (Une autre photo, d'un fusil de chasse, lui fit secouer la tête.) Ils se ressemblent tous, pour moi.

– Et donc, Trevor s'est planté devant vous avec ce fusil dans une main.

– Oui. Il est resté longtemps face à moi sans dire un mot, puis il est reparti avant de revenir sans son arme. « Il est l'heure d'aller se coucher », m'a-t-il ordonné. Nous nous sommes mis au lit. Ce soir-là, il ne m'a pas caressé les seins, ce qu'en temps normal il ne manquait jamais de faire, avec une grande douceur. Mais là, son regard sur moi avait clairement changé.

– C'est effrayant.

– J'ai été incapable de trouver le sommeil, terrifiée à l'idée qu'il m'abatte. Je me suis levée deux fois au cours de la nuit, j'ai même vomi dans la salle de bains. Trevor, lui, a dormi comme un loir, il a toujours eu le sommeil lourd. Le lendemain matin, il a filé dans son atelier sans m'adresser la parole. Je me suis retrouvée à regarder des feuilletons débiles à la télévision. Le jour suivant, profitant qu'il soit enfin sorti – pour acheter du matériel de dessin –, j'ai fait ma valise et fichu le camp. Je ne voulais même plus rester à San Francisco ; je me suis directement rendue à la gare routière, où j'ai pris un aller simple en autocar Greyhound à destination de Los Angeles, où j'avais dansé autrefois. Je m'étais notamment produite au Septième Voile, dans des clubs dans ce genre, mais j'avais également décroché une place pour la célébration du 4 Juillet, sur la scène du Hollywood Bowl. Je n'étais que remplaçante mais ça a été un spectacle extraordinaire ; nous étions en costumes aux couleurs de la Bannière étoilée.

– Vous connaissiez du monde, en arrivant ici ?

– C'est ce que je croyais, mais les numéros que j'avais conservés n'étaient plus d'actualité. Ma fortune se limitait à quelques billets dans mon sac à main, quelque chose comme quinze dollars. Je me suis réfugiée dans un centre d'accueil pour sans-abri, dans le centre-ville. C'était la folie, cet endroit était plein à craquer de drogués et de cinglés, mais je m'y suis sentie plus en sécurité qu'auprès de Trevor. Quelques jours plus tard, je me suis souvenue que j'avais quelques économies à la Bank of America, ce que j'avais totalement oublié car Trevor prenait toutes les dépenses à sa charge. J'ai retiré de l'argent et pris une chambre dans un motel dans un quartier douteux d'Hollywood, avec des dealers juste devant l'établissement – on entendait des sirènes de police toute la nuit. Finalement, j'ai retrouvé une connaissance qui, ne dansant plus, travaillait désormais pour un avocat spécialisé dans les pensions d'invalidité. Quand je lui ai dit que je n'avais même pas effectué de demande de pension, il n'en a pas cru ses oreilles. Il m'a aussitôt obtenu une consultation chez un médecin, ce qui m'a permis d'obtenir l'allocation que je perçois encore aujourd'hui.

Et Maillot de conclure, avec un léger sourire :

– C'est la vie…

– Trevor a-t-il cherché à vous recontacter ?

– Je le redoutais mais non, jamais. Il n'était pas du genre à harceler les gens, j'imagine. Il a seulement un peu pété un câble.

– Avec un fusil à la main. Sacré pétage de câble, en effet.

– Je ne savais même pas qu'il détenait une arme, docteur. C'est ce qui m'a fichu la frousse ; il avait peut-être décidé de s'en servir ? (Elle se pencha en avant.) Vous ne pouvez rien me dire ? Il s'en est pris à quelqu'un avec son fusil ?

– Tout ce que je peux vous dire, c'est que son nom est apparu dans une enquête.

– Ça alors… Je ne lui souhaite aucun mal, mais vous raconter mon histoire m'a fait du bien. S'il est soupçonné de quelque chose par la police, je n'ai donc pas été folle de m'inquiéter. J'ai bien fait de paniquer.

Elle fit mine d'objecter lorsque j'entrepris de régler l'addition, puis céda rapidement :

– Si vous insistez…

Je me levai, elle me serra la main.

– Merci de m'avoir accordé un peu de temps, Mai-la.

– C'est peut-être à moi de vous remercier, dit Maillot Bernard. J'ai presque la sensation d'avoir bénéficié d'une séance de thérapie gratuite.

# 17

J'appelai Milo à son bureau.

– Tes intuitions sont toujours aussi bonnes, me dit-il. Je viens de parler à la première femme de Braun, la Barbara de Stockton – ce n'est pas une lumière. Elle n'a jamais officiellement épousé Braun mais ils ont vécu trois ans ensemble.

– Comment l'as-tu retrouvée ?

– Grâce à une idée de génie : j'ai cherché une Barbara Braun dans l'annuaire de Stockton.

– Elle portait son nom alors qu'ils n'étaient pas mariés ?

– C'est aussi son nom de jeune fille, figure-toi. Ils sont cousins issus de germains. En fait, Braun était orphelin ; il a vécu quelque temps dans la famille de Barbara.

– Cette partie de son histoire est donc authentique.

– En revanche, la maladie de Barbara est un mélange de vérités et de bobards. Elle a bien souffert d'un cancer mais s'en est remise à force de chimio et de radiothérapie. Elle n'a pas été fichue de me donner davantage de précisions. Apparemment, Hal est resté à ses côtés tout au long du processus, un vrai prince. Quant aux raisons qui les ont poussés à se séparer, elle n'a su que m'expliquer qu'ils avaient fini par évoluer chacun dans sa direction et que c'était elle qui avait initié la décision. Elle n'a pas prononcé l'expression « initier la décision », évidemment ; elle a simplement dit : « C'est moi qui l'ai fait. » Elle m'a donné l'impression d'être une personne très simple, Alex, voire quelque peu déficiente mentalement.

– Hal l'a soutenue dans son épreuve et pourtant il a prétendu qu'elle était morte.

– Je ne lui ai pas fait part de ce détail – pourquoi lui dévoiler la triste réalité ? Elle n'avait rien à lui reprocher et a fondu en larmes lorsque je lui ai annoncé la mort de Hal. Elle s'est même accusée d'en être responsable.

– Pourquoi ?

– Selon elle, si elle n'avait pas rompu avec lui, jamais Hal n'aurait quitté Stockton pour être ensuite emporté par la grande ville et ses péchés. Je l'ai interrogée sur les années qu'elle a passées avec lui ; ses réponses m'ont donné l'image d'un jeune couple désargenté ayant toutes les peines du monde à s'en sortir. Ils vivaient dans une caravane de location, Braun était employé à temps partiel dans une station-service, et tous deux travaillaient dans les champs à l'époque des récoltes.

– On est bien loin du chevalier justicier.

– À ce propos, Braun rêvait depuis longtemps de devenir un héros. Il a confié à Barbara qu'il songeait à intégrer le FBI, la CIA ou le Secret Service[1]. En vérité, il n'a envoyé sa candidature qu'à la Garde côtière ; il n'a pas été retenu à cause de ses allergies.

– Il n'a jamais tenté de devenir flic ?

– Pas à la connaissance de Barbara, en tout cas, même s'il a fait partie des cadets de la police, quand il était lycéen. Elle se rappelle également qu'il a participé aux recherches pour retrouver un enfant disparu ; ses motifs n'avaient rien de glauque, apparemment, car toute la ville s'est mobilisée et le gosse a été retrouvé sain et sauf.

– Ce n'est peut-être pas l'odeur du péché qui l'a attiré dans la grande ville, mais la volonté d'étendre l'horizon de son altruisme, hasardai-je.

1. Le *Secret Service* est une agence gouvernementale américaine chargée de la protection de certaines personnalités politiques, en particulier le président. À ne pas confondre avec les services secrets classiques.

– Il aurait voulu devenir un héros, pour se retrouver à vendre des chaussures et se ruiner la jambe ? Pourquoi pas, mais ça ne nous dit pas ce qui lui a valu de finir sur le parquet des Corvin. J'ai demandé à Barbara si Hal s'était rendu à San Francisco, espérant qu'elle m'offrirait un lien avec Bitt, car Stockton n'est pas loin, mais elle m'a répondu qu'il ne lui avait jamais parlé d'un tel déplacement.

– À propos de Bitt... enchaînai-je, avant de lui raconter l'histoire de Maillot Bernard.

– Un fusil... Mais il ne l'a pas menacée, c'est ça ?

– Non, il l'a gardé en main en la regardant droit dans les yeux. Elle est incapable de faire la différence entre une carabine et un fusil de chasse, mais imagine que l'arme qu'elle a vue soit un calibre 12 et que Bitt la possède encore.

– Ce serait facile à vérifier si je pouvais obtenir un mandat pour franchir le seuil de sa foutue maison.

– Si on prouve que Chelsea entre chez Bitt, tu penses pouvoir intervenir ?

– Pour quel motif ?

– Une mineure déficiente mentalement se glisse en douce chez une personne citée dans le cadre d'une enquête sur un homicide.

– C'est élégamment sournois, Alex. Si elle se contente d'entrer et de ressortir, ce sera limite... mais peut-être qu'une ou deux nuits de surveillance nous apporteront d'autres renseignements. Avec un peu de chance, je surprendrai des contacts physiques inappropriés entre Chelsea et Bitt, ce qui me permettra d'agir sans paperasse.

La première nuit, Milo, positionné à une rue d'Evada Lane, surveilla aux jumelles l'autre extrémité du pâté de maisons. Chelsea Corvin ne sortit pas de chez elle et aucune lumière ne s'alluma chez Bitt.

Le lendemain, peu après 22 heures, la porte de la maison de Bitt s'ouvrit. Ce dernier, chargé d'un paquet, grimpa à bord de son pick-up et s'en alla. La nuit était trop sombre pour que Milo distingue davantage de détails ; le temps qu'il regagne sa voiture, le véhicule du dessinateur avait disparu.

Il fit appel à Binchy et Reed pour deux nuits de surveillance supplémentaires. Dans la nuit de dimanche à lundi, Binchy ne remarqua rien. Cela faisait deux semaines que l'on avait découvert le cadavre. Les Corvin ne se rendirent pas au restaurant, ce dimanche-là.

Le lundi soir, Reed, en arrivant sur les lieux, constata que le pick-up de Bitt avait déjà filé. Il ne vit pas Chelsea de la nuit.

Dans la matinée de mardi, Milo se vit retirer l'aide des deux jeunes inspecteurs ; Reed fut appelé pour mettre un terme à une bagarre dans un bar de Palms, et Binchy réclamé sur un vol à main armée à Pico-Robertson.

– Laissons tomber, décréta Milo. Nguyen dit qu'une intervention serait plus que douteuse sans délit évident.

Bien qu'accaparé par deux évaluations de gardes parentales, je trouvai le temps de farfouiller de nouveau sur les réseaux sociaux au cours des jours suivants, en quête de n'importe quel indice supplémentaire sur Hargis Braun et les trois femmes dont il avait partagé la vie.

La page Facebook de Barbara n'offrait pas grand-chose en dehors de quelques parents – pas un seul ami humain. Les seules photos postées la représentaient en compagnie d'un énorme terre-neuve noir.

Wally, chien de thérapie certifié, démontrait ses talents relationnels en ne quittant pas d'une semelle une petite femme aux traits tirés.

Barb Braun avait besoin de deux béquilles pour se déplacer. En associant ce détail à l'arthrite de MJ, il ne fallait pas être Freud pour y voir clair dans la personnalité de Hal.

Mary Ellen Braun m'avait pourtant paru en bonne santé. J'entrai tout de même son nom dans la barre de recherche sur Google ; sa page LinkedIn donnait des liens de sites de petits commerces sans évoquer le moindre problème de santé.

Toutefois, elle était citée parmi les membres d'un groupe de soutien aux femmes atteintes du syndrome de fatigue chronique.

Notre homme était donc bel et bien attiré par les femmes aux prises avec un handicap.

Si à première vue on y voyait une pathologie, mon expérience m'avait appris à me méfier des diagnostics de comptoir.

Braun avait participé à la recherche d'un enfant disparu, planté un arbre sans autorisation, était intervenu pour faire cesser une dispute conjugale...

Il avait également sauvé un serpent.

À en croire les éléments en ma possession, une noblesse d'âme peu commune orientait les choix de Hal Braun en matière de femmes. Cet homme était animé de grands idéaux et d'objectifs ambitieux, quoique romantisés de façon absurde.

Le Bon Samaritain, en somme.

Bien qu'ayant tenté de plusieurs façons de joindre Milo, je n'eus droit qu'à des messageries, sur lesquelles je lui demandai de me rappeler, ce qu'il ne fit pas. Peut-être était-il déprimé par ces seize jours sans aucun résultat dans l'affaire Braun. Autre possibilité, il avait reporté son attention sur un crime plus facile à résoudre.

Ce soir-là, je dînai en fin de soirée avec Robin au Grill on the Alley. Alors que nous nous dirigions vers ma Cadillac Seville, mon mobile gazouilla.

Il était 22 h 10.

– Tu es assis, *amigo* ? me lança Milo.

– Non, je marche dans la rue.

– Alors tu ferais bien de t'accrocher. Tu ne vas pas en croire tes oreilles.

# 18

À 20 h 49, des agents du commissariat d'Hollywood avaient interrompu leur dégustation chez Tio Taco pour répondre à un appel anonyme signalant un « 415 » – trouble non spécifié – et s'étaient rendus au Sahara Motor Inn de Franklin Avenue, situé non loin à l'est de Western Avenue.

Après s'être garés sur le parking à peu près désert, ils toquèrent à la porte de la chambre 14 du motel. N'obtenant pas de réponse, l'agent Eugene Stargill jeta un regard entre deux lamelles des persiennes verticales. Il ne remarqua rien d'anormal dans la pièce.

– Fausse alerte, dit-il. On se tire.

Son équipier, un gosse nommé Bradley Buttons, tout feu tout flamme et à peine sorti de l'école de police, insista pour demander au responsable de l'établissement de procéder à une vérification.

Tandis que Stargill réfléchissait à la meilleure façon de faire payer sa bonne volonté à ce collègue casse-couilles, Kiran « Keith » Singh, le réceptionniste du motel, déverrouilla la porte de la chambre 14.

À 20 h 54, Stargill signala par radio la découverte d'un cadavre, sur un ton sous-entendant combien il s'était montré consciencieux.

Les inspecteurs Petra Connor et Raul Biro, basés à Hollywood, se présentèrent sur la scène de crime à 21 h 18. À 21 h 40, un enquêteur du coroner avait fait les poches du cadavre et trouvé une pièce d'identité.

Durant le court trajet depuis Wilcox Avenue, Petra n'avait cessé de chercher pourquoi le nom de la victime lui disait quelque chose. Sans succès. Encore un souvenir enfoui au plus profond de sa mémoire.

Au moment où Biro coupa le contact, le regard de l'inspectrice se posa sur le motel. Alors la lumière se fit dans son esprit. Elle avait pour habitude de parcourir quotidiennement la liste des homicides perpétrés dans les environs, retenant les détails les plus originaux, même si cela ne payait que rarement.

Mais cette fois, elle recueillait les fruits de ses efforts.

Elle contacta aussitôt Milo, qui m'appela dans la foulée.

Parvenu sur les lieux à 22 h 48, je repérai Milo et Petra à l'intérieur du périmètre de rubalise jaune, bottés et gantés. Une odeur d'essence se mêlait à des relents de friture. La configuration du motel était des plus ordinaires : quinze portes vertes se succédaient sur la droite, face à un grand parking criblé de nids-de-poule. Le bâtiment, en stuc d'un gris triste, était surmonté d'un toit déformé de la même nuance.

Si l'est d'Hollywood se décidait un jour à se rénover, cet endroit aurait une certaine valeur ; clairement l'emplacement idéal pour la création d'un centre commercial de plus.

Me tournant le dos, Milo ne remarqua pas mon arrivée. Il avait les vêtements froissés et les cheveux en bataille. À côté de lui, Petra, svelte et élégante, ses cheveux noirs et courts rejetés en arrière sur un visage ivoire aux traits délicats, évoquait une mondaine sortant un oncle ayant dilapidé sa fortune.

Elle me fit signe. Milo se retourna et me lança :

– C'est du délire, comme promis.

À 22 h 50, j'avais les yeux rivés sur Chet Corvin, qui gisait face contre terre sur une moquette rose imprégnée de sang.

Pour un motel essentiellement consacré à des passes, la chambre 14 était tout à fait acceptable. Cependant, le désinfectant mentholé régulièrement aspergé par le personnel n'était pas assez puissant pour couvrir le parfum cuivré du sang frais, et encore moins la puanteur des émissions sulfureuses des intestins relâchés.

Sur la droite du cadavre, le mur couleur chair était moucheté de rouge jusqu'à mi-hauteur. Un dessus-de-lit bleu roi en velours, visiblement bon marché mais neuf, était impeccablement disposé sur le matelas *king size*. Un machin vibrant, que l'on actionnait à la minute en y insérant une carte de crédit, renvoyait un éclat métallique furieux.

Face au lit, un écran plat de soixante-quinze centimètres affichait un menu à la demande proposant des films pour adultes. Des vêtements masculins étaient posés sur une chaise et des mocassins en cuir au sol, côte à côte, chacun fourré d'une chaussette à motifs en losanges parfaitement roulée. Chet Corvin ne portait qu'un boxer – à présent souillé, tout comme ses cuisses. Sur son large dos dépourvu de poils, on devinait d'épais muscles enrobés de gras. Il avait une main coincée sous le torse, les ongles de l'autre étant manucurés et brillants.

Dans les cheveux fins du défunt, on distinguait deux trous rouge foncé alignés l'un au-dessus de l'autre, au-dessus de la nuque.

– Joli doublé, commentai-je.

Milo approuva :

– D'après l'enquêteur du coroner, le premier tir, en plein dans le tronc cérébral, a certainement suffi. Après ça, l'assassin a eu tout son temps pour coller la seconde balle exactement sous la première.

– Il faut peut-être y voir une déclaration ?

– C'est-à-dire ? intervint Petra.

– Quelque chose comme « Je suis fier de mon boulot ».

Ils froncèrent tous deux les sourcils.

Je m'intéressai à la table de chevet en plastique imitation bois fixée au mur, à gauche du lit. Un portefeuille masculin en peau de crocodile y était posé, à côté de deux verres et d'une bouteille de chardonnay. « Sonoma Valley, Russian River », disait l'étiquette. Du haut de gamme, visiblement, même si je ne suis pas spécialiste en la matière.

– Il a retrouvé une femme pour la nuit ? supposai-je.

– La forte odeur de parfum dans les toilettes laisse imaginer une sacrée fiesta, me répondit Milo. Armani, selon Petra, sans doute en spray. De l'Aqua de je ne sais plus quoi.

– Acqua di Gio, précisa l'inspectrice, un sourire aux lèvres. J'en mets parfois pour réveiller Eric.

– C'est cher ?

– Je l'achète en grand magasin, mais ça reste peu abordable.

– Pour parachever le tableau, on a aussi de longs cheveux bruns sur le lavabo de la salle de bains – ce ne sont pas ceux de Chet, évidemment. Le gamin de la réception assure que la chambre a été nettoyée quelques heures avant l'arrivée de Chet, à 20 h 11, et que personne n'y a mis les pieds entretemps. Espérons qu'il dise la vérité et que nous n'ayons pas affaire à des cheveux d'une cliente précédente.

– C'est un bon gars, je ne pense pas qu'il nous mente, estima Petra. Il est étudiant en journée et travaille ici depuis peu ; rien à voir avec un menteur invétéré. (Elle se tourna vers moi.) Tu vois quelque chose à ajouter ?

– Corvin possédait un Range Rover ; je ne l'ai pas vu garé devant le motel.

– Il n'y était pas, en effet. Nous vérifierons sur les enregistrements de la vidéosurveillance, au cas où.

– La seule caméra du bâtiment est fixée derrière la réception, intervint Milo. On voit clairement Corvin prendre sa chambre. Sur les images, il semble détendu. Il a donné son vrai nom et payé avec une carte de crédit professionnelle.

– Il assumait fièrement son nom, commentai-je.

– Ça colle avec ce qu'on sait de ce bon vieux Chet, dit Milo, avant de s'adresser à Petra. Comme je te l'ai dit, ce gars était un vantard.

– Il a été abattu trente-huit minutes après son arrivée ici, calculai-je. Il s'est présenté seul ?

– On ne voit personne d'autre que lui sur la vidéo. Impossible de déterminer si sa distraction pour la soirée attendait dans la voiture ou si elle l'a rejoint plus tard. Chaque client se gare devant sa chambre, et il n'y a aucune caméra sur le parking, pour des raisons évidentes, si on excepte celle du fond, qui est braquée sur l'allée derrière le bâtiment.

– Pour éviter qu'un voyou ne vole la benne à ordures, Dieu nous en préserve, ironisa Petra.

– Corvin est déshabillé et la bouteille de vin est presque vide, mais le lit ne semble pas avoir servi, fis-je remarquer.

– Oui, nous pensons qu'ils n'ont eu que le temps de se chauffer un peu avant le crime.

– Le portefeuille est encore plein ?

– Trois cents dollars, un peu de monnaie et ses cartes de crédit, répondit Petra. Quelques photos de ses gosses, aussi, mais aucune de sa femme.

– Pas étonnant, dit Milo. Il n'y avait plus aucune harmonie dans ce couple.

– Ce n'est donc pas un braquage qui a mal tourné.

– À moins que le voleur ait visé le Range Rover, souleva Petra.

– Il aurait piqué le 4 × 4 mais pas les billets ? Tout en prenant soin d'aligner ses tirs sur la nuque puis de récupérer les douilles ? Ça ressemble plutôt à une exécution.

L'inspectrice haussa les épaules.

– Possible, vu qu'on a trouvé un cadavre chez lui, mais il n'en reste pas moins que son véhicule a disparu.

– L'assassin s'est peut-être simplement offert un extra, hasarda Milo. Il a vu les clés et s'est servi.

– Mais comment est-il entré dans la chambre ?

Silence.

– Vous considérez la femme qui l'accompagnait comme suspecte ? leur demandai-je.

– Ce n'est pas à écarter, répondit Petra. Ou alors elle a réussi à s'enfuir après l'intrusion et les tirs de l'assassin. (Elle fit la moue.) Ou pas… Enfin, si on apprend que c'est une femme qui a donné l'alerte, elle ne sera pas la principale suspecte.

– Ce n'est pas police-secours qui a reçu l'appel ?

– Non, quelqu'un s'est simplement plaint de tapage nocturne, sans donner plus de précisions. Nous avons des civils au standard du commissariat ; j'interrogerai celui qui a pris l'appel. Le cadavre était encore chaud quand les agents se sont présentés ici ; la personne qui nous a alertés, quelle qu'elle soit, l'a donc fait peu après le meurtre.

– En ne passant pas par police-secours, elle se donnait en principe un peu plus de temps pour s'éloigner du motel, déduisis-je. Ce qui cadrerait avec l'hypothèse de la compagne de Corvin prenant la fuite après avoir assisté au meurtre mais ne souhaitant pas être impliquée dans l'affaire.

– Oui, et si on ajoute à ça les cheveux longs, le parfum et le quartier, une femme d'un soir est plus que probable. On comprend facilement qu'elle préfère rester discrète.

– Tu imagines une prostituée d'Hollywood se parfumer avec de l'Armani ?

– Tu serais surpris de ce qu'on trouve parfois, Alex, dit Petra. J'ai vu des filles être collées en cellule imprégnées de parfum haut de gamme.

– Le vin n'est pas non plus le moins cher qui soit.

– Tu connais cette marque ?

– Non, mais la région de la rivière Russian est réputée pour son chardonnay.

– Tu piges pourquoi ce type m'est si utile ? dit Milo à Petra. (Il jeta un coup d'œil à l'étiquette, tapota sur l'écran de son portable puis siffla de surprise.) Ce millésime coûte soixante-dix-neuf dollars la bouteille.

– Il n'était peut-être pas avec une prostituée, finalement, dis-je.

– Il aurait retrouvé une maîtresse régulière ? douta Petra. Dans ce taudis, avec son compte en banque bien rempli et ses cartes de crédit Platinum ?

– Ils cherchaient peut-être un peu de vulgarité pour donner du piment à leur nuit, dis-je en désignant le programme des films pornos.

– Ça, c'est de la psychologie, sourit Milo. Ouais, pourquoi pas.

– Ils se seraient encanaillés dans ce quartier sordide pour s'amuser un peu ? résuma Petra, se tapotant l'avant-bras du bout des doigts. Oui, possible…

Elle baissa les yeux sur le corps et reprit :

– Quelle fiesta, en tout cas, et quelle fin glauque. Nous allons interroger le voisinage, en espérant que quelqu'un se rappelle avoir vu notre homme en compagnie d'une femme.

– Il faudra aussi vérifier si M. Bitt n'a pas rôdé dans le coin, ajouta Milo, avant de se tourner vers moi. Je l'ai mise au courant.

– Je creuserai également du côté de ses cartes de crédit et de son téléphone, dit Petra.

– Je m'en charge, si tu n'es pas contre, proposa Milo.

– Pourquoi je refuserais que tu me prives de la corvée de contacter son opérateur téléphonique ? Vas-y, je t'en prie, mais pourquoi tu y tiens ?

– Tu es ici sur ton terrain, gamine. Je préfère que ton intelligence soit en action dans les rues plutôt que dans un bureau.

– Entendu. Si nous avons affaire au même assassin que celui qui a tué Braun, il est sans doute extrêmement organisé, non ? Bitt pourrait correspondre à ce profil, d'ailleurs, vu la méticulosité qu'il met dans ses dessins.

Bitt n'était donc pas un inconnu pour cette jeune femme, m'étonnai-je, avant de me rappeler qu'elle avait elle-même été dessinatrice avant d'intégrer la police sur un coup de tête.

– Tu le connais ?

– Seulement de réputation, Alex. Un de mes amis d'enfance en était fan et nous l'a fait découvrir. Le talent de Bitt était évident, mais ses dessins m'écœuraient plus qu'autre chose. (Elle tapota le sol du pied puis s'approcha un instant du cadavre.) Cela dit, ce n'est pas ce qui m'intéresse ; je ne vois pas de lien évident entre les dons artistiques et la personnalité. Son manque de coopération et l'histoire avec le fusil, en revanche, méritent qu'on s'y attarde. D'un autre côté, si c'est Bitt qui a déposé le corps de Braun chez Chet Corvin, pourquoi attirer l'attention de la police en refusant de lui parler ? Et pourquoi ensuite descendre Corvin ici ? Vu la scène de crime et ce que m'a dit Milo à propos de la vie que menait ce type sur les routes, il existe peut-être une longue liste de maris qui lui en veulent à mort.

– Tout ça est exact mais je ne suis pas encore prêt à écarter Bitt, dit Milo. Nous avons planqué devant chez lui quatre nuits d'affilée, sans résultat, mais Sean a pris l'initiative de s'y rendre ce soir vers 20 h 30 – Dieu bénisse ce môme –, le pick-up de Bitt n'était pas là. Il a donc peut-être bel et bien suivi Corvin. Il faut vérifier tous les enregistrements de vidéosurveillance qu'on peut trouver dans le coin, en espérant y voir le Dodge de Bitt. C'est à ça que je pensais en te demandant de rester sur ton terrain.

– Raul va adorer, dit Petra. Tu le connais ; à côté de lui, les flics les plus maniaques passent pour négligents. Si le pick-up est passé dans le quartier, il le trouvera. Et si nous avons la preuve que Bitt s'est approché du motel, je ne vois pas ce qui t'empêcherait d'obtenir un mandat.

– Croisons les doigts.

Quelqu'un toqua sur le battant ouvert de la porte. Deux employés de la morgue portant un brancard pliant et une housse mortuaire patientaient devant la chambre.

– On peut y aller ? nous demanda l'un d'eux.

Notre départ se fit au son des premiers claquements de la housse mortuaire. À l'extérieur, la nuit était fraîche et la circulation fluide sur Franklin Avenue. Certains des édifices du quartier étaient plutôt élégants, datant d'avant la guerre, d'une époque où Hollywood était encore Hollywood. En comparaison, le motel Sahara et quelques autres bicoques de cet acabit faisaient figure de cicatrices sur la peau d'une starlette.

Un individu en costume couleur crème s'approcha de nous. Trapu et doté d'une démarche pleine d'assurance, l'inspecteur Raul Biro faisait partie de ces gens dont le visage ne vieillit pas. Sous ses épais cheveux noirs aux reflets bleutés enduis d'une substance contrôlant la moindre mèche rebelle, cet homme avait une peau de bébé.

Je l'avais côtoyé sur des scènes de crime d'une violence inouïe ; en chacune de ces occasions, il s'était présenté tiré à quatre épingles, et ce soir ne faisait pas exception à la règle. En plus de son costume sur mesure, il portait une chemise bleu ciel tissée par des vers à soie consentants et des mocassins en daim bleu marine à boucles en or.

Je notai tout de même une nouveauté : il avait troqué son habituelle cravate en soie contre une cordelette de cuir nouée par un morceau d'onyx noir.

– Ça vient de Sedona, se justifia-t-il, ayant repéré mon regard. C'est un peu *too much*, je trouve, mais ma femme a un douzième de sang navajo dans les veines et cette bricole lui plaît. D'habitude, je la retire en arrivant au bureau, pour enfiler une cravate normale, mais ce soir j'ai oublié.

– Ça te va bien, Raul.

– Tu trouves ?

– Carrément. On croirait voir un Texas Ranger en virée à L.A.

– Ça ferait un bon titre de feuilleton, s'esclaffa-t-il. Comment ça va, doc ?

– Super. Et toi ?

– Mieux que super. Un bébé est arrivé. Gregory Edwin. Il est aussi blond que ma femme, tu te rends compte ?

– Félicitations.

– C'est un bébé de première classe, c'est-à-dire qu'il fait ses nuits – on a enfin tiré le bon numéro, poursuivit l'inspecteur, un grand sourire aux lèvres. (Il considéra la chambre 14.) Bizarre, cette affaire, non ? (Il se tourna vers Petra.) J'ai pris six gars pour les interrogatoires dans le quartier. On ratisse jusqu'où, d'après toi ?

– Commençons par Franklin Avenue, sur un kilomètre à l'est et à l'ouest, décida Petra. Si on ne trouve rien, on pourra élargir les recherches au nord et au sud, ou alors seulement au sud et insister sur l'avenue.

– Il y a certainement des tonnes de caméras sur l'avenue, dit Biro. On en a pour une éternité à éplucher tous les enregistrements. Il est peu probable qu'on voie Corvin marcher sur le trottoir. Dans le meilleur des cas, on verra sa voiture passer, et avec beaucoup de chance son départ du motel.

– Nous avons un autre véhicule à chercher, Raul.

Elle lui détailla le pick-up noir de Bitt, ainsi que son propriétaire, non sans préciser que ce dernier refusait de collaborer avec nous depuis plus de deux semaines.

– Un cinglé, en somme, résuma Biro, qui se tourna vers moi. Tu as certainement un terme plus technique pour le qualifier.

– Non, pas ce soir.

Ma repartie le fit de nouveau rire aux éclats.

– Tu veux nous confier l'affaire, Milo ? s'enquit Petra. Ou plutôt la garder et qu'on t'assiste ? J'aime autant que ce soit fixé, pour que les choses soient claires dans mon esprit – et aussi pour savoir qui prévient la femme et les gosses.

– Je m'en occupe, répondit mon ami. Mais pas avant demain matin. Ils en ont assez bavé, inutile de les réveiller en pleine nuit.

– Sa femme est un suspect potentiel, d'après toi, vu que Corvin fricotait avec une autre femme ? lança Biro.

– Rien ne le laisse penser, Raul, mais rien ne permet d'écarter cette hypothèse.

– Avec un peu de chance, c'est un énième assassinat de conjoint commandité, rien de plus. Mais bon, ça n'expliquerait pas le cadavre trouvé dans la maison.

– Alex assure depuis le début que Chet est la victime probable, dans cette affaire, dit Milo.

– Il a vu juste, de toute évidence, convint Petra. Et si Braun était lié à Chet d'une façon ou d'une autre qui l'a rendue folle de rage, il est possible que Mme Corvin ait loué les services d'un tueur pour les abattre tous les deux.

– Faire déposer un cadavre dans l'antre de son mari, c'est comme lui adresser un doigt d'honneur géant, renchérit Biro.

– Ça te paraît crédible, Alex ? me demanda Milo.

– J'imagine mal Felice traumatisant ses enfants.

– C'est juste, abonda Petra. Si elle a un compte en banque personnel, vérifions tout de même si elle n'a pas effectué de dépense inhabituelle récemment, notamment par un retrait d'une grosse somme en liquide.

– Il est assez probable qu'ils aient chacun leur compte bancaire, estima Milo. Chet et Felice vivaient quasiment séparés depuis un bon moment.

# 19

En sortant du motel, j'aperçus non loin de la porte de la réception un jeune homme tout juste sorti de l'adolescence – dix-huit ou dix-neuf ans maximum – qui se rongeait les ongles à une vitesse digne d'un castor au travail sur un tronc d'arbre. Il tourna la tête lorsque nos regards se croisèrent.

– C'est le réceptionniste ? demandai-je à Milo.

– Exact. Keith Singh.

– Tu permets ?

– Je t'en prie.

En nous voyant approcher, Singh sursauta et fit mine de regagner son poste.

– Un instant, Keith ! l'interpellai-je.

Il se figea et fit volte-face, manquant de trébucher dans la manœuvre.

– Oui, monsieur ?

D'origine indienne, le jeune homme dégingandé aux cheveux noirs longs jusqu'aux épaules portait un tee-shirt jaune à l'effigie du Roi Lion, ainsi qu'un jean et des baskets. Bien qu'il eût sans doute été bien en peine de se laisser pousser la barbe, son regard semblait vieux, avec ses cernes sombres, et le faisait paraître à la fois las et sur ses gardes.

– La soirée a été rude, commentai-je.

– Une catastrophe, monsieur. Mes parents n'étaient déjà pas emballés de me voir travailler ici ; maintenant, ils vont insister pour que je laisse tomber ce job. Mon père dit que Waris, le propriétaire du motel, est négligent, même s'ils sont amis. Le Dr Waris Singh est dentiste mais il s'occupe surtout de ses biens immobiliers.

– Il est négligent à propos de la sécurité ?

– De façon générale. Mes parents sont plus portés que lui sur la religion. Ils craignent qu'il ait une mauvaise influence sur moi. (Il baissa les yeux.) Je vais devoir démissionner. Ça craint, j'ai encore des frais de scolarité à payer.

– Tu étudies où, exactement ?

– À l'université. Et ça me coûte très cher car je viens d'un autre État.

– J'imagine.

– Comme j'ai été accepté assez tard, tous les jobs pour étudiants proposés par l'université étaient pourvus. Il faut à tout prix que j'en trouve un autre, mais le seul que je pourrais décrocher à coup sûr serait dans un restaurant que possède Waris. Le problème, c'est que c'est loin d'ici, à Pasadena, et que c'est tout le temps bondé. Ici, je peux réviser tranquillement.

Keith Singh ouvrit grand les yeux lorsque le brancard fut sorti de la chambre.

– Tu étudies quoi, exactement ?

– L'économie, répondit le jeune homme, dont le regard se posa sur la rubalise qui frémissait dans la brise nocturne, telle une corde de harpe délicatement pincée. C'est fou, cette histoire ; je n'ai rien entendu…

– Pas étonnant, la réception est trop éloignée de la chambre.

– C'est vrai.

– D'autres souvenirs ne te seraient pas revenus à propos de M. Corvin, par hasard ?

– Le gars qui est mort ? Comme quoi, par exemple ?

– Il n'a rien dit, au moment de prendre la chambre ?

– Si, il n'a pas arrêté de parler, dit Keith Singh, mimant un bec piaillant. Il jacassait comme une pie.

– À propos de quoi ?

– De tout et de rien. « Comment ça va, jeune homme ? Il fait bon, ce soir, pas vrai ? » Ce genre de trucs. J'ai fait mon possible pour ne pas le relancer. En voyant mon manuel d'économie, il m'a dit qu'il avait suivi des cours de micro et macro-économie à la fac, mais qu'il avait trouvé ça trop théorique, en fin de compte. Il a délaissé l'économie et décroché un diplôme en comptabilité et gestion des entreprises. Il m'a conseillé de faire de même, si je voulais gagner un bon paquet de fric.

– Il t'a donné des conseils à peine dix secondes après être entré.

– J'ai l'habitude, avec mon père.

– Il a dit autre chose ?

– Non, monsieur… Ah si, il m'a montré son vin.

– Il s'est présenté à la réception avec la bouteille ?

– Oui, dans un sac, confirma Keith Singh, qui se passa la langue sur ses lèvres parcheminées. Il venait de l'acheter, apparemment. Il m'a précisé qu'elle lui avait coûté cher mais que ça valait le coup – et il m'a fait un clin d'œil.

– Qu'est-ce qu'il a voulu dire par là, d'après toi, Keith ?

Le gamin rougit – c'est-à-dire que sa peau couleur châtaigne prit une teinte acajou :

– Comment ça ?

– On dirait qu'il voulait t'impressionner.

– Pourquoi il aurait fait une chose pareille ? Il s'est vanté, tout simplement, comme si c'était habituel pour lui de dépenser une telle somme pour une bouteille.

– Tu as vu la femme qui l'accompagnait ?

– Je n'ai vu personne, monsieur. Je suis resté ici, à la réception, comme je suis censé le faire. Il m'a donné sa carte de crédit et il est reparti. Je ne l'ai pas vraiment regardé, comme me l'a demandé Waris dès le premier jour. Je ne dois pas dévisager les clients ; ils tiennent à une certaine discrétion.

– Il y a beaucoup de rencards chauds ici, pas vrai ?

– Eh bien, les clients… hésita-t-il, les sourcils froncés. Enfin, vous voyez bien… Waris ne loue pas ses chambres à l'heure, comme le font d'autres motels, mais ses tarifs sont très abordables.

Il haussa les épaules.

– Beaucoup de clients ne restent pas toute la nuit, devinai-je.

La pomme d'Adam de Keith Singh s'éleva et retomba aussitôt.

– Mes parents pensaient que ce job était une très mauvaise idée. Waris a fini par obtenir leur accord, mais sans réellement les convaincre, si vous voyez ce que je veux dire.

– Ils ont cédé.

L'ascenseur fit un nouvel aller et retour dans la gorge du jeune homme.

– Mon père doit de l'argent à Waris, qui lui a plus ou moins mis la pression. (Il rejeta une mèche noire derrière son oreille.) J'aurais sans doute fini par démissionner, de toute façon.

– Ce boulot ne te plaît pas ?

– C'est un peu dégueu, vous voyez ?

– Un vrai bouge, en effet, intervint Milo.

Le garçon cligna des yeux, n'ayant jamais entendu ce terme.

– Je ne demande qu'à étudier, ce qui est déjà assez difficile. Mes parents voulaient que je reste à Tucson, que j'étudie à l'université de l'Arizona en rentrant tous les soirs à la maison. J'ai bien cru que je devrais m'y résoudre, mais j'ai été admis ici à la dernière minute ; j'étais sur la liste d'attente et une place s'est libérée. Comme cette fac est beaucoup mieux cotée que celle de l'Arizona, je n'ai pas hésité. Un de mes cousins, qui est expert-comptable à Boston, a expliqué à mes parents l'importance de s'inscrire dans une bonne université ; ils m'ont finalement donné leur accord.

– Bonne chance pour tes études, lui dis-je. Tu as autre chose à ajouter concernant M. Corvin ?

– Non, je vous ai tout dit, répondit Keith, qui se tourna vers Milo. Il a payé avec une carte Platinum, ce qui se voit rarement ici. En général, nos clients… lancent des regards gênés de tous côtés et règlent en liquide. Lui, c'était tout l'inverse. Il semblait fier de lui, comme s'il ne s'attendait pas à ce qu'il lui arrive quelque chose de mal ici.

– Personne ne s'attend à ce genre de chose, en principe, fis-je remarquer.

– Quelle poisse… soupira Keith Singh. Je vais probablement démissionner dès demain et peut-être devoir rentrer à Tucson.

– Si la bouteille de vin était encore dans son sac, c'est peut-être parce que Chet l'avait tout juste achetée, supposai-je, tandis que Milo et moi approchions de la Cadillac.

– Je demanderai à Petra et Raul de faire le tour des boutiques de vins et spiritueux du quartier ; avec un peu de chance, quelqu'un se souviendra d'un détail intéressant, dit Milo, qui desserra sa cravate. Je compte attraper au vol Felice et ses enfants avant qu'ils filent à l'école, disons vers 7 heures. Ça te tente de voir le lever de soleil avec moi ? Cela dit, je comprendrais que tu préfères dormir.

– J'y serai, et je peux me charger d'annoncer la nouvelle aux gosses, si tu veux, proposai-je. Ce sera fait dans les formes, au moins, et ça te permettra de te concentrer sur la réaction de Felice.

– Ce serait parfait, dit Milo.

Parvenu à la portière de la voiture, il ajouta :

– Malgré le passage des années, j'ai toujours autant horreur d'annoncer un décès – surtout à des enfants. Merci. On se retrouve demain aux aurores et pimpants. Enfin, seulement aux aurores en ce qui me concerne.

Je me garai devant la maison des Corvin à 6 h 56. La voiture de Milo était déjà rangée devant chez Bitt, dont le pick-up était présent dans l'allée.

La rue s'animait peu à peu : deux fourgonnettes de jardiniers étaient en stand-by, patientant avant de dégainer tondeuses et souffleurs de feuilles, et des voisins partaient au travail ou sortaient récupérer le journal. Quelques-uns nous jetèrent un regard, mais la plupart firent mine de ne pas nous avoir remarqués.

Felice Corvin nous ouvrit vêtue d'une veste en tweed sur un chemisier noir et un pantalon gris. Coiffée et impeccablement maquillée, elle avait une tasse de café à la main. Aucun signe des enfants.

– Quelle surprise...

– Pouvons-nous entrer ? demanda Milo, passant outre le « Bonjour madame » et le sourire de flic amical.

– Que se passe-t-il, lieutenant ?

– Mieux vaut en parler à l'intérieur.

– Je dois bientôt m'en aller, dit-elle, regardant dans la rue.

– S'il vous plaît, insista Milo, sur un ton impérieux.

Elle recula, ce qui nous permit d'entrer. Des bruits de pas à l'étage nous indiquèrent où se trouvaient les enfants. Des odeurs de petit déjeuner – œufs, toasts, café – nous parvenaient depuis la cuisine.

– Madame Corvin, j'ai le pénible devoir de vous apprendre que le corps de votre mari a été découvert cette nuit, annonça Milo.

Elle le regarda longuement, puis cligna des yeux à trois reprises.

– Son corps ?

– Il a été assassiné, madame Corvin.

– Son corps... répéta la veuve, qui resta figée un bon moment.

Soudain, elle chancela. Milo la rattrapa par le coude et la guida vers le salon. Elle ne lui offrit aucune résistance, une main plaquée sur la bouche et la respiration haletante. Prenant conscience que les bruits de pas s'étaient interrompus à l'étage, Felice tourna la tête vers l'escalier, clairement paniquée. L'agitation reprit aussitôt, et elle laissa Milo l'installer sur un canapé. Lui et moi nous assîmes sur les fauteuils qui lui faisaient face, et Milo approcha le sien de Felice.

– Sincères condoléances, madame.

– Je ne comprends pas, dit-elle, les yeux secs et statufiée au point que sa chevelure n'était pas le moins du monde troublée. Son corps… ?

Sa voix avait perdu son timbre et elle avait sérieusement pâli – les pouvoirs du maquillage sont limités.

– M. Corvin a été retrouvé cette nuit dans un hôtel. Il a été abattu.

– Il descend régulièrement dans des hôtels.

– Celui-ci est à Hollywood.

– Le Roosevelt ? C'est le seul que je connaisse à Hollywood. On dit qu'il est hanté. J'y ai assisté à un concert il y a trois ans – la Da Camera Society, de la musique baroque. J'ai adoré, alors que Chet a dormi pendant tout le concert. Mais pourquoi aurait-il passé la nuit au Roosevelt ?

– Votre époux a été tué dans un motel, plus exactement, souffla Milo.

Felice tourna vivement la tête vers lui :

– Vous ne pouviez pas le dire dès le début ? Vous êtes donc incapable d'être précis ?

Silence.

– Il est important d'être *précis*, enchaîna Felice. La précision, ça compte énormément. Si seulement le système éducatif était plus précis… (Elle secoua la tête.) Mais qui a bien pu le tuer dans un motel ?

– Nous l'ignorons.

– Un motel… répéta-t-elle avec une moue du bout des lèvres. Cherchez-vous à m'apprendre quelque chose de sordide à propos de Chet ?

– Nous ne savons pas grand-chose pour l'instant, madame.

– C'est une habitude, chez vous.

– Nous faisons un travail difficile.

– Le mien l'est autant, comme tous les boulots du monde. C'est la vie qui est foutrement difficile. Si seulement mes enfants pouvaient le comprendre ; ils s'attendent à ce que tout aille dans leur sens. Brett, en tout cas. Ce gosse est trop gâté. Quant à Chelsea… tout est un défi pour elle. Je ne suis pas certaine qu'elle ait conscience de ce qu'elle devra affronter… Un motel ? Que cherchez-vous à me dire, lieutenant ?

– Rien de plus, madame.

– Je sais ce qui se passe dans les motels. Vous n'allez tout de même pas le nier ?

Milo resta muet.

Felice Corvin plaqua ses mains sur ses bras, comme si elle frissonnait, et jeta un regard en direction de l'escalier.

– Souhaitez-vous que nous nous chargions d'apprendre la nouvelle à vos enfants, madame ?

– Tous les deux ? Vous formez une équipe ? Ou vous proposez simplement que le docteur Delaware leur parle ? Avec sa sensibilité de psy et tout le tremblement ? Moi, je vois surtout que vous voulez en faire des patients. Non merci, ce sont mes enfants, je m'en occupe.

Un bruit sourd se fit entendre à l'étage.

– Quand je serai prête, ajouta Felice Corvin.

Le silence s'installa.

– J'en ai plus que marre, reprit-elle, serrant de plus en plus fort ses épaules. Les merdes s'enchaînent, ça n'arrête pas… Bon, cessons de tourner autour du pot : Chet était-il avec une prostituée ?

– Avait-il pour habitude de… dit Milo.

– Je ne sais rien des habitudes de Chet en dehors de cette maison, l'interrompit Felice, qui expira bruyamment. Il était sans arrêt en déplacement, « pour affaires », mais je ne suis pas idiote. Je sais comment sont les hommes, je sais comment était Chet. Il ne pensait qu'à lui, il se foutait du monde entier.

– Savez-vous s'il fréquentait une personne en parti…

Felice s'esclaffa, puis, après un geste brusque dans les airs, fit mine de s'arracher les cheveux.

– Vous devriez vous connecter sur un site du genre salope.com et faire défiler les profils.

– Vous étiez donc au courant que…

– J'étais au courant que Chet avait autant de scrupules qu'un fauve en chaleur, sexuellement parlant. Quand il rentrait de ses déplacements « pour affaires » (elle mima des guillemets), il m'accordait encore moins d'attention que d'ordinaire, ce qui n'était déjà pas grand-chose. Vous saisissez ? Il soulageait ses besoins primaires. Il y a quelque temps, j'ai décidé de lui en parler franchement, car je craignais qu'il ne me transmette je ne sais quelle maladie honteuse. Il a tout nié, évidemment, mais je lui ai promis que s'il me contaminait avec quoi que ce soit, je le tu…

Elle s'interrompit net, littéralement parlant, d'une main plaquée sur la bouche. Puis elle l'abaissa et nous gratifia d'un sourire glacial avant de se reprendre :

– C'est une façon de parler, bien sûr. Je n'ai certainement pas quitté mes enfants cette nuit pour me rendre dans un motel dégoûtant dont j'ignorais jusqu'à l'existence, afin d'assassiner mon mari. Je n'ai jamais tiré avec une arme à feu de ma vie.

Milo hocha la tête.

– Vous me croyez ? s'étonna Felice Corvin. Ne me dites pas que vous ne pensez pas que je suis coupable. L'épouse du mort n'est-elle pas la première personne à qui vous vous intéressez dans un tel cas ? Ne suis-je pas sur la liste de vos foutus suspects ? Pas de problème, faites votre boulot, je n'ai rien à cacher.

Elle se leva d'un bond et se dirigea à pas lourds vers l'entrée, un poing dressé vers le plafond.

– J'en ai marre, mais marre ! C'est sans fin !

– Qu'est-ce qui est sans fin ? voulut savoir Milo.

– Les conneries ! répondit-elle en agitant le poing. Cet interminable flot de conneries et… et… et de problèmes. Maintenant, je dois annoncer à mes enfants une nouvelle qui les traumatisera à jamais. Comment pourront-ils avoir confiance en l'avenir, après ça ?

Elle se couvrit le visage des deux mains et, après une courte lutte, céda, vaincue par les larmes.

Je la rejoignis pour la ramener au salon ; elle se raidit lorsque je lui pris le coude, mais elle me suivit et se rassit sur le canapé.

Je me rendis aux toilettes pour y prendre quelques mouchoirs en papier, que je lui tendis. Elle s'essuya les yeux, puis demeura immobile, les mains sur les genoux, telle une enfant réprimandée.

– Madame... reprit Milo.

– Je vous prie de m'excuser, docteur Delaware. Je ne fais pas partie de ces gens qui ont peur des psys. Je crois en la psychothérapie ; j'étais enseignante, autrefois, et j'ai souvent eu des élèves que j'aurais aimé voir soignés. Puis je suis devenue mère et... Pardonnez-moi, je me suis montrée grossière avec vous, docteur Delaware, mais je tiens à m'expliquer.

– Ce n'est pas néces...

– Si, c'est nécessaire ! J'ai besoin que vous me compreniez ! Ma réaction n'avait rien de personnel, je suis certaine que vous êtes un excellent thérapeute, mais j'ai vu tant de vos collègues se montrer totalement inefficaces avec ma fille. Certains ont même aggravé son état. J'ai donc perdu confiance... Je suis navrée d'avoir été si agressive avec vous, une vraie emmerdeuse, mais maintenant tout ça me saute à la figure. Que vais-je faire, bon sang ?

De nouvelles larmes coulèrent, suivies d'un sourire de travers.

– Ma mère disait toujours que c'est surtout dans les périodes difficiles qu'il faut faire preuve d'amabilité. Et ma grand-mère aussi. Je leur disais que j'étais d'accord... (les joues de Felice ruisselèrent de plus belle) mais j'ai été incapable de l'être, c'est lamentable.

– Vous subissez une épreuve extrêmement pénible, la consola Milo. Encore une fois, nous sommes sincèrement navrés pour vous.

– Je vous crois, lieutenant.

– Nous devons tout de même vous poser quelques questions à propos de Chet.

– Chet… Qui sait vraiment qui il était ? (Elle haussa les épaules.) Il me manquera peut-être, après tout.

Milo parvint à enchaîner les questions classiques en de telles circonstances.

– Votre époux était-il lié, de quelque façon que ce soit, à Hal Braun ?

– Pas à ma connaissance.

– Chet avait-il des affaires en cours à Ventura, à Oxnard ou à Santa Barbara ?

– J'ignore tout de ses affaires.

– A-t-il été impliqué dans des conflits particulièrement tendus, dans le cadre professionnel ? Des clients l'ont peut-être menacé, s'il a rejeté leur demande d'indemnisation ?

– Aucune idée.

J'avais tendance à la croire, tout comme Milo, apparemment.

Ces deux-là vivaient chacun leur vie.

Milo n'évoqua pas les escapades nocturnes de Chelsea, pas plus que la possibilité qu'elle soit en contact avec Trevor Bitt.

Nous en avions parlé au préalable et estimions tous deux qu'aborder cette question était une mauvaise idée ; il était inutile de l'accabler plus que de raison, au risque de la rendre totalement folle.

Nous voyant nous lever pour prendre congé, Felice en fit autant.

– Docteur Delaware… gémit-elle en m'effleurant le bout des doigts d'une main hésitante. Je… Accepteriez-vous d'annoncer la nouvelle à mes enfants ?

# 20

Brett et Chelsea descendirent l'escalier derrière leur mère.

– Asseyez-vous, les enfants, leur intima-t-elle d'une voix dont le calme était clairement forcé.

Curieusement, les deux adolescents ne semblèrent pas s'en inquiéter.

Chelsea s'affala sur le canapé et ne bougea plus, le regard dans le vide.

– Qu'est-ce qui se passe ? marmonna Brett en se grattant derrière l'oreille.

– Rentre ton tee-shirt dans ton pantalon, Bretty, lui demanda sa mère. Il est à moitié sorti.

– Quoi ?

– Ton tee-shirt, mon chéri. Rentre-le dans ton pantalon. (Le garçon obtempéra, quelque peu dérouté.) Merci, mon chéri. Bon, allons-y… (Felice afficha un sourire maladif.) Alors… Le docteur Delaware – vous vous souvenez de lui, n'est-ce pas ? – a quelque chose à vous dire.

Brett tourna la tête vers moi, la bouche grande ouverte, mais Chelsea resta sans réaction.

J'orientai mon fauteuil de façon à regarder les deux enfants simultanément ; les yeux de Brett s'agitaient dans tous les sens, tandis que sa sœur avait le regard fixe mais dans le vague.

– Je suis navré mais j'ai une très mauvaise nouvelle à vous annoncer. Votre père est décédé cette nuit.

Brett fut submergé d'une étrange série d'émotions, affichant brièvement comme un sourire avant de montrer les dents d'une façon quasi bestiale.

– Quoi ? brailla-t-il.

– Je suis désolé, Brett. Ton père…

– C'est des putains de conneries ! éructa-t-il en brandissant le poing vers moi.

– J'aimerais bien que ce soit le cas…

– Des conneries ! Des putains de conneries !

– Bien sûr que non, intervint Chelsea.

Tous les regards se posèrent sur l'adolescente, qui daigna enfin tourner la tête vers moi.

– Si vous le dites, c'est que c'est la vérité, ajouta-t-elle.

On ne décelait pas la moindre émotion sur son visage pâle et délicat. Je dus m'interposer entre eux lorsque son frère voulut se jeter sur elle.

– C'est des conneries, pétasse ! s'emporta-t-il, avant de lâcher un rugissement incompréhensible.

D'incontrôlables tremblements firent jaillir des larmes de ses yeux, comme autant de projectiles lancés par sa tristesse. Il se dirigea en titubant vers l'escalier, qu'il gravit en frappant la rampe pour ponctuer ses jurons et ses cris.

– Mon pauvre bébé, se désola Felice, qui lui emboîta le pas.

– Quel pleurnichard… commenta Chelsea.

Felice fit son retour deux minutes plus tard, seule et tremblante.

– Il a besoin d'être tranquille. Je peux le laisser seul, n'est-ce pas ?

– Oui, bien sûr.

Durant l'absence de sa mère, Chelsea n'avait pas prononcé un mot ; elle s'était contentée de secouer la tête quand je lui avais demandé si elle avait des questions à me poser.

– Ça va aller, ma chérie ? s'inquiéta sa mère.

– Hmm…

– C'est épouvantable, ce qui nous arrive, Cheltz…

L'adolescente haussa les épaules.

Des chocs répétés se produisirent à l'étage, faisant vibrer le plafond.

– C'est son ballon de basket, expliqua Felice, avec une moue. En temps normal, je lui interdis d'y jouer dans la maison.

– La situation actuelle n'a rien de normal, rappela Milo.

– Si tu as des questions à poser à ces messieurs, c'est le moment, ma chérie, dit Felice à sa fille.

– Nan…

– Tu es sûre ?

– En fait, si, j'ai une question, mais pour toi, maman.

– Bien sûr, je t'écoute.

– Je dois aller au lycée, aujourd'hui ?

– Non, Cheltz, dit Felice en se redressant. Tu ferais mieux de monter, toi aussi, mais n'entre pas dans la chambre de Brett, d'accord ?

– Aucune chance ; ça pue, là-dedans.

Chelsea nous quitta sans plus attendre.

– Je n'arrive pas à y croire… se lamenta Felice.

– N'avez-vous rien de plus à nous dire qui pourrait nous aider à comprendre ce qui s'est passé ? s'enquit Milo.

– J'aimerais bien, lieutenant. En tout cas, je n'aurai pas de soucis d'argent. Chet gagnait bien sa vie, je lui reconnais au moins ça, mais à vrai dire c'est moi qui ai apporté la plus grande partie de notre patrimoine quand nous nous sommes mariés. (Elle détourna le regard.) Mes parents étaient enseignants mais ils ont fait d'excellents investissements, et je suis fille unique. Au cas où vous chercheriez du côté des assurances décès, autant vous prévenir tout de suite : nous n'en avions pas. Je n'en ai pas souscrit au nom de Chet du moins, mais qui sait ce qu'il a fait de son côté ? Vous avez certainement compris qu'il vivait sa vie en toute indépendance. Beaucoup d'hommes tueraient pour… (Elle s'interrompit et nous offrit un sourire contrit.) Enfin, je veux dire que je n'ai rien à cacher ; vous êtes libres de consulter tous nos documents administratifs.

– Merci infiniment, madame. Il nous serait très utile de jeter un coup d'œil dès à présent sur les relevés bancaires et téléphoniques de Chet.

– Donnez-moi un peu de temps pour les rassembler, et je vous les transmets un peu plus tard dans la journée.

– Parfait, merci pour votre coopération.

– Je n'ai aucune raison de ne pas coopérer. Je veux que vous mettiez la main sur l'assassin de mon mari. Chet et moi avions pris des chemins différents, mais personne ne mérite de… (Elle leva les mains et en plaqua une sur sa joue.) Dans un motel… Savoir qu'il finirait dans un lieu si sordide lui aurait fait horreur ; avec Chet, c'était toujours cinq étoiles par-ci, cinq étoiles par-là. Il ne jurait que par les suites luxueuses. Alors que moi, qui ai pourtant grandi avec un compte épargne à mon nom, je me moque éperdument de ces choses.

Elle s'accorda une pause, le temps d'un soupir, puis poursuivit :

– Je dois prévenir des gens… Les parents de Chet ne sont plus de ce monde, mais il a un frère, Harrison, qui est optométriste dans le New Jersey. Ils n'étaient pas vraiment proches mais il faut que je lui annonce la nouvelle… Et je suis sûre que d'autres… soucis me viendront à l'esprit.

Elle nous raccompagna à la porte d'entrée. Je laissai Milo sortir et restai sur le seuil auprès de Felice.

– Je vous rejoins dans une minute, lieutenant, dis-je à mon ami.

– Pas de souci, me répondit-il en s'éloignant.

– Qu'y a-t-il, docteur ? me demanda Felice.

– Si vous jugez que je peux vous aidez, n'hésitez pas à m'appeler, lui proposai-je.

– Je n'y manquerai pas si j'en ressens le besoin, je vous remercie. Je vous avoue que je n'éprouve pas grand-chose, pour l'instant ; j'ai la sensation d'avoir le cerveau embrumé, d'être en camisole de force… C'est normal ?

– Absolument.

Alors que je m'apprêtais à la quitter, la veuve m'agrippa la manche.

– Et si je ne ressens rien, une fois le choc passé, docteur Delaware ? Cela fait-il de moi une personne abominable ? Anormale ? Ça ne risque pas d'être un problème pour l'éducation de mes enfants ?

– Non et non. (Elle me dévisagea quelques secondes.) Allez-y tranquillement, à votre rythme.

– C'est gentil de me rassurer, mais je me pose des questions. Je n'éprouverai peut-être jamais de peine pour ce qui est arrivé. Je ne ressens rien de tel en ce moment, en tout cas, c'est certain. C'est peut-être révélateur de ma personnalité ?

– Il faut avoir perdu quelque chose pour endurer un sentiment de perte, madame Corvin.

– Aïe… tressaillit-elle. C'est donc si clair ? Oui, évidemment, je n'ai pas vraiment fait de mystère sur ma relation avec mon mari. Je dis toujours ce que je pense, c'est ainsi que j'ai été élevée. Certains me jugent agressive. Je fais parfois l'effort de me contenir, mais bon, on est comme on est. Et avec Chet, depuis tant d'années… (Son emprise s'accrut sur mon bras.)

« Le plus fou, c'est que je l'aimais vraiment, docteur. En tout cas au début. Une authentique passion, rien à voir avec un plan foireux. Quand je l'ai connu, j'étais convaincue qu'il était parfait, que c'était exactement l'homme dont j'avais besoin.

– Un homme sachant prendre les choses en main.

– Oui, sûr de lui, plein d'entrain et doté d'un sens de l'humour très développé – tout ce que je n'étais pas à l'époque. Il était à tout moment capable de discuter de n'importe quoi avec n'importe qui, et ça me fascinait. Quand je n'étais pas d'humeur à bavarder, il me laissait tranquille. Avant lui, j'avais passé ma vie à écouter mes parents et leurs amis enseignants, qui décortiquaient le moindre sujet à fond. Chet n'était pas comme ça, il préférait aborder les choses de façon plus schématique. Selon lui, mes parents et leurs collègues étaient des intellos prétentieux, ce qu'il ne s'est pas privé de me faire savoir. Et j'aimais ça, dans les premiers temps. J'aimais qu'il s'occupe de moi, dans tous les sens du terme. (Les joues de Felice rosirent légèrement.) Je n'avais alors pas conscience que ça ne durerait pas. J'ai vite déchanté.

– Mais vous êtes restés ensemble.

– Je pourrais prétendre que c'était pour le bien des enfants, et ce serait en partie la vérité, sourit-elle. Mais à vrai dire, à partir d'un certain point, j'ai surtout été écrasée par une sorte d'inertie ; pourquoi me donner la peine de réagir ? Je ne suis pas quelqu'un de très sociable, docteur. Les interactions humaines m'épuisent, surtout quand des émotions sont en jeu. Après tant d'années en couple avec Chet, je ne voyais plus d'intérêt à chambouler ma vie.

Elle baissa les yeux et lâcha mon bras.

– Oh, j'ai froissé votre veste, désolée.

– Elle s'en remettra, dis-je en souriant.

– Mon petit discours a dû vous sembler pathétique, regretta-t-elle en lissant le tissu.

– Pas du tout…

– Peu importe. Merci pour votre proposition, docteur, mais j'espère que je n'aurai pas à faire appel à vous. J'espère de tout cœur que le lieutenant Sturgis attrapera l'assassin de mon mari. C'est ainsi que je penserai à lui, à partir de maintenant. Mon *mari*. Je le verrai comme il était au début de notre relation. Et peut-être alors que je ressentirai quelque chose.

# 21

Peu après 14 heures, comme promis, Felice appela Milo à son bureau et lui communiqua les éléments relatifs aux comptes bancaires et téléphoniques de Chet. Il brancha le haut-parleur, puisque j'étais présent dans la pièce.

– Merci, madame Corvin.

– J'espère que ça vous aidera, lieutenant.

– Comment vont les enfants ?

– Brett a beaucoup de mal à accepter la mort de Chet. Je ne l'avais pas vu pleurer depuis l'époque des couches-culottes – il est aussi macho que son père, de ce côté. Il s'est calmé mais il veut rester seul, ce que je comprends. J'ai tout de même réussi à lui faire avaler un peu de nourriture. Je me dis que sa réaction est sans doute saine ; il est aux prises avec ses émotions. Nous nous en sortirons. J'espère que les informations que je vous ai transmises vous seront utiles.

– Moi aussi, madame. Et Chelsea ?

– Fidèle à elle-même. C'est triste à dire, mais Chet et elle n'ont jamais été proches. Non pas qu'il... Enfin, il n'avait rien à lui reprocher, il l'acceptait telle qu'elle est. Elle encaisse bien le choc, pour autant que je le sache. Merci de vous soucier d'elle.

Milo raccrocha.

– J'ai fait le point avec Petra avant de partir ; le porte-à-porte dans le quartier n'a rien donné. Chet n'a pas acheté le vin près du motel, visiblement. Raul a déniché une séquence vidéo d'un Range Rover filant vers l'est sur

Franklin Avenue quelques minutes avant que Chet ne prenne sa chambre au Sahara. On ne distingue pas les plaques d'immatriculation et il fait trop sombre pour détailler les occupants. Bref, ça nous redit ce qu'on savait déjà, mais ça ne fait pas de mal de savoir à quelle heure il est passé par l'avenue. Rien de neuf concernant la femme qui l'accompagnait. (Il baissa les yeux sur les renseignements fournis par Felice.)

« J'ai déjà tout sur une des cartes de Chet – l'American Express Platinum enregistrée chez Connecticut Surety pour les frais professionnels du directeur régional de la côte Ouest. C'est sa secrétaire qui m'a envoyé ces documents. La nouvelle l'a choquée, comme il se doit, et elle n'a pas la moindre idée de l'identité de la personne avec qui son patron s'est envoyé en l'air, pas plus que d'une boutique où il aurait eu l'habitude d'acheter son vin. Quoi d'autre... On n'a pas pu repérer le Range Rover grâce à son GPS car celui-ci ne fonctionne plus, peut-être à cause de la corrosion – ça arrive parfois, d'après nos techniciens.

– Notre homme passait son temps en déplacement sans se donner la peine de réparer son GPS ? Peut-être parce qu'il se limitait aux zones qu'il connaissait par cœur. Comme l'adresse de sa maîtresse, par exemple, qu'il n'avait pas forcément envie de voir enregistrée dans le système de navigation.

– Bien vu. Bon, il est temps d'en apprendre un peu plus sur notre nouvelle victime.

Il réclama par téléphone quelques mandats, grâce auxquels il obtint la coopération des établissements bancaires dont Chet était client. En revanche, l'opérateur de téléphonie mobile exigea une demande écrite sur un formulaire fourni par son propre service juridique.

Le ton empreint de patience dont Milo fit usage durant ces entretiens, réclamant tel ou tel supérieur à ses correspondants, fut insuffisant pour s'attirer les grâces du dieu des lèche-bottes, et ce malgré ses multiples « s'il vous plaît » et « merci ». Pas un instant il ne laissa paraître qu'il adressait tout du long un doigt d'honneur à la plupart de ces personnes tatillonnes.

– Quelle bande de connards, lâcha-t-il après avoir raccroché. Si Nguyen ne peut rien faire pour m'aider, je fonce chez ces abrutis et je remplis moi-même leurs foutus formulaires. Bon, on a assez d'infos sur Chet, on va forcément trouver quelque chose. Tu es fier de moi, j'espère ? Tu crois toujours dur comme fer aux *happy ends* ?

– C'est du réalisme, c'est tout.

– Qu'est-ce que tu racontes ?

– Je pense à ton taux de résolution d'enquêtes. Tu connais beaucoup plus de succès que d'échecs. C'est normal que je sois optimiste.

– C'est de la pensée positive, c'est ça ? ironisa-t-il en se bouchant les oreilles. Une hérésie irlandaise, oui !

Il se leva, enfila sa veste et noua sa cravate.

– C'est l'heure de se nourrir, déclara-t-il. Allons déterrer quelques patates dans les champs.

– Pas de sandwich au corned-beef aujourd'hui ?

– Hmm… Un bon triple avec mayo, trois tranches bien grasses et une bière bien fraîche ? Ouais, tu as raison, c'est mieux, de quoi culpabiliser bien comme il faut.

# 22

Notre destination ne pouvait être que le Bert's Deli, situé à quelques pâtés de maisons du commissariat, mais Milo fut incapable de résister aux odeurs émanant d'un nouveau restaurant italien, une dizaine de mètres avant notre point de chute habituel.

À l'intérieur – tout en cuir noir et métal perforé –, Milo passa sa commande sans même s'intéresser au menu.

– C'est noté, lieutenant Sturgis, lui dit le serveur, avant de se tourner vers moi. Et pour vous, monsieur ?

Je lui répondis.

– Vous êtes partenaires de *boccia* ? demandai-je après son départ.

– Mieux que ça : je lui offre de généreux pourboires et il paie son loyer.

Une pizza saucisses-champignons, de la salade, des *ziti* et du thé glacé pour chacun. Je n'avale pas grand-chose quand je suis en compagnie de Milo, en général, mais cette fois j'étais affamé.

– Qu'est-ce qui t'arrive ? me lança-t-il en me voyant me saisir de ma deuxième part de pizza. Quelque chose de particulier stimule tes sucs gastriques ?

– Je n'ai pas pris de petit déjeuner.

– Ah… Tiens, j'ai une question à te poser. Chelsea se fiche éperdument du sort qu'a connu Chet, c'est une chose, mais d'un autre côté elle s'est moquée de son frère d'une façon assez cruelle. Serait-elle autre chose qu'une ado insipide ? Elle détestait peut-être son père pour une raison ou une autre ?

– Tu te demandes si Chet abusait de sa fille ? Rien ne l'indique, mais tout reste possible, j'imagine.

– Ce n'est pas l'hypothèse la plus amusante, évidemment, mais ça expliquerait la présence de Braun dans l'affaire. Notre Bon Samaritain dissimulait peut-être des pulsions peu avouables. On pourrait alors chercher de ce côté un lien entre les deux hommes.

– Chet aurait loué sa propre fille à Braun ? dis-je, repoussant mon assiette.

– Ouais, je sais, c'est dégueu, désolé, mais je dois envisager toutes les hypothèses. Ils n'allaient pas forcément jusque-là ; ils se contentaient peut-être de photos et de vidéos douteuses. Ces salopards adorent partager leur « passion », pas vrai ? Il est possible que Felice, furieuse après avoir tout découvert, ait décidé de leur régler leur compte. Première phase : attirer le pote pervers de son mari dans un coin discret, en lui promettant des délices encore plus sordides, mais au lieu des plaisirs promis, Braun est accueilli par un tueur à gages qui réduit son visage en bouillie et lui coupe les mains, avant de balancer le cadavre chez les Corvin. Ce dernier acte serait alors un message adressé à Chet, comme tu le penses depuis le début.

– Si tel est le cas, Chet ne l'a pas compris. Il ne m'a pas paru effrayé le moins du monde.

– Parce que c'était un individu égocentrique, superficiel ou psychopathe, quelque chose comme ça, incapable d'imaginer qu'on puisse s'en prendre à lui. Il ne s'est peut-être même pas rendu compte que c'était Braun qu'on avait déposé dans son salon. Dans ce cas, à la place de Felice, je l'aurais eue mauvaise. Je serais alors passé à la phase deux en réglant le problème une bonne fois pour toutes. Elle dispose de suffisamment d'argent pour s'être offert deux contrats, elle l'a reconnu.

– Pourquoi pas, après tout.
– Mouais, c'est une hypothèse un peu bancale, tout de même.
– Si tu déniches une preuve…
– On inverse les rôles, là… Tiens, tu as perdu ton appétit, on dirait ?
– Je n'ai plus faim.
– Normal. Tu es victime du régime paléo-stress ; ça ferait une pub minceur d'enfer, ça.

De retour dans le bureau de Milo peu avant 17 heures, nous vérifiâmes chacun nos messages. La récolte se révéla maigre. Mon ami lâcha un juron et éteignit son ordinateur.
– Tu attends quelque chose ? m'enquis-je.
– J'ai demandé à Reed de fouiner du côté des assurances décès. Il n'a rien trouvé concernant Chet ou Felice, si ce n'est une police souscrite par la boîte de Chet au cas où il « rompe leurs relations » de façon prématurée. Je me demande s'ils vont réclamer la prime. Ça déclencherait une sacrée bagarre au tribunal, non ? Un assureur général contre un autre spécialisé dans l'assurance décès.
– Oui, du genre Godzilla contre Rodan.
– Plutôt Hitler contre Staline.

Quelques minutes plus tard, Raul Biro appela et nous apprit que son équipe n'avait pas trouvé d'autre séquence vidéo du Range Rover. En revanche, il avait localisé le commerce de spiritueux dans lequel Corvin avait acheté le vin.
– C'est une boutique de luxe située à l'angle de Sunset Boulevard et La Cienaga Boulevard. La transaction a eu lieu à 18 h 13. La fille du propriétaire, qui était à la caisse, n'a pas eu besoin de consulter son registre pour se souvenir de Chet. Il lui a demandé quelque chose de romantique et lui a fait le même genre de clin d'œil qu'au réceptionniste du motel. Elle l'a trouvé « un peu gluant », pour reprendre ses termes. Il a également acheté un sandwich pain de seigle et viande

– ils se fournissent dans un *deli* du boulevard. On en aura la confirmation si le coroner se donne la peine d'ordonner une autopsie du corps de Chet.

– Il a donc fait ses emplettes environ deux heures avant de prendre sa chambre au motel, résuma Milo. Qu'a-t-il fait entre-temps ?

– Bonne question, dit Biro. Si on se fie à l'endroit où est située la boutique, il se dirigeait sans doute vers l'ouest depuis Hollywood, ou peut-être West Hollywood. Je vais vérifier sur Sunset Boulevard – notamment les pharmacies, où il a peut-être acheté des préservatifs, et tout ce qui me semblera intéressant. Avec un peu de chance, ça nous permettra de combler les trous dans son emploi du temps.

– Parfait, merci, Raul.

– Au fait, je pense à l'instant à un détail : la boutique Hustler est proche du caviste. S'il était chaud pour une nuit d'enfer avec une femme, il a peut-être fait un saut là-bas pour acheter un sex-toy ou quelque chose comme ça. Bien sûr, j'ignore tout de ces choses-là.

– Le ciel nous en préserve, Raul. Tu y vas en voiture ou en jet privé ?

– Haha. À propos de sexe, aucune des filles qui tapinent dans le coin du motel n'a entendu parler de Corvin, jusqu'à présent. Il semblerait donc qu'il ne soit pas un habitué des lieux. Elles mentent facilement, je sais, mais ça colle avec ce que m'a dit le propriétaire du motel hier. Le docteur Waris « Appelez-moi-Wally » Singh dirige un cabinet dentaire bon marché à Koreatown, en plus de pas mal d'autres affaires. Les documents administratifs de tous ses business sont stockés sur l'ordinateur du cabinet. Et le nom de Corvin n'y apparaît nulle part avant la nuit dernière.

– Alex imagine que Chet a fait la fiesta avec sa chérie et qu'il a peut-être pimenté leur soirée. Tu as remarqué les films proposés dans la chambre ?

– Oui, *Femmes au foyer en chaleur*, choix numéro 3. Je ne l'ai pas vu, celui-là. Allez, je file. Si je ne déniche rien chez Hustler, j'irai faire un tour du côté de Lingerie sexy et Frederick's. À propos de la chérie de Corvin, elle a été enlevée vivante ou morte, d'après toi ? Je n'ai pas trop d'avis sur la question.

– J'en sais foutre rien, Raul.

– Je prononce cette phrase tous les jours.

Milo raccrocha.

– Il y a une troisième possibilité, fis-je remarquer. L'assassin l'a laissée partir car elle était sa complice. Elle aurait joué les appâts.

Le téléphone sonna. Milo me désigna l'écran : « D^r W. Macy ». C'était un des légistes du coroner du comté.

La conversation fut brève. Il n'avait pas été utile d'autopsier le cadavre de Corvin ; Macy avait simplement ouvert son crâne, d'où il avait extrait deux balles de 9 mm fortement déformées. C'est courant, avec les balles de ce calibre, car elles rebondissent sur les os. C'est pour cette raison que les techniciens aiment récupérer les douilles. Or nous n'en avions pas retrouvé ; il était donc difficile d'établir une correspondance avec d'autres meurtres.

Le légiste évoqua l'angle de tir, détail intéressant selon lui, car il suggérait que l'assassin était posté nettement au-dessus de sa victime.

– Le défunt était pourtant loin d'être un nain, dit Macy. On a retrouvé des fibres de moquette sur ses genoux et des éclaboussures de sang sur le mur à environ un mètre vingt du sol. Ces éléments me conduisent à penser que la victime était agenouillée et a été tuée par-derrière.

Milo le remercia, le pria de lui faxer le rapport préliminaire et raccrocha.

– Tué par-derrière et à genoux… L'assassin n'a pas dû forcer la porte pour entrer, apparemment. Une exécution modèle, peut-être l'œuvre de quelqu'un que Chet connaissait et en qui il avait confiance.

– Tu penses à Miss Armani ? me demanda Milo.

– Elle aurait été à la fois l'appât et l'hameçon.

– « Mets-toi à genoux, mon biquet, j'ai une surprise pour toi. » Je n'y crois pas trop.

– Vu la haute estime qu'il avait de lui-même, ça n'a pas dû être difficile de le convaincre.

Le téléphone sonna de nouveau. C'était Petra :

– Les cheveux trouvés dans la salle de bains n'ont pas de racines : ils sont artificiels.

– Une perruque.

– Eh oui, malheureusement. On peut toujours espérer des résultats de l'analyse ADN, s'ils ont été manipulés, mais le labo n'y croit pas. Ils ont tout de même relevé des empreintes de quatre types distincts, en plus de celles de Chet, toutes dans la salle de bains. Un sérieux ménage a été fait dans la chambre, manifestement. Les empreintes ont été trouvées sur une étagère en verre, sur le miroir, derrière le lavabo et sur la chasse d'eau des toilettes. Il semblerait que ces endroits ne soient pas souvent nettoyés, beurk… Trois de ces empreintes sont celles de prostituées connues depuis longtemps à Hollywood. L'une est morte il y a quelques mois d'une overdose, une autre est en prison à Las Vegas, et la troisième est une certaine Miss Piggy qui dispose d'un alibi.

– En béton ?

– En titane même, hélas. Au moment du meurtre, un de nos gars en civil en patrouille sur le boulevard l'a aperçue accompagnant un gus en direction d'un taudis à côté duquel le Sahara fait figure de Beverly Wilshire. L'agent Jefferson était sur place dans le cadre d'un nouveau programme de prévention mis en place avec la mairie ; nous tentons d'étouffer les dérives dans l'œuf plutôt que de perdre du temps avec des arrestations. Le client, un touriste scandinave faisant la gueule comme on en voit souvent, a pris Jeff de haut. Il s'est déclaré offensé par la pudibonderie américaine et lui a dit qu'en tant qu'Afro-Américain il aurait dû avoir mieux à faire qu'opprimer son prochain.

– La vie est plus belle au pays des harengs et de la nuit de six mois, c'est ça ?

– Haha. Tu me donnes envie d'acheter une Volvo. Enfin bref, ce crétin a eu droit à un speech sur les MST, et Piggy celui qu'on sert chaque fois aux filles – « la prochaine fois, tu finis au trou », même si tout le monde sait que ça ne se produit jamais. Quoi qu'il en soit, elle se trouvait loin du Sahara quand Corvin a été abattu. La quatrième série d'empreintes n'est pas encore identifiée ; elle n'est pas enregistrée dans le fichier. Il s'agit sans doute d'une femme, d'après la taille. C'est donc soit une nouvelle dans le métier, qui n'a pas encore été arrêtée, soit une maîtresse banale.

– Tu as fait vite, merci.

– C'est moi qui te remercie, dit Petra. J'ai cité ton nom sur mes demandes ; le grade a ses privilèges.

– À propos de chéries, nous avons une autre hypothèse, dit Milo, qui décrivit notre théorie de l'appât/hameçon.

– Je me demandais si cette femme était morte ou si elle avait été enlevée, mais je n'avais pas envisagé cette possibilité. Si la quatrième série d'empreintes lui appartient, nous avons sur les bras une tueuse sans casier.

– Peut-être parce qu'elle excelle dans son art ?

– Un génie du crime, pile ce dont on a besoin. Ce n'est pas une perspective emballante, Milo. Tout est possible, je suppose, mais j'ai tendance à privilégier la piste personnelle, avec une épouse ou un amant jaloux. Autre chose, mon capitaine voudrait que l'affaire Corvin soit rattachée à l'affaire Braun.

– Normal. Pas de problème.

– Je te promets que nous y travaillerons avec autant d'ardeur que si c'était la nôtre, ce qui devrait être le cas, je te l'accorde, mais je dois t'avouer que nous avons de gros soucis, ici. La numérisation de nos archives tourne au cauchemar. Nos écrans se figent sans arrêt, ça bug, des données sont effacées, des informaticiens sèment la pagaille un peu partout dans le commissariat.

– Je me charge de la paperasse, comme avec l'opérateur de téléphonie.

– Merci beaucoup, Milo. Une dernière chose : j'ai retrouvé la personne qui a répondu à l'appel pour tapage nocturne. C'est une civile, une nouvelle pas très futée. Elle « pense » que c'est une femme qu'elle a eue au bout du fil, sans en être certaine ; c'était peut-être un homme à la voix aiguë. Je ne suis même pas sûre qu'elle se souvienne de quoi que ce soit ; elle a probablement simplement voulu me donner une réponse satisfaisante. Je te tiens au courant dès que nous avons du nouveau.

– Que penses-tu de la théorie de Raul ?

– Quelle théorie ? Je ne l'ai pas vu de la journée ; il est sur le terrain.

– Il a trouvé la boutique où Corvin s'est procuré sa bouteille, et ce deux heures avant de se rendre au motel. Faisant preuve d'un admirable sens de l'initiative, ton équipier a suggéré que feu M. Corvin avait peut-être ensuite fait un saut à la boutique Hustler.

– Quelle inspiration. Raul s'y trouve en ce moment ?

– Oui, en principe.

– C'est peut-être pour ça qu'il ne prend pas mes appels.

– Il se concentre sur une chose à la fois, jeune fille.

– Oui, je saisis le tableau, dit Petra. J'ai hâte de voir comment tu tourneras ça dans ton rapport.

# 23

Rien de nouveau ne se produisit ce jour-là, jusqu'à ce que Milo m'appelle chez moi, peu après 21 heures.

– L'hypothèse de Raul – il a du nez, le salaud – est confirmée, m'annonça-t-il. Corvin a acheté un string léopard fendu chez Hustler vers 19 heures et des poussières. Ce qui lui a laissé une heure et quelque pour remonter Sunset Boulevard dans les embouteillages sans stresser. Il a également réglé avec sa carte de crédit pro, même pas peur.

– Vu la quantité de reçus qu'il envoyait à sa boîte, il ne lui était sans doute pas difficile d'en glisser quelques-uns légèrement douteux dans le lot. Et je suis prêt à parier que les tickets de caisse de Hustler ne décrivent pas les articles.

– Bien vu, on n'y trouve que des séries de chiffres. Raul a dû insister pour obtenir les détails. Mais bon, ce type avait quand même un sacré toupet. J'ai demandé à Sean de retourner sur Evada Lane ce soir, pour quatre heures de planque. Si Miss Chelsea s'offre une de ses balades nocturnes et entre chez Bitt, j'aurai le droit d'intervenir pour une vérification officielle, grâce au juge Edgar McCarrey et à John Nguyen. Mais si elle se contente de frapper à la porte et de discuter avec Bitt sans entrer dans la maison, c'est *niet*. Il nous reste encore deux semaines, j'espère qu'on réglera ce foutoir avant.

– Pourquoi deux semaines ?

– Chelsea aura dix-huit ans dans deux semaines. Elle sera une adulte consentante ; ce sera beaucoup plus difficile d'obtenir quoi que ce soit. D'ici là, je vais encore tenter ma chance auprès de Bitt. Si son pick-up est garé devant chez lui, je cogne à sa porte jusqu'à lui filer la migraine.

De retour dans mon bureau, je pris le temps de méditer sur les dernières heures de Chet Corvin.

Mâle dominant, narcissique, jovialement sûr de lui... jusqu'au moment où il s'était retrouvé à genoux sur la moquette d'un motel glauque.

Les périls d'un amour-propre trop développé...

Le lendemain, peu après midi, Milo se présenta chez moi, quelque peu amer mais déterminé. Il s'invita dans la cuisine, ouvrit brusquement le réfrigérateur, en sortit des œufs et ce qui lui tomba sous la main et se lança dans la préparation d'une monstrueuse omelette.

– Rien du côté de chez Bitt ? devinai-je.

– Son pick-up n'était même pas là. Ça ne m'a pas empêché de frapper à la porte, mais seul le silence m'a répondu, comme prévu.

Armé d'une spatule en bois, il étala la montagne jaune qu'il venait de verser dans la poêle. Quelques bribes d'œufs furent éjectées dans la manœuvre. Blanche se précipita pour les engloutir.

– C'est ce qu'on appelle une symbiose, commenta Milo.

– De l'exploitation, plutôt.

– Quoi ?

– Qu'est-ce qu'elle te donne en retour ?

– Oh, pauvre toutou, ton papa est vraiment méchant, lança Milo à Blanche, qui le gratifia de son fameux sourire. Qu'est-ce qu'elle me donne ? Eh bien, la joie revigorante de sa beauté.

Il coupa le gaz, caressa Blanche, fit glisser la montagne dans une assiette, déposa celle-ci sur la table et entreprit de dévorer son œuvre.

Blanche le rejoignit en trottinant.

– Je peux lui en donner encore un peu ?

– Non, s'il te plaît. Les œufs la ballonnent.

– En plus d'être méchant, ton papa n'a aucune sensibilité écologique aux vertus de la puissance des gaz. (Il se pencha vers mon chien.) S'il n'était pas si vieux jeu, on pourrait obtenir une prime gouvernementale.

Il se redressa et se concentra sur son omelette. Blanche s'allongea, ferma les yeux et se mit à ronfler discrètement.

– Concernant les allées et venues de Bitt, Sean l'a vu sortir de chez lui une seule fois hier soir, aux alentours de minuit. Il l'a suivi jusqu'à une pharmacie de Pali Village ouverte vingt-quatre heures sur vingt-quatre. Il en est ressorti avec un petit sachet en papier. D'après Sean, il avait le nez enflé et l'air furax. J'aimerais croire qu'il est accro à la coke, mais ce n'était probablement qu'un rhume – et du NyQuil dans son sachet. Le café est encore chaud ?

Je lui en remplis une tasse.

– *Gracias,* dit Milo, avant de poursuivre son récit. Sean a quitté son poste à 4 heures du matin. Entre ce moment et 9 heures, quand je me suis pointé là-bas, Bitt était reparti et n'était pas rentré. Il a la bougeotte, d'un coup, on dirait, mais il est peut-être simplement allé se faire ramoner les sinus chez son médecin, pour ce que j'en sais. Moe fera une nouvelle tentative ce soir. Si j'ai encore un peu d'énergie, je prendrai le relais ensuite. Et pendant ce temps, pas de nouvelle escapade nocturne de la part de Miss Chelsea.

Son téléphone l'interrompit. Il avait changé sa sonnerie, ayant cette fois opté pour *O mio babbino caro*, de Puccini, splendide aria s'il en est. Quelle honte de l'employer de cette façon.

– Salut, Sean. Tu es rentré quand… ? OK, tant mieux… Sérieux ? C'est toujours mieux que rien. Je suis chez le docteur D. Envoie-nous ça sur son adresse électronique, on l'imprimera depuis son ordinateur.

Il raccrocha et enfourna une énorme portion d'omelette.

– Je lui avais demandé de jeter un coup d'œil à mon ordi une fois par heure, m'expliqua-t-il. Les relevés de la carte de crédit professionnelle de Corvin qui nous manquaient encore viennent de m'être envoyés.

– Tu ne peux pas les télécharger sur ton portable ?

– Si, techniquement, mais ce serait douteux. La réglementation concernant les transmissions de données à des ordinateurs personnels est en cours d'élaboration.

– Et sur le mien, c'est bon ?

– Oui, ton écran est plus grand que le mien, se justifia-t-il avec un large sourire.

Tandis que Milo nettoyait la poêle, j'imprimai les documents reçus – cinq pages de petits caractères couvrant trois périodes de facturation – et les apportai dans la cuisine.

Chet Corvin avait beaucoup voyagé le long de la côte, au nord comme au sud, comme en témoignaient les billets d'avions en classe affaires et en première, ainsi que les reçus de location de voiture, de repas et d'hôtels, tout cela de San Diego à Seattle. Il ne s'était pas rendu dans la région d'Oxnard, pas plus que du côté de Ventura ou de Santa Barbara, ce qui arracha un juron à Milo.

Au bas du cinquième feuillet, on trouvait la note du Sahara motel, le vin, l'« article » de chez Hustler et une dernière chose qui avait échappé à Raul : un assortiment de chocolats « deluxe » acheté chez « Haute Eu. Choco. » pour quatre-vingt-treize dollars et des poussières.

– Il a offert des chocolats à sa poule ? m'étonnai-je.

– Des sucreries pour aller au lit ou de l'alcool pour que la nuit soit folle ; dans le doute, autant prendre les deux.

Haute European Chocolatiers ne disposait que d'un point de vente, lequel était situé du côté nord de Sunset Boulevard, deux kilomètres à l'est de la boutique Hustler. L'endroit, qui n'ouvrait que trois jours par semaine, était fermé la veille, quand Raul avait ratissé le quartier.

Le « confiseur d'élite » proposait des macarons français, des friandises suisses et d'autres « tentations continentales ».

– Quatre-vingt-treize billets, commenta Milo. Il prévoyait une sacrée nouba, à ce prix là. Mais pourquoi il a fait ça dans ce coin ?

– Sa copine habite peut-être dans le quartier, quelque part entre Hollywood, Los Feliz et Silverlake, hasardai-je.

– Chet et madame X… Il s'imagine parti pour une nuit de folie, sans savoir qu'il est tombé sur une tueuse. Ou alors elle a été enlevée et a fini dans le même état que lui. Voyons ces chocolats de plus près. Tu prends le volant.

La confiserie se résumait à une devanture de cinq mètres coincée entre deux boutiques de vêtements dans les vitrines desquelles étaient disposés des mannequins anorexiques grisâtres. Ceux-ci étaient affublés de robes ultra-courtes à tendance SM, si moulantes qu'on devinait certainement les pores de la peau de celles qui s'y glissaient.

Le contraste était saisissant avec la confiserie, qui paraissait vieillotte avec son auvent jaune en forme de parapluie et son inscription dorée sur la porte. On distinguait dans la vitrine des assortiments de friandises disposés sur des lits de guirlandes.

– Le sucre raffiné n'est pas idéal pour les obsédés des régimes, fis-je observer.

– C'est peut-être ici que se nourrit la lie de l'humanité, réagit Milo, ce qui lui valut un regard interrogateur de ma part. Les zombies. Les épouvantables morts-vivants. Ils peuvent avaler des tonnes de n'importe quoi, ils restent toujours minces.

Il ouvrit la porte, faisant tinter une sonnette, et pénétra dans un intérieur baigné d'un parfum si sucré qu'il en était écœurant. Dans une vitrine était rangée davantage de saccharose haut de gamme nichée dans de petits gobelets en carton. En fond sonore, un quatuor à cordes interprétait *I love Rock 'n' Roll*, le tube popularisé par Joan Jett.

– Bonjour, messieurs, nous accueillit la vendeuse, tout sourire. Comment puis-je vous tenter aujourd'hui ?

Frôlant sans doute la cinquantaine, elle était assez mignonne, avec ses longs cheveux blonds aux extrémités teintes en noir. Un cœur tatoué embellissait le côté gauche de son cou, surmonté par quelques caractères asiatiques qui signifiaient probablement quelque chose, et ses oreilles étaient ornées d'écarteurs noirs de la taille d'une pièce de vingt-cinq cents.

D'ici quelques années, les enfants auront les grands-parents les plus originaux de tous les temps.

Le sourire aux lèvres, Milo lui fit voir son insigne.

– Nous n'avons pas eu de problème récemment, s'étonna cette femme. Faut-il que je m'inquiète ?

– « Récemment » ? releva mon ami.

– Les tracasseries habituelles, vous savez bien. Il arrive parfois qu'un ivrogne ou un sans-abri fasse du tapage en matinée. Et il y a quelques mois, la boutique Adrienne Ballou, un peu plus haut sur le boulevard, a été cambriolée. Alors, je dois me faire du souci ou pas ?

– Pas le moins du monde, madame. Nous aimerions savoir si vous vous souvenez d'un client en particulier.

– Qui serait passé quand, exactement ?

– Avant-hier.

– Ça devrait aller, je ne suis pas sénile !

Milo décrivit Chet Corvin.

– Ah oui, je vois, c'est M. PDG. Il a pris l'assortiment deluxe. Qu'est-ce que vous lui voulez ?

– Nous nous intéressons à lui dans le cadre d'une enquête policière.

– Moi, il ne m'intéresse pas. Vraiment nul, ce type.

– Nul en quoi, précisément ?

– En drague. Il semblait croire que tout devait lui tomber dans la main, comme si c'était une habitude pour lui, son… *a priori* ? C'est quoi, votre expression de flic, déjà ?

– Son *modus operandi*.

– Oui, c'est ça, dit la vendeuse, avec un sourire éclatant. Un vrai crétin ! Il a passé son temps à me lancer des clins d'œil, à me déshabiller du regard, à sortir son porte-clés Range Rover, comme si c'était censé m'impressionner. Mon ex roulait en Bentley, pourtant ce n'était pas une lumière. Qu'est-ce qu'il a fait, ce type ?

– Sauriez-vous pour qui il a acheté des chocolats ?

– Il ne s'est pas gêné pour me le dire ! Il ne m'a pas donné le nom de la personne, mais il a lourdement insisté sur le fait qu'ils avaient prévu de faire vous-savez-quoi, et vas-y que je te lance encore trois tonnes de clins d'œil. Je m'attendais presque à le voir baver de désir. (Elle leva les yeux au ciel.) Comme si c'était extraordinaire. Mes clientes sont réellement amatrices de confiserie de luxe, en général, mais quand des hommes entrent ici, c'est souvent parce que, comme ce gars, ils s'apprêtent à s'envoyer en l'air. Ou alors ils cherchent à se faire pardonner une connerie par leur chérie – je dis ça sans vouloir vous offenser, messieurs ; je suis certaine que vous êtes adorables avec vos femmes.

– Je ne vous le fais pas dire, sourit Milo. Mon ami est la délicatesse faite homme, et moi je vénère ma mère. Que pouvez-vous nous dire d'autre sur M. PDG ?

– Rien de plus. C'était sa première visite depuis que j'ai acheté la boutique, il y a quatre ans.

– Un client de passage, quoi.

– Ça arrive. Certaines personnes ne viennent qu'une fois, comme celles qui ne vont qu'une fois à l'église ou au temple pour expier une faute.

Milo lui montra la photo de Hargis Braun.

– Et lui ? Est-ce un de vos clients ?

– Non. Qui est-ce ?

– Il est lui aussi concerné par l'enquête.

– Qu'est ce qui se passe ? Vous traquez les membres d'un club de quinquagénaires blancs ?

– Non, rien d'aussi terrifiant. Merci de nous avoir accordé un peu de temps.

– Souhaitez-vous emporter quelques échantillons ?

– C'est gentil, mais nous sommes en service, madame…

– Appelez-moi Nola. Allez, je ne dirai rien à vos mamans. Vous préférez les chocolats à cœur mou ou dur ?

Milo céda aux battements de cils ultrarapides de Nola :

– Je suis accro au caramel.

– Vous avez de la chance, les nôtres ont un goût de paradis ; nous les fabriquons avec du beurre crémeux des Alpes. Et vous, monsieur ?

– Quelque chose de pas trop sucré.

– *Très*[1] sophistiqué, me complimenta Nola, en rejetant ses cheveux en arrière, avant de piocher deux chocolats dans la vitrine pour les glisser dans un gobelet en carton cannelé. Et voilà. Pile de la couleur qui vous convient.

En effet, les gobelets étaient du même marron que les uniformes des hommes du shérif de West Hollywood.

– Super, merci Nola, dit Milo, même si les agents du LAPD étaient en bleu.

– Régalez-vous ! Goûtez-les tout de suite, que je voie votre réaction. J'adooore rendre les gens heureux !

Je croquai dans mon chocolat, qui renfermait une liqueur agréablement amère – peut-être du Campari.

– Délicieux, la complimentai-je avant d'engloutir la deuxième moitié de la friandise.

– Je vous l'avais bien dit !

Le caramel de Milo était enrobé dans du chocolat au lait parsemé de points de chocolat blanc, le tout formant une larme. Il l'enfourna d'un coup et actionna ses mâchoires tout en remerciant de nouveau Nola :

– C'est un régal, extraordinaire ! Sans vouloir abuser, j'aimerais vous faire voir une autre photo. Elle ne vous dira sans doute rien, mais bon, on ne sait jamais.

– Pourquoi ça me dérangerait ? Je ferais n'importe quoi pour vous être utiles, messieurs, c'est grâce à vous que nous sommes en sécurité.

1. En français dans le texte original.

Milo produisit le cliché de Bitt provenant du fichier des immatriculations.

– C'est Trevor, le dessinateur, dit Nola.

– Vous le connaissez ?

– Je sais qu'il s'appelle Trevor et qu'il est dessinateur, c'est tout. Il m'a fait un dessin – je l'ai dans la réserve, vous voulez le voir ?

Nola fut de retour peu après avec un croquis au crayon d'environ dix centimètres sur vingt dans un cadre noir assez fin. Y figuraient deux lapins blancs duveteux, l'un deux fois plus petit que l'autre ; leurs longs cils indiquaient que c'étaient des femelles. Le lapereau, l'air endormi, souriait à sa mère, blotti contre elle.

– Je lui ai dit que j'avais une fille, raconta Nola. Il est sorti une minute et est revenu avec une feuille et un crayon et a dessiné ça sur le comptoir. Regardez, il me l'a dédicacé.

Sous le croquis étaient alignées quelques phrases d'une élégante écriture inclinée vers l'avant, pareille à l'italique accentuant certains mots dans les textes de bandes dessinées.

*Pour Nola et Cheyenne.*
*Que vos rêves soient doux. Amicalement, Trevor.*

– Il a fait ça sous mes yeux, sans gommer une seule fois. Je pensais l'offrir à Cheyenne, mais après coup je me suis dit que c'était idiot ; elle a seize ans. (Elle haussa les épaules.) Alors je l'ai gardé pour moi. Ne me dites pas qu'il a fait quelque chose de mal ?

La voyant les mains plaquées l'une sur l'autre, comme en prière, Milo rassura Nola :

– Non, pas du tout.

– Pourquoi vous m'interrogez sur lui, alors ?

– Je ne suis pas autorisé à vous en dire davantage, mais je vous répète que vous n'avez pas de soucis à vous faire.

– Je ne m'inquiète pas, je suis juste curieuse. Vous me montrez sa photo après celle de l'autre type. Et vous me posez des questions sur M. PDG, cet abruti. Hmm… voyons si je suis bonne détective. Vous êtes à la recherche d'un gang de quinquagénaires blancs qui trempent dans des affaires louches. Quoi, exactement ? Dans l'immobilier ? Une arnaque pyramidale ? Mon ex a touché à ça – mais ça ne vous intéresse sûrement pas.

Son regard disait clairement qu'elle espérait que nous la relancions sur ce sujet.

– Trevor passait souvent ?

– Il n'est venu que deux fois. Il a fait le dessin lors de sa seconde visite, juste avant Noël. Son premier passage date d'il y a un an, environ. Regardez-moi la douceur du trait, c'est vraiment impressionnant. Moi, en tout cas, ça m'épate.

– Avez-vous une idée de la personne à qui il destinait les chocolats qu'il vous a achetés ?

– À quelqu'un de chanceux, c'est sûr ! Il n'a pas lésiné sur la qualité. Allez, dites-moi tout : vous enquêtez sur un scandale financier du genre Enron ? Mon ex pensait que c'était une boîte formidable, il avait investi nos économies chez eux ; c'est ce qui m'a valu d'échouer ici. Cela dit, vendre des chocolats me plaît beaucoup, finalement.

– Non, Trevor n'est rien d'autre qu'un dessinateur, comme vous l'avez dit.

– Quel est son nom de famille ?

– Bitt.

Elle sortit son téléphone et pianota sur les touches.

– Ah, d'accord, avec deux T… Il a une page Wikipédia… C'est un célèbre auteur de bandes dessinées, on dirait. Ce dessin vaut quelque chose, vous croyez ? Je parie que oui ; merci, messieurs, je crois que j'irai faire un tour sur eBay à l'occasion. Que diriez-vous de quelques délices supplémentaires ? Dans le frigo de la réserve, j'ai du chocolat au lait fourré de goyave et du noir fourré de framboise.

– Non merci, résista héroïquement Milo, en proie à une souffrance évidente.

Alors qu'il se dirigeait vers la sortie, la porte fut brusquement ouverte, ce qui l'obligea à s'écarter. Sans se donner la peine de s'excuser, l'individu qui fit irruption avança droit devant lui, tête baissée et épaules crispées.

La trentaine, aussi maigre que les mannequins des boutiques voisines, il portait un jean moulant rouge sang, un tee-shirt orange à encolure large et des baskets montantes bleu électrique. Il avait les cheveux ébouriffés sur les côtés mais plaqués sur le sommet du crâne, ainsi qu'une sorte de buisson noir en guise de barbichette.

– Un mort-vivant, marmonna Milo.

Le nouvel arrivant se précipita au comptoir.

– Il me faut quelque chose pour me faire pardonner, Nola, dit-il, avec autant de joie que pour commander un cercueil.

– Oh Richard… lâcha Nola. Tu as encore fait une bêtise ?

# 24

– Le chocolat, dit Milo, de retour dans la Cadillac. On tient peut-être un lien entre Corvin et Bitt.

– Qu'est-ce qui t'a incité à lui montrer la photo de Bitt ?

– J'aimerais te répondre que j'ai agi suite à une brillante déduction, mais non, j'ai simplement lancé ma ligne au hasard. (Il sortit un cigare de sa poche et le roula entre ses doigts.) En plus d'un faible pour les chocolats, qu'est-ce que nos deux lascars avaient en commun ?

– Peut-être rien.

– On ne serait pas entrés dans une dimension parallèle, *amigo* ? C'est quand même fou qu'ils soient tous les deux clients de la même confiserie.

– Peut-être, mais il y a une autre façon de voir les choses.

Il soupira et rangea son cigare.

– Comme d'habitude… Bon, à quoi tu penses ?

– Corvin n'est venu qu'une fois, tandis que Bitt a acheté deux fois un coffret cadeau. Sa première visite date d'environ un an. « Environ », ça laisse une marge de deux semaines ; et que se passe-t-il dans deux semaines ?

– J'en sais r… Oh, la vache ! L'anniversaire de Chelsea ? Bitt lui aurait offert des chocolats ?

– Oui, et peut-être encore à Noël. Le lien avec Chet peut s'expliquer très simplement : il a peut-être seulement aperçu la boîte de chocolats dans la chambre de Chelsea et lui a demandé d'où ils venaient. Si elle ne lui avait pas répondu, il aurait sans doute oublié tout ça, mais si elle l'a fait, il a peut-être gardé en mémoire le nom de la boutique. Et quand il l'a aperçue en se rendant au Sahara, ça a fait tilt dans son cerveau.

– Tu crois à ce point aux coïncidences ?

– Je crois surtout qu'il y a quelque chose entre Bitt et Chelsea. Les expéditions nocturnes de l'une et le fait que l'autre ait un comportement louche l'indiquent clairement. Et n'oublie pas les dessins dans la chambre de Chelsea – tous ces motifs répétés à l'infini ; c'étaient peut-être des tentatives d'impressionner un dessinateur pro.

– Elle est fan de Bitt, qui fait semblant d'être ébahi par son talent, et des trucs pas clairs se produisent dans son atelier ? résuma Milo, les sourcils froncés. Tu crois vraiment que Corvin n'a pas insisté pour savoir qui avait offert ces chocolats de luxe, s'il les a vus ? Et Felice ? C'est encore moins probable.

– D'après ce qu'on a vu, Chet et Chelsea étaient tout sauf proches. Il m'a demandé de la voir sans avoir consulté Felice ; il s'est servi de sa fille pour nous mettre mal à l'aise, sa femme et moi. Je ne pense pas qu'il ait dit grand-chose à Felice, point. Et même si celle-ci a vu quelque chose, elle a peut-être posé des questions, mais Chelsea a sans doute refusé d'y répondre. Et à mon avis, Felice a laissé tomber, en se disant que ces chocolats avaient certainement été offerts à sa fille par un garçon – enfin.

Le cigare fit sa réapparition. Milo en mordilla l'extrémité, qu'il cracha par la fenêtre.

– Tout est possible, mais je privilégie encore l'hypothèse la plus simple, dit-il. Comme l'a dit Nola à l'instant, nous avons affaire à une bande de quinquagénaires blancs. Le père, le voisin bizarre et notre Hal trop parfait pour être honnête.

*L'hypothèse la plus simple ?* songeai-je. *Toutes ces déductions à partir d'une boîte de chocolats ?*

– Oui, tu dois avoir raison, dis-je en mettant le contact.

Trente-cinq minutes plus tard, nous trouvâmes sur le bureau de Milo les derniers relevés de cartes de crédit de

Chet Corvin. Ceux-ci étaient moins épais que les précédents mais reproduisaient les mêmes motifs : allées et venues sur la côte, ainsi que quelques déplacements dans le Sud, à San Bernardino, Riverside et San Diego. Des reçus d'hôtels, de restaurants et quelques tickets de caisse d'épiceries et de boutiques de vêtements pour homme.

Ni alcool, ni chocolats, ni lingerie. Je fis remarquer que Corvin avait modifié ses habitudes au cours de son dernier jour en ce monde :

– Peut-être parce qu'il se préparait à un grand changement ? Il projetait peut-être de tourner le dos à son ancienne vie pour filer avec sa nouvelle maîtresse ?

– Ce ne sont que des reçus professionnels, rappela Milo en tapotant les feuillets.

– Il n'aurait eu aucun mal à y dissimuler des achats plus romantiques. Qui peut se douter qu'il a quelqu'un dans son lit, quand il loue une chambre simple ? Et comment affirmer que c'est un client qu'il invite quand il règle une addition pour deux personnes au restaurant ? Tant qu'il évitait les dépenses exagérées, personne ne se rendait compte de rien.

Milo glissa les fiches dans le dossier.

– Il me faut les relevés téléphoniques, dit-il.

Il contacta Binchy, Reed, le standardiste du commissariat et l'agent en poste à la réception. Personne n'avait reçu de message de l'opérateur de téléphonie. Rien non plus dans le courrier du jour.

Il attrapa le combiné de son poste fixe et composa énergiquement un numéro en secouant la tête.

– Lieutenant Sturgis, du LAPD de West L.A., à l'appareil. J'ai un mal fou à vous avoir. Où en êtes-vous avec les relevés que j'ai demandés ? Oui, ça concerne une victime d'un meurtre : Chet M. Corvin.

Pour qui ne voyait pas ses muscles faciaux crispés, Milo aurait paru aimable.

Enfin, il raccrocha brusquement.

– J'aurai au moins découvert une boutique où acheter des chocolats à offrir pour Noël, grommela-t-il.

– Rick aime ça ?

– Non, il est allergique. Ce sera pour moi.

Le lendemain matin à 8 h 30, Milo m'appela.

– J'ai reçu les relevés téléphoniques par e-mail hier soir juste avant de quitter le bureau, m'annonça-t-il d'une voix enjouée. Je peux passer te les montrer ?

– Quand ?

– Je suis garé devant chez toi.

J'étais en robe de chambre, en train de jouer de la guitare dans l'atelier avec Blanche. Lorsque j'atteignis la porte d'entrée, Milo se trouvait déjà à quelques centimètres du seuil, son attaché-case couleur olive dans la main et sa masse bloquant presque toute la clarté du jour.

Il entra dans la maison avec la délicatesse d'une tempête et s'affala sur le canapé du salon.

Il avait la tignasse presque domptée par un produit quelconque, et son visage ravagé était rasé de près comme jamais. Sa veste sport marron en tissu rêche évoquait un sofa bon marché, parfaitement assortie à son jean couleur de blé et sa chemise jaune neuve, à en juger par les plis encore visibles.

Il avait clairement des projets pour la suite de la journée.

– Très chic, commentai-je.

Il lâcha un grognement et sortit une liasse de feuillets de son attaché-case – six mois d'appels sur le téléphone portable personnel de Chet M. Corvin.

Chaque ligne avait été cochée au stylo-bille bleu, et quelques-unes étaient accompagnées d'annotations de la main de Milo. *Hyatt, Portland ; Embassy Suites, Tacoma ; Firewood Café, aéroport d'Oakland.*

Deux numéros revenaient fréquemment, entourés de rouge. Au cours des deux derniers mois, notre homme avait appelé ou été contacté vingt-huit fois par un numéro commençant par 310, et, durant la dernière semaine de son existence, onze fois par un autre, qui débutait par 909.

Milo me désigna le premier :

– C'est dans le coin mais ce numéro était provisoire ; il n'est plus en service. Impossible d'en retrouver la trace. J'espérais que Chet ait téléchargé l'application Burner sur son mobile, de façon à se créer une ligne temporaire, mais pas de chance, c'est une bête carte mensuelle, l'accessoire typique du dealer.

– Il avait quelque chose à cacher.

– Ton scénario avec une maîtresse me paraît de plus en plus solide. On mettra peut-être la main sur cette personne. Le numéro qui commence par 909 correspond à un poste fixe de la zone de San Bernardino. J'ai appelé : pas de réponse, pas même une messagerie, mais il est en service. Qu'en penses-tu ?

– Le lac Arrowhead se trouve dans le comté de San Bernardino. La première fois qu'on l'a vu, Corvin a parlé d'une résidence secondaire dans ce coin.

– Les grands esprits se rencontrent, sourit Milo. J'ai contacté Felice, qui me l'a confirmé. D'après elle, ils ne s'y sont pas rendus depuis l'hiver d'il y a deux ans. Elle m'a demandé pourquoi je lui posais cette question. J'ai répondu que Chet avait apparemment appelé le poste fixe de cette maison, mais que j'ignorais encore pour quelle raison. Elle a aussitôt fait le rapprochement avec une éventuelle maîtresse, ce qui l'a rendue folle de rage.

– Les dates des appels indiquent que cette relation a débuté il y a au moins deux mois à L.A., et que pendant la dernière semaine, il avait installé sa chérie dans la résidence secondaire familiale.

– Il préparait sa nouvelle vie, conclut Milo, qui se leva pour aussitôt se rasseoir. La colère de Felice m'a bien servi. Elle m'a donné la permission de filer là-bas pour jeter un coup d'œil. Un gars du coin a la clé ; il entretient la maison deux fois par mois. Je lui ai laissé un message mais il ne m'a pas encore rappelé. Je n'ai pas besoin de lui, cela dit ; Felice a promis de me laisser une clé sous son paillasson.

– Nous avons une nouvelle alliée, on dirait.

– Eh oui, grâce à notre ennemi commun.

Je sortis de la pièce.

– Où vas-tu ? me lança Milo.

– Rasage, douche, etc.

– Tu te fais beau ? Parfait, je n'embarque pas n'importe qui.

# 25

Une enveloppe de papier kraft avait été déposée contre la porte d'entrée des Corvin, et le pick-up de Trevor Bitt était garé devant la demeure voisine. Milo prit le temps d'observer celle-ci, se gratta le nez et sembla réfléchir quelques secondes. Puis il regagna la voiture banalisée qu'il avait empruntée le matin même, une confortable Dodge Charger bleu ardoise qui sentait encore le neuf – d'un standing bien supérieur aux véhicules qu'il avait pour habitude de conduire. Comme si son espoir l'avait incité à ainsi se mettre en valeur.

Installé au volant, il décacheta l'enveloppe, de laquelle il extirpa un bout de papier et une clé attachée à un porte-clés Disneyland en forme d'une Blanche-Neige chaste à mille lieues de s'imaginer haïe par sa belle-mère. Sur le feuillet étaient imprimées des indications censées nous guider jusqu'à la maison d'Arrowhead, le code de l'alarme et le numéro de téléphone de Dave Brassing, l'homme qui entretenait occasionnellement les lieux.

Après avoir programmé le GPS, Milo vérifia que l'itinéraire déterminé correspondait à celui donné par Felice.

– Parfait, dit-il en lançant le V8 musclé mais souple.

– Comment tu t'es arrangé pour mettre la main sur ce bolide ? m'étonnai-je.

– J'ai décroché un 20/20 au lycée et j'ai supplié papa de me filer les clés de sa bagnole, plaisanta-t-il. Non, j'ai vu qu'un simple sergent l'avait réservé pour demain ; j'ai fait valoir mon grade.

– Et maintenant ? On est attendus à une fiesta avec des acteurs oscarisés ?

– Tu ne crois pas si bien dire. J'aurais pu me glisser dans une soirée de ce genre l'année dernière. Une patiente de Rick, une vraie bimbo, est la copine d'un célèbre producteur. Elle s'est mangé un poteau en voulant se prendre en selfie en conduisant. Rick a rafistolé son bras et son épaule ; le résultat a dû être assez satisfaisant pour que monsieur le producteur plein aux as l'invite à faire la java.

– Et pourquoi tu n'y es pas allé ?

– Encore une histoire d'allergie, pour Rick comme pour moi.

– Vous êtes allergiques à quoi ?

– Au cancer de l'ego.

Pour gagner San Bernardino depuis Pacific Palisades, il nous fallut suivre l'autoroute 405 vers le nord, la 134 vers l'est jusqu'à se qu'elle se fonde dans la 210, et enfin l'autoroute d'État 18 qui grimpe dans les montagnes.

Des décennies auparavant, les constructeurs routiers d'Europe avaient estimé que les courbes maintenaient les conducteurs éveillés, d'où les *autostrada*, *autobahn* et autres périphériques autour des grandes villes. Rien de tel en Californie, où nous avons droit à des milliers de kilomètres de lignes droites hypnotiques fendant les zones en marge des agglomérations. On voit ainsi défiler en permanence des parcs à mobil-homes, des bicoques à peine plus imposantes que des caravanes, des hypermarchés discount, des parkings aussi vastes qu'une petite ville et des grandes surfaces aussi gracieuses qu'un éternuement sans la main devant la bouche.

Aux intersections de deux grands axes, on trouve systématiquement des stations-service, des garages et des fast-foods. Les Californiens les moins bien lotis subissent ainsi un air toxique et un bruit à vous vriller le cerveau, sans oublier les voyous qui débarquent de l'autoroute le temps de commettre quelque larcin avant de repartir sur la bretelle d'accès en hurlant leur joie.

Quand je ne conduis pas, il m'est difficile de rester éveillé sur ces grands axes ; ce jour-là, je m'assoupis à la moitié des cent cinquante kilomètres nous séparant de notre destination.

J'ouvris les yeux en périphérie de San Bernardino et consultai ma montre. Nous étions sur la route depuis deux heures et treize minutes, alors que le GPS nous avait promis quatre-vingt-dix minutes de trajet.

– Un accident a ralenti la circulation ? devinai-je.

La veste de Milo était à présent froissée, et ses cheveux ébouriffés tant il avait dû se frotter le crâne.

– Deux semi-remorques ont dansé le tango il y a trente kilomètres. Quelques blessés. La voie était dégagée quand on est arrivés à hauteur de la collision, mais ça n'empêchait pas les crétins de ralentir pour se rincer l'œil – et de nos jours, c'est pire qu'avant, avec les portables qui prennent des photos. Tu peux m'expliquer ? Ils prennent leur pied en matant des bagnoles broyées ?

– Les joies des temps modernes. Les gens se réjouissent que quelqu'un d'autre ait glissé sur une peau de banane.

– Ce monde est cruel, mais tant mieux pour moi.

Milo laissa passer un kilomètre avant de reprendre :

– Tu as fait une monstrueuse sieste, *amigo*. C'est quoi, ton secret ?

Je fais rarement la sieste, à vrai dire, mais il ne pouvait pas le deviner.

– J'ai la conscience tranquille, c'est pour ça.

– Ah mince, lâcha Milo, en se donnant une tape sur le front. C'est trop tard pour moi, alors.

La banlieue de San Bernardino se présenta fidèle à l'image qu'on s'en fait, rendue encore plus glauque par un nuage de pollution qui n'aurait pas déparé à Pékin.

Les particules portées par le vent se dissipèrent après notre contournement de la ville, sur l'autoroute 18, l'accès principal aux montagnes de San Bernardino. Ses quatre voies se dressent peu à peu jusqu'à former un tremplin mettant à l'épreuve les boîtes de vitesses, pour au bout du compte offrir une vue à couper le souffle.

Après avoir serpenté entre plusieurs domaines skiables, l'autoroute 18 redescend vers l'est, en direction du désert de Mojave. Du côté nord, elle monte jusqu'à Adelanto, ville fondée il y a plus d'un siècle par des producteurs d'agrumes. Le succès n'étant pas au rendez-vous, ses habitants sont passés à l'élevage de volailles, puis la ville a continué de se démener pour survivre après que l'attrait économique de la construction de deux prisons privées se fut révélé illusoire.

Je m'y étais rendu quelques années auparavant, afin d'évaluer s'il était pertinent de confier la garde d'un enfant à un individu emprisonné pour une grosse arnaque à l'assurance mais sur le point d'être libéré – le genre de type facilement capable de duper un détecteur de mensonges. Je ne m'étais pas étendu sur les détails, dans mon rapport, mais j'avais insisté sur les implications d'une telle décision. Le juge avait parfaitement saisi.

Notre destination du jour n'était située qu'à une trentaine de kilomètres du début de l'autoroute 18, où se situait Arrowhead Village. En chemin, des panneaux avertissant que telle ou telle propriété était sécurisée et gardée avaient alterné avec de brèves vues sur le lac à travers les feuillages – des saphirs dans un écrin de verdure. Près de la berge, où l'on trouvait des cottages reconvertis en boutiques et en restaurants, la forêt avait été rasée, ce qui nous permit de découvrir une vaste étendue bleue parsemée de bateaux blancs.

Le lac est un lieu typique de la Californie du Sud, c'est-à-dire d'une beauté impressionnante mais artificielle. Créé pour servir de réservoir de barrage, il fut laissé à l'abandon avant même l'aboutissement du projet, après que celui-ci eut été jugé illégal. S'ensuivirent des décennies de changements de propriétaires, de transferts de terrains frauduleux et de délits d'initiés. L'endroit fut finalement reconverti en lieu de détente dont les splendides demeures les pieds dans l'eau servent aujourd'hui de résidences secondaires à des stars de cinéma ou à des hommes d'affaires richissimes.

Poursuivant sa route vers l'ouest, Milo s'engagea sur Brewer Road, qui nous mena jusqu'à une zone d'habitations plus modestes plantées sur d'immenses terrains et donc assez espacées les unes des autres – des familles plutôt à l'aise financièrement y passaient leurs week-ends. Les attractions locales étaient le lac de Grass Valley, nettement moins étendu que celui d'Arrowhead, et le parcours de golf. Portails et avertissements brillaient par leur absence.

Signalée par un panneau rustique fixé sur un poteau incliné, la maison qui nous intéressait était cernée de pins blancs et jaunes et de chênes noirs, à tel point qu'on n'en devinait qu'une tache de parois de cèdre.

– « Molly et moi, dans notre petit coin de paradis forestier… » chantonna Milo en s'engageant sur une longue allée poussiéreuse bordée de rochers aussi gros que des carapaces de tortues des Galapagos.

La maison nous apparut quelques secondes plus tard, comme reléguée derrière un monumental bosquet de sapins.

Le toit de la bâtisse de plain-pied descendait jusqu'au sol des deux côtés – de face, elle avait une forme de A – et ses planches de cèdre, visiblement mal entretenues, viraient au gris sur les bords. L'endroit ne comprenait ni garage ni clôture, et deux grosses poubelles en plastique étaient disposées sur la gauche.

En sortant de la voiture, nous fûmes accueillis par les gazouillis des oiseaux et le frémissement du feuillage. Milo ouvrit les poubelles – vides –, puis balaya l'endroit du regard. Il aperçut notamment trois pièges à souris, dont l'un renfermait un squelette de rongeur. Des ornières et des traces animales se devinaient dans l'herbe alentour et même sur les graviers menacés d'invasion végétale – la vie sauvage pullulait par ici, sans doute des écureuils et des ratons laveurs, ce que confirmaient les traces de griffes sur les couvercles des poubelles scellés par des fermoirs métalliques. De jeunes ours s'y étaient peut-être également attaqués, pas encore dotés de la dextérité ni de la persévérance nécessaires pour en venir à bout.

De retour à la Dodge déjà couverte de pollen, Milo ouvrit le coffre et sortit deux paires de surchaussures et de gants de son attaché-case.

– Tu t'attends à trouver une scène de crime ?

– Je m'attends à tout, me répondit-il.

Après m'être moi aussi équipé, je suivis sa silhouette massive jusqu'à la porte d'entrée. Avec ses vêtements dans les teintes marron, il avait tout de l'ours adulte en quête de nourriture.

Le panneau de l'alarme fixé juste à côté de la porte se mit à hurler. Milo composa vivement le code qu'il avait mémorisé, rétablissant le silence, puis s'intéressa à l'agencement des lieux.

Un espace haut de plafond était scindé par des meubles et des appareils électroménagers : il y avait un coin salon avec une porte sur la gauche, une salle à manger et une kitchenette séparée de la buanderie par une cloison culminant à hauteur de hanche.

Sous un plafond aux poutres apparentes, une moquette bleue bas de gamme recouvrait la totalité du sol. Au fond se dressait une baie vitrée triangulaire composée de plusieurs panneaux et percée d'une porte. Plus loin, on devinait une pelouse rachitique prolongée par une masse d'un vert plus foncé ; le fond du jardin n'était pas clairement délimité. Un lustre de verre – une imitation Tiffany quelque peu osée – était suspendu à la poutre centrale. Les meubles de bois blond et de plastique contrastaient avec les murs et le plafond, d'un bois plus foncé. Enfin, tous les sièges étaient marron ; si Milo prenait place dans un fauteuil, il risquait de devenir invisible.

– Police ! cria-t-il depuis le seuil. Il y a quelqu'un ?

Pas de réponse.

La main sur son Glock encore dans son holster de ceinture, il me fit signe de patienter et entra dans la maison.

– C'est OK, me lança-t-il une minute plus tard.

Il récupéra son attaché-case, puis se figea et renifla.

– Eh oui, confirmai-je.

Si cette demeure était vide, elle n'empestait absolument pas le renfermé. Au lieu de cela, on percevait un parfum féminin familier.

De l'Armani.

Je désignai un antique téléphone fixe des années 1980 posé à même le sol, non loin d'un canapé.

Milo débrancha l'appareil et le glissa dans une pochette pour indices.

– S'il reste encore des empreintes dans cette bicoque, c'est sur ce téléphone. Mais bon, on a déjà une bonne idée de la personne qui répondait aux appels de Chet. Tu avais raison ; ça confirme ton hypothèse de la maîtresse au motel, plutôt qu'une prostituée.

Je restai sans réaction.

– Ça va, arrête de frimer, ajouta-t-il. Regarde comment a fini Chet.

Ouvrant et refermant quelques tiroirs et placards, il découvrit des assiettes, des verres, des couverts, des casseroles et des poêles, tout cela assez quelconque. Il passa côté buanderie et prit tout son temps pour examiner le lave-linge, qui se révéla vide, sec et propre. Même constat dans l'évier en plastique et le panier en osier. Dans ce coin étaient en outre entreposés de la lessive, de l'insecticide, un tuyau de jardin enroulé, une boîte à outils que nul n'avait ouverte depuis une éternité, à en juger par son fermoir récalcitrant, et quatre pièges à souris encore emballés.

La porte du salon donnait sur deux minuscules chambres identiques de trois mètres de côté. Faiblement éclairés par le jour filtrant par des lucarnes de verre granité, ces deux cagibis étaient séparés par une salle de bains commune dont le placard était vide.

Située au fond du couloir, la chambre principale était moins exiguë mais tout sauf immense. Dans cette pièce où l'odeur de parfum était plus présente qu'ailleurs, une baie vitrée offrait une vue comparable à celle du salon. Les toilettes attenantes étaient quelconques, il n'y avait ni draps ni oreillers sur le lit double et la commode était vide. L'armoire n'abritait aucun vêtement mais une certaine quantité de linge plié.

– Cet endroit ne servait pas beaucoup jusqu'à récemment, déduisis-je. La mystérieuse maîtresse a procédé à un nettoyage de fond en comble, comme au motel et comme avec Braun.

– Tu penses que c'était plus qu'une maîtresse ?

– Je ne sais pas, je lance les idées comme elles me viennent.

Du bruit à l'extérieur nous fit tourner la tête simultanément.

Une porte fut fermée et des bruits de pas se firent entendre.

Milo dégaina son arme et s'approcha à pas de loup de la porte.

Après être resté statufié une seconde, il fit irruption dans le couloir, son Glock braqué devant lui :

– Ne bougez plus !

– Mon Dieu ! s'écria une voix masculine.

Les mains en l'air, le nouveau venu tremblait de tous ses membres.

– Je vous en prie, prenez ce que vous voulez et… pleurnicha-t-il d'une voix aiguë et nasale.

– Police, ne bougez pas, dit Milo, qui produisit son insigne.

– Doux Jésus, lâcha l'autre, dont le visage blême reprit en quelques instants sa teinte rougeaude naturelle.

Bien que plus détendu, il tremblait encore.

– Je peux… ? demanda-t-il en remuant les doigts. Mon épaule me fait souffrir.

– Votre nom ?
– Dave Brassing.
– C'est vous qui vous occupez de la maison.
– Oui, c'est ça, monsieur. J'ai une pièce d'identité dans ma poche.
– C'est bon, baissez les mains. Je ne voulais pas vous effrayer, mais j'ai tenté de vous joindre et vous ne m'avez jamais répondu ; je ne m'attendais pas à vous trouver ici.
– Désolé, je comptais vous rappeler sans tarder.
Brassing attendit que Milo ait remisé son Glock pour laisser retomber ses bras le long du corps en soupirant bruyamment.
Approchant la cinquantaine, cet homme trapu avait un visage carré orné de pattes broussailleuses et d'une barbichette grisonnante et pointue de vingt centimètres. Son chapeau en cuir usé était posé de travers sur son crâne. L'effroi subi avait fait naître des taches de sueur sur sa chemise grise, son bermuda laissait apparaître ses genoux calleux, et des feuilles étaient collées aux semelles de ses chaussures de randonnée.
– Vous m'avez fichu une de ces frousses ! souffla-t-il, une main sur le cœur, en secouant la tête – ce qui fit trembler ses bajoues.
– Qu'êtes-vous venu faire ici, Dave ? l'interrogea Milo.
– Je passais voir si tout allait bien. Pour vous, d'ailleurs ; je comptais vous rappeler après m'être assuré qu'il n'y avait rien de spécial à signaler.
La préservation des indices ne faisait pas partie des priorités de cet individu.
– Pfiou… laissa échapper Brassing, encore haletant.
– Vous voulez de l'eau ? proposa Milo.
– Non, ça va… Je peux m'asseoir ?
– Bien sûr. Je ne voulais pas vous faire peur.
– C'est ma faute. J'aurais dû vous rappeler plus tôt. En voyant votre voiture, j'ai compris que c'était la police, mais quand vous avez surgi avec votre flingue… (Il souffla bruyamment, le visage luisant de sueur.) J'ai un problème avec

les armes à feu. Je chassais, autrefois, et ça allait, puis j'ai été menacé, il y a quelques années. Depuis, j'ai la nausée chaque fois que je vois un pistolet.

– Navré de l'apprendre.

– Ouais, un braquage à main armée. J'ai eu la peur de ma vie.

– C'est arrivé par ici ?

– Oui, à San Berdoo. Je travaillais dans un magasin de pneus. Deux types cagoulés sont entrés et m'ont fichu un canon sous le nez. Ils m'ont forcé à vider la caisse. J'ai cru que j'allais y rester… Heureusement qu'il y avait des billets là-dedans !

– Quelle épreuve, dis-je.

– Je ne souhaite pas ça à mon pire ennemi, renchérit Brassing. Ce n'est pas pour autant que je me suis débarrassé de mes armes – j'aurais mieux fait de les avoir sur moi quand ces gars se sont pointés –, mais disons que je les vois d'un autre œil, depuis ce jour. Ils m'ont braqué avec un .38 Smith & Wesson. J'en avais un, moi aussi, mais je l'ai revendu. (Il se mordit la lèvre.) J'évite même de regarder des films dans lesquels il y a des fusillades. Enfin bref, j'aurais dû vous appeler – « Bonjour, Dave à l'appareil », ce n'est pourtant pas compliqué – mais bon, j'ai laissé traîner les choses. Enfin, je respire de nouveau.

– Vous êtes certain que ça va aller ? Vous ne voulez pas un peu d'eau ? insista Milo.

– Ça ira, merci, ne vous en faites pas… mais à vrai dire, oui, je ne serais pas contre un verre d'eau. Vous permettez que j'aille me servir ?

– Allez-y.

Brassing se rendit dans la cuisine, remplit un verre au robinet et l'éleva à hauteur de la fenêtre.

– Elle était potable la dernière fois que j'ai vérifié, mais il y avait des dépôts. Rien de dangereux, seulement des sels minéraux indésirables, mais elle avait mauvais goût.

Il vida le verre d'un trait, puis reproduisit la manœuvre.

– Il m'a fallu un bon moment pour les convaincre de faire réparer ça, heureusement ils ont fini par s'y résoudre. Ce n'est pas rien de vidanger et nettoyer le réservoir.

– Ils n'avaient pas trop envie de dépenser de l'argent pour une résidence secondaire où ils ne viennent jamais.

– Vous avez tout compris.

– Depuis combien de temps vous entretenez cette maison ?

Brassing posa son verre vide et s'assit.

– On ne peut pas vraiment dire que je l'entretiens au sens strict du terme, avec un contrat, etc. En réalité, je passe une fois par mois, sauf en hiver, période à laquelle je viens presque une fois par semaine m'assurer que les canalisations ne gèlent pas, ce genre de choses. (Il désigna la baie vitrée du fond.) Je dois également surveiller ça, en hiver. Sur une telle surface de verre, le cadre se comprime inévitablement et la colle sèche, ce qui occasionne parfois des fuites.

– Il y a aussi les pièges à souris, soulevai-je.

– Ah oui, exact. Ces sales bestioles entraient souvent dans la maison à une époque et laissaient des crottes un peu partout, c'était dégueulasse. J'ai bouché les trous et fissures et installé des pièges à l'extérieur pour les en empêcher. (Il se raidit soudain.) Ne me dites pas que vous en avez vu à l'intérieur ?

– Non, nous avons simplement repéré les pièges posés près des poubelles.

– Ah, ça va. J'en ai également laissé au fond du jardin.

– À propos, où est située la limite du terrain, Dave ?

– Pile où se termine la pelouse.

– Les arbres ne font donc pas partie du jardin ?

– Non, ils sont sur la propriété du voisin, un type qui a fait fortune dans l'informatique, quelque chose comme ça. Il possède une grosse maison en pierre sur un terrain d'au moins cinq ou six hectares. Il n'en profite pas souvent, lui non plus, d'ailleurs. C'est fréquent, par ici. Les propriétaires des environs parlent plutôt d'investissement – c'est justement ce que disait M. Corvin. C'était un brave type ; je n'arrive toujours pas à croire ce qui lui est arrivé.

– Mme Corvin vous a mis au courant, apparemment.

– Oui, elle me l'a dit dans son message. D'une voix bizarre, d'ailleurs… enfin, je ne vais pas la juger.

– Dépourvue d'émotion, peut-être ? devinai-je.

– C'est ça. « Bonjour Dave, il faut que je vous dise quelque chose ». Et elle me balance ça l'air de rien, genre : « Pourriez-vous vérifier que les poubelles n'ont pas été éventrées ? Ah oui, au fait, Chet a été tué. »

– C'est habituel, de sa part ?

– Je ne peux pas vous le dire, j'ai dû la voir trois fois en tout. J'ai toujours eu affaire à son mari.

– Pourrions-nous écouter ce message ?

Après une brève hésitation, Brassing sortit son téléphone et retrouva le message. La voix de Felice Corvin nous parvint, calme et posée :

« Bonjour, monsieur Brassing, Mme Corvin à l'appareil. Je ne sais plus à quelle date vous avez prévu de passer à la maison, mais je voulais vous avertir que la police s'y rendra prochainement. M. Corvin est mort ; il a été tué par arme à feu. »

Et elle avait raccroché.

– Waouh, elle est encore plus froide que dans mon souvenir, dit Dave Brassing.

– Vous ne l'avez vue que trois fois, donc ? dit Milo.

– Oui, peut-être même seulement deux.

– Et les enfants ?

Brassing secoua la tête :

– Ils m'ont dit qu'ils en avaient mais je ne les ai jamais vus.

– Et M. Corvin ?

– Lui, je l'ai croisé plus souvent, mais pas tant que ça non plus. Ils ont acheté la maison il y a deux ans et demi, peut-être trois. J'étais déjà au service des propriétaires précédents, les Lieber. Pour ces gens-là, j'entretenais réellement la maison. Ils étaient assez âgés et venaient souvent. Ils skiaient encore à quatre-vingts ans. Ils m'ont recommandé aux Corvin quand ils ont vendu.

– Combien de fois avez-vous été en contact avec M. Corvin ?

– Oh… je dirais… huit ou neuf fois. Généralement au téléphone. Je ne sais plus, à vrai dire.

– En trois ans, donc.

– Exact. Il faut dire qu'il n'y a pas grand-chose à faire sur la maison, elle est impeccable.

– Et cette année ?

– Hmm… deux ou trois fois. La dernière fois, c'était… il y a environ un mois, je pense. Il m'a appelé pour se plaindre des souris. Il était ici, j'imagine, et il avait dû trouver des crottes dans la maison. Il m'a lancé : « Pourquoi je vous paie, si le boulot n'est pas fait ? »

– Il vous a pris de haut.

– Je ne peux pas lui en vouloir ; personne n'a envie de trouver des déjections de rongeurs chez soi. J'ai fini par découvrir un minuscule trou dans une conduite d'aération. Je l'ai bouché et depuis, plus de petits Mickeys.

Brassing conclut sa phrase par un sourire ; il lui manquait beaucoup de dents, et les restantes étaient jaunes et en piteux état.

– Vous avez résolu le problème, dis-je. Vous en a-t-il été reconnaissant ?

– Il ne s'est plus plaint, en tout cas, répondit Brassing, qui ôta son chapeau et gratta sa tignasse grise.

– Avec qui M. Corvin venait-il ici ? s'enquit Milo.

– Avec qui ? Avec elle, j'imagine.

– Mme Corvin ?

Brassing haussa vivement ses sourcils broussailleux :

– Pourquoi ? Vous croyez qu'il passait du temps ici avec une autre femme ?

– Nous n'affirmons rien, Dave. Quand a-t-on utilisé la grande chambre pour la dernière fois ?

– Hmm… Il y a un bon moment. Ça faisait un mois que je n'étais pas venu, mais même avant… En fait, ils étaient rarement ici.

– Qu'est-ce qui vous fait croire ça ?

– Ils faisaient toujours le ménage à fond avant de repartir. Ils changeaient les draps et les taies d'oreillers.

– Il y a une odeur de parfum dans l'air, vous la sentez ? demandai-je à Brassing.

Il renifla avant de répondre :

– Je n'ai pas un bon odorat… mais oui, je sens vaguement quelque chose.

– Vous la reconnaissez ?

– Non, pas vraiment.

– Vous avez la cloison nasale déviée ? dit Milo.

– Non, j'ai eu une tumeur, quand j'étais au lycée, expliqua Brassing, en se tapotant la narine droite. En plein match de football, j'ai ressenti un mal de crâne atroce. Tout le monde a cru que j'avais subi un plaquage trop violent, mais en réalité c'était la tumeur. Bénigne. Les médecins ont farfouillé dans mon nez et l'ont retirée. J'ai encore eu des maux de tête pendant des années, mais ça va mieux aujourd'hui. Cela dit, mon odorat est resté faible. J'ai également perdu une partie de mon goût. Ma femme dit que ce n'est pas trop grave car je ne suis pas un gourmet.

Il nous offrit de nouveau son grand sourire édenté avant d'enchaîner :

– En fait, je suis plutôt un veinard. (Milo et moi restâmes interdits.) Après avoir survécu à une tumeur, j'ai eu quelques autres soucis, mais Dieu m'a toujours tiré de là.

– Votre foi est admirable, Dave, le félicita Milo.

– Mon pasteur dit que c'est facile d'avoir la foi quand tout va bien ; c'est quand on rencontre des ennuis qu'elle compte vraiment. Bon, je crois que je vais reprendre un peu d'eau.

Il but un troisième verre et fut rapidement de retour.

– Vous n'avez donc aucune idée de l'identité de la personne avec qui M. Corvin est venu ici ? reprit Milo.

– À vous entendre, je devine que ce n'était pas sa femme. Vous croyez que c'est pour ça qu'il a été tué ?

– Ne mettons pas la charrue avant les bœufs. Nous n'en sommes qu'au stade des questions.

– Compris. J'aimerais avoir des réponses à vous donner.

– Vous ne savez donc rien sur cette personne ?

– Non, désolé.

– Elle n'aurait pas laissé quelque chose dans la poubelle, comme un reçu de carte de crédit, ou autre chose qui pourrait nous renseigner sur son identité ?

– Non, pas de poubelle.

– Comment ça ?

– Les poubelles de dehors étaient toujours vides. Je suppose qu'ils les portaient à la déchetterie avant de partir. Elle se trouve à Heap's Peak, quelques kilomètres plus bas sur la montagne, sur la route qui rejoint l'autoroute.

– Ils ne sont pas inscrits au ramassage des ordures ?

– Si. Il m'arrive de jeter des choses – des pièges à souris, par exemple –, et dans ce cas le container est vidé par le camion poubelle. (Il tripota sa barbichette.) Cinquante dollars par mois, ce n'est pas une fortune, mais j'aime venir ici, ne serait-ce que pour respirer l'air frais.

– Vous habitez où ?

– À San Bernardino. Je suis plus ou moins à la retraite. Je tiens un stand sur des marchés aux puces le week-end. Je m'occupais d'autres maisons, à une époque, mais aujourd'hui je ne surveille plus que celle-ci et une autre, un peu plus près du village.

– Quelle voiture conduisait M. Corvin, quand il venait ici ?

– La première fois que je l'ai vu, il était au volant d'une Jaguar – une grosse berline. Je l'ai ensuite revu une ou deux fois, pas plus ; il était venu en Range Rover.

Soudain, Brassing se donna une tape sur le front :

– Ah mais attendez, j'ai oublié de vous dire quelque chose ! Il y a une semaine, après être passé à l'autre maison – celle des Palmer –, j'ai décidé de faire un crochet par ici, juste pour jeter un coup d'œil, vérifier qu'aucune urgence ne réclamait que je m'en occupe. En chemin, j'ai croisé une voiture qui semblait venir tout droit d'ici. Impossible d'en être certain, mais les maisons sont assez éloignées les unes des autres dans le coin. Elle était déjà de retour sur la grande route quand je suis arrivé ici. Comme rien ne clochait, je me suis dit que quelqu'un s'était trompé de direction et avait fait demi-tour en tombant sur la maison des Corvin.

– Quel genre de voiture ? demanda Milo.

– Alors là, je peux vous répondre. C'était une Chevrolet Camaro des années 1980 d'un noir très cool ; cette teinte donne du caractère aux bagnoles, je trouve.

– Il y a une semaine, vous dites, relevai-je. Vendredi dernier, donc ?

– Oui, je passe deux vendredis par mois chez les Palmer. Ils jouent au golf, ce jour-là ; j'en profite pour faire une inspection générale de la maison.

– Avez-vous vu qui conduisait ? demanda Milo.

– Non, elle allait trop vite.

Mon ami remit sa carte de visite à Brassing.

– Si vous croisez de nouveau ce véhicule, essayez de relever sa plaque d'immatriculation. Et même si vous n'y parvenez pas, passez-moi un coup de fil, d'accord ?

– C'est si important ? Bon, entendu.

Nous nous levâmes tous les trois.

– Oh, autre chose, monsieur, dit Brassing. Je ne sais pas trop si Mme Corvin me gardera à son service. Je pensais lui laisser un peu de temps pour se remettre avant de lui poser la question.

– Si j'ai un conseil à vous donner, ne prenez aucune initiative, dit Milo. Si elle ne vous contacte pas, ça voudra dire que vous conservez ce boulot.

– Je dois éviter de faire des vagues, c'est ça ?

– Exactement, Dave. Quand est prévu votre prochain passage ici ?

– Dans deux semaines.

– Vous pouvez passer devant la maison, mais n'y entrez pas tant que je ne vous en donne pas l'autorisation.

– Pourquoi ?

– Il ne faut toucher à rien à l'intérieur.

– Pour la police scientifique ?

– C'est ça.

– OK, c'est noté, dit Brassing en lisant la carte professionnelle de Milo. « Brigade criminelle ». J'ai toujours du mal à croire que M. Corvin a été assassiné.

# 26

Devant la maison, Milo et moi regardâmes Brassing s'éloigner au volant d'un vieux fourgon Ford.

– On a donc Braun, Bitt, Chet, la copine de Chet, et maintenant le môme en Camaro vu devant chez Braun qui passe ici, résuma Milo. Ce jeune homme est clairement impliqué ; il existe forcément un lien entre Chet et Braun. Et cette histoire de chocolats... Alors que je pensais que toutes les pièces s'assemblaient, j'ai l'impression d'assister à un tour de magie : d'un coup, toutes les certitudes disparaissent. Tu as saisi quelque chose qui m'échappe, peut-être ?

– J'aimerais bien.

– Ta franchise est cruelle. Bon, et maintenant ?

– À ta place, je relancerais la surveillance de Bitt et je préviendrais Henry Prieto qu'il était sur une piste prometteuse avec la Camaro. Il se prend toujours pour un flic, avec son œil de faucon. Qui fait régner la loi dans ce patelin ?

– Le shérif de San Bernardino, et il y a un commissariat à Twin Peaks.

– Ils seraient partants pour passer la maison au peigne fin, d'après toi ?

– Sans preuve de crime ? Difficile à dire.

– Tant qu'on est là, on pourrait en profiter pour faire un tour du côté des endroits où Corvin a pu faire des dépenses. Avec un peu de chance, on récoltera des infos sur sa chérie.

– Il possède un vrai nid d'amour ici, pourquoi il aurait pris une chambre dans un hôtel de San Berdoo ?

– Par souci de discrétion, pour s'offrir un peu de confort, ou encore pour changer. Sa boîte réglait tous les frais, pourquoi ne pas en profiter ? Faisons une escale à Arrowhead Village en rentrant, pour poser quelques questions.

Il tendit brusquement le bras pour consulter sa Timex.

– Il est presque 16 heures, ça nous fera rentrer tard.

– On aura moins de circulation.

– Toi et ton optimisme débridé ! dit Milo en me donnant une tape dans le dos. Fais-le breveter et tu pourras t'offrir un jet privé.

Dans la Dodge, nous passâmes en revue les dépenses récemment effectuées à San Bernardino par Chet Corvin.

Celui-ci était descendu dans trois « Auberges », pour un total de six séjours. Trois additions révélaient qu'il s'était attablé dans deux restaurants italiens et un mexicain. Ces établissements étaient tous situés non loin de l'autoroute, au cœur du quartier des affaires de la ville.

Un appel au commissariat de Twin Peaks nous valut une réaction perplexe, lorsque Milo reconnut que la maison qui nous intéressait n'était probablement pas une scène de crime. Il fut transféré de supérieur en supérieur, jusqu'à être mis en relation avec un certain capitaine Bacerra, qui, non sans avoir quelque peu résisté, céda et accepta le principe d'une « coopération limitée » : à la condition d'une permission d'entrer dans l'habitation accordée par écrit par la propriétaire, ce qui permettrait d'agir en toute légalité, il procéderait « à l'occasion » à une recherche d'empreintes, de fibres de tissu et de traces « manifestes » de fluides corporels. Autant dire une inspection visuelle des lieux, sans chiens ni éclairage supplémentaire, du moins tant qu'aucun élément « probant » ne serait mis en évidence.

– Merci, dit Milo, s'efforçant d'être sincère. Je peux vous déposer la clé, et il y a aussi une personne qui s'occupe de la maison. En ce qui concerne l'autorisation de la propriétaire, je peux vous la transmettre par mail ?

– Oui, sans doute, dit Bacerra. Mais je vous préviens, ça prendra du temps. Nous sommes débordés par de vraies enquêtes.

Avec le lac en toile de fond, Arrowhead Village comprenait une quarantaine de commerces chic, essentiellement des boutiques de vêtements et autres business focalisés sur l'apparence – notamment plusieurs salons de beauté, un studio de pilates et une salle de sport.

Passant de l'un à l'autre et montrant aux employés les photos de Chet Corvin, de Hal Braun et de Trevor Bitt, nous ne récoltâmes que des réponses négatives. Plusieurs commerçants nous signalèrent que parmi les résidents du week-end, certains ne mettaient jamais les pieds au village.

Cette série d'échecs fut enfin interrompue dans une des dernières boutiques, la bijouterie Snowbird. Un mois auparavant, Chet Corvin avait réglé en liquide 612,43 dollars pour un collier en filigrane d'argent orné d'améthystes. Le patron, un vieil Iranien en chemise blanche et cravate, se souvenait de Corvin car ce dernier s'était montré « très enthousiaste ».

– À quel propos, monsieur ? voulut savoir Milo.

– Eh bien de son achat, répondit le vieil homme en rajustant ses lunettes. Il n'a pas cessé de me lancer des clins d'œil.

Il nous fit une démonstration, dont l'effet fut plus comique que lascif.

– Était-il seul ?

– Tout à fait, et ça m'a étonné. Vous pensez que ce bijou n'était pas destiné à sa femme ? C'est ce que je me suis dit, en tout cas.

– Pourquoi donc ?

– À cause des clins d'œil. Quand on achète quelque chose pour sa femme, on ne fait pas de clins d'œil au vendeur.

Après avoir pris congé et être remontés en voiture, nous nous engageâmes sur l'autoroute 18, côté descente. Passer la zone commerciale en revue nous avait pris du temps, si bien que le ciel avait toutes les peines du monde à rester clair, le soleil couleur citron tapi derrière des nuages cotonneux. Quant à la forêt, elle avait pris une teinte presque noire. À l'approche du crépuscule, les courbes se révélaient de plus en plus ardues à négocier.

La Dodge poussa un glapissement de protestation lorsque Milo en aborda une sans freiner, ce qui l'incita à ralentir.

– Un collier à six cents dollars, dit-il, trois kilomètres plus loin. Il était amoureux – ou en chaleur, je ne sais pas ce qu'on dit pour un type comme lui. Faisons un saut du côté des hôtels des environs.

# 27

L'Auberge Hilton Hampton portait mal son nom ; ce n'était rien d'autre qu'un pavé beige de quatre étages affublé d'un logo rouge tomate.

La jeune femme enjouée à la réception perdit instantanément son sourire lorsque Milo lui fit voir son insigne, ainsi que la photo de Chet Corvin.

« Samantha », disait son badge.

– Euh… je ne crois pas être autorisée à parler des clients.

– Celui-ci est décédé, expliqua Milo d'une voix feutrée qui ne fit qu'empirer les choses – et c'était probablement son intention.

– Il est mort ? lâcha Samantha, avec un mouvement de recul.

– Assassiné. Si vous pouviez nous aider, nous vous en serions infiniment reconnaissants.

– Hmm… un instant.

Elle poussa une porte derrière elle et se glissa dans l'ouverture. Plusieurs minutes s'écoulèrent – le hall était vide, uniquement troublé par une musique rock pas très violente crachotée par des enceintes disposées en hauteur.

Une femme dans la trentaine, l'air grave, émergea du fond de la réception.

– Que puis-je faire pour vous, messieurs ? nous demanda « Briana », à en croire son badge

Milo répéta ce qu'il avait appris à Samantha.

– Il faut que je vérifie auprès de notre responsable juridique ce que je suis en droit de divulguer, or il est absent aujourd'hui.

Milo s'accouda sur le comptoir :

– Vous avez bien raison d'être prudente, Briana, mais nous ne vous demandons pas de nous dévoiler des secrets d'État ; nous souhaitons simplement savoir si quelqu'un ici se souvient de M. Corvin.

Elle regarda ailleurs un instant, tripotant son badge.

– Je vois de qui vous parlez, reconnut-elle. Il est descendu ici à plusieurs reprises.

– Trois fois, sur une période allant d'il y a huit semaines à il y a cinq semaines. Nous possédons ses relevés bancaires.

– Ah… Eh bien, je ne peux pas vous en apprendre beaucoup plus. Si je me souviens de lui, c'est uniquement parce qu'il était un peu… (Elle hésita une seconde.) Je ne tiens pas à… dire du mal d'un client, surtout s'il est décédé.

– Bien entendu, mais ce meurtre a été commis d'une façon particulièrement odieuse. Tout élément que vous nous confierez sera hautement apprécié.

– C'est moi qui ai enregistré son arrivée, lors d'un ses séjours, raconta la jeune femme, le regard perdu vers le plafond. Je n'en garde pas forcément un souvenir marquant, c'est seulement quand vous m'avez montré sa photo que ce moment m'est revenu à l'esprit.

– Il ne s'est pas comporté comme la plupart des clients, j'imagine ?

– Eh bien, je dirais plutôt qu'il était… trop amical. Je ne lui ai pas accordé de traitement de faveur, pourtant il m'a inondée de compliments et a déclaré que désormais il demanderait que ce soit moi qui m'occupe de lui.

– Il tentait de vous séduire ?

– Il n'a pas commis de geste déplacé ni prononcé de parole inappropriée.

Ces expressions laissaient deviner que la réceptionniste en chef avait suivi un séminaire d'entreprise sur le problème du harcèlement.

– Mais... ?

– Mais il se comportait comme si nous nous connaissions. Quoique maintenant que j'y repense, il a fait quelque chose de pas vraiment approprié. Il m'a lancé des clins d'œil.

– Il vous effrayait ?

– Non, pas vraiment, je dirais plutôt qu'il m'agaçait. Il se montrait un peu trop « hardi », comme dit ma grand-mère. J'ai un peu honte de dire du mal de lui, maintenant qu'il est...

– Était-il seul lors de ses séjours chez vous ?

– Il a chaque fois pris une chambre simple.

Elle leva de nouveau les yeux vers le ciel, puis tourna la tête vers la gauche.

– Ce n'est pas exactement ce que je vous demande.

– Je suis désolée, lieutenant, je ne suis pas autorisée à révéler ce genre de détails.

– Même de façon officieuse ?

– Je croyais qu'on ne procédait pas comme ça, dans la police.

– Qui vous a dit ça ?

– Mon grand-père. Il a été shérif à Fontana.

– C'était peut-être vrai à son époque, mais ça se fait beaucoup de nos jours, je vous assure.

– Hmm... Il vaudrait mieux que j'en demande confirmation à mon grand-père, dit Briana, qui offrit soudain à Milo un sourire crispé. Non, je plaisante. Je vous crois. Bon, entendu, allons-y pour quelques mots « de façon officieuse ».

Elle jeta un regard autour d'elle avant de poursuivre :

– La troisième fois qu'il est descendu chez nous, il s'est présenté seul, comme d'habitude, mais un peu plus tard, ce soir-là, je l'ai aperçu en compagnie d'une autre personne, avec laquelle il semblait très bien s'entendre. Ils ont pris l'ascenseur ensemble. Je ne peux pas vous dire si elle a passé la nuit dans la chambre, non pas parce que je refuse de le faire, mais parce que je n'en sais rien. Quoi qu'il en soit, elle est montée avec lui. Ils semblaient partager une certaine… affection.

En voyant Briana rougir, je fus heureux de constater qu'une telle réaction était encore possible à notre époque.

– Cela ne s'est produit que ce jour-là ? m'enquis-je.

– Je l'ignore, je n'étais pas de service les deux autres fois.

– La réponse à cette question se trouve peut-être dans le registre du service en chambre, suggéra Milo. Vous pourriez peut-être y jeter un coup d'œil ?

– Je croyais que vous possédiez ses relevés bancaires ?

– Ils ne sont pas détaillés, expliqua Milo, qui sortit les documents en question de son attaché-case et les montra à la jeune femme.

– Ah oui, c'est normal, nous ne précisons pas la nature des diverses dépenses pour préserver l'intimité de nos clients… Je suis navrée, il m'est absolument impossible de vous montrer nos documents administratifs sans autorisation du service juridique. (Un léger sourire se dessina sur ses lèvres.) Mais je peux les consulter moi-même… S'il me voyait, grand-père me dirait de cesser de tergiverser et de vous aider. Il râle sans cesse contre l'ACLU[1]. Je reviens dans un instant.

À cet instant, la porte du hall s'ouvrit dans un sifflement pneumatique ; un couple de quinquagénaires à l'air stressé s'engouffra dans l'hôtel, accompagné des échos de la circulation. Tous deux en tee-shirt, short, chaussettes blanches et baskets, ils se dirigèrent vers la réception, poussant deux valises à roulettes rouges.

– Nous avons réservé une chambre, lança le mari, alors qu'il se trouvait encore à trois mètres du comptoir.

1. L'Union américaine pour les libertés civiles est une association qui défend les droits et libertés individuels.

– Je suis à vous tout de suite, monsieur, dit Briana, avant de franchir la porte qui avait happé Samantha.

– Elle disparaît en nous voyant arriver, ça donne déjà une idée de la qualité du service, ronchonna la femme.

Samantha fit son retour :

– Bonjour ! Je m'occupe de vous. Par ici, s'il vous plaît.

– Pas si mal… marmonna le mari.

– On verra.

Samantha procéda à l'enregistrement. Deux cartes de crédit furent successivement refusées par l'appareil… sous les regards incrédules du couple. La troisième fut acceptée.

Les nouveaux arrivants filèrent vers les ascenseurs, l'air renfrogné. Samantha pianotait sur un clavier, prenant soin d'éviter notre regard. Briana fit sa réapparition et lui demanda de retourner dans le bureau pour y vérifier les « comptes mensuels », puis elle attendit que la porte se referme sur sa subordonnée pour se tourner vers nous :

– Bon, ce que je peux vous dire, c'est que lors de ses deux autres séjours ici, votre M. Corvin avait un énorme appétit… ou était accompagné.

– Je vois. Deux steaks par repas, etc.

– Pour le dîner, il a commandé une assiette de viande et de poisson, une salade de poulet, deux salades composées, deux glaces et une bouteille de vin, récita Briana. Pour le petit déjeuner, deux omelettes, deux jus d'orange et des toasts pour deux personnes. Ils ont également pris deux mignonnettes de vodka dans le mini-bar de la chambre.

– Un petit déjeuner copieux et des vodkas-orange, résuma Milo. Le vin, c'était du chardonnay ?

– Comment l'avez-vous deviné ? s'étonna Briana, les yeux grands ouverts.

– Un coup de chance. Décrivez-nous cette femme.

– Ça me serait difficile, monsieur. Je l'ai à peine regardée.

– De quoi vous souvenez-vous à propos d'elle ?

– Franchement, de pas grand-chose.

– Son âge, peut-être ?

– Le même que celui de notre client, je suppose, mais je ne le jurerais pas. Peut-être un peu plus jeune.

– Grosse ? Maigre ?

– Moyenne, je dirais.

– Grande, petite ?

Briana secoua la tête :

– Rien ne m'a marquée chez elle, désolée. Elle était sans doute de taille moyenne.

– C'est parfait, ne vous en faites pas. Et ses cheveux ? De quelle couleur ?

– Là, je peux vous répondre, sourit Briana. Elle avait les cheveux assez longs et foncés. Pour tout vous dire, ils ont filé directement vers les ascenseurs. (Elle rougit de plus belle.) Il a plaqué une main sur… les fesses de cette femme.

– Sympa.

– Comment ça ?

– Un petit geste amical.

– Si vous le dites. Moi, j'ai plutôt pensé qu'ils étaient chauds bouillants et avaient hâte de se retrouver au lit.

– Elle n'a pas retiré la main de notre homme ?

– Oh non, elle s'est un peu plus trémoussée.

Les réactions de Briana, lorsque Milo lui fit voir les photos de Hal Braun et de Trevor Bitt, furent aussi rapides que sereines – c'était la partie facile de l'examen :

– Jamais vu. Lui non plus.

Milo la remercia de nouveau et ajouta :

– Voyez-vous autre chose à nous signaler ?

Cette question, dernière étape habituelle lors de tels entretiens, débouche parfois sur de bonnes surprises. Mais pas cette fois : Briana secoua la tête.

– Grand-père sera fier de moi, dit-elle, tandis que nous nous éloignions.

L'Auberge Hilton des Jardins était parée de la même livrée beige et rouge que sa cousine et comportait également quatre étages. Et bien entendu, l'hôtel n'avait rien d'une auberge ni d'un jardin.

Milo répéta la procédure avec un jeune homme enthousiaste prénommé Cooke, qui déclara avec fierté qu'il était employé en ces lieux depuis cinq jours.

Il avait toutefois assez d'expérience pour savoir comment réagir : il fit venir sa supérieure, une certaine Lara, qui aurait pu être la sœur jumelle de Briana.

Peut-être existe-t-il quelque part une grosse machine qui fabrique du personnel pour l'hydre Hilton.

Lara, si elle n'avait aucun souvenir de Chet Corvin, fut plus facile à convaincre que Briana : il fut inutile d'insister pour qu'elle consulte son registre. Elle nous confirma que Corvin avait assurément commandé des repas pour deux personnes lors de son séjour, qui datait de six semaines.

– Mais je ne sais rien de la personne qui l'accompagnait, ajouta-t-elle.

Par ailleurs, elle ne reconnut ni Braun ni Bitt.

Sa patronne retournée dans son bureau, Cooke brandit le poing dans les airs :

– Bonne chance, messieurs !

Dès que nous fûmes hors de portée de voix, Milo me souffla :

– Avec un nom pareil, ce gamin devrait bosser en cuisine[1].

Notre troisième halte fut pour l'Auberge Marriott, où Corvin était descendu un peu plus d'un mois auparavant. Le nom de ce bâtiment couvert de stuc beige était décliné en lettres blanches – clairement un effort créatif –, hélas le logo de la chaîne était rouge – quelle surprise.

Le schéma désormais habituel se reproduisit auprès d'employés tout aussi charmants que dans les établissements précédents : d'abord un refus, puis, après un peu d'insistance de notre part, quelques informations au compte-gouttes.

1. *Cook* : cuisinier.

Un dîner pour deux personnes, aucun souvenir précis de Corvin et des regards vides en découvrant les photos de Bitt et de Braun. Il était temps de passer aux restaurants.

# 28

Papa Giorgio était fermé pour rénovation, et ce depuis le surlendemain du jour où Corvin y avait dîné. Quant au San Remo et au Mexicali Café, ils débordaient d'activité, bondés de clients affamés venus passer le week-end au bord du lac.

Dans ces deux établissements, les serveurs, très occupés, firent mine de ne pas nous avoir vus. Milo se fraya un chemin dans la foule et lança, suffisamment fort pour être entendu par-dessus le vacarme ambiant :

– C'est à propos d'un meurtre !

Chaque fois, les personnes les plus proches de lui s'écartèrent.

– Oh, attendez une seconde, lui répondit Wilson R., au San Remo.

– Oh mon Dieu, oui, oui, bien sûr, patientez, je vous prie, lui dit Lourdes Briseno, au Mexicali Café.

Deux recherches rapides produisirent les additions de Chet Corvin : un dîner pour deux personnes, avec de la viande rouge dans les deux restaurants. Au San Remo, notre homme avait commandé deux joues de bœuf accompagnées de *spaghetti bolognese* et de *fettucine*, au Mexicali un *Combo Grande*, grosse assiette pour deux composée autour de *carne asada*.

Et deux bouteilles d'un chardonnay hors de prix.

Corvin était-il accro à ce vin, ou avait-il seulement voulu faire plaisir à sa compagne ?

Milo demanda aux serveurs s'ils se souvenaient du couple qui avait commandé ces plats.

– Il y a peu de chance, si ce ne sont pas des clients réguliers, répondit Wilson R. en détaillant le ticket de caisse. Non, ça ne me dit rien. (Il se tourna aussitôt vers la file d'attente et appela de nouveaux clients.) Les Bainbridge, une table pour quatre !

– J'aimerais vraiment vous être utile, messieurs, mais je ne me souviens pas de ces gens, dit Lourdes Briseno. Vraiment pas. Désolée.

Puis elle nous délaissa pour s'occuper de veinards prêts à s'attabler.

Le restaurant mexicain était l'ultime étape de notre parcours. Nous y avions débarqué peu après 20 heures, et on nous avait fait patienter tandis que la foule de clients morts de faim enflait à vue d'œil. Beaucoup de familles avec leurs gamins.

– On se croirait dans une crèche, plaisanta Milo, les mains en coupe autour de la bouche pour se faire entendre par-dessus les bavardages des clients, les tintements des couverts et la musique *mariachi* ambiante.

Lourdes Briseno, à son retour, fut étonnée de nous revoir.

– Vous n'avez pas entendu ma dernière question, lui cria Milo. Vous vous souvenez de la personne qui accompagnait ce monsieur ?

– Oh non, pas du tout. Désolée.

– Pas de souci, dit-il, avant de s'approcher de la serveuse et lui offrir son sourire de loup. La journée a été longue. Vous pourriez nous trouver une petite place ?

– Je… hésita-t-elle, balayant la salle du regard. Oui, bien sûr, nous soutenons toujours la police.

Elle attrapa deux menus et nous guida vers le fond du restaurant, ce qui ne manqua pas de susciter des grognements dans la file d'attente.

– Ils vont sortir les fourches et les lanternes, souffla Milo.

– Un peu de patience, je vous prie ; ces messieurs ont réservé, lança d'une voix tout sauf convaincante Lourdes Briseno aux révolutionnaires en puissance.

Sans perdre un instant, elle nous installa à une table disposée dans un coin. Tenant davantage du comptoir où se caler le temps d'un apéritif, cette place pouvait tout juste accueillir deux personnes, à condition de ne pas écarter les coudes.

*On se croirait dans le bureau de Milo*, songeai-je.

Milo serra les épaules et s'y glissa tant bien que mal.

– C'est exigu, je sais, mais c'est le mieux que je puisse faire pour vous, désolée, s'excusa Lourdes Briseno.

– Elle est sincère, je pense, dit Milo, après le départ de la serveuse.

Il se plongea dans la lecture de son menu, aussi concentré qu'un moine au travail sur un manuscrit enluminé.

– Tout a l'air sacrément bon, ce que semblent confirmer les odeurs alléchantes dans la salle. Ça nous change enfin de ce foutu parfum.

Il voulut poser son menu, mais, constatant que cela reviendrait à totalement recouvrir sa moitié de la table, il le conserva en main.

– Le *combo* – ce qu'a commandé Chet – doit être délicieux, fit-il remarquer.

– C'est pour deux personnes.

– Tu as décidé de redevenir ascète ?

– OK, allons-y pour le *combo.*

– Super. Quand j'aurai englouti ma part (il se frotta l'estomac), j'aurai peut-être la joie de vivre une expérience mystique new age.

– Une vision provoquée par la viande ?

– Ingérer le même plat que la victime déclenchera peut-être une forme d'empathie.

– C'est toujours mieux que d'ingérer la victime.

Ma repartie le fit rire.

Lourdes Briseno fit son retour, équipée d'un appareil portable.

– Nous sommes pleins à craquer, du coup je m'occupe de vous. Vous avez choisi ? (Milo passa commande.) Excellent choix. Nos clients l'apprécient beaucoup. Et comme boissons ?

– Mon cœur réclame de la *cerveza*, mais mon boulot exige du thé glacé.

– Mes pauvres chéris… minauda Lourdes. C'est noté. Les chips et la *salsa* arrivent dans une seconde.

Elle s'éloigna en sautillant, sans commenter le fait que nous avions commandé la même chose que Corvin. Elle ne s'en était sans doute pas rendu compte.

Il en va ainsi pour la plupart des gens : relever les détails tient de l'intrusion. Alors que nous autres pauvres enquêteurs, jamais au lit avant 3 heures du matin, parcourons inlassablement les plus petits caractères des listes imaginaires qui défilent dans notre esprit.

– Du bœuf et du chardonnay, donc, dis-je.

– Oui, acquiesça Milo. Ne dis rien à la police bien pensante de l'égalité des sexes, mais à mon avis c'est la dame qui a choisi. Sans parler du collier. Quelle que soit cette personne, Chet et elle partageaient davantage que des galipettes dans un motel. Le fait qu'ils se voyaient depuis deux mois élimine l'hypothèse d'une femme d'un soir. Reste à déterminer quel a été son sort au Sahara. Si elle a réussi à s'enfuir et si elle tenait à Chet, pourquoi ne nous a-t-elle pas contactés ?

– Elle était terrifiée. Ça collerait avec le fait que ce soit elle qui ait prévenu les autorités, en prenant soin d'éviter de passer par police-secours, pour que sa voix ne soit pas enregistrée.

Un jeune serveur nous apporta une assiette de chips de maïs, un bol de *salsa* et des chopes remplies de thé glacé. Avec une délicatesse qui confinait au comique, Milo piocha une chips, la plongea dans la sauce et la croqua, puis il but une gorgée de thé et reproduisit la manœuvre.

– La qualité, mais pas au détriment de la quantité, lâcha-t-il après un soupir de contentement. La clé du succès au pays des Braves.

Il pulvérisa une dizaine de chips avant de revenir à notre affaire :

– Chet et madame X se retrouvent au lac et ici, en ville. Elle habite peut-être dans la région. Mais que vient faire la Camaro dans cette histoire ?

– Il y a une sacrée distance de Ventura à Arrowhead. Il faut être motivé pour la couvrir.

– La haine est un puissant carburant pour l'âme. Ce n'est pas un psychologue qui a sorti ça ?

– Jamais entendu cette expression.

– C'est parce que je viens de l'inventer, sourit Milo. Oui, tu as raison. Le hippie avait quelque chose contre Braun et Corvin. Vu son âge, on en revient peut-être à ta première suggestion ; ce serait le petit copain de Chelsea, qu'elle n'aurait pas le droit de voir. Il file ses deux victimes, règle son compte à Braun dans un premier temps, puis constate que Chet vient ici et regagne Hollywood.

– MJ Braun s'est peut-être souvenue de quelque chose d'autre, depuis notre visite ?

Milo appela l'épouse numéro 3 ; elle lui répéta qu'elle ne connaissait aucun propriétaire de Camaro noire.

Il l'écouta un moment, puis répondit :

– Pas à ma connaissance... Non, ce n'est qu'une simple question, madame, je vous assure... Oui, exactement... Entendu, je n'y manquerai pas... Je soumettrai votre demande, c'est promis. Prenez soin de vous.

Il raccrocha.

– Ça y est, elle flippe. Maintenant, elle va passer son temps à surveiller les voitures dans son quartier. Et par-dessus le marché, elle est en pleine crise d'arthrite. Décidément, je suis destiné à culpabiliser.

Il massacra encore quelques chips avant de poursuivre :

– Pour me racheter, j'appelle le commissariat de Ventura pour lui demander de faire passer de temps en temps une patrouille chez elle.

Il joignit le geste à la parole, fut ballotté au sein de la hiérarchie, comme toujours, jusqu'à se voir offrir un « Nous verrons » peu enthousiaste de la part d'un autre lieutenant.

– Tiens, tant que je suis en « mode Ventura »... ajouta-t-il, avant de composer le numéro de Henry Prieto.

Cette fois, il raccrocha en riant :

– Il n'a pas attendu mon appel pour ouvrir l'œil. Il s'étonne que je n'aie pas compris qu'il me contacterait au moindre mouvement louche.

On nous servit deux montagnes de bœuf mariné entourées de tranches d'avocat et de radis, ainsi que des bols de purée de haricots, de riz et de *pozole*, une coupelle en pierre noire remplie de guacamole et un plateau de côtelettes de porc saupoudrées de grains de poivre.

– Waouh ! s'extasia Milo.

– « *Buen provecho* » – bon appétit – de sa part, dit le serveur en désignant Lourdes Briseno, qui, les bras chargés de menus, guidait huit clients à travers la salle.

Cet octuor était constitué d'individus à l'air grincheux et aux yeux plissés ; on aurait dit les survivants d'un crash aérien évaluant les qualités nutritives de leurs compagnons.

Milo lui adressa un signe amical, auquel elle répondit avec lassitude.

– Il y a au moins une personne qui m'apprécie, dit-il. Dommage qu'elle n'ait aucun élément à nous apporter.

Affamé et chargé d'adrénaline, j'engloutis davantage de nourriture que d'ordinaire avant d'être rassasié. Quand enfin je repoussai mon assiette, Milo avait toujours la tête baissée sur son dîner, enfournant les bouchées avec une efficacité mécanique. J'étais passé au thé quand il fit une pause pour reprendre sa respiration.

– Miss Armani a sans doute fait comme toi, dit-il, les yeux posés sur mon Everest à moitié consommé.

– Quoi donc ?

– Elle a patienté, le regard moralisateur et fière de sa minceur, pendant que le bon vieux Chet se régalait.

– Tu ne deviendrais pas culinairement snob, par hasard ?

– Je fais simplement remarquer combien la modération est un péché. En vérité, je porte ma croix, pas seulement vis-à-vis de toi et de Rick, mais également du reste de ce monde déraisonnablement raisonnable.

Il se pencha sur son plat et se focalisa de nouveau sur sa tâche : un avocat en fit les frais.

Sa remarque m'incita à réfléchir à propos de Chet Corvin et sa maîtresse, leurs rendez-vous, les dîners dans divers restaurants, ce qui fit naître en moi une nouvelle éventualité.

– C'est un peu tiré par les cheveux, mais imagine que Donna Weyland – qui a tout juste quitté son mari – soit brune et de l'âge de Chet, ou un peu plus jeune ?

Milo reposa ses couverts :

– D'où tu sors ça ?

– En laissant libre cours à mes pensées, j'ai revu la scène à laquelle nous avons assisté il y a quelques jours, quand Paul Weyland, avec son air de chien battu, a annoncé à Felice que son mariage était à l'eau. Depuis le début de cette affaire, nous n'avons jamais vu Donna. Ce qui peut s'expliquer si elle est partie en compagnie d'un amant. Et où trouve-t-on un amant ou une maîtresse le plus facilement ? Sur son lieu de travail ou dans son quartier.

– Une bonne vieille histoire cochonne entre voisins, dit Milo, les yeux pétillants. En y réfléchissant, Felice semble sensible à la détresse de Weyland, alors qu'avec tous les autres elle reste de marbre. On a peut-être affaire à une double infidélité ?

– Chet et Donna, Felice et Paul…

– On se croirait dans un film, mais pourquoi pas un scénario torride de banlieue, après tout. En fait, c'est toute l'impasse qui est peut-être plongée dans le péché, avec Bitt et Chelsea d'un côté et le double échange de l'autre. (Il fit la moue.) Ça ferait un super feuilleton, mais que vient faire la Camaro noire dans cette histoire ? Sans parler de Braun… Ah, mais au fait, je peux au moins vérifier un truc…

Il ouvrit Internet sur son téléphone et lança une recherche d'images au nom de Donna Weyland. Puis il me tendit son portable.

Parmi les cinq Donna Weyland recensées, trois avaient entre vingt et trente ans. Une splendide pom-pom girl noire, étudiante à l'université de Houston, avait été prise en photo en plein saut ; une hôtesse de l'air d'Alaska Airlines établie à Vancouver, en Colombie-Britannique, posait en bikini sur une plage dont le nom n'était pas précisé ; une créatrice de jeux télévisés domiciliée à Williamsburg, à Brooklyn, avait les dents chargées de davantage de métal qu'un aimant. Par ailleurs, Donna Ethelina Weyland, de Paterson, dans le New Jersey, était décédée en 1937.

Enfin, il n'y avait qu'une photo de Donna A. Weyland, employée à l'académie de Los Angeles, prise lors d'une convention ayant rassemblé des professionnels de l'éducation à Reno.

Entre deux âges et assez pulpeuse, elle avait les cheveux – qui pouvaient être blonds ou gris – attachés par une pince, des lunettes surdimensionnées et un sourire timide.

– Cette femme a peut-être brisé le cœur de Paul, mais je l'imagine mal se faire offrir du parfum Armani, des chocolats hors de prix et du vin par quelqu'un comme Chet, dit Milo, à qui je rendis son téléphone.

Il s'essuya la bouche avec sa serviette et commanda du café au serveur.

Après en avoir avalé deux tasses, il extirpa sa carcasse de sa chaise et abandonna quelques billets sur la table – il n'attend jamais l'addition et laisse toujours plus que nécessaire.

– On partage, proposai-je.

– C'est ça, dans tes rêves. (Il piocha encore quelques chips et tourna la tête vers l'entrée du restaurant.) Les fourches ont disparu, regagnons la prétendue civilisation.

# 29

Je n'eus pas de nouvelles de Milo le lendemain. N'ayant rien d'autre sur mon agenda qu'un dîner avec Robin, qui d'ici là serait occupée par son travail, je fis un saut à Pacific Palisades, me garai à quelques centaines de mètres de la maison des Corvin et poursuivis mon chemin à pied.

À L.A., voir quelqu'un marcher dans la rue sans promener de chien provoque une certaine nervosité. Un pâté de maisons avant ma destination, j'accrochai mon insigne – expiré – de consultant auprès du LAPD à ma ceinture. Il ne me donne aucun droit mais apaise parfois l'angoisse chez certaines personnes.

Dès l'abord d'Evada Lane, ce stratagème fut mis à l'épreuve.

Alors que je m'engageais dans l'impasse, une vieille BMW série 6 bleu clair me doubla, puis s'immobilisa quelques secondes avant de se glisser dans l'allée de la deuxième maison du côté nord. Immatriculé dans l'Illinois, le véhicule était crasseux et rongé par la corrosion.

Un homme en sortit, chargé d'un sac de courses en macramé. Ce quadragénaire à l'épaisse tignasse aussi grisonnante que la barbe portait une veste en tweed, un jean, une chemise bleue et des chaussures bicolores. Planté près de la portière, il se tapota le menton, hésitant.

M'approchant de lui, je positionnai mon insigne de façon qu'il soit clairement visible.

– Vous êtes de la police ? me lança-t-il. (Je fis halte et il posa son sac.) Sauf erreur de ma part, j'ai repéré tôt ce matin un de vos collègues, en rentrant chez moi après m'être absenté ce week-end. Un type baraqué comme un haltérophile. En me voyant, il est parti en trottinant, comme s'il faisait son footing, ce qui m'a paru bizarre, vu l'heure. J'espère que c'est un des vôtres, et non un cambrioleur.

Je répondis par un sourire.

– Je le savais ! Je dois dire que votre persévérance m'impressionne. Ça fait quoi... plusieurs semaines, non ?

– Exact.

– Je vous félicite. Là d'où je viens, bonne chance pour que la police insiste sur une enquête.

– Où donc ?

– South Side, Chicago.

– Vous êtes enseignant ?

– C'est si évident que ça ?

– Vous n'avez pas l'allure d'un gangster.

– Chicago ne produirait que des voyous et des profs ? gloussa-t-il. C'est une vision des choses un peu simpliste mais en vérité, vous avez raison. Là-bas, on a tellement de ces deux catégories qu'on ne sait plus quoi en faire.

Riant à mon tour, je m'approchai de lui. Son sac était rempli de courses ; j'aperçus notamment des steaks bios Whole Foods.

– Alex Delaware, me présentai-je, la main tendue.

Sa poigne se révéla ferme.

– Bart Tabatchnik. J'enseigne l'économie à l'université pendant un semestre. Si je vous ai interpellé, c'est parce que j'ai peut-être quelque chose pour vous. J'espère que je ne me fais pas des idées pour rien ; d'ailleurs sur le moment je n'y ai pas attaché d'importance, mais en vous voyant passer, je me suis dit que ça ne coûtait pas grand-chose de vous en parler. Surtout si l'enquête est toujours en cours.

– Tout nouvel élément est appréciable, lui assurai-je.

– Cela dit, ça s'est passé il y a environ deux semaines.

– Peu importe, je vous écoute.

– D'accord. Vous savez certainement que le voisin de gauche des Corvin est auteur de bandes dessinées – un certain Bitt. Après le meurtre, les gens ont colporté des ragots sur son compte, comme quoi il serait bizarre, etc. Je ne l'avais jamais croisé, mais ça m'a titillé, alors j'ai effectué quelques recherches et je me suis rendu compte que son œuvre était pour le moins excentrique. En d'autres circonstances, j'aurais supposé que cet homme était seulement victime d'un choc des normes – ce quartier est assez conservateur –, et je ne veux créer d'ennuis à personne. Puis, en découvrant son visage sur Internet, je me suis rendu compte que je l'avais déjà vu – une seule fois, mais elle a peut-être son importance. Ou pas, comme je vous l'ai dit. (Il se gratta la barbe un instant.) Désolé, j'ai tendance à être bavard – déformation professionnelle : je suis payé pour donner des cours magistraux. Bref, je vais droit au but : environ une semaine après la découverte du corps chez les Corvin, j'ai assisté à un échange tendu entre Bitt et un autre homme. Je me suis demandé si c'était Corvin – à tout hasard, car je ne connais encore personne, dans cette rue, mais c'est chez lui qu'on a trouvé un cadavre. J'ai farfouillé sur Internet, et j'ai eu la confirmation que c'était bien lui.

Et de conclure, après un court silence :

– S'il vous en a parlé, je n'ai rien à ajouter.

Cet homme ignorait donc que Corvin était mort. Les rumeurs ne se propagent que dans les quartiers vivants. Or les habitants d'Evada Lane entretenaient manifestement autant de liens sociaux que des boîtes de conserve sur une étagère.

– Qu'avez-vous vu, précisément ?

– Ce n'était pas vraiment un échange, à vrai dire, car Corvin a monopolisé la parole, et pendant un bon moment. Il semblait sûr de lui, à en juger par son langage corporel.

Il mima l'attitude de Corvin ce jour-là, le torse incliné en avant.

– Comment M. Bitt a-t-il réagi ?

– Il n'a rien dit. Il est resté planté comme une statue. J'ai senti que la tension montait, même si rien ne le prouvait dans les faits. Il faut dire qu'on perçoit facilement ce genre de choses, dans le South Side. Quelque chose semblait sur le point de se produire.

– De la violence ?

– Oui, ça me semblait possible. Préférant ne pas y être mêlé, je suis rentré chez moi et j'ai rangé mes affaires, puis j'ai jeté un coup d'œil par la fenêtre. S'il s'était passé quelque chose, c'était terminé. Corvin se dirigeait vers chez lui, et Bitt, après avoir traversé la chaussée, marchait dans la direction opposée. Je suis sorti pour fumer un cigare – mon propriétaire ne m'autorise pas à le faire à l'intérieur. La voisine qui habite là (il désigna une maison sur la gauche) a surgi et m'a demandé si j'avais assisté à « l'embrouille ». J'ai acquiescé. Elle a qualifié Corvin et Bitt de gamins stupides, puis elle s'est longuement plainte d'avoir encore à supporter de telles idioties alors qu'elle payait des taxes foncières astronomiques pour vivrc dans un quarticr plaisant. (Il csquissa un sourirc.) Elle a un sale caractère.

– Ah oui ? Comment s'appelle-t-elle ?

– Aucune idée. Si vous l'interrogez, soyez gentil de ne pas lui parler de moi.

– Pas de problème. Bitt et Corvin habitent à l'autre bout de la rue mais réglaient leurs problèmes ici, donc ?

– Oui, ça m'a étonné. Ils se sont peut-être croisés alors qu'ils étaient sortis faire un tour et une querelle ancienne aurait refait surface. Quant à savoir de quoi il s'agissait, je l'ignore totalement, désolé.

– Merci beaucoup pour votre contribution, professeur. Vous voyez autre chose à me dire ?

– Non. Encore une fois, ne me mêlez pas à cette affaire, je vous en prie. Étant spécialisé dans les micro-tendances, je suis plus observateur que la plupart des gens, mais je ne tiens pas du tout à être provoqué par un voisin.

– Je comprends.

Il récupéra son sac et trottina jusqu'à la porte de sa maison. Avant de s'y engouffrer, il se retourna et me salua d'un *check* lointain dans le vide.

Pas une seconde il n'avait posé les yeux sur mon insigne.

# 30

Rien de tel que la grincheuse du quartier, quand vous êtes en quête de renseignements.

« Ce que vous vendez ne m'intéresse pas », disait le paillasson de la voisine de Tabatchnik. Je sonnai, puis toquai à la porte. Sans résultat.

Depuis ma voiture, j'appelai Milo et lui relatai le récit de Tabatchnik.

– Bon sang, il a repéré Moe cette nuit. Bon, et donc Corvin et Bitt auraient discuté dans la rue ?

– Oui, et leur conversation n'a rien eu d'amical, apparemment. Partager le goût des chocolats de qualité n'implique pas forcément de la camaraderie.

– OK, c'est toujours bon à savoir. J'allais t'appeler. Moe m'a signalé que Chelsea s'est offert une de ses escapades nocturnes cette nuit, vers une heure du matin. Elle a franchi le portillon qui ne sert à rien, elle est donc sortie de la maison par derrière. Elle s'est directement rendue devant chez Bitt, où elle a allumé une cigarette. Après avoir passé un moment les yeux levés vers la fenêtre du voisin, elle est rentrée chez elle. Tout était éteint chez Bitt, elle n'a peut-être pas voulu le réveiller. Ou alors je me plante complètement et il ne se passe rien de glauque ; elle aime seulement fumer en douce. Autre déception, on n'a retrouvé aucune trace d'ADN sur le téléphone que j'ai pris dans la maison d'Arrowhead, et celle relevée au motel est trop incomplète pour être analysée.

Une voiture passa à ma hauteur, une antique Mercedes diesel gris acier. Penchée en avant sur le volant qu'elle agrippait à deux mains, une femme aux cheveux blancs semblait ronchonner. Elle s'engagea dans l'allée voisine de celle de Tabatchnik.

– Je te rappelle, dis-je à Milo.

La Mercedes s'immobilisa dans un couinement, puis fut saisie de plusieurs soubresauts successifs.

La conductrice, minuscule, coiffée d'une queue-de-cheval et toute vêtue de noir, jusqu'à ses chaussures plates, fit le tour du véhicule et ouvrit la portière côté passager au prix d'un réel effort. Elle se saisit d'un sac noir, dont elle passa la sangle sur son épaule fragile. Elle sortit ensuite un sac en papier – du supermarché Gelson's –, qu'elle posa à même le sol. Elle dut s'y reprendre à deux fois pour claquer la lourde portière. Après avoir manuellement verrouillé la Mercedes des deux côtés, elle récupéra à deux mains le sac Gelson's et se dirigea vers la porte de sa maison.

Ayant été scout dans ma jeunesse, j'avais pour réflexe d'aider mon prochain, mais en cette occasion, l'inscription sur le paillasson décourageait toute initiative chevaleresque. J'attendis qu'elle ait réussi à porter ses courses chez elle et refermé la porte. J'entendis crisser le verrou, puis laissai passer quelques instants, le temps qu'elle range tout ça, avant de sonner.

– Qui est-ce ? me lança une voix rauque.

– Police.

– Prouvez-le.

Je détachai mon insigne et le brandis à hauteur du judas.

– Hmpf… souffla la vieille femme.

Rien ne se produisant, je craignis qu'elle n'appelle le commissariat. Milo n'étant pas prévenu de mon intervention, cela pouvait compliquer les choses. La porte finit par s'ouvrir sur la voisine, qui me dévisagea avant de s'intéresser à mon insigne.

– Faites voir, m'ordonna-t-elle.

Rares étaient les personnes à l'exiger. Je lui tendis mon insigne périmé. La voyant plisser les yeux, je me pris à espérer qu'une éventuelle presbytie me sauve la mise.

– Vous avez de l'allure, cette photo ne vous rend pas justice… docteur ? Qu'est-ce que vous fichez dans la police ?

– Je suis psychologue. Je travaille en tant que consultant.

– Une de mes nièces est psychologue, mais elle est aussi folle à lier et couverte de tatouages. (Elle me détailla encore un instant.) Que puis-je faire pour vous, docteur – c'est comme ça que je dois vous appeler ?

– Nous enquêtons sur l'incident survenu chez les Corvin.

– Ah, c'est ça, leur nom ? grogna-t-elle. Et vous parlez d'un incident ? Dites les choses franchement : un fou a découpé quelqu'un en rondelles et a déposé le cadavre chez ces gens.

– C'est une façon de présenter les choses, dis-je, avec un sourire qu'elle ne me rendit pas.

– Inutile de me ménager, j'ai été infirmière aux urgences pendant trente ans. Et avant ça, j'étais dans l'armée. (Elle me tendit des doigts osseux.) Edna San Felipe.

Après me l'avoir serrée avec une certaine vigueur, elle relâcha ma main comme on jette un mouchoir en papier.

– Vous vous y connaissez en hôpitaux ? me demanda-t-elle.

Étrange question.

– J'ai travaillé au Western Pediatric.

– Ah oui, l'hôpital pour enfants. Mais bon, le nom de Horatio San Felipe vous dit peut-être tout de même quelque chose ?

– Non, désolé.

– Mon frère est le plus grand chirurgien cardiaque que cette planète ait connu. Il a pratiqué la première transplantation de valve pulmonaire de porc sur un être humain et a mis au point une méthode très peu invasive pour l'entretenir. Notre père a été ambassadeur des États-Unis au Honduras, et notre grand-père et notre arrière-grand-père ont fait pousser plus de bananes que la Dole Food Company. (Elle secoua la tête). Mais plus personne ne s'intéresse à l'Histoire, de nos jours. Bon, en quoi puis-je vous aider, *docteur* ?

Sa façon de prononcer mon titre donnait l'impression que j'avais obtenu mon diplôme dans une pochette-surprise.

– Si vous avez quelque chose à me dire à propos du meurtre...

– Si le cadavre d'un inconnu a été abandonné dans cette maison, ce n'est pas par hasard. Comment est-il arrivé là ? Pourquoi chez ces gens-là ? Ce mystère n'est pas encore résolu ; à mon avis, ils ont quelque chose à cacher.

– Avez-vous quelque chose à leur rep...

– Non, ce n'est qu'une déduction logique.

– Quelle impression vous font-ils ?

– Ah, j'ai donc raison ?

– Pour le moment, nous...

– Je ne pense rien de spécial de cette famille. Je ne les vois jamais, à part le père, de temps en temps. Il essaie systématiquement de bavarder. C'est un type assez mielleux, qui fait comme si nous nous connaissions, alors que ce n'est pas le cas. On croirait entendre un homme politique.

– Vous n'avez aucun contact avec Mme Corvin ?

– Cette femme est un cliché ambulant, affirma Edna San Felipe. Avec ses cheveux teints, ses vêtements chic, sa manucure... (Elle me fit voir ses propres ongles émoussés, sans vernis.) Aux urgences, on a les bras plongés jusqu'aux coudes dans les tripes des patients ; on ne laisse pas pousser ses griffes.

– Un de mes amis est chirurgien aux urgences.

– Où ça ?

– À l'hôpital Cedars. Le Dr Richard Silverman.

– Quelle est sa spécialité ?

– La traumatologie.

– Je parie qu'il a les ongles bien courts, en conclut la vieille femme, s'apprêtant à refermer la porte.

– Vous ne savez donc rien à propos des Corvin qui pourrait me…

– La femme travaille, je le lui accorde. Je le sais parce que je la vois fourrer ses enfants dans sa voiture tous les matins, et elle ne rentre qu'en fin d'après-midi, après être allée les chercher à l'école. Ces deux-là, ce sont des…

Edna San Felipe se trouva – enfin – à court de mots.

– Les enfants, vous voulez dire ?

– Le garçon est une graine de délinquant. Un jour, j'ai entendu un bruit de ferraille ; c'était ma poubelle qui se renversait. Je suis aussitôt sortie et j'ai vu ce voyou qui faisait du skateboard dans la rue.

– Vous vous êtes plainte à ses parents ?

– Ça n'aurait servi à rien ; il n'y a plus de discipline, de nos jours. (Un sourire en coin se dessina sur ses lèvres.) J'ai préféré tartiner le bord de ma poubelle de purée de piment suffisamment forte pour percer l'intestin. Si ce sale gosse avait recommencé et touché son visage, il l'aurait regretté.

Elle soutint mon regard et poursuivit :

– Vous pensez que c'est de la maltraitance ? Moi, j'appelle ça de l'éducation. Je fais la même chose quand un chien fouine dans mon jardin. Je mets de la purée de piment sur la pelouse, pour que la bestiole comprenne en faisant une expérience marquante. Et ne vous inquiétez pas au sujet des éboueurs ; leur camion est automatisé, ils se servent d'un monte-charge sans même lever leurs fesses de leur siège.

Elle croisa les bras sur sa poitrine rachitique, comme pour me mettre au défi de la contredire.

Constatant que je n'en faisais rien, elle enchaîna :

– Concernant la fille, il y a clairement quelque chose qui cloche chez elle. Elle est soit attardée, soit autiste, forcément, vu son regard dans le vide. Elle sort de chez elle en pleine nuit. Je l'ai vue marcher dans la rue très tard le soir, en rentrant de ma maison en bord de mer. Les parents ne surveillent donc pas leurs enfants ?

Elle ouvrit le battant de quelques centimètres supplémentaires et me demanda :

– C'est parce que l'enquête est au point mort que la police vous demande de procéder à une analyse psychologique de cette famille ?

– Oui, on peut dire ça. J'aimerais également vous poser quelques questions à propos d'un autre voisin.

– Il n'y a pas de voisins ici. Nous habitons les uns à côté des autres, mais les relations sociales sont inexistantes. Rien à voir avec ce que j'ai connu au Honduras. Nos ouvriers étaient ravis de cueillir des bananes, tout le monde fréquentait tout le monde, à tout niveau de l'échelle sociale. Bon, à qui vous vous intéressez ?

– À Trevor Bitt.

– C'est à lui que j'ai pensé en premier quand j'ai appris ce qui s'était passé.

– Pourquoi ?

– Quand il se produit quelque chose de bizarre, cherchez du côté des personnes bizarres, c'est logique.

– Avez-vous eu des contacts avec lui ?

– Non, jamais, mais lui non plus n'est pas normal, c'est l'évidence même.

– Un résident de la rue a assisté à ce qui était peut-être une altercation entre M. Bitt et M. Corvin.

– C'est lui qui vous a envoyé chez moi ? m'interrogea Edna San Felipe, le regard posé sur la maison de Tabatchnik.

– Non, madame.

– Il se trouve que j'ai vu cette scène par hasard – je ne passe pas mon temps à surveiller le quartier, contrairement à lui. Comment *ces gens* appellent-ils les fouineurs, déjà ? Les *yentas*, je crois – un peu comme *Yentl*, le film avec Barbra Streisand. J'adore sa voix mais je ne la trouve pas crédible en homme.

– Qu'avez-vous pensé de la rencontre entre Bitt et Corvin ?

– J'ai vu deux adultes se comporter comme des gamins dans un bac à sable.

– Ils étaient agressifs ?

– Oui, ils se défiaient du regard, de vrais sales gosses.

– Auriez-vous une idée de la raison de ce conflit ?

– Non, aucune.

– D'après le professeur Tabatchnik, c'est surtout Corvin qui a parlé.

– Exact.

– Et M. Bitt est resté muet.

– Comme un sphinx. Il n'était pas ravi, c'était évident, à en juger par ce que vous les psys appelez le langage corporel. À votre place, je me pencherais sérieusement sur lui. Comme je l'ai dit, l'incident n'est pas le fruit du hasard, et cet homme est clairement dérangé ; il marche comme un robot et fait mine de ne pas entendre quand on lui dit bonjour. Ce que je n'ai fait qu'une fois, croyez-moi.

– Il n'a pas renversé votre poubelle, au moins.

Elle me fusilla du regard ; si les visages étaient des objets, le sien, en cet instant, aurait été un couteau de boucher.

– C'est censé être une plaisanterie ? lâcha-t-elle.

Sur ces mots, elle referma la porte.

Si cette femme était bel et bien une grincheuse, son instinct était affûté : l'abandon du corps chez les Corvin ne devait rien au hasard, et il était logique de s'intéresser au voisin bizarre. Sachant désormais que Bitt avait dû encaisser la colère de Corvin, il me fallait creuser un peu plus du côté du dessinateur.

# 31

Evada Lane, une heure du matin. Une lune palôte éclairait faiblement un ciel sans étoiles pareil à une bâche trempée.

Lors de ma première venue de nuit en ces lieux, les projecteurs et les gyrophares des véhicules de police métamorphosaient l'impasse en quartier animé. Rien de tel ce soir : le silence était aussi étouffé qu'une victime bâillonnée.

Désireux d'éviter de marquer la mémoire de quelque résident nerveux, je me garai une rue plus loin que l'après-midi. En plus de mes baskets suffisamment usées pour ne plus couiner, je portais un bas de survêtement et un tee-shirt noirs. On m'aurait facilement pris pour un cambrioleur ; heureusement, si Moe Reed ou Sean Binchy planquaient dans la rue, ils me reconnaîtraient.

Or je ne les avais repérés ni l'un ni l'autre, peut-être parce que ces gars étaient de vrais pros. À moins que Milo ne soit à court de budget d'heures supplémentaires.

Les toits des résidences m'apparurent de plus en plus nettement à mesure que ma vision s'adaptait à la faible luminosité. Par endroits, la rue n'était pas aussi sombre que ma tenue ; des fleurs violettes et mauves se devinaient, pas plus grosses que des têtes d'épingle. Il y avait de la lumière chez Tabatchnik mais sa voiture n'était pas là. Si j'avais été un cambrioleur, ce détail m'aurait intéressé.

Ce n'était également le cas que dans trois autres maisons, notamment chez Trevor Bitt, où une fenêtre du premier étage faisait l'effet d'un rectangle couleur chair.

Considérant la demeure des Corvin plongée dans l'obscurité, je m'interrogeai sur les enfants : comment encaissaient-ils le choc ? Je progressais avec la sensation d'être un rôdeur ; parvenu à la moitié de l'impasse, je m'étonnai de ne toujours pas apercevoir l'un des deux inspecteurs. Les troncs des arbres étaient trop fins pour dissimuler un homme, et aucune cachette ne me paraissait possible, à moins de se poster beaucoup trop près des maisons.

Conclusion : personne ne surveillait la rue.

J'atteignis le cul-de-sac et fis demi-tour. Je m'apprêtais à reproduire la manœuvre une seconde et dernière fois avant de rentrer chez moi, dans l'espoir de m'accorder une courte nuit de sommeil, quand soudain un bruit, au fond de l'impasse, me figea net.

Deux bruits, pour être précis : un son étouffé suivi d'un claquement.

Délaissant le trottoir, je me tapis sur une pelouse rêche, d'où je plissai les yeux afin de localiser la source du bruit. Quelque chosc sc détacha sur les massifs violets, sur le côté de la maison des Corvin,

Une silhouette émergea fugitivement des ombres avant de disparaître.

Je m'en rapprochai en trottinant.

La forme mystérieuse se dirigea vers la maison de Bitt et s'immobilisa sous la fenêtre éclairée.

C'était Chelsea Corvin, légèrement voûtée.

Elle remua les bras, une flamme jaune apparut, puis un point orange. Quelques étincelles s'envolèrent, telles des étoiles filantes plongeant vers le sol.

La jeune fille jeta son allumette, encore allumée, et tira longuement sur sa cigarette, intensifiant l'éclat de l'extrémité incandescente.

Quand elle en eut terminé, elle se débarrassa du mégot sans l'écraser et resta un moment sans rien faire. Puis elle se glissa vers le côté de la maison de Bitt qui faisait face à la sienne.

Je couvris quelques mètres en courant et m'immobilisai à deux maisons de distance.

Des bruits de pas se firent entendre sur le ciment.

L'adolescente toussota. Lançait-elle un signal ? Ou n'était-ce que l'effet du tabac sur ses jeunes poumons ?

Ce n'était pas sa première incursion chez Bitt. Pour ce que nous en savions, ce dernier ignorait qu'elle avait pour habitude de se glisser dans son jardin pour se livrer subrepticement à cet acte de rébellion adolescente.

Selon toute vraisemblance, elle rentrerait chez elle sous peu.

Elle toussa encore deux fois, manifestement de façon intentionnelle, puis elle tapota sur la porte, selon un rythme presque musical.

La porte s'ouvrit dans un couinement.

– Ah, tu es venue ! constata une voix masculine. Parfait.

Le battant se referma en crissant.

J'attendis quelques secondes avant de m'approcher. Le mégot, qui avait atterri non loin d'un massif d'agaves, était sur le point de rendre l'âme, vaincu par la rosée des plantes grasses.

La lumière s'éteignit à la fenêtre de Bitt, puis un autre rectangle s'illumina sur le côté de la maison, comme en compensation – cette fenêtre donnait sur la demeure des Corvin, et notamment sur la chambre de Chelsea.

Après avoir attendu en vain un bon moment que la jeune fille ressorte de chez Bitt, je quittai les lieux. J'attendis d'avoir dépassé la maison de Bart Tabatchnik avant de sortir mon téléphone.

La voix ensommeillée de Milo semblait sortir d'un tuba obstrué par de la salive. Habitué à être réveillé en pleine nuit pour le boulot, il reprit rapidement ses esprits :

– Une seconde, je change de pièce.

Quelques instants plus tard, sa voix tenait désormais du trombone opérationnel :

– On passe des nuits en surveillance sans rien voir, et toi tu tapes dans le mille dès le premier coup ? Tu as pensé à jouer au loto ?

– La chance du débutant, dis-je. Je n'ai vu ni Moe ni Sean.

– Moe a été appelé sur un autre meurtre, et Sean est sur une affaire classée qui est ressortie. Chelsea est entrée chez Bitt, alors ?

– Sans le moindre doute.

– J'en étais sûr. Ce type est vraiment louche. Bon, et maintenant… (Il étouffa un bâillement) Faire une descente chez lui seulement parce qu'elle s'y trouve est une mauvaise idée ; le temps de tout mettre en place, elle sera certainement rentrée chez elle. Et il y a trop de données aléatoires. Mais ça peut suffire pour obtenir un mandat. J'en parlerai à Nguyen, ou j'irai directement trouver un foutu juge. Le seul hic est ta présence sur place ; il faudrait que je te nomme auxiliaire de la police, ou quelque chose comme ça. (Il s'esclaffa.) Et tu seras payé… un jour.

– Pas de souci, mais il y a un autre problème. En tant que psychologue, je suis contraint de signaler tout soupçon d'abus sur mineur.

– Qu'est-ce que tu appelles un « soupçon » ?

– C'est le problème, justement : ce terme n'a pas de définition claire, et les lois évoluent en permanence. Quand je réclame des précisions au niveau de l'État, on me sort systématiquement un charabia incompréhensible. Si tu fais vite, je peux attendre que tu passes à l'action pour signaler ce que j'ai vu. Et je pense qu'il faut prévenir Felice au plus vite. Elle sera bouleversée mais saura peut-être faire avouer la vérité à sa fille.

– Des complications en perspective, jugea Milo. Mais d'un autre côté, ton initiative me simplifie la vie.

# 32

Le lendemain matin à 10 heures, j'essayai de joindre Felice Corvin à son bureau. Sa messagerie m'apprenant qu'elle serait de retour dans l'après-midi, je la priai de me rappeler.

Ce qu'elle ne fit pas. Je tentai de nouveau ma chance, sans plus de succès, que ce soit sur son portable ou sur sa ligne fixe. Enfin, elle appela mon service de standard téléphonique à 17 h 15. La communication me fut transférée.

– Que se passe-t-il, docteur ?

– J'aimerais venir vous voir pour discuter un moment.

– À quel sujet ?

– Mieux vaut en parler face à face.

– Je ne comprends pas.

– Je serai plus clair quand nous nous verrons.

– Ce… c'est à propos de Chet ?

– C'est en lien avec lui, en effet.

– En lien… Je rentre à l'instant à la maison. Je suis allée chercher Brett à son entraînement de basket. Vous ne pouvez vraiment pas me dire de quoi il est question ?

– Pas au téléphone.

– Bon, eh bien passez dans les deux heures qui viennent, mais je serai occupée à cuisiner.

Elle m'ouvrit la porte un torchon à la main, les cheveux négligemment attachés. Bien qu'en tee-shirt vert *Lac Tahoe* et en bas de survêtement blanc, elle semblait s'être maquillée peu de temps auparavant.

– Vous avez fait vite. Vous êtes un homme déterminé, docteur.

Je souris. Elle s'écarta, le regard empreint de lassitude, et me guida jusqu'à la cuisine. Sur l'îlot central étaient posés un seau KFC vide, un biscuit intact, un saladier rempli de chou, des serviettes en papier et des ustensiles en plastiques.

Les enfants n'étaient pas en vue.

– Un café ? me proposa-t-elle. C'est du déca. Après 15 heures, je ne supporte pas le vrai café.

Elle sautillait presque, la voix assez vive, signes d'une tension classique quand on affiche une fausse décontraction.

– Avec plaisir, merci, répondis-je.

Elle dégagea l'îlot central, remplit deux tasses et apporta du lait et du sucre. Elle attendit que je m'assoie pour s'installer à ma gauche, de façon à éviter mon regard si elle le souhaitait. Elle dénoua ses cheveux et s'octroya une gorgée de café.

– J'avoue être curieuse d'entendre ce que vous avez à me dire, dit-elle.

– Dans le cadre de l'enquête sur la mort de Chet, nous avons procédé à une surveillance de votre rue.

– Alors qu'il a été tué ailleurs ? s'étonna-t-elle en haussant les sourcils.

– Ce dispositif nous a permis de découvrir des éléments qui sont peut-être – ou pas – liés à l'un des deux meurtres. Quoi qu'il en soit, il est à mon sens indispensable que vous soyez mise au courant. C'est moi qui ai pris cette décision, pas la police. Comme nous le savons, Chelsea a pour habitude de sortir de chez vous en pleine nuit, ce qu'elle a fait hier soir, peu après une heure du matin. Elle est entrée chez Trevor Bitt. Or je suis censé signaler tout soupçon d'abus sur mineur.

Alors que je l'imaginais s'effondrer sous l'effet du choc, de l'horreur et de la colère, Felice secoua la tête, comme si j'avais proféré une idiotie, et lâcha un rire strident.

– Quelle blague… soupira-t-elle, avant de poser sa tasse. (Elle prit une profonde inspiration, regardant ailleurs.) Premièrement, il ne peut pas y avoir abus sur mineur. Chelsea n'est plus une enfant. Elle aura dix-huit ans dans quelques jours.

– Aux yeux de la loi, elle…

– Je vous en prie. Soyez sérieux une minute.

– Ça ne vous dérange pas plus que ça ?

– Vous êtes clairement convaincu qu'il se passe des choses affreuses.

– Vous n'êtes pas de cet avis ?

– Mon Dieu… (Elle se leva et gagna l'évier, où elle ouvrit sèchement un tiroir, pour aussitôt le refermer.) Vos intentions sont honorables, j'en ai conscience, mais votre intervention n'aiderait pas Chelsea.

Je restais muet.

De retour près de l'îlot central, elle se plaça face à moi, cette fois, et resta debout.

– Je suis certaine que vous me prenez pour une mère indigne.

Des larmes se formèrent dans ses yeux.

– Y aurait-il quelque chose que j'ignore ?

– Et comment ! Vous ignorez beaucoup de choses.

Son regard balaya la pièce avec l'avidité d'un animal affamé réclamant des miettes, puis elle saisit son sac à main, sortit son téléphone et appela un de ses contacts.

– Salut, on a un problème… dit-elle, sans me quitter des yeux. Non, impossible, il faut régler ça tout de suite… Oui, s'il te plaît.

Elle raccrocha, se rassit et but quelques gorgées de café.

Une sonnette retentit quelques instants plus tard – pas celle de la porte d'entrée, mais celle de la porte de service de la buanderie, qui donnait sur le jardin, derrière la maison.

C'était par là que Chelsea s'éclipsait la nuit ; c'était également par cet accès que le corps de Hal Braun avait été traîné dans la maison.

– C'est ouvert ! cria Felice Corvin.

On entendit un loquet actionné, puis des bruits de pas. Un homme entra dans la cuisine, raclant le sol des pieds.

Le visage blême de cet individu longiligne était strié de rides creusées vers le bas, comme si des hameçons y étaient accrochés, et ses cheveux blancs séparés par une raie impeccablement droite. Avec ses vêtements amples – un pull-over à col en V en cachemire gris, un polo blanc et un bermuda sans un pli – et ses mocassins sang de bœuf, il donnait l'impression de sortir tout droit d'une publicité pour une croisière. Sous ses paupières ridées, son regard bleu délavé pailleté de marron ne se posa pas un instant sur moi.

Visiblement au bord des larmes, il prononça le prénom de Felice d'une voix réduite à un faible coassement.

– Ce monsieur est le psychologue dont je t'ai parlé, lui expliqua-t-elle.

Le nouveau venu s'intéressa enfin à moi, cilla frénétiquement, les lèvres tremblantes, et s'assit sur une chaise proposée par Felice ; celle-ci tenta de l'apaiser d'une main sur l'épaule et me dit :

– Docteur Delaware, je vous présente Trevor Bitt.

J'avais reconnu le dessinateur, dont les traits étaient seulement quelque peu vieillis et plus las par rapport aux photos de lui sur Internet.

– Alex Delaware, me présentai-je.

– Vous êtes psy, donc. J'en ai connu quelques-uns…

Pareils à des pattes d'araignée, ses doigts minces aux ongles longs et limés s'agitaient sans cesse ; la paume et le pouce droits étaient tachés d'encre.

Au moment où cette main droite s'éleva lentement pour rejoindre celle de Felice, toujours posée sur l'épaule de Bitt, des bruits de pas, sur ma gauche, nous firent tourner la tête.

Chelsea entra dans la cuisine, pieds nus, un bol dans une main et une cuiller dans l'autre. Elle portait un sweat-shirt gris informe et un jean.

– Tu es là ? lança-t-elle aussitôt à Bitt.

Sous le coup de la surprise, elle laissa échapper son bol, qui se fracassa au sol.

Trevor Bitt se leva et ramassa la cuiller, également lâchée par l'adolescente.

– Où est rangé le balai ? demanda-t-il à Felice.

– Je m'en occupe, Trev, lui répondit-elle.

– C'est bon, papa, je vais nettoyer ça, dit alors Chelsea.

Elle se précipita vers Bitt et l'enlaça, la tête plaquée sur son torse.

– Laisse-moi faire, dit-il. Je ne voudrais pas voir de coupure sur tes jolies mains.

– Je peux le faire, papa.

Bitt prit la main droite de la jeune fille :

– Prends-en soin, leur destin est de dessiner.

– Permets-moi au moins d'aller chercher le balai, dit Chelsea, toujours dans les bras de son père.

– Bien sûr, vas-y.

Elle le lâcha et s'éloigna en sautillant, puis fut rapidement de retour avec un balai, qu'elle tendit à Bitt comme s'il s'agissait d'une épée de cérémonie. Elle avait également apporté une pelle à poussière. Ils s'activèrent ensemble, en une parfaite harmonie.

– Vous êtes au courant, à présent, me souffla Felice, penchée vers moi. Nous pouvons passer à autre chose, non ? Trev et Cheltz, quand vous en aurez terminé, allez donc dessiner un peu.

Chelsea se tourna vers sa mère, son visage blafard soudain inondé d'une authentique joie ; c'était la première fois que j'assistais à ce phénomène chez cette jeune personne.

– Sérieux ? s'étonna-t-elle. Alors qu'il fait encore jour ?

– Oui, confirma Felice. Si Trevor est d'accord.

– Je suis plus que d'accord, assura l'intéressé, qui se redressa, mouvement qui le fit légèrement souffrir, manifestement.

Il désigna la pelle chargée de débris qu'il tenait dans la main.

– Où dois-je jeter ça ?

# 33

Le père et la fille sortirent de la cuisine du même pas pesant.

– C'est la première fois qu'il entre chez vous, on dirait, fis-je remarquer à Felice, quand la porte de service se fut refermée sur Bitt et Chelsea.

– En effet. Ça devait se produire un jour ou l'autre, mais je ne savais pas trop comment procéder. (Un sourire timide ponctua ses mots.) Vous avez résolu mon dilemme… Vous n'avez pas touché à votre café. Je m'en sers un autre, même si j'ai plutôt envie d'un double Martini.

– Faites-vous plaisir.

– Pour me rendre vulnérable ? Mauvaise idée, docteur.

Elle s'approcha de la cafetière, consacra un long moment à la tâche, pourtant simple, consistant à remplir une tasse, puis revint à l'îlot central, où elle s'installa en face de moi.

– Bon, voilà toute l'histoire, se lança-t-elle, une main sur la poitrine. Il y a dix-neuf ans, j'étais étudiante à l'université de Californie, dans la région de la baie de San Francisco. Alors que je sortais tout juste d'une relation toxique – avec un professeur, ne me demandez pas pourquoi –, j'ai fait la connaissance de Trevor au cours d'une soirée.

Felice était donc la « copine intello » de Bitt évoquée par Lanny Joseph.

– Trevor était une star de la communauté *underground*, à l'époque, mais j'ignorais tout de son talent, poursuivit-elle, jouant avec une mèche de cheveux. J'ai simplement vu en lui un type gentil et calme, soit exactement ce dont j'avais besoin. Il se trouve qu'il venait lui aussi de mettre un terme à une amourette – avec une strip-teaseuse dotée d'un QI d'huître.

Bitt avait donc fait à Felice une description peu élogieuse de Maillot Bernard – il avait éludé l'incident avec le fusil, cela ne faisait aucun doute.

Je ne fis aucun commentaire, laissant Felice poursuivre.

– Il n'y a pas grand-chose à ajouter, au fond. Nous nous sommes mis en couple, mais notre relation n'a duré qu'un an.

« Au fond » est une expression très prisée des menteurs et des fraudeurs.

– Continuez.

– Mon Dieu… soupira-t-elle en rattachant ses cheveux. Si ça s'est terminé, avec Trevor, c'est parce que j'ai rencontré Chet et je suis tombée raide dingue de lui, ça vous va ? Chet était tout aussi séduisant que Trevor, à sa façon. Il m'a paru très viril – il ne ressemblait pas du tout à celui que vous avez connu, je vous assure. Depuis, je l'ai souvent comparé à un fruit n'ayant pas correctement mûri. Tout le monde change, bien sûr, mais Chet s'est littéralement métamorphosé. Au début, il se montrait courtois, prévenant ; pour lui, rien n'était trop beau pour moi. Et j'adorais ça.

– Trevor ne vous avait rien offert de tel.

– Trevor était un homme posé, inoffensif, et il avait souvent besoin d'être seul. Après avoir fréquenté le professeur dont j'ai parlé, un sociopathe qui changeait constamment d'humeur, je recherchais de la paix, de la tranquillité. Mais avec le temps… Je n'en suis pas fière, mais j'ai fini par m'ennuyer avec Trevor, ce que ma rencontre avec Chet n'a fait que souligner. Chet était stimulant, sociable, nous riions sans arrêt, nous avions toujours quelque chose à nous dire, alors qu'avec Trevor, les silences étaient fréquents. Si ce calme m'a satisfaite dans les premiers temps, je me suis ensuite rendu compte que je n'étais jamais joyeuse. J'ai fini par me sentir accablée, comme contrainte de devoir systématiquement prendre la moindre initiative avec lui.

– Si vous n'engagiez pas la conversation, lui ne le faisait jamais, c'est ça ?

Elle se pencha, comme pour m'effleurer la main, puis se redressa et baissa les yeux, avec l'air d'un enfant pris en faute.

– Avec Chet, j'étais spectatrice. J'avais tout loisir de me laisser aller et profiter de son show. Et ça me plaisait énormément. J'ai aimé Chet un certain temps, puis... Bon, ça suffit. Vous n'avez pas à connaître tous les détails de notre lamentable relation.

– Êtes-vous sortie avec Chet avant d'avoir rompu avec Trevor ?

– Vous n'y allez pas par quatre chemins, vous ! s'exclama Felice, se raidissant. Vous voulez savoir si j'étais une salope infidèle ?

– Non, ce n'est pas ce que je vous demande.

– Je sais, je sais, votre question est logique. Eh bien oui, c'est vrai, ces deux relations se sont chevauchées. Et durant ce laps de temps, il s'est passé quelque chose. (Elle posa la main sur sa tasse.) Inutile d'en dire plus, vous avez compris.

– Vous êtes tombée enceinte.

– Je ne m'en suis pas rendu compte immédiatement. Mes règles n'avaient jamais été très régulières, et je n'ai pas vraiment pris de poids avant mon sixième mois de grossesse. Quand j'ai pris conscience de mon état, il m'a semblé impossible d'envisager un avortement, c'était au-dessus de mes forces. J'en ai parlé à Chet, terrifiée, mais il m'a rassurée : « Pas de souci, marions-nous ! »

– Chelsea est donc la fille de Trevor, mais Chet ne l'a jamais su. Et Trevor ?

Les joues de Felice prirent une teinte écarlate, qui se propagea au reste de son visage, jusqu'à son décolleté.

– J'étais en couple avec Chet quand j'ai su que j'attendais un enfant. Vous allez dire que j'ai un cœur de pierre, mais je n'ai pas voulu le blesser.

Elle avait répondu à ma question ; il était inutile d'insister dans cette direction.

– Comment avez-vous su que Chelsea était la fille de Trevor ?

– Je l'ai toujours soupçonné, non seulement d'après les dates, mais également parce que le groupe sanguin de Chelsea est AB, comme moi. Trevor étant A, il était possible qu'il soit le père de Chelsea. J'étais au courant de ce détail car nous avions donné notre sang ensemble, un jour, à Berkeley, au profit de l'Afrique, quelque chose comme ça. J'avais insisté pour que Trevor m'accompagne. (Elle sourit en songeant à cette époque.)

« J'étais assez idéaliste, par moments. Les médecins m'ont traitée comme une reine, car AB est un groupe rare. Quand l'aiguille s'est enfoncée dans le bras de Trevor, il a failli perdre connaissance.

– Et Chet, lui…

– … est O+. Et non, il n'a jamais su la vérité. Il ne s'est jamais intéressé aux détails médicaux. Quand les enfants tombaient malades, il trouvait toujours une excuse pour se volatiliser, ce qui reflète sa conception de la vie de façon générale ; il ignorait superbement tout ce qui ne le fascinait pas.

Elle tapota sa tasse du bout des ongles, puis poursuivit :

– Prenez Chelsea, par exemple. Dès qu'il est apparu qu'elle n'avait pas le même tempérament que lui, il l'a abandonnée, émotionnellement parlant. Brett, en revanche, était son petit gars : conformiste et sportif. Chet n'a jamais fait preuve de méchanceté avec Chelsea ; pour lui, c'est tout juste si elle existait. Il en disait du bien à tout le monde pourtant, mais il n'avait aucun sentiment sincère pour elle, et elle en avait conscience.

– Elle s'en plaignait ?

– Chelsea n'est pas une grande bavarde, mais ça la touchait ; en tant que mère, je peux vous l'affirmer. Voilà pourquoi j'ai été si furieuse lorsque Chet vous a contacté. Il devenait subitement un père soucieux de sa fille ? Sérieux… Vous saisissez, à présent ? Vous comprenez quelle était sa motivation réelle, en faisant appel à vous ?

– Il soupçonnait quelque chose d'inapproprié entre Chelsea et Trevor. Il m'a aiguillé de ce côté pour que je fouine un peu.

Felice acquiesça :

– Ça m'a rendue folle de rage, mais j'étais également terrifiée.

– Qu'il découvre la vérité.

– Exact. Le moment était on ne peut plus mal choisi, docteur, car nous avions enfin décidé de divorcer, par consentement mutuel. Jusque-là, nous avions abordé ce problème de façon civilisée, or nous avions des points d'ordre financier à régler – comme je vous l'ai expliqué, c'est moi qui ai apporté la majeure partie de notre patrimoine. Je ne voulais pas qu'il se serve de cette découverte contre moi.

– Quand avez-vous commencé à envisager le divorce ?

– Il y a longtemps, au moins un an. Nous en parlions, nous nous mettions d'accord, puis, chacun occupé de son côté, nous passions à autre chose. Nos discussions étaient toujours amicales ; nous séparer était une des rares choses sur lesquelles Chet et moi avions le même avis.

Elle éclata en sanglots. Ne voyant aucune boîte de mouchoirs en papier dans la pièce, j'arrachai une feuille d'essuie-tout de son rouleau et la lui tendis.

– Merci… Désolée de pleurnicher, mais un détail me revient à l'instant – le genre de souvenir que l'on croit avoir oublié. (Elle renifla et s'essuya le coin des yeux.) Je ne sais pas si vous l'avez remarqué, mais parmi ses nombreuses manies agaçantes, Chet me surnommait sa poupée.

Je hochai la tête.

– Je ne le supportais pas. Mais un jour, alors que nous parlions du divorce, il s'est soudain troublé, visiblement très ému, ce qui était rarissime chez lui. Il m'a pris la main, comme il en avait l'habitude, et m'a délicatement massé les doigts – j'adorais cette sensation ; quand il le voulait, il savait me détendre. Alors, il a dit, la voix étranglée par l'émotion : « Tu ne seras plus ma poupée... »

Felice versa encore des larmes, avant de se lamenter :

– Si seulement il s'était tout le temps comporté avec une telle gentillesse...

Elle se figea soudain, surprise par des bruits de pas ; Brett fit irruption dans la cuisine d'un pas bondissant, mimant des lancers de basket. Felice sécha ses larmes, précaution inutile car l'adolescent n'avait d'yeux que pour le réfrigérateur.

– Tu as faim, Bretty ? lui lança-t-elle d'une voix tremblante, ce qui apparemment échappa au jeune garçon.

– Chelsea a pris une glace, j'en veux une, déclara-t-il.

– Vas-y, mon chéri.

– Je me sers ?

– Oui, s'il te plaît.

Brett répondit par un grognement, ouvrit le congélateur, en sortit un pot d'un demi-litre et, après s'être muni d'une cuiller à soupe, sortit de la cuisine.

– Brett n'est pas sensible pour deux sous, dit Felice. C'est peut-être une bonne chose ; la vie sera peut-être plus facile pour lui.

– Comment encaisse-t-il le décès de son père ?

– Il broie un peu du noir, ces temps-ci, mais ça va plutôt bien, de façon générale.

– Alors que Chelsea n'a jamais semblé touchée par ce drame.

– Maintenant, vous comprenez pourquoi.

– Quand a-t-elle appris que Trevor était son père ?

– Est-il nécessaire d'entrer dans les détails ?

– Absolument.

– C'est tout récent, pour elle, docteur. Je lui ai dit la vérité le lendemain du jour où le lieutenant et vous êtes venus nous apprendre la disparition de Chet. J'ai agi sans attendre, car ce n'est pas une fille comme les autres. Elle se rendait régulièrement chez Trevor, c'est vrai, mais uniquement pour prendre des cours de dessin. Je ne voulais pas perdre le contrôle de la situation, la voir entrer en dépression.

– Vous êtes certaine qu'elle n'était pas au courant avant ?

– Avant de parler à Chelsea, comme j'avais des doutes à ce sujet, j'ai demandé à Trevor ce qu'il en était. Il m'a juré qu'il ne lui avait jamais dit un mot, conformément au pacte que nous avions conclu. C'était à moi de juger du moment de lui en parler.

– À terme, votre objectif était d'officialiser leur lien de parenté.

– Je comptais m'y atteler après le divorce. Sans aller jusqu'à lancer une procédure d'adoption ni quoi que ce soit de juridique, je souhaitais simplement que Chelsea se sente… à sa place. Fréquenter Trevor lui fait un bien fou. Ils dessinent ensemble ; elle est douée, d'après lui.

– Depuis quand se rend-elle chez lui ?

– Depuis l'automne dernier, mais pas si souvent que ça. Et en effet, elle n'y va qu'après la tombée de la nuit, car nous préférons rester discrets. Un tel rythme perturberait sans doute la scolarité d'un enfant ordinaire, mais Chelsea n'a jamais été à l'aise à l'école.

– Trevor est votre voisin depuis des années. Pourquoi avoir tant attendu pour faire en sorte qu'elle voie son père ?

– C'est moi qui ai pris cette décision, après que Chet et moi avons décidé de divorcer. Chelsea a toujours aimé dessiner. Quand j'ai montré quelques croquis de ma fille à Trevor, son visage s'est illuminé comme jamais. J'ai ensuite expliqué à Chelsea que M. Bitt était intéressé par ses dessins. Elle a pris l'habitude d'aller chez lui quand Chet était en déplacement et quand nous étions certaines que Brett ne se rendrait compte de rien – il a le sommeil très lourd, ça nous a bien aidées. Trevor, à l'inverse, est insomniaque ; il reste éveillé très tard le soir.

– Et un beau jour, Chet s'est douté de quelque chose.

– Par un malheureux hasard. Il y a quelques mois, il a attrapé un virus – il n'était jamais malade, pourtant ;

il disait que les germes étaient terrifiés à l'idée d'investir le temple sacré qu'était son corps. (Elle secoua la tête.) Enfin, il s'est levé en pleine nuit pour avaler un médicament ; c'est là qu'il a entendu la porte de service couiner. Il est descendu et a vu Chelsea. Elle n'a pas frappé à la porte de Trevor ; elle s'est contentée de fumer une cigarette près de sa maison, puis elle est rentrée. Peut-être a-t-elle senti qu'elle était épiée, à moins qu'elle ait seulement voulu fumer un peu. Oui, je sais, c'est une très mauvaise habitude ; non, je ne sais pas comment elle s'y est mise ; et oui, j'ai tenté de lui en parler. Mais ce n'était pas le problème prioritaire à régler.

Elle se tut, les épaules tombantes.

– Trevor fume-t-il ?

– Vous vous demandez s'il a une mauvaise influence sur elle ? Non, docteur. Il ne fume plus depuis des années.

– Chet a donc surpris une sortie nocturne de Chelsea.

– Ça l'a mis sur les nerfs. J'ai fini par le convaincre que ce n'était pas si grave, que tous les ados se comportaient de la sorte. Alors que je pensais l'avoir calmé, il a continué d'ouvrir l'œil quand il dormait à la maison, si bien qu'une nuit il l'a de nouveau vue sortir. Vous croyez qu'il m'en aurait parlé ? Pas du tout, il ne m'a rien dit et n'a pas réagi. Ce qui à mon sens prouve qu'il se fichait de Chelsea – elle n'a jamais vraiment compté pour lui. Ce n'est que pour créer des ennuis qu'il vous a contacté.

– Une manipulation.

– Plutôt un sabotage. Alors que j'avais bon espoir que nous nous séparerions en bons termes, son comportement m'a fait réfléchir ; peut-être cherchait-il à me faire passer pour une mauvaise mère, afin de me soutirer davantage d'argent lors du divorce. Je n'en sais rien, à vrai dire.

Felice ne semblait pas consciente qu'avec ses mots, elle m'offrait de multiples mobiles pour le meurtre de son mari.

– Chet a-t-il vu Chelsea entrer chez Trevor ?

– Non, Dieu merci. Il cherchait avant tout à la surprendre en train de fumer, même s'il apprécie un cigare de temps à autre.

– Depuis quand Chelsea appelle-t-elle Trevor « papa » ?

– C'était la première fois, à l'instant. J'ai été aussi surprise que vous.

– Trevor n'a pas paru étonné.

– Trevor n'est pas comme tout le monde, docteur ; ses réactions n'ont rien d'ordinaire, expliqua Felice, décrivant le père de la même façon que la fille, précédemment.

– Comment se fait-il qu'il se soit installé dans la maison voisine ?

– Bon sang, j'ai le sentiment de mettre ma vie à nu… Peu importe, après tout, c'est ma faute. Comme d'habitude. (Elle se tamponna de nouveau le coin des yeux, de la feuille d'essuie-tout à présent froissée). J'ai quelque peu déprimé après notre emménagement ici ; les gens de la rue n'étaient pas intéressants, je m'ennuyais dans mon travail, mon mariage prenait l'eau… Bref, je n'avais pas le moral. Je ne sais pas ce qui m'a prise, mais un an plus tard environ, un beau jour, sans aucun signe avant-coureur, j'ai contacté Trevor, dont j'avais conservé le numéro de téléphone. Je pensais encore à lui. Ravi d'avoir de mes nouvelles, il m'a avoué que je lui manquais, ce qui m'a fait craquer, docteur. J'ai perdu les pédales et lui ai tout confié à propos de Chelsea. Vous savez, ce genre de chose qu'on fait sans vraiment comprendre pourquoi.

– Tout à fait. Quelle a été la réaction de Trevor ?

– Différente de celle à laquelle je m'attendais. Il m'a répondu : « C'est vrai ? C'est merveilleux ! » J'ai insisté : « Tu as bien compris ce que j'ai dit, Trev ? » Il a ajouté : « J'apprends que je suis père et j'ai échappé à la corvée de changer les couches. J'ai fait une bonne affaire, il me semble. » J'en suis restée muette, sous le choc. Il m'a remerciée de l'avoir prévenu, et comme nous n'avions plus rien à nous dire, j'ai raccroché. J'ai aussitôt eu la certitude d'avoir commis une grosse erreur qui risquait de me coûter cher. Mais non, il n'a pas cherché à me revoir. Quelques années plus tard, la maison voisine a été mise en vente.

Elle s'essuya une fois de plus les yeux, puis reprit :

– Cet affreux tas de briques, avec ses cactus bizarres, est resté un long moment sur le marché, jusqu'au jour où un panneau « Vendu » y a été installé. J'ai demandé à l'agent immobilier qui avait acheté la maison ; sa réponse a failli me valoir une crise cardiaque.

Felice frotta machinalement la planche à découper pourtant impeccable.

– Dès lors, j'ai guetté l'arrivée de Trevor. Je redoutais ce moment, bien sûr, mais d'un autre côté… (Elle haussa les épaules.) Enfin, un jour, j'ai vu un pick-up garé devant chez lui, mais aucun signe de Trevor. Les semaines ont passé. À l'époque, avant de me blesser au ménisque, j'avais pour habitude de courir trois kilomètres dans le quartier, une heure après le dîner. Un soir, alors que les enfants étaient occupés à je ne sais quoi et tandis que Chet était en déplacement, comme d'habitude, j'ai fait mon footing quotidien. En ralentissant à l'approche de ma maison, j'ai vu Trevor devant chez lui. J'ai failli trébucher et chuter. Ma première réaction a été de la colère : quel toupet de sa part, de s'imposer ainsi à côté de chez moi ! Pourquoi ne s'était-il pas donné la peine de m'en parler avant ? Quand je lui ai demandé quelle mouche l'avait piqué, il m'a répondu que mon coup de téléphone avait changé sa vie. Déjà lassé de San Francisco, avoir de mes nouvelles l'avait incité à prendre du recul.

– Il avait surtout été chamboulé d'apprendre l'existence de Chelsea.

– Oui, c'est ainsi que j'ai interprété sa réponse. Je lui ai clairement fait comprendre qu'il ne devait en parler à personne. Il me l'a promis, et j'ai vu qu'il était sincère. Il n'y a aucune duplicité chez Trevor ; il ne cache rien.

– Comment a-t-il repéré cette maison ?

– Il a cherché mon adresse sur Internet et a chargé des agences immobilières de rechercher des propriétés à vendre dans le secteur. Quand on lui a proposé la maison voisine de la nôtre, il y a vu un signe du destin ; s'installer ici était écrit en lettres majuscules dans son karma, m'a-t-il expliqué. Le revoir m'a perturbée, mais que pouvais-je y faire ? J'ai insisté sur le fait qu'il avait interdiction de dire quoi que ce soit à Chelsea ou à n'importe qui d'autre ; une telle révélation détruirait la vie de ma fille, ainsi que la mienne, et jamais je ne le lui pardonnerais. Une fois de plus, il m'a juré qu'il n'en ferait rien.

– Depuis combien de temps est-il malade ?

Felice détourna la tête, puis revint à moi, avant de fuir mon regard de nouveau.

– Que voulez-vous dire ?

– Il se déplace comme quelqu'un qui souffre.

– Vraiment, docteur ?

Elle s'octroya une gorgée de café.

– C'est froid, dit-elle en repoussant sa tasse. Très bien, inutile de nier la réalité. Il a un souci, en effet. Personne ne dépasse les soixante ans dans sa famille ; ils ont tous un problème au cœur, une sorte d'insuffisance qui fait qu'ils s'étiolent peu à peu. Trevor a cinquante-neuf ans et se porte plutôt bien, vu la situation, mais il est vrai qu'il s'affaiblit. Alors il se laisse vivre tranquillement. L'argent n'est pas un problème, il est plein aux as. Il pourrait s'offrir une villa avec vue sur l'océan, mais il a préféré s'installer ici pour enrichir la vie de Chelsea. Comment pourrais-je ne pas respecter une telle attitude ?

– Cela lui permet en outre de se conformer à son karma.

– Je vous demande pardon ?

– Chet n'étant plus de ce monde, il est désormais libre d'être le père de Chelsea.

Elle me dévisagea un instant avant de réagir :

– Suggérez-vous que…

Je restai muet.

– Vous êtes totalement à côté de la plaque, docteur Delaware. Jamais Trevor ne commettrait une telle horreur. Je préfère mettre un terme à cette discussion ; je vous demande de partir.

– Pas de souci, mais Trevor, par son comportement, s'est rendu suspect, et ça ne peut être écarté.

– C'est ridicule. Qu'a-t-il fait, exactement ?

– Le lieutenant Sturgis cherche à l'interroger depuis le premier jour, depuis qu'on a trouvé le corps de Hal Braun chez vous, mais Trevor l'esquive.

– Braun n'a rien à voir avec Trevor. S'il est lié à quelqu'un, c'est plutôt à Chet ; c'est chez Chet que son cadavre a été abandonné.

– Qui soupçonnez-vous ?

– Personne ! Je dis seulement que c'est peut-être en rapport avec ses affaires, avec sa vie en dehors de notre maison – dont j'ignore tout, comme Trevor. Malgré toutes ces années de mariage avec Chet, je n'ai pas la moindre idée de ce qu'il faisait quand il s'absentait.

– Quand un homicide est constaté, il est normal que la police interroge les résidents du quartier. Trevor est le seul à ne pas coopérer.

– Il n'est pas comme tout le monde, je vous l'ai expliqué, et il est malade ; il a besoin d'économiser ses forces.

Et d'insister, voyant que je ne la relançais pas :

– Il faut connaître Trevor pour le comprendre.

– C'est précisément le problème. Pour le connaître, il faudrait que nous passions du temps avec lui. Or il nous l'interdit, et plus il nous fuit, plus il fait mauvaise impression. Ce problème ne s'est pas arrangé depuis que Chet a été assassiné, car des voisins ont surpris une altercation entre Chet et Trevor.

– À quel propos ? s'enquit Felice, sincèrement étonnée.

– Nous l'ignorons encore, mais la paternité de Chelsea a pu être un sujet de friction entre eux. Chet en savait peut-être davantage que vous ne le supposez.

– Je n'y crois pas une seconde. Et même si tel était le cas, imaginer Trevor coupable serait absurde : il ne ferait pas de mal à une mouche.

– Ils se sont peut-être disputés à propos de chocolats.

Felice ouvrit grand les yeux.

– Deux boîtes offertes à Chelsea, précisai-je. Pour son anniversaire puis à Noël. En forme de cœur.

Elle lâcha un hoquet de stupeur et se plaqua les mains sur les joues, les yeux fermés.

– Mon Dieu, vous êtes également au courant de ça… souffla-t-elle, si faiblement que je l'entendis à peine.

– Nous enquêtons sur deux meurtres, madame Corvin. Les flics ne restent pas les bras ballants à attendre que la solution tombe du ciel, vous savez.

– Bon, d'accord… Oui, en effet, c'est ça mais… c'est compliqué.

– Que s'est-il produit, exactement ?

– Offrir ces chocolats à Chelsea était stupide de la part de Trevor. Je n'ai rien su à propos de la première boîte ; Chelsea l'a cachée et a rapidement englouti tous les chocolats. En revanche, peu après la découverte du corps de Braun, elle a laissé la deuxième sur son bureau, avec un dessin signé Trevor – un faon, un petit Bambi…

– A-t-il signé de son nom, ou simplement « papa » ?

– De son nom. La paternité de Trevor n'a jamais été évoquée, je vous assure que Chet ne savait rien à ce sujet. Il pensait seulement que Trevor était… trop prévenant avec sa fille. Je lui ai expliqué que j'avais montré des croquis de Chelsea à Trevor, qui avait jugé qu'elle était douée et ne lui avait offert des friandises que pour l'encourager, mais ça n'a pas apaisé sa méfiance.

– L'histoire ne s'arrête pas là, devinai-je.

Felice secoua longuement la tête avec lassitude.

– Chet était un morfale qui aimait chiper la nourriture des autres. Chaque fois que l'un de nous se régalait avec quelque chose de délicieux, il se servait sans demander la permission. Il trouvait ça hilarant, mais les enfants avaient cette manie en horreur, et je dois dire que je n'en étais pas fan moi-même. J'avais beau lui répéter qu'il devait respecter certaines limites avec les enfants, il balayait cela d'un revers de main en riant et rétorquait que comme il réglait les factures, tout ce qui se trouvait dans la maison lui appartenait. C'est ce qui s'est passé avec les chocolats. En passant devant la chambre de Chelsea, il a repéré la boîte. C'est en y entrant pour chiper un chocolat qu'il a vu le dessin de Trevor.

Elle abattit le poing dans la paume de la main.

– À partir de cet instant, tout a dégénéré, enchaîna-t-elle. Chet m'a traitée d'idiote crédule ; selon lui, Trevor était certainement un pervers – on n'offrait pas des chocolats hors de prix à une jeune fille sans avoir quelque motivation honteuse cachée. Il a interrogé Chelsea, qui ne lui a même pas répondu, ce qui l'a rendu fou de rage ; il l'a traitée de shootée, d'imbécile, d'attardée… C'était épouvantable ; jamais je ne l'avais vu dans un tel état. Brett est sorti dans le couloir, mais je l'ai fait rentrer dans sa chambre. Pendant ce temps, Chet continuait d'incendier Chelsea, qui restait sans réaction. J'ai réussi à entraîner Chet. Il avait encore la boîte de chocolats dans les mains. Je lui ai donné ma… version des faits non exhaustive. Il m'a regardée dans les yeux, puis il a sorti tous les chocolats et les a écrasés entre ses doigts avant de les remettre à leur place. Sauf le dernier. Il a dit « À la menthe, mes préférés » et l'a fourré dans sa bouche en souriant, après quoi il a jeté la boîte à la poubelle. Cette nuit-là, Chelsea a pleuré toutes les larmes de son corps ; jamais je ne l'avais vue si touchée. Je me sentais très mal, je me reprochais de ne pas avoir su la protéger ; il ne s'était rien produit de répréhensible, mais il m'était impossible d'avouer la vérité à mon mari. De plus en plus furieux, Chet a menacé de dénoncer Trevor à la police, ou, encore mieux, d'aller directement lui casser la figure chez lui. Je l'ai supplié de ne rien faire de tel, je lui ai promis que Chelsea ne verrait plus ce voisin, que je serais plus vigilante.

Felice s'essuya encore les yeux, l'air coupable.

– Cette nuit-là, j'ai même fait l'amour avec Chet ; j'étais prête à n'importe quoi pour le calmer. Alors que je pensais y être parvenue, Trevor m'a appris hier que Chet était venu plusieurs fois frapper à sa porte. Terrifié, il ne lui avait pas ouvert. Vous comprenez pourquoi il est resté terré chez lui quand la police s'est manifestée... Enfin, Chet a fini par laisser tomber. Il n'était pas du genre à insister longtemps sur quoi que ce soit, sans compter qu'il ne se souciait pas vraiment de Chelsea ; il avait envie de laisser éclater sa colère, c'est tout.

Elle laissa passer quelques secondes de silence avant de me poser une question :

– Que vous ont raconté les voisins ?

– Apparemment, Chet aurait dit ses quatre vérités à Trevor, qui n'a fait qu'écouter.

– C'est tout ? Dieu soit loué, ça s'est terminé là.

– Pas pour Trevor. Chelsea n'a pas pour autant cessé de lui rendre visite.

– Uniquement quand Chet était en déplacement, et assez rarement, comme je vous l'ai dit, docteur. Vous savez, je pense que c'est votre apparition qui a déclenché l'hostilité de Chet. Il s'est dit qu'il pouvait se servir d'un psychologue pour m'atteindre ; c'est pour ça qu'il a fait appel à vous.

– Oui, c'est probable.

– Vous êtes de mon avis ? Vous allez donc laisser tomber toute cette affaire ? Et dire à la police d'oublier Trevor ?

– C'est impossible, malheureusement.

– Vous n'êtes pas raisonnable, s'emporta Felice, le poing serré. Notre famille n'a-t-elle pas assez souffert ?

– Si Trevor n'a rien à cacher, il lui sera très facile de dissiper nos doutes le concernant.

– Je vous en prie, cet homme est la seule chose positive dans la vie de Chelsea, et elle mérite d'être heureuse.

– J'en suis conscient, et il est simple de régler une fois pour toutes ce problème : il suffit que Trevor ouvre la porte quand la police sonne chez lui et se montre coopératif.

– Simple… Un psychologue devrait savoir que rien n'est jamais simple, dans la vie.

Je me levai, mais elle resta assise.

J'avais déjà fait quatre pas lorsqu'elle me lança :

– Je ne vous raccompagne pas.

# 34

Je joignis Milo sur son portable, depuis ma voiture. Il répondit dès la première sonnerie :

– Alors, qu'est-ce que ça a donné avec Felice ? Tu as dégotté quelque chose susceptible de m'aider à obtenir un mandat ?

Tandis que je lui racontais mon entrevue, il resta silencieux, en dehors de quelques « Sans déconner ? » et « Pas croyable... » ponctués de grognements.

– Stupéfiant ! s'exclama-t-il, quand j'en eus terminé. Résultat des courses, je me sens comme Tantale avec ses fruits inaccessibles juste au-dessus de lui. Impossible d'obtenir un mandat pour abus sur mineur, alors que Bitt est plus que jamais suspect du meurtre.

– J'ai expliqué à Felice que Bitt avait tout intérêt à coopérer avec nous. Elle s'est montrée réticente, sur le moment, mais espérons qu'elle recouvre son calme et convainque Bitt.

– L'espoir fait vivre – ou mourir, plutôt, vu qu'on a deux meurtres sur les bras. Ce type est le papa chéri de Chelsea, s'installe dans la maison voisine, et Felice garde le secret pendant deux ans sans que Chet se rende compte de quoi que ce soit ? Tu la crois ?

– Oui, mais je ne suis pas certain que Chet n'ait rien deviné.

– Et s'il n'avait pas été question que de chocolats, lors de l'altercation dans la rue ? Tu as remarqué quelque chose entre Felice et Bitt ?

– Je ne les ai vus dans la même pièce qu'une minute, mais non, rien de tel ne m'a frappé. Tu envisages la piste du meurtre de conjoint ?

– Pourquoi pas, Alex ? Il est possible qu'elle t'ait menti, qu'ils se soient remis ensemble. Ils couchent peut-être ensemble depuis qu'il a acheté la maison d'à côté. Il suffit qu'elle lui donne un double des clés pour qu'il entre chez les Corvin.

Cettc hypothèse ne résolvait en rien le mystère Braun, pas plus que celui de la Camaro. Tandis que j'hésitais à signaler ce point, Milo poursuivit :

– Autre possibilité, c'est Chelsea qui lui a donné la clé, pour que son père biologique – ou son meilleur ami, selon ce qu'était Bitt pour elle à ce moment-là – la protège de son père officiel qui ne s'est jamais intéressé à elle. Et qui lui a piqué ses chocolats. Nous savons que Bitt n'était pas chez lui le soir où Chet a été abattu. Il a pu le suivre jusqu'au motel, le descendre, embarquer Miss Armani dans le Range Rover de Chet et la tuer ailleurs, puis passer la nuit dans un hôtel. Le lendemain, il rentre chez lui et continue de m'ignorer. Je vais te dire, Alex : entre l'histoire de paternité et l'altercation, je sens que je peux obtenir un mandat. Je file à la chasse au juge !

– Mais qu'est-ce qu'on fait de Braun et de M. Camaro, du coup ?

– Je ne suis pas Moïse sur la montagne, une chose à la f… (Un bip l'interrompit.) Une seconde, j'ai un appel en attente ; c'est peut-être John Nguyen. Je lui ai déjà parlé de l'éventualité que Bitt soit pédophile ; on va voir ce qu'il pense de ce que tu viens de m'apprendre.

Après m'avoir délaissé quelques minutes, Milo revint en ligne, surexcité :

– Ce n'était pas John, mais Petra ! Ma bonne étoile fait des heures supplémentaires, écoute ça…

Ce fut à mon tour de tendre l'oreille.

– Quel bonheur de voir des citoyens se donner tant de mal pour nous aider, commentai-je, quand il en eut terminé.

– Tu m'accompagnes, évidemment ?

– Je ne veux pas manquer ça.

Dans la rue, Sarabeth Sarser se faisait appeler Sadie, Sammantha, Samanthalee, Bettisam ou encore, et de façon inexplicable, Bébé-bonnet.

À trente et un ans, elle faisait le trottoir depuis une quinzaine d'années, jonglant entre ses identités afin de semer les autorités en baroudant dans le nord et le sud de l'État, et même jusque dans le Nevada. Depuis sept ans, elle ne quittait plus les environs de Hollywood, son abus de drogues diverses la privant de l'énergie nécessaire pour arpenter les routes.

Elle ne dupait plus personne : elle racolait sans se cacher, était régulièrement arrêtée, réglait ses amendes et retournait sur le trottoir.

Elle avait été interpellée – pour la quarantième fois, à peu de choses près – par un certain Harry Bucksteen. S'étant mis à dos un supérieur, Bucksteen avait été arraché à son poste administratif pépère et transféré au programme de prévention de la prostitution dont Petra nous avait parlé. Plutôt que de suivre les directives exigeant que les flics interviennent au plus vite, il agissait à l'ancienne : il attendait que les filles concluent une transaction avec un client pour ensuite seulement intervenir et s'attaquer au commerce du sexe par les deux bouts, l'offre et la demande.

– Vous y croyez ? pesta Sarabeth Sarser. Ce gros feignant a enfreint toutes les règles.

– Estime-toi heureuse qu'il soit feignant, dit Petra. Ça te permet d'avoir quelque chose à monnayer.

– Je comptais vous contacter, de toute façon, madame, assura la prostituée. C'était la bonne chose à faire.

L'ovale parfait de son visage était gâché par des taches sous les yeux, signes d'un usage de méthamphétamines, et par une violente éruption cutanée qu'un épais maquillage échouait à dissimuler. Sa tenue de travail se composait d'une robe de soirée noire, de boucles d'oreilles en forme de crânes, de perles en plastique et de bottes blanches montant jusqu'aux genoux. Quant à sa longue chevelure d'un blond presque blanc, qui faisait sans doute illusion dans la nuit, elle semblait faite de paille sous l'éclairage du café.

Celui-ci, minable établissement à l'enseigne des Losers heureux, avait été rebaptisé l'année précédente par les nouveaux propriétaires – car Chez Joan et Bill ne sonnait pas très bien. Le décor n'avait pas évolué depuis des décennies, ce qui, en plus du café bien trop cher, expliquait la présence de hipsters glandeurs berçant leur tasse d'arabica, les yeux rivés sur leur téléphone. En ces lieux végétaient également des dealers, des fournisseurs, des prostituées, ainsi que les flics qui passaient leur temps à les arrêter. Deux policiers en pause déjeuner installés dans un box reconnurent Sarabeth Sarser et la saluèrent de la main.

– Salut, les garçons, répondit-elle en se trémoussant des hanches jusqu'aux épaules.

Les flics rirent, puis, découvrant Milo, baissèrent aussitôt les yeux sur leurs sandwichs.

– Assieds-toi ici, Sadie, intima Petra à la prostituée en tapotant le skaï bleu d'un box éloigné de ses collègues.

La jeune femme obtempéra, puis la policière s'installa à côté d'elle. Milo et moi prîmes place en face de ces dames.

– J'ai l'impression d'être très demandée, plaisanta Sarabeth.

– Ce n'est pas une impression, dit Milo. Merci de nous aider.

– C'est normal, monsieur. J'ai un peu faim.

Vingt minutes plus tard, elle repoussa les restes du cheeseburger dont elle n'avait mangé que quelques bouchées. Les yeux ronds comme des boules de flipper, elle ne cessait de changer de position, ce qui faisait bâiller sa robe noire.

Elle considéra un instant son assiette avec un désir presque amoureux, regrettant d'être incapable d'en avaler davantage. Carburer aux amphétamines à longueur de nuit avait eu raison de son appétit et de son sommeil.

– Sale affaire, mais tout est bien qui finit bien, non ? dit-elle.

– Quelle sale affaire ?

– Le mec qui s'est fait buter.

– Vous le connaissiez ?

– Non, monsieur, je ne l'ai jamais vu, affirma Sarabeth, à qui un renvoi échappa. Oups…

– Vous ne l'aviez jamais vu avant qu'il soit assassiné ?

– Non, ni même après ; j'ai seulement entendu qu'il se passait quelque chose, expliqua-t-elle, tripotant l'une de ses boucles d'oreilles. Il y a eu des coups de feu, puis j'ai vu ce que j'ai vu, et j'ai décidé qu'il fallait que je vous aide ; vous avez un boulot à faire, et je le comprends parfaitement.

– Tu as donné l'alerte de façon anonyme, sans passer par police-secours, rappela Petra. Pourquoi ?

– Vous le savez très bien.

– Quoi donc ?

– Par discrétion.

– Mouais…

– Qu'est-ce que ça change, je vous ai signalé ce que j'ai entendu, non ?

– Exact, Sadie, et comme l'a dit le lieutenant, nous apprécions ton initiative.

Sarabeth sourit et retourna négligemment un morceau de salade flasque ; ses faux ongles de trois centimètres étaient couleur sang.

– Je n'ai rien oublié, vous savez, ajouta-t-elle, quelque peu troublée que personne ne relance la conversation.

– À propos de quoi ? demanda Petra.

– J'ai encore toute la scène dans ma tête. Ma grand-mère me disait toujours qu'il faut mettre de côté ses pensées comme de l'argent.

– Vraiment ? Et où habite ta grand-mère ?

– Au cimetière, madame.

– Navrée de l'apprendre.

– Ce n'est pas un drame, elle était âgée, laissa tomber la prostituée en haussant ses épaules pâles et boutonneuses.

– C'est elle qui vous a élevée ? intervint Milo.

– Ah non, pas du tout, c'est ma mère. Mais ma mère est allée en prison, où elle est morte. J'ai été placée en famille d'accueil, mais je rendais souvent visite à grand-mère. Elle avait plein d'argent parce qu'elle l'économisait.

Le visage de la jeune femme se ferma, tandis que ses souvenirs l'assaillaient.

*Et lors de ces visites, quelques billets passaient dans ton sac sans qu'elle s'en rende compte*, devinai-je en pensée.

– OK, reprenons depuis le début, Sadie, intima Milo.

– J'ai déjà tout dit, pas vrai, madame ?

– Exact, mais c'est le lieutenant le patron, expliqua Petra. Il faut que tu lui racontes tout de vive voix.

– Le patron… répéta Sarabeth, avec son triste sourire de junkie. Je peux avoir de la tarte, monsieur ?

– Vous avez encore faim ? s'étonna Milo, désignant le burger à peine entamé.

– La tarte, ce n'est pas la même chose.

– Je suis bien d'accord, Sadie. Vous aurez votre part de tarte dès que nous en aurons terminé. Je vous écoute.

– J'étais sur place, j'ai tout entendu et ensuite j'ai tout vu, résuma Sarabeth, ponctuant ses mots d'un nouveau sourire.

– Ça ne vaut pas une part de tarte, ça, ma mignonne, mais seulement quelques miettes, jugea Milo.

– D'accord, d'accord, dit-elle en riant. Alors, j'étais là-bas…

– Dans la chambre 13 du Sahara.

– Je ne me souviens pas du numéro de la chambre.

– C'était bien la 13, confirma Petra.

– Vraiment ? Le 13 porte malheur. C'est peut-être pour ça, finalement…

– Pour ça que quoi ?
– Qu'il est arrivé quelque chose de terrible.
– Dans la chambre 14.
– Oui, enfin… c'est comme si la poisse était sur toutes les chambres.
– Vous connaissez bien le Sahara ? demanda Milo.
– Oui, un peu, répondit Sarabeth, après un temps d'hésitation.
– Je vous assure que nous ne nous intéressons pas le moins du monde à votre travail, Sadie.
Au mot « travail », la jeune femme se redressa.
– Oui, c'est vrai que j'y suis parfois, reconnut-elle.
– Qui était votre client, ce soir-là ?
– Nous ne faisions que parler.
– Peu importe. Qui était ce monsieur ?
– Je vous jure que nous avons seulement discuté.
– Pas de souci, Sadie. Parlez-nous de votre client.
– Il était là pour parler, insista-t-elle. C'était un petit bonhomme. Je ne comprenais rien vu qu'il baragouinait en espagnol. (Elle sourit, dévoilant une dentition ravagée par la drogue). Petit mais mignon. On parlait quand on a entendu les coups de feu. Il a flippé et s'est planqué dans la salle de bains.
Elle tapa dans ses mains, ce qui ne produisit qu'un son étouffé – la malheureuse n'avait plus beaucoup de muscle dans les bras.
– Un tir retentit dans la chambre voisine, votre petit bonhomme se cache dans la salle de bains, résuma Milo. Et vous ? Où êtes-vous ?
– Dans la chambre, en train d'essayer de ne pas faire pipi dans ma culotte. Il est ressorti et s'est rhabillé en deux secondes. (Un gloussement.) Il s'est emmêlé les pieds dans son pantalon, et son engin se balançait dans tous les sens. Puis il a filé. J'ai refermé la porte et je me suis plaquée au sol.

Elle mima sa réaction, les bras sur la tête, évoquant un écolier lors d'un de ces exercices d'alerte aérienne inutiles au temps de la guerre froide.

– Ça a dû être difficile d'attendre comme ça, fis-je remarquer.

Elle baissa les bras et m'observa un instant.

– J'étais terrifiée, avoua-t-elle, ses traits terreux plombés par la peur. Je m'attendais à en entendre d'autres.

– D'autres coups de feu ?

– Oui. Il y a une riposte, en principe, non ?

– Exact, abonda Milo. Que s'est-il passé ensuite ?

– Rien du tout. Alors j'ai jeté un coup d'œil dehors.

Elle écarta ses doigts de quelques centimètres à hauteur de son visage.

– Heureusement que ce mur n'est pas aveugle, dis-je.

– Quoi ?

– Heureusement qu'il y a une fenêtre côté parking.

– Ah, j'ai cru que vous disiez que j'étais aveugle.

– Et vous avez vu…

– Un type.

Voilà qui était nouveau.

Milo me jeta un regard, puis se tourna vers Petra, mais aucun de nous trois n'ouvrit la bouche.

– Et c'est tout, dit Sarabeth. Je peux avoir de la tarte ?

– Un type ? relança Milo.

– Oui, avec une fille, évidemment, ajouta-t-elle avec désinvolture, comme si cela allait de soi.

– Ils sont sortis de la chambre 14 ?

– Ouais.

– Qu'ont-ils fait, Sadie ?

– Ils ont fichu le camp.

– Ensemble ?

– Elle a un peu… trébuché, précisa la prostituée, après une seconde de silence. Il avait dû la pousser. Mais elle n'est pas tombée.

– Et ensuite ?

– Il l'a fait grimper à l'arrière d'un Range Rover et ils sont partis.

Encore de nouveaux éléments.

– Elle a résisté ? s'enquit Petra.

– Ah non, mais comme je le disais, elle était un peu… elle a trébuché, sans tomber. Comme si elle était… je ne sais pas trop, en fait.

– Elle titubait.

– Voilà, c'est ça !

– Écoute-moi bien, Sadie ; voici une question extrêmement importante, dit Petra. À quoi ressemblaient ces deux personnes ?

– Je ne sais pas, madame. Il faisait nuit et j'étais morte de trouille.

– Grands ? Petits ?

Elle secoua la tête :

– Je n'ai vu que des silhouettes qui marchaient vite.

– Noirs, Blancs, hispaniques ?

– Même s'ils étaient violets, je ne l'aurais pas remarqué, je vous le jure. (Elle se tourna vers moi.) Comme si j'étais aveugle, en fin de compte.

– Quel âge ?

– Je ne sais pas.

– Vous n'avez aucune idée de leur âge ni de leur physique, donc ? dit Milo.

– Non, désolé, monsieur.

– Et leurs vêtements ?

– Je n'étais pas en mode *Projet haute couture*.

– Pardon ?

– C'est une émission de télé-réalité sur la haute couture. J'en ai regardé quelques épisodes, mais depuis on m'a piqué mon iPad.

– Lors de ton premier appel au commissariat, tu n'as rien dit de tout ça, Sadie, ni même il y a quelques heures, quand tu m'as raconté cette histoire, dit Petra.

– J'avais peur.

– Mais maintenant tu nous dis tout ?
– Oui, il me semble que c'est ce qu'il faut faire.
– Vous avez laissé passer l'orage, dit Milo.
– J'ai horreur de l'orage ; je préfère le beau temps, on porte moins de vêtements ! gloussa Sarabeth.
– Je comprends. Et donc, vous avez « mis de côté » ces détails pour vous en servir quand ça vous serait utile.
– Oui, monsieur, comme me le conseillait grand-mère.
– Reprenons tout depuis le début, décida Petra.
– Sérieux ? ronchonna Sarabeth.
– Oui, sérieux.
La prostituée lâcha un soupir et réduisit en lambeaux une feuille de salade, puis elle nous relata de nouveau son récit, sans apporter d'éléments nouveaux.
– Et ils sont partis, conclut-elle. Quand j'ai compris qu'ils ne reviendraient pas, j'ai dégagé à mon tour. Et j'ai dû retirer ma culotte. Comme je vous l'ai dit, ma vessie était sur le point de craquer. (Elle s'esclaffa.) Je peux avoir de la tarte à la noix dc pécan ?

La générosité de Milo valut à Sarabeth une portion gargantuesque de tarte à la noix de pécan agrémentée d'amandes dorées d'une fraîcheur douteuse et nappée de glace à la vanille – au terme d'un échange ubuesque :
– Une tarte *à la mode*[1], Sadie ?
– Je vous ai dit que je ne parlais pas espagnol.
– Ça veut dire avec de la glace.
– Cool !
– Oui, si vous la laissez fondre.
– … ?

1. En français dans le texte original.

# 35

– Désolée de vous avoir fait venir pour ça, s'excusa Petra, sur le trottoir. Elle m'a assuré qu'elle avait autre chose à dire mais elle s'est servie de moi pour que son amende pour racolage soit effacée.

À l'intérieur du café, un homme en chemise flashy et veste en cuir noir s'approcha de Sarabeth Sarser. Plus âgé qu'elle d'une dizaine d'années, il avait la peau mate et des paupières tombantes sur un visage de lézard. Les deux oreilles percées de diamants, il arborait en outre des tatouages jusque dans le cou.

– Regardez-moi ce zombie, siffla Petra. Combien d'arrestations à son actif, d'après vous ?

– Au moins vingt, estima Milo, se grattant le menton.

– Je parierais sur trente, renchérit Petra.

Les yeux plissés et la mâchoire crispée, la policière ne quittait pas du regard l'individu louche, espérant qu'il se rende compte qu'elle le surveillait. Ce ne fut pas le cas ; il continua de parler à l'oreille de la prostituée, qui gardait les mains plaquées sur la table.

– C'est pathétique, se lamenta Petra. La prochaine fois que j'aurai affaire à cette fille, ce sera peut-être pour enquêter sur sa mort… (Elle détourna le regard.) Bon, allons nous reposer. J'avais pourtant bon espoir que cette rencontre débouche sur quelque chose d'intéressant.

– Ne t'excuse pas, gamine, dit Milo. Nous avons appris plein de choses.

– Vraiment ?

– Eh bien oui : nous savons maintenant que ce n'est pas la femme qui accompagnait Chet qui a appelé le commissariat. C'est donc sans doute une victime collatérale ; elle a peut-être été abandonnée au même endroit que le Range Rover. Continuons à rechercher ce véhicule. D'autre part, rien, dans le récit de Sarabeth, n'innocente Bitt. L'histoire de Bitt et Felice ne tient pas la route ; un ancien chéri qui s'installe dans la maison voisine ? C'est bancal.

Un mouvement attira notre regard à l'intérieur du café. L'homme-iguane avait passé un bras sur les épaules de Sarabeth, avec le sourire de celui qui se croit tout permis.

Sa bouche s'approcha de l'oreille gauche de la prostituée, au point qu'il aurait pu y glisser la langue – et c'est peut-être ce qu'il fit. À moins qu'il ne se soit contenté de poursuivre son discours. Quoi qu'il en soit, Sarabeth se tortilla sur la banquette.

De son autre bras, l'homme, frôlant des seins rétrécis par la consommation de drogues, se saisit de la tarte et mordit dedans.

Petra regagna la salle et lui lança quelques mots. Il se hérissa mais s'extirpa du box et sortit du café, non sans prendre soin de nous esquiver, Milo et moi.

Petra nous rejoignit, son téléphone dans la main. Un texto la fit sourire :

– Ah ! Je manque à Eric, apparemment. Je rentre à la maison, les garçons.

Une main à portée de son arme dissimulée sous sa veste, elle s'éloigna de sa démarche alerte mais gracieuse, bien trop élégante pour cette zone miteuse d'Hollywood. Après avoir suivi des yeux sa silhouette gracile jusqu'à ce qu'elle se fonde dans les ténèbres, Milo et moi regagnâmes nos véhicules.

– Fini les conneries, déclara Milo, près de ma Cadillac. Demain, avant que Felice ne conduise ses mômes à l'école, je l'appelle et je lui demande si elle peut convaincre Bitt d'avoir une discussion avec moi. Si elle refuse de coopérer, je lui réponds que la police frappera jour et nuit à la porte de son voisin, que la presse sera mise au courant et que toute la région apprendra qu'elle entretient une relation louche avec un type qui dessine des trucs obscènes et violents.

– Ses enfants en pâtiront.

– Tu as une meilleure idée ?

– Laisse-moi l'appeler d'abord.

– Et pourquoi tu serais plus efficace que moi ?

– J'ai commencé à construire quelque chose avec elle, ce matin. Je peux peut-être en profiter.

– Tu comptes nouer une relation avec elle grâce à un mélange de compassion et de psychologie…

– Oui, c'est l'idée.

– … plutôt que me laisser envahir son territoire avec la délicatesse d'un chef wisigo-mongolo-hun.

– Exactement, Attila, dis-je en riant.

– D'accord, céda-t-il en se frottant le visage. Tu as droit à une tentative. Et merci, au fait. Merci du fond de mon cœur insensible.

# 36

Le lendemain matin, Robin se leva comme d'habitude à 6 heures et se mit au travail une demi-heure plus tard. Alors que d'ordinaire je dors encore un bon moment après son réveil, je me fis violence et pris mon café avec elle. Après avoir promené le chien, puis m'être douché et habillé, j'étais prêt à appeler Felice Corvin à 7 h 15.

Le téléphone de mon bureau sonna avant même que je ne le décroche :

– Docteur Delaware, j'ai une certaine Mme Corvin en ligne pour vous, m'annonça l'opératrice de mon service de standard téléphonique.

– Comme c'est pratique.

– Pardon, docteur ?

– Passez-la-moi… Bonjour, madame Corvin.

– Je sais qu'il est tôt mais je tenais à vous parler, me lança d'emblée Felice. J'ai beaucoup réfléchi à ce que vous m'avez dit, puis j'en ai parlé à Trevor ; il est d'accord pour s'entretenir avec vous.

– C'est surtout aux questions de la police qu'il doit répondre.

– Oui, je faisais référence à « vous » au pluriel, les messieurs de la police. Je préférerais que vous vous en chargiez seul, bien sûr, mais je suis réaliste. Pourriez-vous participer à cette discussion, docteur, pour surveiller ce qui se passe ?

– Mon rôle ne consiste pas à surveiller, vous savez.

– Faites ce que vous avez l'habitude de faire, alors.

– Il m'arrive de ne rien faire.

– Votre présence suffira, alors. Ce serait préférable à… je ne sais pas, un interrogatoire de police classique, à quelque chose de trop… militaire.

Je pris le temps de choisir mes mots avant de répondre :

– Si je suis autorisé à assister à cette rencontre, j'y participerai, mais ce sera forcément un interrogatoire de police, étant donné que nous avons un double meurtre sur les bras.

Felice laissa passer quelques instants de silence.

– Ce que j'essaie de vous faire comprendre, c'est que la situation est délicate et justifie une approche par le biais d'un spécialiste, précisa-t-elle.

S'inquiétait-elle sincèrement ? Cherchait-elle à me manipuler ?

– Bien entendu, répondis-je. Je transmettrai le message au lieutenant Sturgis.

– C'est le mieux que je puisse espérer, j'imagine. Pouvez-vous passer à 17 heures aujourd'hui ?

– J'en parle au lieutenant, et quelqu'un vous confirmera le rendez-vous.

– « Quelqu'un… » Vous faites tout dans les règles.

– Oui, j'en ai peur.

– Je comprends, docteur. Des gens sont morts.

*Des gens*. Quelle indifférence pour évoquer un époux décédé, quand bien même elle comptait divorcer.

Je joignis Milo.

– Aujourd'hui à 17 heures ? me répondit-il. Oui, c'est OK pour moi. Il faut que je vérifie si Sean, Moe et quelques autres sont disponibles.

– Tu débarques avec tes troupes ?

– Notre homme est un cinglé dont on sait qu'il a déjà brandi une arme à feu. Felice peut dire ce qu'elle veut, je ne prendrai aucun risque.

– Elle tient à ce que j'assiste à la discussion.

– Elle croit qu'on organise une psychothérapie de groupe ou quoi ? Bon, d'accord ; si ça se passe bien une fois qu'on est entrés, tu pourras nous observer. On dirait qu'elle cherche à gérer l'interrogatoire à la place de Trevor. Ou peut-être à contrôler ce qui sera dit.

– Oui, j'y ai pensé.

– Je te rappelle si cet horaire est confirmé. Tu n'auras pas eu à insister, en fin de compte.

– Rien de neuf, à part ça ?

– Non, à part deux témoins qui ont dit avoir vu le Range Rover de Chet – mais c'était bidon dans les deux cas – et la flemme du shérif de San Berdoo, qui est loin de se précipiter à la maison d'Arrowhead pour y effectuer les prélèvements réclamés. Dave Brassing m'a rappelé ; il s'est rendu là-bas hier soir et n'a pas vu de Camaro ni quoi que ce soit d'autre.

– Vive les bons citoyens.

– Ils entretiennent une relation amour-haine avec les autorités. Quel bonheur quand on est dans la phase amour.

Dès 16 h 30, Milo, au volant d'une voiture banalisée, s'approcha de la maison de Trevor Bitt, suivi de deux SUV noirs. Les trois véhicules se garèrent à la file à mi-chemin du fond de l'impasse d'Evada Lane.

Cette arrivée précoce était due à la volonté de Milo d'« imposer son *timing* ».

Si cela peut sembler mesquin aux yeux des non-initiés, contrôler un maximum de paramètres augmente les chances de s'en sortir vivant, quand on évolue sur Planète Police.

Il était impossible de se planquer, en cet après-midi ensoleillé, mais l'apparition du convoi ne déclencha aucune réaction dans les environs. La BMW de Bart Tabatchnik ne se trouvait pas dans son allée, pas plus que la Mercedes d'Edna San Felipe. Autant de fouineurs potentiels en moins.

Milo sortit deux gilets pare-balles de son coffre, en enfila un et me tendit l'autre, puis s'assura que je le sanglais correctement. Ce blindage portatif me faisait l'effet d'une carapace de tortue – de tortue vulnérable, car sans possibilité de rentrer la tête et les pattes.

Sean Binchy, Moe Reed et deux sergents baraqués réquisitionnés par Milo portaient le même accoutrement. Tyrell Lincoln et Marlin Moroni l'avaient accompagné l'année précédente, lors d'une descente ; quelqu'un avait été tué mais pas de leur fait. Tous deux chevronnés, ils étaient aussi concentrés qu'imperturbables et raffolaient des heures supplémentaires – et des primes qui allaient avec – pour la même raison : une pension alimentaire à verser.

Après nous avoir rassemblés derrière le SUV garé en dernière position, Milo fit son briefing et désigna à ses hommes la maison de Bitt et son pick-up noir, ainsi que la Lexus poussiéreuse de Felice, dans l'allée voisine.

– Elle est chez elle ou chez lui ? s'enquit Reed.

– Chez elle, en principe, d'après notre discussion de ce matin, répondit Milo. Je suis censé la prévenir, puis elle nous conduit chez Bitt, prétendument pour que tout se passe en douceur, mais je ne lui fais pas confiance, pas plus qu'à Bitt. Ce type est le papa chéri de sa fille et vit dans la maison d'à côté depuis des années sans que le mari soit au courant.

– Du moins jusqu'à récemment, dit Binchy. Et soudain, le mari est tué.

– C'est ça.

– Des années… releva Moroni. Sacrée manipulation.

– Une femme capable de garder un secret si longtemps ne décrochera jamais un job au gouvernement, dit Lincoln, ce qui nous fit glousser malgré la tension sous-jacente.

– Comme je vous l'ai dit, Bitt est détenteur d'un fusil et ce type peut être un 5150.

Ce code radio désignait les suspects à l'équilibre mental douteux. Milo cita également la loi d'État qui autorisait l'internement de tels individus.

– À moins que le D^r^ Delaware ait une autre façon de voir les choses ? conclut-il.

– Envisager le pire est toujours payant, répondis-je.

– Un fou armé, donc… résuma Moroni, roulant ses épaules de géant.

– Armé d'un fusil, précisa Reed. Or le visage de Braun a été criblé de plombs.

– Dès l'instant où Bitt est sous contrôle, la priorité est de sortir toutes les armes qu'on trouve chez lui. Mon mandat de perquisition se limite aux armes à feu et aux armes blanches – y compris les scies électriques, vu que les mains de Braun ont été sectionnées.

– Il faut donc fouiller le garage ou l'atelier, s'il y en a un, déduisit Reed.

– Chez un 5150, on retrouvera peut-être les mains de Braun dans un bocal à cornichons, dit Moroni.

– S'il est visible, on l'emporte aussi.

Des rires gras conclurent cet échange, malgré la nervosité grandissante.

Tyrell Lincoln tourna la tête vers moi :

– La folie étant à l'ordre du jour, vous nous accompagnez en tant que FUTÉ, doc ?

Ce n'était pas un compliment, mais un acronyme municipal : Fonctionnaire d'Urgence de Traitement et d'Évaluation mentale.

– Exact, dit Milo. Aujourd'hui, on a un authentique futé plutôt qu'un FUTÉ officiel.

Il expliqua à l'équipe que Bitt refusait de nous recevoir depuis des semaines, puis il relata l'épisode du fusil braqué sur Maillot Bernard.

L'heure n'était plus à la plaisanterie.

– On défonce la porte, s'il ne nous ouvre pas ? demanda Marlin Moroni.

– J'aimerais bien, mais le mandat ne nous le permet pas.

– Pourquoi ?

– Le procureur est intervenu.

– Il ne veut pas prendre de risque, le froussard, dit Lincoln.

– Si Bitt ne nous répond pas, on rentre à la maison, résuma Reed.

– Oui, hélas.

– Quel dégonflé, ce procureur, ragea Moroni. C'est lui qui devrait être catalogué 5150.

– J'y ai pensé, Marlin. Le problème, c'est qu'il a la trouille que ça dégénère dans ce quartier chic.

– Avec un suspect armé ? Vous croyez ? ironisa Reed.

– On fait avec ce qu'on a, les gars, dit Milo. C'est pour ça que j'ai accepté que Felice Corvin nous accompagne, même si je ne la trouve pas claire. C'est elle qui frappera à la porte de Bitt.

– « Ouvre, mon chéri, je t'en priiiie », railla Moroni.

– En admettant qu'on entre, on maîtrise le cinglé et on fouille la baraque, donc ? dit Lincoln.

– En délicatesse, évidemment, Ty, ajouta Moroni. On ne va quand même pas ruiner la déco intérieure. (Il avisa la demeure de Bitt un instant.) Un auteur de bandes dessinées peut s'offrir une si belle maison ?

– Grâce à un héritage, expliqua Milo.

– Il est riche en plus d'être siphonné ? On a tous les ingrédients nécessaires pour avoir un gars qui se croit tout permis. Je parie qu'il finit les menottes aux poignets.

– Le plus tôt sera le mieux, abonda Milo.

– Si on parvient à entrer dans cette foutue bicoque.

– Sois positif, Marlin. J'ai tout de même obtenu une concession : si on a de bonnes raisons de croire qu'il se passe quelque chose de grave, on a le droit de sortir le bélier. Il est dans la voiture.

– On a le nôtre aussi, dit Lincoln. Et ce serait quoi, exactement, « quelque chose de grave » ?

– Si le suspect se comporte de façon ouvertement menaçante, ou si on se retrouve avec une prise d'otage.

– Ou si une bombe atomique éclate, ajouta Moroni.

– Ah non ! En cas de bombe, il nous faut l'autorisation de notre chère ACLU pour intervenir, plaisanta Lincoln.

– En supposant que rien de tel ne se produise, et c'est à espérer, nous devrons nous cantonner à la porte d'entrée car un solide portail bloque l'accès à l'arrière de la propriété, détailla Milo.

– Et en passant par chez le voisin de derrière ?

– Le mur est trop haut.

– Tu permets que j'aille jeter un coup d'œil à ce portail ? demanda Moroni.

– Fais vite, accepta Milo, après une brève réflexion.

Moroni courut se glisser dans le passage où Chelsea Corvin avait pour habitude de fumer. Ce mastodonte frôlant la cinquantaine courait encore comme un joueur de football universitaire. Il fut de retour quelques secondes plus tard.

– Je peux franchir le portail si on me fait la courte échelle, assura-t-il.

– Comme tu ne portes pas tes chaussures de golf à crampons, aujourd'hui, je suis volontaire, se proposa Lincoln, une main levée. Je peux même te balancer direct par-dessus le mur, ça ira plus vite.

– Tu parles beaucoup, pour un vieillard aux genoux raides, se défendit Moroni. S'il y a un verrou de l'autre côté, je t'ouvrirai peut-être, pour que tu me rejoignes de ta démarche boitillante.

Une blonde en survêtement bleu ciel surgit à cet instant d'une maison de style grec, les bras croisés et un téléphone mobile dans une main.

– Sean, dis-lui de rentrer chez elle et de ne pas passer de coup de fil, ordonna Milo. Dis-lui que la paix dans le monde dépend de son obéissance.

Il s'était adressé à Binchy car ce dernier était le plus à même d'opérer en douceur dans une telle situation.

Binchy s'élança et aborda la blonde avec un sourire de prêcheur évangélique – malgré son gilet pare-balles et son arme, qui la firent se raidir. Il avait pris une posture voûtée, faisant de son mieux pour paraître le moins flic possible, reproduisant l'attitude que j'avais remarquée sur d'anciennes photos de lui avec son groupe de punk ska, sa basse Fender suspendue à hauteur de son entrejambe tandis qu'il assurait le tempo des morceaux.

Après un bref dialogue, la blonde hocha la tête, souriante, et rentra chez elle.

Binchy nous rejoignit :

– Nana sympa, aucun problème.

– Elle a un joli petit cul, fit remarquer Moroni. Tu as chopé son numéro ? Sinon, ça m'intéresse.

Binchy rougit.

– Toujours dans le cas où les choses se passent mal, on ne devrait pas s'inquiéter des fenêtres chez Bitt ? envisagea Reed.

– Il est malheureusement impossible d'éviter qu'il nous voie arriver, Moses. Quand on sera à hauteur de ses voisins, on passera sur le trottoir nord en longeant autant que faire se peut les palissades, de façon à réduire son angle de vue. Une fois sur sa propriété, on reste scotchés aux murs ; s'il veut nous tirer dessus, il devra faire passer son fusil par-dessus le rebord d'une fenêtre pour nous viser. Dès qu'on sera dans la niche de l'entrée, il ne pourra plus nous avoir – sauf à tirer à travers la porte avec une Kalachnikov.

Silence. Et Milo de conclure :

– J'ai conscience que la situation n'est pas optimale, mais c'est comme ça.

– Et on intervient de jour, plutôt que de nuit, parce que... ? dit Moroni.

– Parce qu'il y aurait trop de variables de nuit. En plein jour, on peut au moins voir ce qui se passe.

– Hmm... OK.

– D'autres questions ? Bon, j'appelle Felice.

Felice Corvin ne répondit ni sur son mobile, ni sur sa ligne fixe.

– On oublie sa coopération, dit Reed. Ça part mal.

– On passe au plan B, décida Milo. On y va sans elle, à moins que quelqu'un ait une meilleure idée ?

Ses hommes secouèrent la tête, et pas un ne songea à sortir une vanne.

– Dernière chose : tâchez de ne pas chuter dans les cactus, ajouta Milo, tout en se débattant avec les lanières de son gilet pare-balles.

Une main sur son pistolet, il se mit en marche, tel un général guidant un mini bataillon de quatre soldats en direction de l'inconnu.

Quant au dernier homme du groupe, le seul sans arme – votre serviteur –, il resta en arrière, se sentant quelque peu superflu.

Un rideau bougea lorsque nous passâmes à hauteur de la maison de la blonde. Cela mis à part, l'impasse était figée et silencieuse. Moroni et Lincoln se positionnèrent chacun à un angle de la demeure de Bitt, tandis que Milo, Reed et Binchy s'entassaient sous la marquise de l'entrée, armes dégainées.

Pour ma part, j'attendais non loin du perron d'une maison de type Cape Cod, sur lequel s'accumulaient des prospectus – les propriétaires semblaient se moquer que d'éventuels voyous en déduisent qu'ils étaient absents.

Milo frappa à la porte de chez Bitt, qui s'ouvrit aussitôt. Surpris, il recula d'un pas, puis, son Glock en main, pénétra à l'intérieur, suivi par les jeunes inspecteurs.

Après quelques minutes de silence, Binchy ressortit, le pouce levé.

Lincoln et Moroni le rejoignirent.

– Vous aussi, doc, me lança Binchy.

Dans les films, quand une situation de crise accouche d'une souris, les flics forts en gueule se désolent, regrettant de ne pas avoir eu l'occasion de jouer les Rambos. Marlin Moroni et Tyrell Lincoln rengainèrent leurs armes, soudain plus détendus mais le visage encore luisant de sueur. Quand je les eus rejoints, leurs battements de cœur ne s'étaient pas encore calmés, à en juger par les veines pulsant sur leur cou de taureau.

– Merci, petit Jésus, murmura Moroni, à qui j'emboîtai le pas.

# 37

Trevor Bitt était assis sur le canapé du salon, les mains menottées devant lui.

Milo s'était placé debout devant lui, Reed derrière. Binchy sur la gauche, près de Felice Corvin, et Moroni et Lincoln se tenaient à droite.

Si Bitt semblait serein, Felice avait les traits crispés par la colère et les poings serrés.

Le salon était situé après une entrée vide dont le plafond était orné de fausses poutres.

D'un regard, Milo fit signe aux deux vétérans de passer à l'action ; ils se dirigèrent vers l'escalier, au fond de la pièce.

– Où ils vont ? s'écria Felice. Chelsea est là-haut.

– Dans l'atelier, ajouta Bitt.

– Et où se trouve l'atelier ? demanda Milo.

– Exactement au-dessus de nous.

Milo s'adressa à ses hommes :

– Soyez cool, les gars ; elle n'a que dix-sept ans.

– Les soldats d'élite sont toujours cool, répliqua Moroni.

Avec Lincoln, ils avalèrent les marches deux par deux. Quelques secondes plus tard, on entendit la voix de Moroni, à l'étage :

– Salut. Je m'appelle Marlin. Personne ne va te faire de mal, promis, mais il faudrait que tu descendes au rez-de-chaussée, auprès de ta mère… Parfait.

Chelsea apparut sur le palier ; son tablier-blouse était constellé de taches de peinture. Elle tenait un carnet de croquis dans une main et dans l'autre un crayon similaire à ceux de Robin. Flanquée de Moroni et Lincoln, elle nous rejoignit dans le salon, puis trébucha et laissa échapper un hoquet de stupeur lorsqu'elle découvrit Bitt menotté.

– Ce n'est rien, ma chérie, la rassura sa mère. Cette histoire sera très vite éclaircie.

Felice jeta un regard à Milo, réclamant une confirmation.

– Tout se passera bien si tout le monde coopère, se contenta de dire mon ami.

– Papa ! s'écria Chelsea, puis elle s'élança vers Milo, son crayon brandi.

Il l'esquiva mais la mine acérée frôla son œil droit. Emportée par son élan, la jeune fille chuta en avant et se retrouva sur le dos après avoir lâché le carnet et le crayon.

– Regardez ce que vous avez fait ! ragea Felice.

Tandis que Milo se frottait le coin de l'orbite, Moroni s'approcha de Chelsea, prêt à la maîtriser. Secouant vivement la tête, elle hurla :

– Non !

Le flic s'approcha encore, sans se montrer trop pressant.

Tous les autres attendaient les instructions de Milo.

– Rentrez chez vous, madame Corvin, et emmenez votre fille, ordonna-t-il.

Felice se tourna vers Trevor.

– Tout de suite, madame Corvin ! insista Milo. Sinon, Chelsea sera mise en examen pour tentative d'agression.

– Pourquoi êtes-vous venus plus tôt que prévu ? demanda Felice. Tout ça aurait pu être évité.

– Vous auriez également pu répondre au téléphone.

– Il était sur vibreur, je n'ai rien entendu.

Chelsea émit un petit son pathétique, comme un pépiement ; on aurait dit un moineau menacé par un rapace.

– Tu t'es fait mal, Tamara ? s'inquiéta Bitt.

L'adolescente renifla et voulut récupérer son crayon.

Moroni écarta celui-ci d'un coup de pied, puis saisit fermement Chelsea par les poignets. Elle se débattit un instant avant de ne plus bouger.

– Je la menotte ? demanda-t-il.

– C'est une enfant, ne soyez pas stupide ! brailla Felice.

– Ce qui serait stupide, c'est qu'elle blesse quelqu'un, rétorqua Milo, qui se massait toujours l'œil. Nous allons lui lier les mains jusqu'à être certains qu'elle soit calmée. Quiconque refuse de coopérer subira le même sort. Agent Lincoln, conduisez cette dame et sa fille dans la maison voisine et surveillez-les.

– Trevor... balbutia Felice.

– Ça ira, dit le dessinateur.

– Papa...

– Obéis à ces messieurs, Tamara, s'il te plaît.

Les mots de Bitt furent aussi efficaces qu'une incantation magique : sa fille lui répondit par un sourire rêveur et ne résista pas un instant lorsque Lincoln lui fit enfiler des menottes en plastique.

– C'est une honte, protesta Felice, qui se tourna vers moi. Et vous concernant, c'est une faute professionnelle.

– Ce qui aurait été honteux, c'est que votre fille aveugle le lieutenant, intervint Moe Reed, se plaçant face à elle.

Felice sursauta avant de réagir :

– Elle n'a pas... Il n'a rien, vous le voyez bien.

Reed la fusilla du regard, aussitôt imité par Moroni. Même Binchy affichait un air sévère.

– Rentrons à la maison, maman, dit Chelsea.

Lincoln les poussa vers la porte.

– Pourquoi l'appelez-vous Tamara ? demandai-je à Bitt.

– Tamara de Lempicka était une femme peintre de génie.

– C'est pour lui donner confiance en elle ?

– Pour l'encourager, rectifia Bitt, rendu perplexe par ma supposition.

– Que faisiez-vous, tous les deux, avant notre arrivée ? l'interrogea Milo.

– De la peinture. Nous avons récemment attaqué l'acrylique.

Il baissa les yeux sur ses mains liées, dont certains ongles tachés formaient un violent contraste avec sa peau blafarde. Il portait plus ou moins les mêmes vêtements que la dernière fois que je l'avais vu, à savoir un pull-over vert en cachemire, un polo marron, son éternel bermuda repassé avec un soin maniaque et ses chaussures marron à semelles blanches.

– Comment Chelsea vit-elle la situation ? m'enquis-je.

– Elle est frustrée, répondit Bitt, après un temps mort.

Il s'affaissa, comme trahi par une colonne vertébrale fragile. Les meubles de la pièce étaient foncés et surchargés, hérités d'une tante restée demoiselle. Sur les murs blancs enduits de crépi façon manoir anglais, les quelques tableaux accrochés, des œuvres abstraites, offraient un tout autre style.

Appréciant leur qualité, je m'en approchai et m'intéressai aux signatures. Judy Chicago, Billy Al Bengston, Larry Bell, Ed Ruscha. Ces peintres étaient membres du collectif artistique établi à L.A. dans les années 1960 et 1970. Ils étaient abordables, à l'époque, même s'ils restaient encore trop chers pour moi.

Trevor Bitt, qui m'avait suivi du regard, baissa de nouveau les yeux sur ses mains lorsque je me retournai vers lui.

– Aviez-vous déjà vécu à Los Angeles avant de vous installer ici ? lui demandai-je.

– Non, jamais.

– Vous appréciez les peintres de L.A., rien de plus ?

– J'ai également des fauvistes français dans ma chambre et des paysages de la vallée de l'Hudson dans la chambre d'amis, précisa Bitt, avec un léger sourire. La peinture permet de voyager dans le monde entier.

Délaissant son orbite, Milo agita un feuillet sous le nez du dessinateur :

– Ceci est un mandat de perquisition nous autorisant à chercher des armes à feu ou des armes blanches dans votre domicile. Souhaitez-vous le lire ?

– Non merci.
– Tout ira plus vite si vous nous dites d'emblée ce que vous possédez.
– Je n'ai pas grand-chose. (Milo s'impatienta en tapant du pied.) Les couverts et les couteaux à palette – c'est un outil qui permet d'étaler la peinture sur la toile – sont-ils considérés comme des armes blanches ?
– Oui, s'il est possible de blesser quelqu'un avec.
– J'ai des couverts en aluminium, un couteau à viande, qui est encore aiguisé car je ne m'en sers que rarement, et trois couteaux à palette.
– Où sont rangés ces objets ?
– Dans la cuisine et dans l'atelier.
– Des armes à feu ?
– Une seule. Un fusil Holland & Holland que j'ai hérité de mon père. Il chassait la grouse, ou peut-être la caille – enfin, un oiseau sans défense. Je ne l'accompagnais jamais, ça ne m'intéressait pas.
– Pourtant, il vous a légué cette arme.
– Il espérait peut-être que je m'y mette.
– Et alors ?
– Je ne l'ai jamais chargé.
– Vous en êtes certain ?
– Il me semble que je m'en souviendrais, lieutenant.
– Vous n'avez jamais menacé quiconque avec ce fusil ?
Bitt se carra dans le canapé et examina ses mains.
Milo répéta sa question.
– Si, lieutenant, et plus d'une fois.
– En quelles circonstances ?
– Je me suis comporté comme un idiot. C'était il y a longtemps.
– C'est-à-dire ?
– Des dizaines d'années. Je baignais dans la contre-culture, à l'époque, et il m'arrivait de brandir ce fusil pour faire de l'effet, mais ce n'était qu'un accessoire. Comme je vous l'ai dit, je ne l'ai jamais chargé.

– Pourquoi avoir agi ainsi ?

– Je n'étais pas vraiment un « chic type », expliqua Bitt, mimant des guillemets dans les airs, dans un tintement de menottes. Et mes dessins ne valaient guère mieux. Je me prenais pour quelqu'un de malin et à la page, mais aujourd'hui tout ça me paraît ringard.

– Votre art a-t-il évolué ?

– Du tout au tout.

– Que peignez-vous, aujourd'hui ?

– En ce moment, je tente des orchidées et des oiseaux dans un style comparable à celui de Martin Johnson Heade. Ce peintre itinérant vendait ses tableaux en faisant du porte-à-porte. J'admire cette façon de se vendre.

– Et donc, à l'époque, vous aimiez effrayer les gens avec votre fusil.

– Oui, quand j'étais shooté ou ivre. Ou quand je me comportais comme un abruti, tout simplement.

– Nous ne trouverons donc pas de munitions dans cette maison ?

– Non.

– Et dans le garage ?

– Il n'y a rien dans le garage. Au sens propre.

Milo fit signe à Reed, qui se dirigea vers l'arrière de la demeure.

– Où se trouve le fusil, monsieur Bitt ?

– Il est rangé dans un étui en noyer, au fond du placard de ma chambre.

– Vous n'avez rien d'autre à nous dire, avant que nous lancions la perquisition ?

– Dans ce même placard, il y a un sabre de samouraï, une babiole pour touriste. On me l'a donné en 1967 ou 1968, dans ces eaux-là, en paiement d'une illustration, une affiche de concert pour je ne sais plus quel groupe. Quand j'ai voulu le vendre, j'ai découvert qu'il n'avait aucune valeur.

D'un geste, Milo ordonna à Moroni et Binchy de passer à l'action ; les deux hommes gagnèrent l'étage.

– Je n'ai rien à voir avec l'homme qui a été tué chez Felice, ajouta Bitt.

Braun avait été tué ailleurs que chez les Corvin. Bitt feignait-il d'ignorer ce détail ? Cherchait-il à nous égarer ?

– Nous avons deux décès sur les bras, rappela Milo.

– Oui, avec Chet, acquiesça le dessinateur.

– Qu'en pensez-vous ?

– De quoi ? Du fait que des gens se fassent tuer ? Que c'est affreux.

– Peut-être pas pour vous.

Bitt cligna des yeux :

– Je ne vous suis pas, lieutenant.

– Chet disparu, plus rien ne vous empêche de vous remettre avec Felice.

Le visage grisâtre de Bitt n'afficha aucune émotion.

– Monsieur Bitt ?

– Je comprends que vous envisagiez cela.

– Ce n'est pas le cas ?

– Non… Il n'y a pas de sentiments entre Felice et moi. Notre relation de San Francisco n'a jamais repris.

– C'est à cette époque que Chelsea a été conçue.

Pour la première fois, Bitt changea d'attitude. Il cligna des yeux cinq ou six fois, le front plissé et les lèvres pincées.

– Oui, c'est ça, mais nous avions rompu depuis longtemps lorsque je l'ai appris.

– Quand, exactement ?

– Felice m'a recontacté il y a cinq ans.

– Et vous avez décidé de vous installer dans la maison d'à côté.

– J'ai pris le temps d'y réfléchir, mais, en effet, j'ai emménagé ici l'année suivante.

– Pour vivre près de votre ex et de votre fille cachée.

Bitt haussa les épaules.

– J'avais déjà des envies de changement, au moment où j'ai appris la nouvelle. J'hésitais à déménager à Venise, en

Italie, où ma tante possédait une villa délabrée sur le Grand Canal.

– L'appel de Felice vous a fait changer d'avis.

– Oui, après réflexion.

– Vous vous sentiez prêt à assumer votre paternité, intervins-je.

– Je ne visais pas si haut. J'espérais seulement au moins faire connaissance avec ma fille.

– Chelsea vous appelle « papa ».

– Depuis deux jours.

– Et avant ?

– Elle m'appelait « Trevor ». Je m'efforçais d'être un ami pour elle, de l'encourager.

– Mais vous espériez davantage.

Bitt tiqua. Des bruits de pas, à l'étage, firent vibrer le plafond.

– À quelle vitesse votre relation avec votre fille a-t-elle évolué ? demandai-je.

– Peu à peu. Dans les premiers temps, je n'ai pris aucune initiative. Par la suite, j'ai proposé à Felice de me rendre utile auprès de Chelsea, ce à quoi elle a opposé un refus net. Ma présence ne l'enchantait pas, c'est le moins qu'on puisse dire, et elle faisait tout pour m'ignorer. L'année dernière, elle est venue me voir et m'a annoncé avoir changé d'avis ; elle était d'accord pour que j'enseigne la peinture à Chelsea, si celle-ci le souhaitait, et à condition de nous montrer discrets.

– Comme ça, du jour au lendemain ?

– Tout à fait, docteur.

– C'est une femme impulsive. Elle avait agi de même, le jour où elle avait repris contact avec vous pour vous annoncer l'existence de Chelsea.

– Oui, elle est parfois ainsi ; c'est une de ses facettes qui m'ont séduit, à San Francisco. J'ai moi-même du mal à me comporter de façon spontanée.

– Être discret, cela voulait dire ne pas mettre au courant l'homme que Chelsea croyait être son père.

– Ni lui ni personne, pas même Chelsea, confirma Bitt.

– Savez-vous pourquoi Felice a changé d'avis ?

Les doigts de Bitt s'agitèrent, comme s'il tapait sur un clavier invisible.

– Elle m'a dit qu'elle vous en avait parlé, dit-il. Son mariage se désagrégeait.

– Pourquoi ?

– C'est à elle qu'il faudrait poser la question.

– Elle ne s'est jamais expliquée à ce sujet.

– En fait… Je n'aime pas parler de ce genre de choses.

– Des émotions, vous voulez dire ?

– Des émotions négatives.

– Comme… ?

– L'infidélité, soupira Bitt.

– Felice avait découvert que Chet la trompait.

– Elle avait trouvé des tickets de caisse louches. Je lui ai dit que je ne voulais pas en savoir plus, alors la discussion s'est arrêtée là.

– Une discussion… releva Milo.

– C'est ça.

– Rien de plus ?

– Si vous pensez au sexe, j'ai tourné la page, de ce côté-là, avoua Bitt, l'air presque amusé, en se tapotant la poitrine, ce qui fit tinter ses menottes.

– Vous avez fait vœu de chasteté ?

– Non, j'ai des problèmes de cœur – dans tous les sens du terme, d'ailleurs.

– Expliquez-vous.

– Je n'ai jamais été quelqu'un de très émotionnel ; on m'a souvent qualifié d'insensible, et avec les années ça ne s'est pas arrangé.

– Je dirais que vous êtes surtout obstiné. J'essaie de vous joindre depuis des semaines. Pourquoi vous ne m'avez jamais répondu ?

– Je n'avais rien à vous dire.

– C'est votre point de vue.

– Bon, d'accord, je reconnais éprouver au moins un type d'émotion, dit Bitt, qui se tourna vers moi. Dans votre profession, on appelle cela de l'angoisse diffuse. Cette pathologie se soigne, mais avec des médicaments ; or je préfère éviter d'en avaler.

– Vous ne prenez aucune substance chimique, drogue ou autre ?

– Non, plus maintenant, lieutenant. Ce qui me vaut de ressentir comme une terreur sous-jacente. Mais je vis avec, même si elle m'incite à rester replié sur moi-même.

– Vous vivez en ermite.

– À San Francisco, je sortais et j'entretenais des contacts sociaux, pour le boulot, mais ça m'a toujours déplu. (Il me considéra.) Ce n'est pas de l'agoraphobie, ni une autre phobie. Je ne suis jamais victime de crises de panique, et quand je suis obligé de sortir de chez moi, je le fais sans problème. Je préfère rester à la maison, c'est tout ; aussi je limite au maximum mes sorties.

– Et quelles sont-elles ?

– Je vais faire des courses, quand je ne peux pas me faire livrer, et je fais de brèves marches à pied pour éviter que des caillots se forment dans mes veines – c'est un conseil de mon médecin. Et donc, je me rends parfois chez le médecin. J'étais en consultation, justement, le soir où Chet est décédé.

La formule était neutre à souhait.

– Votre médecin vous reçoit la nuit ? m'étonnai-je.

– C'était à l'hôpital Saint-John, où j'avais des tests à effectuer. On m'a fait enfiler une sorte de ceinture qui a enregistré mes battements de cœur. J'ai dormi sur place car le médecin voulait analyser mon rythme cardiaque toute une nuit, afin de s'assurer qu'il ne se déréglait pas pendant mon sommeil.

– Vous aviez noté des symptômes inquiétants ?

– Je suis souvent essoufflé au réveil. J'en ai parlé à mon cardiologue, qui a programmé le test.

– Son nom ? demanda Milo en sortant son calepin.

– Dr Gerald Weinblatt. Je suis parfois reçu par son collègue le Dr Prit Acharya. Ils n'étaient présents ni l'un ni l'autre, la nuit du test ; j'ai été pris en charge par un technicien afro-américain dont j'ignore le nom.

– Quand avez-vous appris que Chet avait été assassiné ?

– Le lendemain. Felice est venue me voir et m'a tout raconté.

– Dans quel état était-elle ?

– Dans quel état ? Elle était bouleversée, elle a utilisé la moitié d'une boîte de mouchoirs en papier.

Sean Binchy redescendit à cet instant de l'étage. Les mains gantées, il portait un étui en bois et un carton gris quelconque fermé par un élastique trop long. Il posa ses deux trouvailles à même le sol, puis ouvrit les loquets de l'étui et en souleva délicatement le couvercle.

Reposant sur du velours vert, le fusil était fait du même splendide bois de noyer que l'étui et d'accessoires métalliques ternis par le temps.

– Gravure à la main, lieut', commenta le jeune inspecteur. Ce fusil doit dater des années 1930 ou 1940.

– Plutôt des années 1930, voire des années 1920, dit Bitt. Mon père était encore un enfant quand il l'a reçu.

– M. Bitt prétend ne jamais avoir fait feu avec cette arme, dit Milo.

Binchy souleva le fusil et renifla l'extrémité du canon. Il toussa et reproduisit l'opération à trois reprises.

– Le canon est bourré de poussière et de saletés. (Il se tourna vers Bitt.) C'est un objet de valeur, monsieur. Vous n'en prenez pas soin ?

Bitt secoua la tête.

Binchy retira l'élastique du carton, qui ne renfermait pas de velours mais d'autres épaisseurs cartonnées. S'y trouvait un sabre dont le tranchant était grêlé et érodé et le manche entouré de ficelle blanche foncée par endroits.

– De la camelote, jugea Binchy, qui s'intéressa à la corrosion. Je ne vois pas de sang mais…

– Il n'y en a pas, affirma Bitt.

– Emporte ça au labo tout de suite, ordonna Milo.

Binchy quitta les lieux avec les deux armes.

– Quand vous en aurez terminé avec ces tests, vous pourrez jeter le sabre, dit Bitt. J'avais oublié que je l'avais encore ; si je l'ai gardé, c'est seulement pour me rappeler de ne pas trop faire confiance aux gens.

– Vous faites facilement confiance ?

– Oui, à l'époque où j'avalais des hallucinogènes – sauf quand je forçais trop la dose, ce qui me faisait devenir paranoïaque.

– Vous deveniez parano et vous sortiez votre fusil.

– Je n'en suis pas fier, lieutenant.

– Vous ne touchez plus aux substances chimiques illicites, donc… pas même pour soulager votre angoisse diffuse ?

– Non, pour ça, j'ai la solitude.

– Refuser de répondre à la police était une thérapie, en somme.

– Je ne pensais pas que vous puissiez me comprendre ; désolé de vous avoir créé des problèmes.

Milo effleura l'endroit de son visage que Chelsea avait manqué de peu, armée de son crayon. Sa mémoire sensorielle lui fit plisser les yeux et crisper la mâchoire ; la colère n'était pas loin.

– Je savais que je ne pouvais pas vous être utile, insista Bitt.

– Où étiez-vous le soir où le cadavre a été déposé chez les Corvin ? lui demanda Milo.

– Comment ça, « déposé » ?

– Ce mot est simple à comprendre, monsieur Bitt.

– Vous voulez dire que quelqu'un a déposé le corps dans leur maison ?

– Vous l'ignoriez ?

– Je ne sais que ce que Felice m'a révélé.

– C'est-à-dire ?

– Elle m'a dit qu'ils avaient trouvé un homme mort dans la bibliothèque de Chet en rentrant chez eux. J'en ai déduit qu'il avait été tué dans cette pièce.

– Que vous a-t-elle dit d'autre ?

– Rien. Comme je vous l'ai expliqué, nous ne nous parlons pas beaucoup.

– Vous n'avez aucun contact.

– Uniquement pour évoquer Chelsea. Felice me permet de passer du temps avec Chelsea tant qu'il est évident que ça lui fait du bien.

– Et elle vous tient à l'œil, résumai-je.

– Oui, on peut dire ça, docteur, convint-il, me dévisageant de son regard vide.

– Pourquoi avez-vous rompu, Felice et vous ?

– C'est elle qui m'a quitté. Sans doute parce que je me comportais de façon plutôt détestable ; elle en a eu assez.

– Vous n'avez pas non plus parlé, lors de votre rupture ?

– Non. Elle a cessé de répondre à mes appels, et je n'ai plus cherché à la joindre.

– Comment avez-vous réagi quand elle vous a appris l'existence de Chelsea ? lui demandai-je.

– J'ai été surpris. Et un peu angoissé, je l'avoue. Je me suis tracassé un bon moment, cherchant à imaginer ce que ça pouvait impliquer, puis je me suis demandé si ça ne pouvait pas donner quelque chose de positif.

– Vous craigniez que Felice vous réclame de l'argent, peut-être ?

– Non, elle m'a assuré qu'elle ne m'avait pas recontacté pour cette raison. Elle a même ensuite regretté de m'avoir prévenu et m'a demandé de tout oublier.

– Ce que vous n'avez pas fait.

Bitt se mordit les lèvres, et la moue apparue sur son visage se mua en un sourire :

– Comme vous l'avez constaté, je ne suis pas toujours coopératif…

Moe Reed fit alors son retour.

– Rien dans le garage, lieut', dit-il, avec un regard vers Bitt. Rien du tout, comme il l'a dit : pas de voiture, pas d'outils, uniquement de la poussière. Il y a une boîte à outils sous l'évier de la cuisine, qui contient deux tournevis, une clé à molette et un mètre ruban. Concernant les lames, il y a des couverts pour deux personnes, assez émoussés, et un couteau à viande – sans trace de sang, mais je l'emporte quand même pour analyse.

– Vous ne trouverez pas de sang, je suis végétarien, dit Bitt.

– OK, vas-y, dit Milo. J'ai déjà envoyé Sean au labo. Appelle-le ; s'il n'est pas encore trop loin, qu'il revienne chercher ce couteau.

– Il n'y a pas de sang sur la lame, je vous assure, répéta Bitt.

# 38

Peu après le départ de Reed, Marlin Moroni redescendit de l'étage de son pas d'éléphant.

– Je peux parler en présence du suspect ? demanda-t-il à Milo.

– Vas-y.

– J'ai procédé à une deuxième fouille, sans résultat, dit le vétéran, avant de se tourner vers Bitt. C'est vous qui avez peint le tableau posé sur le chevalet ?

– Il n'est pas terminé.

– Vous avez du talent.

– Je fais de mon mieux...

– Marlin, va faire un tour chez les Corvin et vois comment Tyrell s'en sort, ordonna Milo.

– Brett, le fils Corvin, est peut-être avec sa mère et sa sœur, fis-je remarquer.

– J'y vais, dit Moroni, qui sortit de la pièce.

– Le pauvre garçon doit vivre des moments difficiles, dit Trevor Bitt.

– Pourquoi donc ?

– Chet était son père.

– Quelle est votre relation avec Brett ?

– Quand on se croise dans la rue, il me fait parfois une grimace. J'imagine que Chet lui a dit des choses sur moi. Ou c'est peut-être simplement un sale gosse qui fait ça naturellement.

– Des gens disent avoir surpris une altercation entre Chet Corvin et vous, dis-je.

– De quoi vous parlez ?

– Un peu plus haut dans la rue, peu après la découverte du cadavre chez les Corvin.

– Ah oui, ça ! Oh, quelqu'un nous a vus ?

– Que s'est-il passé ?

– Rien du tout.

– Racontez-nous tout de même.

– J'avais offert une boîte de chocolats à Chelsea à Noël ; c'était la deuxième fois, après une première pour son anniversaire. Je lui avais conseillé de garder la boîte cachée, pour des raisons évidentes. Ce qu'elle a fait, la première fois, mais elle a laissé traîner la deuxième boîte sur son bureau. Chet l'a vue et a haussé le ton, si bien que Chelsea a avoué que je la lui avais offerte. Or j'étais à ce moment en train de faire quelques pas dans la rue ; Chet est aussitôt venu me trouver.

– Pourquoi ?

– Parce qu'il se faisait des idées.

– C'est-à-dire ?

– C'est clair, non ?

– Précisez.

– Il a sous-entendu qu'il y avait quelque chose d'inapproprié entre Chelsea et moi. Je lui ai assuré que ce n'était pas le cas, que j'aidais Chelsea à progresser en dessin et en peinture, rien de plus, que les chocolats n'étaient qu'une récompense pour son application au travail. Il m'a dit que c'étaient des conneries, qu'elle n'avait aucun talent. J'ai juré le contraire, il m'a menacé et m'a dit que je le regretterais s'il arrivait quelque chose. Je ne répondais plus, convaincu qu'il comptait me frapper, et mon cœur battait beaucoup trop vite. Par bonheur, il m'a rapidement laissé. J'ai marché encore un peu pour me calmer. Nous ne nous sommes plus jamais adressé la parole. Felice m'a ensuite prévenu que Chelsea ne viendrait plus chez moi que lorsque Chet serait absent au moins une nuit. Elle a ajouté que Chelsea avait fondu en larmes quand elle le lui avait annoncé.

– Pourquoi lui avez-vous offert des chocolats ?

– Parce ce que j'aime ça. J'ai choisi une marque haut de gamme ; j'ai acheté cette boîte dans une boutique de West Hollywood – c'était l'occasion de sortir de chez moi. Chelsea ayant englouti tous les chocolats, la première fois, je lui en ai offert une autre boîte.

– Vous voyiez souvent Chelsea en pleine nuit ? lui demandai-je.

– Ah… soupira Bitt. Nous pensions qu'elle avait compris qu'il fallait être prudents, mais elle avait pris l'habitude de sortir de chez elle en douce, même quand Chet était là. Elle donnait souvent de petits coups de pied sur le mur de ma maison, pour m'appeler, mais il arrivait également qu'elle reste là sans rien faire.

– Comment réagissiez-vous quand elle vous appelait ?

– Je m'efforçais de ne pas répondre, docteur. Je l'entendais parfois sangloter ; comme si ça ne suffisait pas, je redoutais que Chet l'entende et que la situation vire au cauchemar. Ce qui ne s'est jamais produit, heureusement, mais je prenais soin d'éviter toute rencontre avec elle quand Chet était présent – au point de ne pas sortir de chez moi avant que Felice n'ait conduit ses enfants à l'école.

– Vous ne l'avez jamais laissée entrer ?

– Si, quelques fois. Elle voulait peindre, mais je lui disais que nous n'en avions pas le temps. Alors nous buvions du thé, puis elle rentrait chez elle.

– J'appelle votre cardiologue, monsieur, dit Milo. Si vous m'avez menti, c'est le moment ou jamais de l'avouer.

– Je vous ai dit la vérité. Demandez au technicien du laboratoire, un Afro-Américain dans la vingtaine, les traits marqués, surtout au niveau des pommettes – il ferait un modèle de choix pour un portrait.

Milo sortit son téléphone et appela Moroni :

– Tout va bien ?

– La fille ne décroche pas un mot mais reste tranquille, la mère nettoie la cuisine, le garçon est à l'étage – quand je l'ai vu, il m'a fait un doigt d'honneur.

– Ah, les gosses…

– Oui, enfin, si le mien me faisait ça, tu devines ce qui se passerait.

Bitt, se désintéressant de la conversation téléphonique de Milo, avait fermé les yeux, la tête en arrière contre le dossier du canapé. Quelques secondes plus tard, sa mâchoire inférieure s'affaissa et il se mit à ronfler.

Milo me lança un regard entendu : les suspects qui s'assoupissent sont souvent coupables ; c'est le b.a.-ba des interrogatoires.

Son téléphone en main, Milo s'isola dans une autre pièce. Il fut rapidement de retour, l'air aussi joyeux que s'il avait avalé un bol de crachat. Il s'approcha de Bitt d'un pas sonore qui le réveilla.

– C'est votre jour de chance, monsieur Bitt. Remerciez Antonio Jenkins, technicien en cardiologie.

Il retira les menottes de Bitt, qui lui demanda :

– C'est terminé ?

– Pas tout à fait. Que vous ayez un alibi pour la nuit du meurtre de Chet Corvin ne signifie pas forcément que vous n'êtes pas impliqué dans ce crime.

– Je ne comprends pas.

– Vous êtes riche, monsieur Bitt.

– Vous croyez que j'ai payé quelqu'un pour tuer Chet ? dit Bitt, les yeux plissés.

– N'est-ce pas le cas ?

– Bien sûr que non ! Pourquoi j'aurais fait une chose pareille ?

– Il vous a fichu la trouille, il malmenait Chelsea, vous vouliez aider Felice à s'en débarrasser.

– Ce n'est pas de cette façon que je règle les problèmes.

– Comment faites-vous ?

– Je m'enfuis, reconnut Bitt, dont les doigts s'agitèrent, sur ses cuisses. Je suis un authentique lâche.

– Il arrive que les chiens mordent par peur, fis-je remarquer.

– Jamais de ma vie je n'ai blessé qui que ce soit physiquement, pas même des animaux. C'est pour ça que j'ai toujours refusé d'accompagner mon père à la chasse. Ça m'a également souvent valu d'être frappé à l'école.

– Un vrai végétarien… lâcha Milo, qui trouva la force de ne pas sortir sa vanne préférée – « Hitler aussi était végétarien ». Parlons du corps retrouvé chez vos voisins. Où étiez-vous ce soir-là ?

– Ici.

– Et que faisiez-vous ?

– Je dessinais.

– Une nouvelle bande dessinée ?

– Non, je n'en fais plus. Je travaillais sur un croquis préparatoire en vue d'un tableau qui représentera deux perroquets. Il ira avec celui des oiseaux-mouches que je suis en train de peindre – celui que votre collègue a vu sur le chevalet.

– J'aimerais y jeter un coup d'œil, moi aussi.

– Ce tableau confirmerait mon alibi ? s'étonna Bitt, perplexe.

– Non, j'apprécie l'art, c'est tout.

Bitt s'engagea dans l'escalier en agrippant la rampe et s'accorda une pause toutes les trois ou quatre marches pour reprendre son souffle. Quand enfin il atteignit le palier de l'étage, son torse se gonflait à un rythme soutenu. Si ce n'était pas de la comédie, cet homme n'était pas en état de traîner un corps dans une maison.

– Ça va aller, monsieur ? s'inquiéta Milo.

– Oui, ça va, dit Bitt, penché sur la rampe. La nuit du premier meurtre, j'ai remarqué quelque chose. Sur le moment, j'ai cru que ce détail n'avait aucune importance, et c'est sans doute le cas. Un pick-up est passé dans la rue ; je l'ai aperçu depuis la fenêtre de mon atelier.

Il désigna une porte ouverte. Un chevalet était disposé vers le sud, baignant dans une agréable lumière naturelle.

– Quelle heure était-il ? s'enquit Milo.

– Avant le pic de circulation du soir – une heure avant, peut-être… je n'en suis pas certain. Alors que je peignais, un bruit de moteur a attiré mon attention ; j'ai regardé par la fenêtre et j'ai vu ce véhicule. J'ai cru que c'était un voleur.

– Pourquoi ?

– Parce que c'était le même pick-up que le mien, lieutenant. J'ai cru qu'on me l'avait volé.

– Un Dodge Ram ?

– Je n'affirme pas qu'il était de la même marque, mais seulement qu'il ressemblait au mien : même taille et même couleur foncée, peut-être noir, comme le mien. Je suis descendu et j'ai vu que mon pick-up était à sa place. J'ai aussitôt oublié cet incident.

Milo me consulta du regard ; comme moi, il pensait au témoin de Binchy qui avait vu un pick-up s'éloigner.

– Il y a eu un meurtre chez vos voisins, et vous n'avez pas jugé ce détail important ? s'agaça Milo.

– Je m'excuse, si ça peut aider… se lamenta Bitt.

– Il était quelle heure ?

– Je ne porte pas de montre, je ne fais pas attention au temps qui passe. Tout ce que je peux vous dire, c'est que c'est arrivé largement avant le retour des Corvin – j'ai entendu le moteur de leur 4 × 4, qui fait un sacré boucan. Ils en sont sortis et sont entrés dans la maison, puis je me suis remis au travail. Beaucoup plus tard, je me suis rendu compte que la luminosité avait changé dans mon atelier ; la fenêtre était éclairée par les gyrophares de vos voitures de police – saturés de couleurs – et par les projecteurs installés dans le jardin. Et des gens discutaient.

– Vous n'avez pas eu la curiosité de demander ce qui se passait ?

– En voyant Chelsea et sa famille sortir de la maison, j'ai supposé qu'ils avaient été cambriolés. Le lendemain, Felice m'a appris ce qui était arrivé.

– Chelsea a-t-elle un ami qui possède un pick-up noir similaire au vôtre ?

Bitt tourna vivement la tête vers Milo :

– Vous plaisantez ?

– Nous n'écartons aucune possibilité.

– Chelsea est la douceur incarnée. (Milo désigna son œil, ce qui fit grimacer Bitt.) J'ignore tout des amis de Chelsea, elle ne m'en parle jamais, mais elle n'a rien à voir avec le meurtre.

– Qu'est-ce qui vous permet de l'affirmer ?

– Je connais ma fille.

– Acceptez-vous de nous transmettre vos relevés bancaires ?

Le brusque changement de sujet déstabilisa Bitt – c'était une ruse classique, lors d'un interrogatoire.

– Qu'espérez-vous y trouver ? dit Bitt, quand il se fut remis de sa surprise.

– Des retraits de liquide inhabituels.

– Mais pourquoi je... Vous êtes sérieux, lieutenant ? Vous pensez vraiment que je saurais comment louer les services d'un tueur à gages ?

– Un coup d'œil sur vos relevés bancaires réglerait rapidement le problème.

– Pas de souci, lieutenant, mais je n'ai aucun document ici ; tout est chez un conseiller fiscal.

– Lequel ?

– Swarzteen et associés, une boîte de gestion de Palo Alto ; ma famille fait appel à eux depuis plusieurs générations. C'est Don Swarzteen qui s'occupe de mon compte.

– Veuillez m'épeler, s'il vous plaît.

Ce que fit Bitt.

– Comment ça marche, cette affaire ?

– Il faut que je vous donne une autorisation écrite, je pense. Trouvez le document adéquat et je le signe.

– Non, je vous demande comment vous procédez pour régler vos factures.

– Swarsteen s'occupe de tout – les factures, les charges, les impôts. Il m'envoie tous les mois une petite somme pour mes dépenses occasionnelles.

– Combien ?

– Deux mille dollars.

– Ça vous fait un budget serré, dit Milo.

– Ça me suffit. En fin d'année, je renvoie ce qui m'en reste à Don, qui le réinvestit. Ça, je peux vous le montrer.

Bitt entra dans une chambre meublée d'un lit à baldaquin de style chinois et d'une armoire victorienne. À cela s'ajoutaient trois tableaux, un sur chaque mur, et presque rien d'autre. Le dessinateur farfouilla dans un tiroir et en sortit un feuillet imprimé, qu'il tendit à Milo.

Sous l'en-tête de la firme d'investissement, dont la majeure partie de l'activité était cogérée par l'agence de Palo Alto de Chase Private Client, figurait le solde de fin d'année. Il restait sur le « compte de dépenses extraordinaires » 12 356,13 dollars. Bitt recevant 2 000 dollars le 3 de chaque mois, on pouvait en conclure qu'un peu plus de la moitié de son pécule retournait à son point de départ.

– Je n'ai pas besoin de grand-chose, expliqua Bitt. Je ne dépense de l'argent que pour la nourriture et pour acheter des fournitures de peinture.

– À propos de peinture… dis-je, avant de me diriger vers l'atelier.

Dans cette pièce étaient installés non pas un mais deux chevalets, l'un d'eux disposé contre le mur ouest, invisible depuis la porte. Sur l'autre, qui faisait face à la rue, un tableau représentait deux oiseaux à la gorge vert émeraude en vol stationnaire, superbement exécutés. Sur le chevalet du mur ouest, une toile de la même taille ne montrait que des taches confuses.

Bitt sortit un carnet de croquis d'un classeur et nous montra un dessin au crayon de deux aras.

– C'est sur ça que je travaillais, ce soir-là.

– Pourquoi avez-vous renoncé à la bande dessinée ? lui demandai-je.

– Avec le temps, j'ai compris que ce genre n'était pas très glorieux, tout en difformités et en exagérations. J'en avais assez. (Il désigna le tableau de Chelsea.) Intéressant, non ? L'ordre survenant au milieu du chaos. À mes yeux, cet endroit plus pâle, ici, symbolise la naissance de la clarté.

On avait l'impression d'entendre un professeur de dessin. Moi je ne voyais que des taches.

L'amour paternel peut faire avaler bien des choses.

Bitt interpréta notre silence comme une invitation à se justifier :

– C'est de l'art conceptuel. Et précisément, Chelsea est mon unique véritable création.

# 39

Après avoir abandonné Bitt dans son atelier et être sortis de chez lui, nous fîmes le point. En cette fin d'après-midi, les trottoirs étaient striés par les ombres des arbres et les toits baignaient dans une lueur moutarde crépusculaire.

– Dis-moi que tu n'as pas avalé ça, je t'en prie, me dit Milo.

– Quoi donc ?

– Le fait que Bitt soit innocent.

– Le technicien en cardiologie a confirmé son alibi, non ?

– Il est resté huit heures sanglé sur le lit sans sortir du laboratoire.

La porte de la maison du dessinateur s'ouvrit. Celui-ci glissa la tête à l'extérieur et nous interpella :

– Je viens d'appeler Don Swarzteen. Aucun formulaire n'est nécessaire, vous pouvez le joindre quand vous voulez.

– Et merde, je me suis fait un nouveau copain, ironisa Milo.

– Ça t'étonne ? Avec ton charme, c'est normal.

Une autre porte s'ouvrit, quelques maisons plus loin, et une autre tête apparut un bref instant avant de regagner son terrier. On se serait cru en plein jeu de la taupe grandeur nature – il ne nous manquait qu'un marteau géant.

Après une courte conversation téléphonique avec Donald Swarzteen, troisième du nom, Milo remisa son portable en secouant la tête :

– Ce gars a l'attitude typique des gens qui se font du fric sur le dos des riches.

– Il se voit comme un peu plus qu'un baby-sitter.

– Tu dois être psychologue, toi, je ne vois que ça. Ouais, il a un balai dans le cul, ce guignol. Il confirme que Bitt n'a pas retiré d'argent en plus des sommes habituelles.

Nous rejoignîmes la demeure des Corvin. Marlin Moroni, qui montait la garde sur le palier de l'étage, redescendit au rez-de-chaussée, avec l'air de s'ennuyer prodigieusement.

– La fille est plongée dans des dessins détraqués, dans sa chambre. J'ai jugé que c'était tolérable ; si elle a des idées d'agression avec son crayon, je pense pouvoir la maîtriser.

– Comment ça, « détraqués » ? relevai-je.

– Ne me demandez pas de termes médicaux, doc, mais disons qu'elle ne dessine que de minuscules carrés, rien d'autre. Mais bon, je ne connais rien à l'art. Elle a ses écouteurs sur la tête ; elle a mis de la musique sur son lecteur CD – Country Joe and the Fish… Mon frère aîné était à fond dans ce genre de conneries *flower-power*.

– C'est un groupe emblématique du San Francisco des années 1960, pile l'époque de son père.

– Il est innocent ou pas, finalement ? voulut savoir Moroni.

– Il a un alibi déprimant, répondit Milo. Où sont Mme Corvin et son fils ?

– Le gamin joue à des jeux vidéo dans sa chambre, sa mère est installée avec son ordinateur à la table de la cuisine et fait comme si de rien n'était. J'ai jeté un coup d'œil sur son écran, ça parle de « programme scolaire », quelque chose comme ça.

– Elle travaille à l'académie.

– Ça ne m'étonne pas, elle a une personnalité de prof sadique. Tu as encore besoin de moi ?

– Non, tu peux y aller. Merci, Marlin.

– Non, c'est moi qui te remercie pour ces heures sup', dit Moroni, qui consulta sa montre de plongée. L'heure n'est pas encore terminée mais j'imagine qu'on ne va pas s'embêter à compter les minutes.

– Je te la noterai complète, file profiter de la vie.

Moroni roula des épaules et enfila des lunettes teintées :

– Cette journée aura été impeccable. Alors que je n'avais rien de prévu, je bosse et je la termine intact.

Felice Corvin pianotait sur son clavier, à la table de la cuisine. Elle nous vit entrer mais n'interrompit pas son travail.

– Parlons un peu de Chelsea, suggéra Milo.

Les doigts de Felice se figèrent.

– Nous avons eu assez de stress pour la journée, vous ne croyez pas ? dit-elle, sans quitter l'écran des yeux.

– Ça aurait pu être pire, madame ; j'aurais pu avoir besoin d'une canne blanche pour rentrer chez moi.

– Ce n'était qu'un incident malheureux.

– Dont l'issue a été heureuse pour moi.

– Oui, bien sûr. Je suis désolée. Chelsea est désolée.

– Elle pourrait se racheter en se montrant coopérative.

– Elle n'a rien à vous dire, lieutenant.

– Ça, je ne le saurai qu'en discutant avec elle.

– Je suis sa mère, faites-moi confiance.

Milo resta muet. Felice ferma son ordinateur portable et reprit :

– Elle est mineure.

– Elle sera majeure dans quelques jours.

– Les règles sont faites pour être respectées.

Felice semblait habituée à prononcer cette phrase.

– Je n'ai rien contre les règles, assura Milo. Il y en a une, dans le code pénal, qui décrit les conséquences d'une tentative d'agression sur un fonctionnaire de police.

– Je vous en prie ! Elle ne vous a même pas touché !

– Ce n'est pas faute d'avoir essayé, madame Corvin. Il me serait tout à fait possible de l'arrêter immédiatement pour cet acte grave, mais j'imagine que vous préférez la convaincre d'accepter de répondre à mes questions.

– C'est du chantage…

– Non, madame. Le chantage est un délit et je ne suis pas un délinquant. Je ne fais que décrire la situation.

Elle resta sans réaction.

– Comme vous voulez, dit Milo, qui sortit ses menottes de sous sa veste.

– Arrêtez ! s'écria Felice en se levant d'un bond.

Milo la regarda droit dans les yeux. Elle serra les poings mais se détendit aussitôt.

– Vous perdez votre temps, mais d'accord, allons lui parler, dit-elle. Vous verrez bien qu'elle n'a rien à vous dire.

– Non, désolé.

– Comment ça, non ?

– Je vais lui parler. Vous restez ici.

– Vous n'en avez pas le droit, elle est mineure.

– Il vous suffit de m'y autoriser, dit Milo, qui leva lentement le doigt à hauteur de son œil.

– Arrêtez avec votre mine sournoise, j'ai compris !

– « Votre mine »… sourit Milo. C'est le cas de le dire.

– Vous êtes rancunier.

– J'enquête sur deux meurtres.

– Dont Chelsea ignore tout.

– J'espère que vous avez raison.

– Je ne vois pas pourquoi je n'assisterais pas à votre discussion avec elle, dit Felice, les bras croisés.

– Je ne veux pas qu'elle soit influencée au moment de répondre à mes questions.

– C'est stupide !

– Libre à vous d'avoir votre avis sur la question, madame. Si vous préférez, je peux embarquer Chelsea et l'enfermer dans une cellule. Vous devrez faire appel à un avocat hors de prix qui obtiendra sa libération sous caution et m'empêchera de l'interroger, cependant l'enquête se poursuivra et débouchera immanquablement sur une mise en examen de votre fille, suivie d'un accord à l'amiable ou d'un procès.

– C'est… orwellien. Comment pouvez-vous soutenir de tels procédés, docteur Delaware ? En tant que soi-disant professionnel de santé ?

– Personne ne fera de mal à Chelsea, affirmai-je. Nous avons conscience que l'élever n'a pas été de tout repos.

– Oh… vous n'avez pas idée.

– Maintenant qu'elle sait qui est son père biologique, de nouveaux défis se présenteront à elle. Plus vite elle sera mise hors de cause, mieux ce sera pour elle.

– Vous me garantissez qu'elle ne sera pas malmenée émotionnellement ? me lança Felice, la respiration saccadée.

– Nul ne peut garantir quoi que ce soit. Je peux seulement vous assurer qu'elle sera traitée avec délicatesse.

– Dans ce cas, pourquoi je ne peux pas être présente ?

– Parce qu'il est important que Chelsea se sente considérée comme une personne à part entière.

– Oh, bien sûr, si c'est pour son bien…

– Oui, c'est peut-être ça qui est en jeu. De quand date la dernière fois que quelqu'un l'a prise au sérieux ?

– Vous n'avez pas le droit de dire une chose pareille ! s'emporta Felice, les joues rougissant. Elle a toujours… Bon, allez-y, faites ce que vous avez à faire, même si c'est totalement inutile, mais je vous tiendrai tous les deux pour responsables s'il se passe quelque chose. Je monte à l'étage et je ne m'éloigne pas de sa chambre. Si j'entends le moindre bruit louche, j'entre.

– Ça me convient, accepta Milo.

D'un grand moulinet du bras, il l'invita à sortir de la cuisine. Elle se rassit et nous chassa d'un geste de la main :

– Laissez tomber, je reste ici. Vous répondrez de tout.

Nous traversâmes le salon.

– Tu désapprouves mes méthodes ? me chuchota Milo.

– Chelsea a tenté de t'aveugler, rappelai-je.

– Tu es toujours présent pour un ami dans le besoin, sourit-il.

# 40

– Ça te tente de diriger l'interrogatoire ? me proposa Milo, au sommet des marches.

– Sur quoi veux-tu que je me focalise ?

– Ses amis, sa vie sociale, la Camaro, sa vie amoureuse – n'importe quoi, en fait, tout ce qu'elle voudra bien nous dire, même si je n'espère pas grand-chose.

– Je suis le dernier recours, c'est ça ?

– C'est pour ça que tu es payé une fortune.

Penchée sur son bureau, les cheveux ébouriffés par ses écouteurs et le bout de la langue sortie, Chelsea Corvin avait rempli le quart d'une page de rangées de motifs ovales impeccablement alignés.

Milo resté en arrière, je m'avançai jusqu'à ce que l'adolescente remarque ma présence.

Elle serra soudain son crayon dans son poing, à la façon d'un jeune enfant. Voyant que je restais immobile, elle se ressaisit et reprit son travail. Telle mère…

Sans quitter la pointe de graphite des yeux, je retirai les écouteurs de son crâne.

Pas de réaction.

– J'aimerais discuter avec toi, Chelsea.

Elle se lança dans une nouvelle rangée d'ovales, ses doigts sales serrés sur son crayon.

– Chelsea…

– À propos de quoi ?

– Premièrement, je tiens à te dire que Trevor s'est remis de ses émotions.

– Papa, vous voulez dire.

– Oui, ton père va bien.

La pointe du crayon voletait au-dessus du bureau. Je pris une chaise et m'assis à côté de la jeune fille.

– Ça a dû être un gros changement dans ta vie, quand tu as appris qu'il était ton père.

– Bof…

– Non ?

– Non, dit-elle en terminant sa rangée.

– Chelsea, tu n'aurais rien à nous dire à propos de l'homme qu'on a retrouvé chez vous ?

– Le mort ? Non.

– Et sur ce qui est arrivé à… à Chet, appelons-le par son prénom. (Silence. Une nouvelle rangée.) Ou alors M. Corvin… ?

– Ex-papa, trancha Chelsea, les lèvres étirées par un sourire en coin.

– Va pour ex-papa.

Saisie d'un sursaut, elle marmonna quelque chose d'inaudible.

– Que dis-tu ?

Elle tourna la tête vers moi et me dévisagea de ses yeux noirs pareils à des trous de cigarette dans une feuille.

– Il ne m'a jamais aimée.

– Jamais ?

– Il préférait Brett.

– Qui l'a tué, d'après toi ?

– Quelqu'un qu'il a rendu furieux.

– Qui, par exemple ?

– Quelqu'un qu'il a rendu furieux, répéta-t-elle, me regardant de nouveau. C'est probablement pour ça que le cadavre a été déposé dans la bibliothèque – c'était sa pièce.

– Ex-papa aurait été la cible de ce geste ?

– Il les a rendus fous de rage.

– Tu penses à plusieurs personnes ?
– J'en sais rien, dit-elle en haussant les épaules.
– Tu n'as aucune idée de qui pourrait s'en être pris à lui ?
– Ce n'est pas mon père.
– Je sais bien. Qui pourrait l'avoir agressé ?
– Ce n'est pas mon père, comment je pourrais le savoir ? pleurnicha Chelsea.

À l'agacement succéda de l'indifférence, mais je ne décelai ni tension ni signe révélateur chez la jeune fille. Je laissai passer deux rangées supplémentaires avant de reprendre :

– Chelsea, connaîtrais-tu quelqu'un qui possède une Chevrolet Camaro ?
– Non.
– Une Camaro noire.
– Non.
– Aucun de tes amis ne roule en Camaro noire ?
– Je n'ai pas d'amis.

Elle avait laissé tomber cette phrase sur un ton détaché, sans regret apparent.

Le téléphone de Milo sonna, annonçant l'arrivée d'un texto. Elle se retourna vers lui :

– Excusez-moi pour tout à l'heure.
– Pas de souci, gamine, répondit Milo, qui fronça les sourcils lorsqu'il prit connaissance du message reçu.
– Donc, tu ne connais aucun propriétaire de Camaro ? repris-je.
– Non.
– Ton père possède un pick-up.
– Non, un 4 × 4, un Range Rover.
– Je parlais de Trevor.

Son visage vira à l'écarlate et sa main se fit soudain moins ferme en dessinant.

– Ouais…
– Connais-tu quelqu'un qui roule dans le même genre de pick-up que ton père ?
– Oui, lui, répondit-elle, le pouce pointé vers sa gauche.

– Lui ?
– Ouais, lui.
– De qui parles-tu, Chelsea ?
Il imita son geste vers sa gauche.
– Je ne saisis pas, Chelsea.
– Le type dans cette maison.
– M. Weyland possède un pick-up ? Je l'ai vu au volant d'une Ford Taurus.
– Il a une voiture et un pick-up.
– M. et Mme Weyland…
– Ouais.
– De quelle couleur est ce pick-up ?
– Gris.
– Foncé ou clair ?
– Gris foncé.
Après avoir achevé une nouvelle rangée, Chelsea lissa sa feuille des deux mains et prit un air renfrogné, jugeant sévèrement son œuvre.
– Tu n'as rien d'autre à me dire, Chelsea ?
L'adolescente inspira profondément à deux reprises avant de poser son crayon, puis elle se tortilla maladroitement sur sa chaise, de façon à faire face à Milo.
– Je suis vraiment désolée…
– Oublie ça, ma petite, ce n'est rien.
– « Ma petite… », articula-t-elle en silence, avec une esquisse de sourire, pour aussitôt reprendre son sérieux.
– Je suis vraiment, sincèrement, désolée.
– Pas de problème, Chelsea, mais ne recommence pas.
– Vous n'allez pas me mettre en prison ?
– Sûrement pas.
– Maman dit que… balbutia la jeune fille, soudain tremblante.
– Ta mère t'a dit que je te collerais en prison ?
– Elle dit que si je ne me reprends pas, j'aurai des ennuis, expliqua Chelsea, les yeux baignés de larmes. Je ne fais pas ce genre de trucs !

– Quoi donc ?

– Agresser les gens.

Tel père…

S'agitant soudain, elle ouvrit un tiroir de son bureau et en sortit une feuille, qu'elle tendit à Milo. Des rangées de diamants.

– C'est pour vous.

– Une œuvre d'art originale ? Merci, gamine. Je ne suis pas censé accepter des cadeaux en service, en principe…

– Ah… Maman peut vous l'envoyer par la poste.

– Inutile, Chelsea, je la garde, ce n'est pas grave.

Elle baissa la tête et plaqua ses mains sur ses joues, dont les rougeurs s'effaçaient peu à peu, ne laissant que quelques traces marbrées couleur glace à la framboise.

– Nous allons te laisser, dis-je. N'hésite pas à nous appeler si un détail te revient. Le lieutenant Sturgis va te donner sa carte.

Chelsea hocha trois fois la tête de façon mécanique, comme manipulée par un marionnettiste invisible.

Milo lui tendit sa carte professionnelle, qu'elle étudia un moment.

– Un rectangle… Je vais dessiner des rectangles, maintenant.

# 41

Milo parut soulagé de retrouver l'extérieur, où les toits couleur moutarde avaient viré au marron trouble. Des échos de bavardages nous parvenaient depuis un jardin voisin, ainsi que des odeurs de viande grillée.

– C'était quoi, ce texto ? m'enquis-je.

– Sean a pris l'initiative de fouiner une deuxième fois sur les réseaux sociaux, en espérant y trouver des traces de Chelsea. Toujours rien.

– Si elle a un petit copain secret, on peut comprendre qu'elle évite d'en parler sur Internet. Cela dit, elle n'a eu aucune réaction lorsque j'ai évoqué la Camaro, sans compter qu'elle ne me semble pas être une coureuse.

Il sortit de sa poche la feuille couverte de diamants.

– Pourquoi elle dessine ce genre de trucs ?

– Aucune idée.

– Mais à ton avis ?

– Elle est obsédée par l'ordre, peut-être ? À moins qu'elle soit incapable de créer autre chose que ces alignements ?

Il examina encore quelques secondes la feuille, puis la replia et la glissa dans sa poche.

– J'ai vu pire dans des galeries d'art.

– Range ça avec tes investissements, lui conseillai-je. Chelsea sera peut-être célèbre, un jour.

– Les Weyland possèdent également un pick-up… Une nouvelle piste s'offre à nous.

– C'est sans doute Donna qui s'en sert. La Ford Taurus était garée dans leur allée le jour où on a vu Paul.

– Ce serait logique, vu qu'ils se sont séparés. Elle a fourré ses affaires sur le plateau arrière du pick-up et a fichu le camp.

– Il nous a raconté que sa femme était partie rendre visite à sa mère ; je peux comprendre qu'il n'ait pas voulu s'étendre sur ses problèmes conjugaux, mais, sur le moment, j'ai eu la nette impression qu'elle était partie depuis un bon moment, et non quelques heures.

– En quoi ça peut nous aider ? me demanda Milo.

– Aucune idée. Même si ça ne mène nulle part, ça ne peut pas faire de mal de s'intéresser d'un peu plus près aux Weyland.

– Tu penses à quoi ? Ce serait Paul, et non Donna, qui aurait pris le pick-up ? Il l'aurait planqué quelque part et serait revenu ici en Ford Taurus à temps pour jouer les voisins compatissants ? Mais pourquoi ?

– Je ne sais pas, ça ne donnera peut-être rien, mais avoue qu'un pick-up serait le véhicule idéal pour transporter un corps. Et sur le chemin du retour, Paul aurait eu la possibilité de se débarrasser d'un fusil et d'une bâche maculée de sang. S'il s'attendait à voir la police débarquer dans la rue, il avait tout intérêt à prendre des précautions.

– Weyland serait un tueur fou ? dit Milo en se frottant le visage. Tes théories sont comme des coups de fouet sur mon cerveau, *amigo*.

– On s'est focalisés sur Bitt car tout le monde nous l'a désigné, y compris Weyland.

– C'est parce que tout le monde sait qu'il est bizarre.

– Évidemment, mais en mettant ça de côté, on se rend compte que tout ce qui fait de Bitt un suspect peut être transposé sur Weyland. Il pouvait savoir que les Corvin ne branchaient pas leur alarme et il connaissait leur intérieur. À vrai dire, il lui aurait même été plus facile qu'à Bitt de traîner un cadavre dans la maison des Corvin, puisque son terrain touche leur portillon.

Nous nous tournâmes vers la pseudo-hacienda. L'allée était déserte et la demeure plongée dans l'obscurité.

– Sous ses dehors paisibles, Paul serait un monstre sanguinaire ?

– Comme je l'ai dit, ça ne mène sans doute...

– Nulle part, je sais, je sais. Quel serait le mobile de Weyland ? Et que vient faire Braun dans cette affaire ?

– Pour Braun, je n'en sais rien, mais Weyland a peut-être été poussé par une motivation classique : la jalousie. Imagine que Donna ait quitté Paul parce qu'elle était une des maîtresses de Chet Corvin ? Et n'oublie pas que Chet s'est montré plutôt railleur à l'encontre de Weyland. Même si celui-ci lui avait piqué sa femme, il l'a traité de haut par rapport à leurs situations financières respectives, rappelant que lui était propriétaire tandis que l'autre n'était que locataire. La jalousie ajoutée à un ressentiment bouillonnant depuis longtemps en Weyland, ça peut donner un mélange explosif.

– Chet et Donna... Si elle fricotait avec lui, tu as raison quand tu dis qu'elle n'était sans doute qu'une de ses chéries. La photo d'elle qu'on a vue nous montre clairement que ce n'est pas la brune à qui Chet a offert le collier et qu'il a installée dans son nid d'amour à Arrowhead – lequel n'a toujours pas été passé au peigne fin par les gars de San Berdoo, à propos. Un crétin du nom de Livingston prend son pied à me faire poireauter, on dirait.

– Il est facile de se teindre les cheveux et de perdre du poids, fis-je remarquer. Interroger Donna nous aurait probablement permis d'y voir plus clair, mais depuis le début nous ne l'avons pas vue une seule fois. Elle avait peut-être peur de Paul, ce qui l'aurait incitée à se terrer dans la maison d'Arrowhead et dans divers hôtels avec Chet ? Ils ont peut-être décidé de filer ensemble, en s'offrant pour commencer une nuit au Sahara, avec du vin, de la lingerie fine et des films pornos ? Weyland aurait suivi Donna jusqu'au motel, serait entré en douce dans la chambre, où il aurait abattu Chet avant d'enlever Donna en la menaçant d'une arme.

– Et il serait reparti au volant du Range Rover de Chet ? Alors qu'il possède déjà deux véhicules dont il se sert souvent apparemment ? Pourquoi un troisième ?

– Il craignait d'être grillé si quelqu'un notait sa plaque d'immatriculation. S'emparer du Range Rover de Chet avait peut-être également une portée symbolique : « Je récupère ce qui m'appartient – ma femme – et je te pique ton 4 × 4 de luxe. »

– Et où se trouve ce Range Rover, maintenant ?

– S'il avait planqué son pick-up ou sa voiture dans les parages du Sahara, il a facilement pu y retourner après avoir quitté le motel. Il s'était sans doute garé dans une ruelle sombre où il a pu transférer sa prisonnière sans être vu. S'il a abandonné le Range Rover de Chet non verrouillé, avec les clés sur le contact, tu penses bien qu'il a rapidement été piqué – on est en plein East Hollywood.

– Ouais, il doit déjà être en route pour être revendu en Amérique centrale.

Milo plongea les mains dans ses poches et s'éloigna de moi. Au bout d'une trentaine de pas, il fit demi-tour, revint à ma hauteur, poursuivit sur une vingtaine de pas et enfin me rejoignit.

– C'est fou comme tes cellules grises s'activent, dit-il en considérant l'impasse.

– Ce n'était pas bien compliqué d'imaginer une relation entre Chet et Donna. Si on fait exception des rencontres sur Internet, où se développent les liaisons extraconjugales ? Sur le lieu de travail ou entre amis et voisins. Je n'ai aucune preuve à avancer mais…

– Moi non plus, alors qu'on est sur cette affaire depuis vingt-deux jours, mais bon, qui tient le compte ? Et puis merde…

Il fila droit vers la maison des Weyland et s'immobilisa dans l'allée, d'où il observa un instant le portillon des Corvin.

Je le rejoignis au moment où il s'approchait de la courette des Weyland.

Il n'y avait pas de courrier entassé devant la porte d'entrée. Un regard par les fenêtres ne nous apprit rien ; le salon n'avait pas changé par rapport au soir où les Corvin s'y étaient réfugiés tandis qu'un cadavre pourrissait chez eux.

– Avec un peu de chance, notre bon vieux Paul n'est que provisoirement absent, en déplacement pour l'académie ou quelque chose comme ça, et je pourrai bientôt lui rendre visite. En attendant, il est temps d'en apprendre un peu plus sur lui et sur sa femme qui a filé.

De retour dans sa voiture, Milo parcourut la liste des véhicules retrouvés par la police. Toujours aucun signe du Range Rover de Chet Corvin. Une consultation du registre des immatriculations nous apprit que Donna, et non Paul Weyland, était propriétaire d'une Ford Taurus gris métallisé de quatre ans et d'un pick-up Ford Ranger gris de trois ans.

Milo nota les numéros de série et les immatriculations, puis, en se connectant aux bases de données criminelles, constata que les Weyland étaient manifestement tous deux d'honnêtes citoyens.

– OK, on n'a rien du tout, dit-il. Cela étant, le fait que les deux véhicules soient enregistrés au nom de Donna n'est pas anodin. Paul a peut-être des soucis bancaires. Si c'est elle qui tient les cordons de la bourse, ça peut ajouter une couche à la rancœur éprouvée par son mari. (Il tapota le volant.) Je prends toujours tes hypothèses au sérieux, tu le sais bien, mais il y a un problème avec ta théorie selon laquelle Weyland aurait planqué les preuves du premier crime. Il n'est sans doute pas allé très loin car il devait être de retour chez lui à temps pour tenir son rôle de voisin compatissant auprès des Corvin. Il a pu effectuer l'aller-retour jusqu'à la route côtière, pourquoi pas, mais il aurait dû rouler un bon moment pour trouver un endroit discret où jeter ses affaires – à Malibu, par exemple. Ça ne tient pas.

Je méditai un moment sur ces conclusions, puis envisageai une autre possibilité :

– Il n'y a pas des garde-meubles dans le quartier ? Dans un monde idéal, un endroit doté d'un grand parking et d'une vidéosurveillance.

– Je demanderai à Sean de vérifier, mais il faut d'abord que je mette Petra au courant des derniers événements.

Il tenta de contacter l'inspectrice à plusieurs numéros, sans succès. Raul Biro n'était pas non plus joignable. Il leur envoya un long texto, détaillant les développements de l'affaire et leur demandant de revoir les séquences vidéo de la nuit du meurtre de Chet Corvin, cette fois en y cherchant les véhicules des Weyland.

Il ne reçut pas de réponse immédiate.

– Je ne peux pas leur en vouloir d'avoir une vie privée, lâcha-t-il, comme s'il le pensait vraiment.

Sean Binchy se trouvait encore au commissariat, toujours aussi enjoué – son rythme circadien n'était apparemment pas réglé sur vingt-quatre heures. Milo lui demanda de faire la liste des garde-meubles situés dans le quartier des Corvin.

– C'est parti, lieut'.

– Et lance un avis de recherche sur les véhicules des Weyland ; je te donne les détails.

– Vous avez découvert quelque chose sur eux ? demanda Binchy, après avoir noté les immatriculations.

– Pas encore, Sean, mais j'ai tendance à croire que tout n'est pas rose dans cette rue.

– Allez savoir, lieut', avec toutes ces maisons chicos. Je suis content que vous ayez appelé, j'allais le faire. La réception m'a chargé de vous transmettre un message, d'un certain Henry Prieto. Vous voulez que je le rappelle ?

– Non, je m'en occupe. Merci, Sean.

– Pas de souci, j'adore mon boulot !

– Résidence Prieto.

– Lieutenant Sturgis à l'appareil, monsieur. On m'a transmis un message…

– Que je vous ai laissé il y a trois heures, juste après avoir vu la Camaro noire passer et repasser dans la rue avec une lenteur suspecte. Elle a fait deux allers et retours et s'est garée devant chez Maria Braun. Le conducteur en est sorti et s'est dirigé vers la porte d'entrée. Quand il a remarqué que je l'observais, il a détalé comme un lapin terrifié. Individu caucasien, dix-neuf ou vingt et quelques années, un mètre quatre-vingts, svelte, entre soixante-cinq et soixante-dix kilos, cheveux blond filasse jusqu'aux épaules, acné sur le visage. Je n'ai pas vu la couleur de ses yeux, j'étais trop loin de lui. J'ai noté l'immatriculation de la Camaro. Ses plaques ne sont pas à jour car leur vignette est bleue, donc de 2019, 2014, 2009, 2004…, etc. Remontez jusqu'où vous voulez dans le temps.

– Vous êtes une mine de renseignements, sergent.

– Je fais mon boulot. Vous avez de quoi noter ?

Milo se connecta de nouveau au registre des immatriculations, avec cette fois le numéro de la Camaro. Comme prévu, il ne la trouva pas parmi les véhicules en circulation. En revanche, la vignette de 2009 avait été réglée. Milo prit son temps pour lancer un avis de recherche sur ce véhicule, le désignant comme volé, puis il envoya un nouveau texto à Petra, à qui il demanda d'ajouter cette nouvelle cible à son visionnage des vidéosurveillances.

La dernière propriétaire officielle de la Camaro était une certaine Edda Mae Halversen, domiciliée au 1200 Laguna Street, à Santa Barbara.

– Hal Braun s'est rendu à Santa Barbara, rappelais-je. Il en est revenu gonflé à bloc pour une raison mystérieuse.

S'intéressant à Edda Halversen, Milo constata que cette dame avait quatre-vingt-onze ans, mesurait un mètre soixante pour soixante-douze kilos, avait les cheveux blancs et les yeux bleus et portait des lentilles. Elle n'avait pas renouvelé son permis de conduire depuis cinq ans.

– Comme elle ne conduit plus, son petit-fils – ou arrière-petit-fils – lui chipe la voiture et roule avec une vignette périmée. Ou alors elle l'a vendue à quelqu'un dont elle peut te donner le nom.

– On va le savoir tout de suite, dit Milo. En espérant qu'elle respire encore…

Sa ligne téléphonique étant active, on pouvait imaginer qu'Edda Halversen soit encore de ce monde. Son numéro ne figurant pas dans l'annuaire, Milo mit un moment à le dénicher, avec l'aide d'une certaine inspectrice Braxton, de Santa Barbara, avec qui il avait autrefois collaboré.

Il remercia sa collègue et composa le numéro d'Edda Halversen. Personne ne décrocha, et l'appel ne bascula pas sur une messagerie. Il se connecta de nouveau à la base de données centrale.

– Quatre-vingt-onze ans… dit Milo. Je perds sûrement mon temps en la cherchant là-dedans, à moins qu'elle ne soit une Ma Barker[1]… Ouaip, elle est blanche comme neige. Bon, voyons du côté du môme qui roule en Camaro. C'est peut-être un Halversen qui a mal tourné.

Plusieurs individus portant ce patronyme avaient eu maille à partir avec la justice, malheureusement aucun d'eux ne correspondait au blondinet maigrichon aperçu par Henry Prieto.

– Quel qu'il soit, ce gosse est lié à Braun et à Arrowhead, dis-je. Ce qui implique qu'il est peut-être au courant de la liaison entre Chet et Donna.

– Arrowhead… Voyons si j'arrive à suffisamment faire culpabiliser un certain Livingston pour qu'il se bouge les fesses.

1. Célèbre criminelle américaine (1873-1935).

Milo trouva dans son carnet le numéro de l'inspecteur Roger Livingston. Celui-ci n'était pas en service, mais Milo insista auprès du standardiste, soulignant qu'il appelait de L.A., et obtint le numéro personnel de Livingston. Lequel, lorsqu'il décrocha, ne situa pas immédiatement le nom de Milo, qui dut s'expliquer.

– Ah, ça ! grogna Livingston, d'une voix donnant l'impression qu'il souffrait de la crise hémorroïdaire du siècle. C'était indispensable que vous m'appeliez chez moi ?

– J'enquête sur deux meurtres, rappela Milo. Ce serait bien de ne pas trop traîner.

– Ouais, ne vous emballez pas trop, on est en sous-effectif et on a régulièrement des fusillades à gérer, pas comme à Beverly Hills.

– Je suis de West L.A.

– Peu importe. Ça ne rigole pas, chez nous. Hier encore, on a eu un 187[1] qui va exiger l'intervention de la police scientifique. Véhicule carbonisé, la victime sur le siège conducteur avec un trou dans le crâne ; on ne l'a pas encore identifié.

– Ça s'est produit où ? demanda Milo.

– Entre Arrowhead et San Bernardino. Il y a des courbes assez serrées sur l'autoroute 18 ; on récupère souvent des voitures dans le ravin, mais cette fois ce n'est pas un accident. Le véhicule a été aspergé d'essence, pour accélérer la combustion, les plaques ont été retirées et le numéro de série limé. Un règlement de compte entre dealers, à tous les coups. Nos visiteurs du week-end sont parfois de sacrées ordures.

– Ce ne serait pas une Taurus ou un pick-up Ford Ranger, par hasard ?

– Non, pire que ça ; c'est un 4 × 4 de luxe, complètement détruit. Un Range Rover.

Une main plaquée sur le crâne, Milo se força à conserver une voix posée :

1. Indicatif radio pour « meurtre ».

– Justement, un Range Rover apparaît dans mon enquête – je suis même prêt à parier qu'il est lié au coupable.

Livingston resta silencieux un long moment, tandis que des voix enfantines se faisaient entendre en fond sonore.

– Attendez une seconde, dit-il enfin, avant de se déplacer dans un endroit plus calme. Qu'est-ce que vous racontez ? C'est quoi, ce cirque ?

– Une de mes victimes – le propriétaire de la maison que je vous ai demandé de fouiller – roulait en Range Rover. Son assassin le lui a volé en emmenant une femme en otage.

– Une femme ? Notre cadavre est un bonhomme. Il a beau avoir été grillé, on devine encore quelques poils de barbe, assez longs. Il portait également un chapeau, qui ressemble maintenant à un steak trop cuit. Bon, je dois m'occuper de mes gosses…

– Devinez quoi, Roger, je crois que je sais qui est votre macchabée.

– Vous plaisantez ?

– L'homme chargé de l'entretien de la maison était barbu et coiffé d'un chapeau en cuir. Un certain David Brassing.

– Vous vous foutez de moi ?

– Où se trouve la blessure au crâne, précisément ?

– Sur la tempe.

– Laquelle ?

– La gauche, répondit Livingston, après un instant de réflexion. Enfin, il me semble.

– Donc, soit le tueur a tiré depuis l'extérieur de la voiture, soit votre victime était assise côté passager et le véhicule garé quelque part quand l'assassin l'a abattue – il a ensuite mis en scène la cabriole dans le ravin.

– Tout est toujours possible, admit Livingston.

– C'est David Brassing, répéta Milo. Si vous voulez, je peux appeler chez lui pour vérifier s'il a disparu ou pas. Mais bon, c'est votre enquête, Roger.

– Et merde… Attendez, il faut que je note tout ça. (Il s'absenta une minute.) C'est bon, j'ai un stylo. Donnez-moi le nom de tous ces gens.

Milo énuméra les protagonistes de l'affaire, à savoir Chet Corvin, Paul Weyland, Donna Weyland et David Brassing.

– C'est noté, Roger ?

– Ouais… La vache, mon lieut' va « adorer »…

– Qui est-ce ?

– Le lieutenant Ahearn.

– Donnez-moi son numéro.

– J'éviterais de le joindre, à votre place, dit Livingston. Il n'aime pas être dérangé si ce n'est pas une urgence.

– Trois homicides liés dans deux juridictions… J'appelle ça une urgence, Roger.

Un silence.

– Bon, d'accord, je vous donne ses coordonnées, mais ne venez pas vous plaindre ensuite.

# 42

Contrairement à ce qu'avait laissé craindre l'avertissement de Livingston, le lieutenant Alan Ahearn nous répondit volontiers, avec en fond sonore non pas un tapage enfantin mais du jazz – un air latino syncopé.

Ayant d'emblée convenu avec lui de s'appeler par leurs prénoms, Milo se détendit, clairement soulagé de profiter d'une conversation qu'aucun obstacle ne venait perturber. Il fit à son homologue un résumé de l'affaire, qu'il conclut en relatant l'opinion de Livingston, pour qui l'homme carbonisé avait été victime d'un règlement de compte lié au trafic de drogue.

– Ah oui, Roger a dit ça ? Et ce serait l'homme qui entretenait la maison… ? Attendez une seconde, je regarde si nous avons quelque chose sur cet individu.

– Merci.

Ahearn fut rapidement de retour en ligne. Il avait au passage coupé la musique.

– Brassing figure dans nos fichiers, mais rien de terrible, et ça date. Je doute qu'il ait été abattu par des dealers. Plus important, sa femme a signalé sa disparition il y a deux jours, quand il n'est pas rentré, ce qui correspond à la date à laquelle on a retrouvé le Range Rover. Quelle est votre théorie ? Vous pensez que par un hasard malheureux il a surpris quelqu'un à la maison, en passant vérifier que tout allait bien ?

– Exactement, Al. L'endroit où le véhicule a été découvert est-il situé près de la maison ?
– Non, pas vraiment ; à cinq ou six kilomètres.
– Une telle distance n'effraierait pas un bon marcheur.
– Votre type, ce Weyland, est en bonne forme physique ?
– Je n'en sais rien.
– Et ce serait l'assassin de Brassing…
– Je n'ai aucune preuve, Al, mais son pick-up a été vu s'éloignant de la scène de crime du premier meurtre. D'autre part, sa femme était peut-être la maîtresse de ma deuxième victime, et personne ne l'a vue depuis un bon moment. Il est fort possible qu'elle se soit cachée dans la maison d'Arrowhead quand elle ne retrouvait pas Corvin dans un hôtel. Nous nous demandons si Weyland, bien qu'ayant découvert la vérité, n'a pas attendu pour agir, puis s'est décidé le jour où sa femme et Corvin sont descendus au Sahara, à Hollywood – sans doute parce qu'il lui était beaucoup plus facile de s'en prendre à eux dans une chambre de motel avec une porte donnant directement sur l'extérieur que de se faufiler dans l'immense hall d'un Hilton ou de passer à l'action à Arrowhead, où il se serait fait remarquer.
– Il élimine la concurrence et récupère sa bonne femme. Mais pourquoi être revenu ici et avoir tué Brassing ?
– Bonne question. Je n'ai rien d'autre que des questions…
– Je connais le problème, Milo.
J'attirai l'attention de mon ami en levant l'index.
– Une seconde, Al. (Milo écouta ce que j'avais à lui dire et revint à son interlocuteur.) Si la jalousie est le mobile, un retour à la maison d'Arrowhead pourrait avoir eu une valeur symbolique. Weyland a peut-être voulu se taper sa femme ou la punir sur les lieux où elle l'avait trompé.
– Une valeur symbolique… Qui vous a soufflé cette idée ?
– Notre psychologue consultant.
– Ah, vous en avez un ? Nous, ça fait deux ans qu'on râle pour obtenir une subvention pour en embaucher un ; malheureusement nous n'avons droit qu'à un conseiller

occasionnel quand un agent souffre de trouble de stress post-traumatique. J'ai bien envie de vous demander s'il vous est réellement utile, mais il est assis à côté de vous, je suppose ?

– Je vous assure qu'il nous est très utile, sourit Milo.

– C'est bon à savoir. Et concernant le gamin en Camaro ?

– Toujours rien, Al, mais il est lié à ma première victime, sans oublier que Brassing l'a vu dans votre coin.

– Et maintenant Brassing est mort. C'est peut-être ce jeune homme l'assassin.

– Il est impliqué dans l'affaire, d'une façon ou d'une autre, nuança Milo. Avant d'apprendre le décès de Brassing, j'avais pour projet de monter à Santa Barbara demain pour m'entretenir avec la dernière propriétaire officielle de la Camaro.

– Ne changez rien, nous nous occupons de tout ici, dit Ahearn. Tenez-moi au courant si vous avez du nouveau et j'en fais autant. Demain à la première heure, j'envoie un de mes gars interroger la femme de Brassing, notamment pour avoir les coordonnées de son dentiste. Si ce type ne prenait pas soin de ses dents, on fera une analyse ADN – mais les résultats ne nous parviendront que d'ici un mois. Je vais également faire passer mes patrouilles du côté de la maison, au cas où l'un des véhicules des Weyland ou la Camaro y retourne. Et on va – enfin – fouiller la baraque.

– Merci pour tout ça, mais soyez prudent. Pour ce qu'on en sait, Weyland se terre peut-être là-bas avec sa femme. Vu la configuration de la route, il n'est pas évident de s'approcher sans se faire repérer.

– Je connais bien le coin, j'y ai souvent patrouillé autrefois, mais c'est un bon conseil. Merci d'avoir appelé et désolé pour le retard.

– Vous n'avez pas à vous excuser ; vous êtes débordé, d'après Livingston.

– Sacré Roger… soupira Ahearn. C'est lui qui est en permanence débordé, ne me demandez pas pourquoi.

Nous sortîmes de la voiture banalisée de Milo et nous dirigeâmes vers ma Cadillac.

– Pauvre Brassing, dit Milo. D'abord, je suis à deux doigts de l'abattre, ensuite quelqu'un le descend pour de bon. Que penses-tu du môme en Camaro ? Complice de Weyland ou tueur à gages junior ? (Je secouai la tête.) Ouais, j'y vois aussi clair que toi. Ça te branche, une chouette virée sur la route côtière demain ?

Sans me laisser le temps de répondre, son téléphone portable chantonna un air de Debussy. Milo consulta l'écran et répondit :

– Quoi de neuf, Sean ?

– Il y a tout un tas de garde-meubles à Santa Monica et à West L.A., lieut', mais un seul dans le quartier de Pacific Palisades – et il n'est pas bien vaste. Il se trouve sur Sunset Boulevard, au nord de la zone commerciale. D'après Google, c'est à un quart d'heure de chez les Corvin dans des conditions de circulation normales.

– Autant dire un saut de puce, un dimanche soir. Va sur place bavarder avec les gardiens.

– Impossible, tout est automatisé la nuit. On entre grâce à une carte magnétique ; il n'y a aucun vigile. Je peux passer devant pour voir s'il y a une vidéosurveillance, et je vous tiens au courant. Sinon, j'attends demain, quand il y aura du personnel.

– Rentre chez toi et repose-toi, gamin.

– Je ne suis pas fatigué, lieut'.

– Raison de plus ; il faut que tu restes en forme.

# 43

Pour se rendre à Santa Barbara depuis Los Angeles, il faut choisir entre une merveilleuse balade de cent cinquante kilomètres le long de l'océan Pacifique et une plongée dans l'atmosphère polluée de l'autoroute sur les deux premiers tiers du trajet, avant d'enfin apercevoir la mer aux abords de Ventura. La fois précédente, Milo et moi, dans le cadre d'une enquête, avions eu droit à la pire version.

Il passa me prendre à 9 h 30 :

– J'ai menti quand je t'ai parlé de la route côtière.

Délaissant l'itinéraire touristique, il s'élança plein nord à travers Beverly Glen, traversa Mulholland Drive et plongea dans la Vallée de San Fernando avant de s'engager sur l'autoroute par la bretelle de Van Nuys et Riverside.

Nous fûmes cernés de chrome jusqu'à Canoga Park, où les démons de la circulation cessèrent enfin de nous harceler. À 11 h 45, Milo quitta l'autoroute par la curieuse bretelle de Cabrillo, sur la gauche des voies, puis prit sur sa droite dans State Street et laissa le GPS nous guider jusqu'à l'extrémité du quartier commercial.

Edda Halversen était domiciliée dans une rue typique de la région, bordée de demeures d'avant-guerre – certaines élégantes, d'autres miteuses – et de quelques constructions obèses plus récentes faisant tache dans le décor.

Ce quartier autrefois majoritairement ouvrier – il avait notamment abrité les domestiques employés dans les luxueuses demeures de Montecito – était aujourd'hui inabordable pour les classes populaires, exception faite des retraités ayant réussi à s'y maintenir grâce à la Proposition 13 – la loi plafonnant les taxes foncières.

Notre destination était un bungalow vert menthe à bardeaux de bois. Envahi d'oiseaux de paradis et de yuccas, un chemin de terre aux allures de fossé courait devant la maison, parallèle au vaste perron entouré de treillis blanc. Une Kia marron était stationnée dans l'allée, son pare-chocs orné d'un autocollant « Waikiki, c'est le paradis ! ». Ses plaques d'immatriculation comportaient une vignette à jour, et la banquette arrière était couverte d'un plaid tricoté.

Il nous fallut gravir l'un derrière l'autre la rampe métallique installée sur les quatre marches en béton menant au perron. Derrière la moustiquaire dont le cadre reprenait les motifs de pacotille du treillis, on distinguait une porte munie d'un heurtoir en cuivre en forme de cachalot.

– Baleine en vue ! dit Milo, qui actionna le heurtoir.

Une séduisante jeune Philippine en survêtement rose nous ouvrit. Un rideau de cheveux noirs lui tombait jusqu'à la taille. Elle tiqua en apercevant l'insigne de Milo.

– Pas d'inquiétude, nous souhaitons simplement discuter avec Mme Halversen, la rassura mon ami.

– Je crois que ça ne va pas être possible, dit-elle.

Malgré sa réponse, elle nous invita à l'intérieur.

L'entrée était aussi minuscule et sombre que celle de la maison de MJ Braun. Un parfum de rose embaumait les lieux où s'entassaient des tables et des meubles sur lesquels étaient disposés des bibelots en porcelaine et en rubis doré, ainsi que des tasses miniatures sur des napperons en dentelle. Un piano droit en chêne était plaqué contre le mur de droite, avec sur le pupitre la partition de *Porgy and Bess*.

Contrairement à ce que nous avions vu chez MJ Braun, il n'y avait ici pas de passages élargis pour faciliter la circulation des handicapés, mais simplement un espace dégagé au fond de la pièce, où se trouvait une femme dans un fauteuil roulant. Ses jambes étaient couvertes d'une couette rose et calées sur un repose-pieds, et elle portait une robe de satin couleur jade boutonnée jusqu'au cou et du vernis à ongle bleu layette. Ses cheveux de neige coupés au carré et impeccablement coiffés étaient retenus par une barrette en plastique.

Elle nous souriait.

Milo lui rendit son sourire et lui montra sa carte professionnelle. Les yeux de la vieille femme étaient d'un marron curieusement cerné de bleu. Son regard resta fixé droit devant elle.

– Elle ne peut pas parler ni vous entendre, messieurs, expliqua la jeune Philippine.

– Elle a été victime d'une attaque ?

– Oui.

– Récemment ?

– Celle-ci date d'il y a un an.

– Ce n'était pas la première ?

– Non, la deuxième. Après la première, il y a deux ans, elle a dû s'aider d'une canne pour marcher, mais sinon elle était encore en forme.

– Vous vous occupez d'elle depuis, mademoiselle… ?

– Vivian. Oui, monsieur.

Milo recula d'un pas, les sourcils froncés.

Le regard noir de Vivian se posa brièvement sur lui, puis sur moi. Malgré sa curiosité, elle était trop effrayée ou trop discrète pour nous dévisager ouvertement.

Edda Halversen, que son sourire n'avait pas quitté, remua la main gauche.

– Elle fait souvent ça, précisa l'aide à domicile.

– Vous pouvez peut-être nous renseigner, Vivian, dit Milo. Pour tout vous avouer, ce n'est pas vraiment Mme Halversen qui nous intéresse. Nous sommes à la recherche d'un jeune homme qui a été vu au volant d'une Chevrolet Camaro noire ayant appartenu à cette dame.

– C'est Cory.

– Vous le connaissez, apparemment.

– Oui, monsieur.

– Ça s'écrit Cory ou Corrie ?

– Je ne sais pas.

– Son nom de famille ?

– Désolée, monsieur… s'excusa-t-elle, avec un sourire timide.

– Comment se fait-il que vous le connaissiez ?

– C'est un ami de madame.

– Un ami ?

– Il a travaillé pour elle.

– Quel genre de travail ?

– Du jardinage, du nettoyage, et il lui rendait visite.

– À l'époque où madame pouvait encore parler, vous voulez dire ?

– Aussi après.

– Quand est-il venu pour la dernière fois ?

La jeune femme se tapota la lèvre du bout de l'index :

– Il y a six mois, peut-être ? Je ne sais pas vraiment.

– Il venait ici pour travailler ou pour tenir compagnie à Madame ?

– Les deux.

– Et pourquoi a-t-il cessé de lui rendre visite ?

– Il s'est engagé dans l'armée.

– Il y a six mois, donc ?

– Peut-être un peu plus longtemps… ou un peu moins. Je ne sais pas exactement, je suis désolée.

– C'est parfait, ne vous en faites pas, la rassura Milo. Cory a donc annoncé à Edda qu'il partait à l'armée ?

– Oui, et elle a fait son geste.

Elle désigna la vieille femme, qui remuait toujours le bras gauche.

– Est-ce qu'elle comprend quelque chose ?

– Elle comprend quand on parle de nourriture. Elle prend trois repas par jour et des en-cas. Sa tension est bonne.

Edda Halversen baissa le bras, toujours souriante.

– Comment Cory était-il payé, Vivian ? intervins-je.

– En liquide.

– Et qui gère les finances de Mme Halversen ? Qui paie ses factures ?

– La banque. C'est aussi elle qui me paie.

– Laquelle ?

– La First Coastal.

– Ils ont une agence dans le quartier ?

– Oui, au 1400 State Street.

Milo nota l'adresse.

– Comment se fait-il que Cory conduise la voiture d'Edda ? demandai-je.

– C'était celle de son fils Stuart. Il est mort.

– Navré de l'apprendre. Quand ?

– Avant que je fasse la connaissance de madame.

– Vous savez de quoi il est décédé ?

– Elle m'a dit qu'il était mort d'un cancer.

– Edda a donc vendu la voiture de Stuart à Cory ? supposa Milo.

– Non, monsieur, elle la lui a donnée – il était fou de joie, précisa Vivian, souriant pour illustrer son propos.

– Quand ?

– Après la première attaque.

– Il y a deux ans, donc ?

– Oui, c'est ça.

– Mais pourquoi lui avoir donné la voiture ?

– Elle ne conduisait plus.

– Certes, mais ça reste un très beau cadeau.

– Cory l'aidait beaucoup.

– Un gentil garçon.

– Très gentil.

– Il habite dans le quartier ? m'enquis-je.

– Je ne sais pas, mais avant, il venait en vélo, répondit Vivian, sincèrement déroutée par la question.

– Avant d'avoir la voiture ?

– Oui.

– Vous ne savez pas du tout où il habite ?

– Non, désolée, monsieur.

– Vous voyez autre chose à nous dire sur lui ?

Elle se tapota la bouche, cette fois sur les deux lèvres.

– Il était toujours gentil. (Sa montre sonna.) Ah, c'est l'heure du yaourt à la pêche. Vous permettez ?

– Je vous en prie, répondit Milo.

Elle nous abandonna un instant et fut de retour avec un yaourt et une cuiller.

– Que savez-vous d'autre à propos de Cory ?

– Il joue de ça, dit-elle, désignant le piano. Il est très doué.

Je m'approchai de la partition :

– Il jouait précisément ce morceau ?

– Oh oui, monsieur. Il était très bon. Madame m'a dit que Stuart jouait de la trompette.

– C'était un musicien professionnel ?

– Non, il était dans les tuyaux, d'après madame.

– Il était plombier ?

– Oui, dans les tuyaux, comme le mari de madame.

– Des plombiers… Auriez-vous des photos de Cory à nous montrer ?

– Non, monsieur, répondit-elle, avant de se figer. Ah mais si, pardon.

Elle considéra le yaourt, hésitante.

– Je vous remplace, lui dis-je, ce qui me valut un regard sceptique. Je vous promets de le faire en douceur. Allez chercher cette photo, s'il vous plaît.

Je glissai la cuiller remplie de yaourt à la pêche entre les lèvres d'Edda Halversen, qu'elle pourléchait entre chaque bouchée. À la troisième, sa main agrippa fermement mon poignet, ses doigts fins et glacés plantés dans ma chair.

Vivian nous rejoignit avec une petite photo en couleurs dans les mains. Sur celle-ci, Edda Halversen avait exactement la même allure qu'en cet instant, installée dans son fauteuil roulant devant un massif de fleurs. Entre elle et la végétation posait un jeune homme en tee-shirt noir. S'il souriait pour la photo, son regard baissé sur la femme diminuée nuisait à son effort.

Maigre, les cheveux longs, boutonneux… Il avait dans les dix-sept ans à l'époque, et donc aujourd'hui plutôt dix-neuf que vingt et quelques. En dehors de ce détail, on n'apprenait rien de neuf par rapport à la description fournie par Henry Prieto.

Je tendis le cliché à Milo.

– Qui a pris cette photo, Vivian ?

– Mon amie Helen. Elle est ici la nuit.

– Vous êtes les seules à vous occuper de madame ?

– Non, il y a aussi Vera, qui vient deux week-ends par mois.

– Madame a-t-elle des visites ?

– Non, personne.

– Elle n'a ni amis ni famille ?

– Stuart était son fils unique, dit Vivian, avec un air peiné.

Elle me reprit le yaourt ; je décrochai la serre d'Edda Halversen de mon poignet.

– C'est très triste, ajouta la jeune Philippine, qui nous offrit tout de même un sourire éclatant et rejeta sa chevelure noire en arrière. Mais ça ne nous empêche pas d'essayer d'être heureuses. N'est-ce pas, madame ?

À l'extérieur, Milo étudia de nouveau la photo.

– Cory Sans-Nom… Elle ne nous a même pas demandé pourquoi on s'intéressait à lui.

– Elle est sans doute intimidée par les autorités.

– Elle cache peut-être quelque chose.

– Ou alors notre type est un bon gars, qu'elle n'imagine pas une seconde s'attirer des ennuis.

– Tu parles…

Son téléphone sonna, signalant l'arrivée d'un message ; c'était la réponse de Petra à son texto de la veille au soir.

L'inspectrice était chez elle, aux prises avec un sale rhume ; Raul se chargerait de visionner une deuxième fois les séquences de vidéosurveillance, en quête des nouveaux véhicules recherchés.

Alors que Milo s'apprêtait à glisser son mobile dans sa poche, une nouvelle sonnerie retentit, cette fois du Saint-Saëns – avait-il associé des airs de compositeurs français romantiques au numéro du jeune inspecteur ?

– Je suis allé au garde-meubles, lieut', dit Sean Binchy. Cet endroit est spécialisé dans les dépôts d'antiquités chic, et aucun des Weyland n'y loue un box, désolé. Et je suis encore plus désolé de vous dire que le capitaine m'a transféré sur une autre affaire : cinq braquages à main armée non résolus sur Pico Boulevard.

– Vas-y, gamin.

– Ça me gonfle, lieut'. Le capitaine dit que la tendance est à la baisse du taux de criminalité et qu'il faut trouver de nouvelles enquêtes.

– Va voir les méchants, Sean, et dis-leur de se bouger les fesses pour commettre des délits.

Un rapide passage en revue des voisins d'Edda Halversen nous révéla que la plupart étaient absents. Parmi ceux qui nous ouvrirent, quelques-uns se rappelèrent avoir vu le blondinet de la photo tondre la pelouse, malheureusement personne ne connaissait son nom ni ne savait où il était domicilié.

– Ce n'est pas un si « bon gars » que ça, ce môme, dit Milo, tandis que nous nous dirigions vers la voiture. Il n'est certainement pas militaire, vu la longueur de ses cheveux. Il a donc menti à Edda.

– À moins que sa demande d'engagement ait été rejetée, ou qu'il ait été viré après y avoir été accepté.

– Tu as décidé d'être l'avocat de tout le monde, aujourd'hui ? Cette nuit, je me suis réveillé à 3 heures du matin en pensant à Weyland. J'ai un mal fou à l'imaginer seul coupable, dans cette affaire, Alex, vu le foutu jeu de voitures musicales. Le soir du meurtre de Braun, Weyland se sert de son pick-up pour se débarrasser des preuves et rentre chez lui au volant de la Taurus, qu'il a préalablement planquée quelque part. La nuit du meurtre de Chet, il abandonne son véhicule – on ne sait pas lequel – à Hollywood, se rend de là à pied au Sahara, descend Chet, enlève Donna – ou peut-être une autre femme – et fiche le camp avec le Range Rover de Chet. Mais ça ne lui suffit pas ; toujours à bord du Range Rover, il se rend à Arrowhead, où il est surpris par Brassing, qu'il abat à son tour. Il abandonne le corps et le 4 × 4 en feu dans un ravin, puis il regagne la maison des Corvin à pied, où il n'y a pas de garage. Comment il repart ?

– Un complice l'attendait peut-être, avec une autre voiture.

– Deux conducteurs, ça résoudrait ce mystère, c'est sûr. Et qui ferait un meilleur comparse que quelqu'un ayant été vu rôdant autour des maisons des deux victimes ? Et qui, par-dessus le marché, ment à propos de son service militaire, juge que se payer une vignette automobile à jour n'est qu'une option et fout le camp lorsqu'il se rend compte que Prieto l'observe ? Ne me dis pas que tu crois le gamin innocent.

– Il joue du piano, rappelai-je.

– Ça y est, tu défends les artistes ! s'esclaffa Milo. Sérieusement, mon raisonnement se tient, non ?

– Oui, c'est d'une logique imparable. Et si Cory est un délinquant, ça peut t'aider.

– Comment ça ?

– Les citoyens peu respectueux des règles sont souvent connus des autorités locales.

L'inspectrice Sheila Braxton était en voiture lorsque Milo la contacta.

– Tu as besoin d'un autre numéro de téléphone ? lui demanda-t-elle.

– Non, merci, ton renseignement m'a été très utile, mais il me faudrait maintenant des infos sur un suspect potentiel. Un certain Cory, dix-neuf ans ou la vingtaine, maigre, blond, conduit une Camaro noire avec une vignette de 2009, ça te dit quelque chose ?

– Je connais un certain Cormac – Cory pourrait être son diminutif – qui colle à ta description.

– Je sais seulement qu'on l'appelle Cory.

– Cela dit, j'ai du mal à imaginer le Cory auquel je pense dans la peau d'un meurtrier.

– C'est un « bon gars », c'est ça ?

– Oui, plutôt, même si la situation est un peu compliquée. Je vais déjeuner, tu as le temps de m'accompagner ?

– Et comment ! On se retrouve où ?

– Je pensais au Burger King.

– Visons un peu plus haut, Sheila, c'est moi qui régale.

– C'est gentil, Milo, mais ce n'est pas nécessaire.

– La vie ne se résume pas au « nécessaire », Sheila. Allez, un vrai resto, avec des nappes sur les tables.

– Hmm… Tu aimes les fruits de mer ?

– Autant qu'un requin.

– Un restaurant vient d'ouvrir sur Cabrillo Boulevard, au nord de la jetée Stearn, dit Sheila en riant. Et c'est bon, apparemment. Ça s'appelle le Moby Richard.

– Bien trouvé, dit Milo. Et ça tombe bien, Plancton est mon deuxième prénom.

– Qu'est-ce que tu racontes ?

– Je te retrouve là-bas dans dix minutes.

# 44

Sur l'enseigne du Moby Richard figurait une baleine étrangement fine – une sorte de coach fitness pour cétacés.

Des toiles cirées bleues à carreaux en guise de nappes, des photos d'époque en noir et blanc sur les murs, un bar d'un côté et une cuisine ouverte de l'autre. Bien que récemment ouvert, l'endroit était aux trois quarts plein.

– La voilà, dit Milo, qui se dirigea vers une table de flics typique, c'est-à-dire au fond de la salle, dans un coin, avec une vue sur toute la clientèle.

Quinquagénaire grisonnante mais séduisante, Sheila Braxton était une grande femme au sourire narquois. Elle portait un pull ras-du-cou vert foncé, un pantalon noir et des chaussures olive, sans oublier de minuscules diamants aux oreilles.

Milo fit les présentations.

– Un psychologue… dit Sheila. Vu le monde de fous dans lequel nous vivons, je suis sûre que vous croulez sous le travail.

Un serveur – chignon et moustache cirée – avec un accent français nous lut une longue liste de spécialités pêchées ce jour. Sheila Braxton, amusée par son numéro, commanda des langoustines et une salade. J'optai pour du saumon grillé.

– Barbaque et pinces pour moi, demanda Milo.

– Je vous demande pardon ? dit Chignon.

– Juste là, précisa mon ami, un doigt sur le menu. Steak de filet et homard du Pacifique. À point, le steak.

– Très bonne idée d'associer ces deux plats.

– Je vous crois sur parole.
– Pardon ?
– *Merci*[1].
Chignon s'éloigna en sautillant puis revint vers nous :
– Et pour les boissons ?
Du thé glacé pour trois. Le deuxième départ du serveur fut le bon.
– Tu as toujours adoré déstabiliser les gens, Milo, sourit Sheila.
– Eh oui, tu peux m'appeler lieutenant Sumo.
– Lieutenant ? Félicitations. Et pourtant, tu enquêtes toujours sur le terrain ?
– C'est compliqué, Sheila.
L'inspectrice m'interrogea d'un regard.
– Il a déstabilisé les mauvaises personnes, lui expliquai-je.
Elle riait encore quand Chignon nous servit le thé dans des pots à confiture. Elle s'en octroya une gorgée.
– Je n'en ai pas trop dit, au téléphone, parce que l'individu en question me paraît vulnérable. Et non, je ne me suis pas reconvertie en assistante sociale. D'ailleurs, ce n'est même pas dans une de mes enquêtes qu'il est apparu ; c'est Bob Manning qui a eu affaire à lui – je l'ai simplement un peu aidé.
– Big Bob, dit Milo. Il a fini par prendre sa retraite ?
– Il est mort avant, révéla Sheila, qui tourna la tête vers moi. C'était mon mentor, docteur, un ancien du LAPD ; il s'est installé ici et s'est spécialisé dans les crimes avec violences.
– Un type bien, commenta Milo.
– Le meilleur, renchérit Sheila. Il m'a prise sous son aile à une époque où les femmes étaient beaucoup moins facilement acceptées que de nos jours.
Chignon apporta du pain mais personne n'y toucha.
– Enfin bref, voilà l'affaire : Bob s'est chargé de l'enquête mais celle-ci lui a échappé. Le scénario dont on a tous horreur : un homicide plus que probable mais pas de cadavre,

1. En français dans le texte original.

de forts soupçons sur un suspect mais impossible de prouver sa culpabilité. Ce crime est resté en travers de la gorge de Bob et l'a incité à repousser sa retraite plus que de raison.

– Mission non accomplie, résuma Milo, qui attira mon attention d'un coup de coude. C'est quoi, le terme technique, déjà ? Un mot avec un Z, genre « signe de Zorro de Freud », quelque chose comme ça.

– L'effet Zeigarnik.

Sheila haussa les sourcils.

– La tension consécutive à une tâche qu'on n'a pas réussi à mener à bien, précisai-je.

– Il faut que je le retienne, pour le ressortir en soirée, dit Sheila, sur un ton indiquant qu'elle n'en ferait rien. Bon, voici l'histoire : il y a sept ans, Jacqueline Mearsheim, enseignante, a disparu. Elle en était à son troisième mariage et avait un enfant de son premier – un garçon de douze ans. Veuve de son premier mari, elle avait par la suite divorcé du deuxième. Le mari numéro 2, lui aussi professeur, avait travaillé à l'étranger, dans je ne sais plus quel État pétrolier du Moyen-Orient. On a enquêté sur lui et il a été mis hors de cause. Paul Mearsheim, l'époux numéro 3, était également employé par l'académie, mais à un poste administratif. Jackie et lui se sont rencontrés sur leur lieu de travail et se sont mariés assez rapidement. Un an plus tard, il a signalé la disparition de sa femme, *trois jours* après qu'elle ne s'était pas présentée au lycée. Il a expliqué avoir voulu la laisser tranquille ; aux prises avec une dépression, elle s'était offert quelques jours de congé pour retrouver le moral. Comme par hasard, son fils était également absent à ce moment-là, en voyage scolaire à Sacramento.

Un autre serveur nous apporta les plats.

– Il a attendu trois jours ? releva Milo. J'imagine bien Bob tiquer là-dessus.

– Sans compter que Mearsheim lui a fait mauvais effet dès la première seconde. Ce type en faisait trop, il chouinait, jouait les sensibles mais ses larmes ne semblaient pas authentiques, comme s'il avait répété son numéro. À cela s'ajoutait le fait qu'en tant que conjoint de la disparue, il était évidemment le dernier à l'avoir vue vivante. D'autre part, personne n'avait jamais senti Jackie déprimée. Dernier élément du tableau, le fils de Jackie, Cormac Thurber – qui, en effet, était surnommé Cory.

– Avec ou sans « e » à la fin ? demanda Milo, qui avait sorti son calepin.

– C-O-R-Y. Il a fini par avouer à Bob que sa mère lui avait confié son intention de quitter Mearsheim, à qui elle reprochait de n'avoir aucun sentiment humain à son égard.

– Il « a fini », vous dites ? relevai-je.

– C'était un garçon timide, docteur. Il était difficile de lui arracher un mot.

– « Aucun sentiment humain » ; ce sont les termes qu'il a employés ?

– Oui. Sur le moment, je me suis fait la réflexion que c'était une expression assez sophistiquée pour un gosse de douze ans. Il l'avait sans doute entendue dans la bouche de sa mère. En fin de compte, tout le monde – même Mearsheim – a reconnu que jamais Jackie ne serait partie en abandonnant Cory.

– Mearsheim a avancé l'hypothèse d'une mauvaise rencontre avec un inconnu, j'imagine ?

– Tout à fait. Pour lui, sa femme avait été enlevée par un mystérieux individu introuvable – ce qui l'arrangeait bien.

– A-t-on retrouvé la voiture de Jackie ?

– Non. Aucune dépense *via* sa carte de crédit, aucun retrait d'argent. Le mystérieux individu aurait été hyper méticuleux ? Son instinct soufflait à Bob que c'était des conneries.

– Avant d'aller plus loin… l'interrompit Milo, qui lui montra la photo empruntée chez Edda Halversen.

Sheila prit son temps pour l'examiner.

– Il était encore préadolescent quand je l'ai connu, mais oui, je pense que c'est lui, dit-elle.

Elle se coupa une minuscule portion de langoustines, comme si avaler son repas était une obligation. Quant à Milo, il entreprit de scier son steak sans la moindre réticence.

Je sortis mon téléphone et me connectai à un site payant d'annuaires scolaires, dans lequel je dénichai celui du lycée de Santa Barbara. Ma recherche sur « Cormac Thurber » se révéla infructueuse.

– Que cherchez-vous ? me demanda Sheila. (Je lui fis voir mon écran.) Il est possible que ce garçon n'ait pas fréquenté un lycée classique. Après la disparition de Jackie, il a été placé en famille d'accueil. Bob l'a revu deux ans plus tard ; il étudiait la musique et suivait un cursus alternatif. Il s'est réjoui de voir que ce gosse ne s'en sortait pas trop mal.

Farfouillant toujours sur Internet, je m'intéressai à l'École alternative Alpha, située à Goleta et consacrée aux acteurs, athlètes et musiciens en devenir, ainsi qu'à quiconque bénéficiant d'un programme scolaire individualisé.

L'établissement accueillait une centaine d'étudiants. En guise d'annuaire scolaire, une page recensait les photos des diplômés de chaque année. Le visage que je cherchais m'apparut parmi la promotion sortie deux ans auparavant ; je le montrai à mes compagnons de table.

– C'est notre gars, confirma Milo.

– Il n'y a plus de doute, dans ce cas, ajouta Sheila.

– Pourquoi a-t-il été placé en famille d'accueil ? Son beau-père était en liberté surveillée ?

– Non. Quand je disais que l'histoire ne s'arrêtait pas là, c'est parce que six semaines après la disparition de sa femme, Mearsheim s'est volatilisé à son tour, avec les économies de Jackie, jusqu'au dernier dollar – notamment la prime versée par l'assurance à la mort de son premier mari. Elle lui avait sans doute donné procuration pour ses comptes ; Cory s'est retrouvé sans rien. Bob a découvert par la suite que Mearsheim avait demandé à toucher l'indemnité d'une assurance-décès souscrite au nom de Jackie quelques mois auparavant – il y en avait pour cent mille dollars –, mais en l'absence de cadavre, il n'a rien perçu. La perfection de son crime lui a nui, en définitive.

– Paul Mearsheim… dit Milo, qui ouvrit son attaché-case et en sortit la photo de l'individu que nous connaissions sous le nom de Paul Weyland.

Là encore, Sheila prit son temps.

– Il était barbu, à l'époque, mais oui, c'est bien lui, dit-elle enfin. C'est ton suspect ? C'est stupéfiant !

– Il se fait appeler Paul Weyland et travaille à l'académie de Los Angeles.

– Pour l'organisme qui gère l'éducation de nos enfants. Incroyable… Et qu'est-ce qu'il a fait, cette fois ?

Milo résuma notre affaire à sa collègue.

– Malheureusement, nous non plus n'avons rien de concret à nous mettre sous la dent, Sheila, conclut-il.

– Des meurtres en série… Quelle horreur. Mais pourquoi t'intéresses-tu à Cory ?

– Sa voiture a été aperçue non loin des maisons des deux victimes.

– Et tu penses qu'il serait le complice de ton tueur ? Je n'y crois pas trop, Milo. Il n'était pas proche de Mearsheim ; bien au contraire, ce salopard l'a abandonné.

– Il a peut-être voulu reprendre contact avec Mearsheim pour découvrir ce qui était arrivé à sa mère, supposai-je.

– Un jeu dangereux, jugea Sheila.

– Je reviens dans un instant, dis-je à mes compagnons.

Après m'être isolé dans un coin tranquille, du côté du parking, je sortis mon téléphone.

Mary Josefina « MJ » Braun répondit à la cinquième sonnerie :

– Oh, bonjour ! Vous avez trouvé votre coupable ?

– On y travaille. Comment allez-vous ?

– J'ai mal, comme d'habitude, dit MJ. J'ai dégusté il y a quelques jours. Percevoir la pension de Hal de ce mois-ci me serait d'une grande aide, mais l'administration ne se bouge pas.

– J'espère que ça va s'arranger.
– Ça vaudrait mieux, c'est sûr.
– Puis-je vous poser une question ?
– Allez-y.
– Un jeune homme en Camaro noire ne serait pas passé vous voir, par hasard ?
– Si, une fois.
– Quand ?
– Après que Hal... Quelques jours après votre visite. Il m'a apporté de la nourriture. Il m'a expliqué être un ami de Hal, et que comme celui-ci l'avait aidé, il voulait m'aider en retour. Je n'ai rien avalé, c'était un burger gras, et j'ai horreur de tout ce qui est gras. Et ce type m'avait mise mal à l'aise.
– C'est-à-dire ?
– Il était nerveux. Je lui ai demandé de poser son paquet devant ma porte et j'ai attendu qu'il soit parti pour le jeter à la poubelle.
– Un blondinet maigrichon aux cheveux longs ?
– Oui, c'est ça.
– Il vous a dit comment Hal l'avait aidé ?
– Je ne lui ai pas laissé le temps de dire grand-chose, vous savez. Hal l'a sans doute soutenu lors d'une de ses missions. Pourquoi, vous croyez que c'est lui qui a tué Hal ? J'ai échappé à la mort en ne lui ouvrant pas ma porte ?
– Non, pas du tout.
– En tout cas, j'ai bien fait de ne pas le faire entrer.
– S'il revient vous voir, soyez gentille de nous prévenir.
– Si je le revois ici, j'appelle direct la police ! déclara MJ Braun. Je n'aime pas les inconnus.

Mary Ellen Braun me répondit dès la première sonnerie :
– Bonjour ! Vous avez achevé votre enquête ?
– On y travaille.
– Oh... dit-elle, déçue. Quoi de neuf ?
– Hal vous aurait-il dit avoir aidé quelqu'un à Santa Barbara ?

– Non, ça ne me rappelle rien. Il a été tué par quelqu'un de là-bas ?

– Nous essayons d'éclairer ses activités. Vous a-t-il dit aider des adolescents, ou un jeune garçon en particulier ?

– Il aimait les enfants, c'était évident, mais pas dans le mauvais sens du terme – j'espère que vous ne creusez pas dans cette direction.

– Absolument pas. Mary Jo nous a expliqué que Hal se lançait dans ce qu'il appelait ses « aventures ». Nous nous demandons s'il ne s'est pas mis en danger au cours d'une de ses escapades.

– À Santa Barbara ? Je le vois bien faire de la randonnée par là-bas, c'est un coin si joli ; on n'imagine pas un instant y courir le moindre danger. Cela dit, Hal était quelqu'un de bien et regardez ce qui lui est arrivé.

Milo et Sheila levèrent les yeux vers moi à mon retour ; je leur racontai que Cory Thurber avait apporté un burger à Mary Jo.

– Ça tend à confirmer qu'il n'a rien fait de mal, non ? estima Sheila Braxton d'une voix peu assurée, en m'interrogeant du regard.

– À mon avis, Cory et Braun ont fait connaissance par hasard ici, à Santa Barbara, peut-être sur la plage ou sur la jetée. Cory s'est livré à propos de sa mère, et Braun, comme toujours sensible à la souffrance d'autrui, lui a offert son aide.

– Mais comment ? s'enquit Milo.

– Soit en localisant Mearsheim, soit, si Cory s'en était déjà chargé, en allant le trouver et exiger qu'il lui révèle la vérité sur Jackie.

– Ça aurait été de la folie, jugea Sheila.

– Braun se prenait pour un chevalier errant.

– Il aurait fait ça pour un parfait inconnu ?

Je lui relatai les incidents du McDonald's, de l'arbre et du serpent. Braun avait pour habitude de partir plusieurs jours d'affilée pour remplir de telles « missions ».

– Il vivait dangereusement, estima Sheila. En s'attaquant à Mearsheim, il avait autant d'espérance de vie qu'un agneau envoyé à l'abattoir. Mais pourquoi Mearsheim aurait-il déposé son corps chez votre autre victime ? Si nous avons vu juste à propos de Jackie, il a plutôt tendance à dissimuler les corps.

– Il savait qu'il serait le principal suspect de la disparition de Jackie, expliquai-je. À l'inverse, aucun lien évident ne le rattachant à Braun, il ne lui était pas nécessaire de cacher ce cadavre. Qui soupçonnerait l'aimable voisin ayant ouvert sa porte à la famille du défunt ? Pas nous, en tout cas.

– Alex a raison, Sheila, renchérit Milo. Ce type jouait les maris dominés. S'il a appris que son épouse le trompait avec Chet, il avait toutes les raisons du monde de se servir du corps de Braun pour s'en prendre à Chet ; ce geste était comme un doigt d'honneur géant.

– Et il aurait fait disparaître Donna, comme Jackie ?

– Weyland a prétendu qu'elle était partie rendre visite à sa mère ; je vais vérifier ça.

– On a une idée de ce qu'a fait Cory ces sept derniers jours ? demandai-je.

Sheila s'essuya les mains avec sa serviette et se leva :

– À mon tour de prendre une pause dehors.

L'inspectrice fut absente quatorze minutes. Pendant ce temps, Milo tenta de joindre Donna Weyland à l'académie mais fut bloqué par une messagerie sadique chargée de contenir les demandeurs de renseignements.

Tandis que je m'occupais de mon saumon, Milo, mis en attente au téléphone, se consola avec une douzaine d'huîtres – six Grass Bay et six Kumiai du Mexique.

Sheila nous rejoignit, secouant la tête :

– Personne ne sait où est passé Cory. Mon contact aux services sociaux m'a appris que ce garçon a toujours créé des ennuis aux cinq familles dans lesquelles il a été placé – il a systématiquement fini par s'enfuir. Il multipliait les bêtises à l'école et refusait de travailler. L'école Alpha lui permettait pourtant de suivre sa scolarité à domicile, et deux de ces familles, de braves gens, ont tout fait pour l'aider.

– Des problèmes de drogue ?

– Non, d'après mon contact, mais ça ne prouve rien.

– Oui, le gamin s'est montré suffisamment malin pour ne pas se faire choper, ou alors il a eu de la veine, dit Milo.

– Il est également possible qu'il n'ait rien fait de mal, ajoutai-je.

– Vous êtes un optimiste, vous, on dirait, me lança Sheila.

– Après toutes ces années, il refuse encore d'ouvrir les yeux, déplora Milo.

– N'empêche, ça doit être une sensation agréable.

– Le piano lui faisait peut-être du bien, poursuivis-je. C'était peut-être un aspect positif de sa vie, grâce auquel il pouvait espérer bâtir quelque chose.

– Hmm... Il semble doué, en effet. Selon l'assistante sociale que je viens d'avoir en ligne, il y avait un piano dans une de ses familles ; chaque fois qu'elle se rendait chez eux, Cory en jouait, et ça sonnait très bien. J'espère que votre hypothèse est la bonne, docteur. Ce gosse en a bavé.

– Quand il s'est présenté chez Braun, il a offert de la nourriture à la femme de celui-ci et lui a expliqué que Hal l'avait aidé. Mais rien n'indique qu'à ce moment-là il ait su que ce dernier avait été assassiné. En réalité, je pense que s'il s'est rendu chez les Braun, c'était avant tout dans l'espoir d'apprendre où se terrait Hal, espoir qu'il n'a jamais pu satisfaire.

– Pourquoi serait-il allé à Arrowhead, alors ?

– Et si Braun avait suivi Donna et Chet jusque là-bas ? Peut-être a-t-il voulu prévenir Donna, tout lui dire à propos de son mari ?

– Mon Dieu... Si Mearsheim a appris ça, il a dû péter un plomb, dit Sheila.

– Il faut à tout prix retrouver ce gamin, conclut Milo.

# 45

Après avoir pris congé de Sheila Braxton et filé vers le sud sur Cabrillo Boulevard, nous étions à présent illégalement garés en bord de plage. Milo effectuait une recherche sur Paul Mearsheim.

– Il n'est pas fiché, dit-il. La belle affaire ; ce type a tout de l'arnaqueur pro. Dieu sait quelle est sa véritable identité.

– S'il a gardé « Paul », c'est peut-être parce que c'est vraiment son prénom ? Pour passer de « Mearsheim » à « Weyland », il est possible qu'il ait volé l'identité d'une personne décédée. À moins qu'il n'ait pris le nom de Donna.

– Pourquoi aurait-il fait une chose pareille ?

– Pour jouer à fond son rôle de mari dominé et laisser croire à sa femme que c'était elle qui commandait dans le couple. Les véhicules étaient enregistrés au nom de Donna parce qu'il se disait démuni et ne lui avait pas parlé de l'argent qu'il avait pris à Jackie.

– Encore une épouse volatilisée.

– On peut la retrouver, celle-là. Brassing a peut-être été tué parce qu'il avait découvert un corps enterré dans la forêt, près de la maison d'Arrowhead.

– Je lui avais pourtant ordonné de rester à l'écart, râla Milo, tapotant le volant. Il faut absolument fouiller cette bicoque – voyons si Ahearn est un homme de parole.

Il regagna l'autoroute, où il afficha un mépris total pour la limitation de vitesse. Peu avant Carpinteria, alors que la route baignée de soleil était quasiment déserte, il sortit son téléphone, qu'il baissa aussitôt, son regard attiré par quelque chose sur sa droite.

Une Dodge Challenger de la police routière était garée à la sortie d'une courbe. Le bleu de l'océan se reflétait sur ses vitres côté passager, et l'individu en uniforme beige installé au volant braquait un radar dans notre direction.

La configuration des lieux permettait la mise en place d'un excellent piège à Fangio. Milo aurait peut-être pu s'en sortir, mais sans certitude – la courtoisie entre patrouilles routières et flics urbains est imprévisible.

Milo décida de piler. Les roues de la Challenger pivotèrent, indiquant clairement que son conducteur était prêt à se lancer à notre poursuite. Ce ne fut pas nécessaire car Milo s'immobilisa sur le bas-côté trois longueurs au-delà de la voiture de patrouille. Le temps qu'il abaisse sa vitre, le flic était sorti de son véhicule, une main sur le holster de ceinture de son arme.

Ce dernier jeta un rapide regard à l'insigne de Milo, lequel expliqua aimablement qu'il se rendait sur une scène de crime mais s'était arrêté le temps de téléphoner, car il n'aimait pas être distrait par une conversation quand il roulait. Le policier parut hésiter.

– Sacrée affaire, détailla Milo, un œil rivé sur son téléphone. J'ai plusieurs victimes sur les bras.

– Vous avez bien fait de vous arrêter, lieutenant ; la loi est la même pour tout le monde, répliqua le flic, un jeune rougeaud baraqué au teint brûlé par le soleil.

Il regagna son véhicule noir et blanc en roulant des mécaniques, tandis que Milo composait le numéro d'Ahearn.

Celui-ci ne répondit ni sur son mobile ni à son bureau. Un de ses subordonnés lui apprit qu'il était sorti, sans donner davantage de détails.

– Vous ne seriez pas au courant de l'analyse en cours à... ?

– Aucune idée. Je lui transmets le message.

Le flic rougeaud nous ignora lorsque Milo se relança sur l'autoroute.

À Oxnard, Milo – non sans avoir jeté un regard à la ronde – ressortit son mobile. Ni Binchy, ni Petra, ni Biro n'avaient du nouveau à nous apprendre.

Il me tendit son téléphone :

– Compose le numéro de l'académie – tu le trouveras dans les derniers appels –, s'il te plaît.

Il passa la traversée de Camarillo ballotté de bureaucrate en bureaucrate, bondissant telle une grenouille dans sa mare, et ce jusque bien après notre entrée dans Thousand Oaks. À l'approche de Lindero Canyon, j'aperçus un autre véhicule de la police routière, ce que je signalai à Milo.

Celui-ci me passa son téléphone, et je me fis successivement passer pour lui auprès de trois fonctionnaires de l'académie.

Enfin, une certaine Estrelle m'offrit une réponse :

– Aucune de ces deux personnes ne travaille pour l'académie.

– Ont-elles démissionné ou ont-elles été renvoyées ?

– Je ne suis pas autorisée à vous donner cette information.

– D'accord, mais dites-moi quelle hypothèse est la plus « plausible » ?

– Je ne suis pas sûre de comprendre ce que vous…

– Il est très important que nous mettions la main sur ces personnes ; elles ont peut-être été assassinées.

– Vraiment ?

– Vraiment.

– Eh bien… Notre conversion est enregistrée ?

– Non.

– Bon… Tout ce que je peux vous dire, c'est qu'il arrive que des employés de l'académie prennent des congés sans solde.

– Quand ? Enfin, quand est-il « plausible » qu'ils vous aient quittés ?

– Hmm… il y a un mois, peut-être. À peu de choses près.

– Merci.

– Ces personnes auraient été tuées… ? C'est terrible.

Je rendis son mobile à Milo.

– Tu devrais te faire passer pour moi plus souvent, *amigo*, me dit-il. Mais il faudrait que tu avales plus de calories pour vraiment me ressembler. Il y a un mois… Ils ont donc tous les deux quitté l'académie au même moment.

– Donna est peut-être partie la première parce qu'elle fuyait Mearsheim et s'apprêtait à filer avec Corvin. Mearsheim l'aurait découvert et aurait à son tour pris un congé pour se lancer à sa poursuite, pour au bout du compte l'enlever au Sahara. Il l'emmène ensuite à Arrowhead pour l'achever, sans doute avec l'idée de la punir dans la maison où elle l'a trompé, mais peut-être pas dans l'immédiat. La mort de Brassing prouve que Mearsheim s'est récemment rendu à Arrowhead ; pour s'occuper de Donna, par exemple.

– Il l'a torturée, tu crois ?

– Un individu capable de défigurer sa victime et de lui couper les mains, puis de prendre le temps de la mise en scène du cadavre chez son voisin, est capable de tout.

Milo me demanda de composer le numéro d'Ahearn, ce que je fis, sans résultat.

– C'est comme dans les séries, dit-il. Le mystère ne sera résolu qu'après la dernière pub.

– Par une nana canon chargée de l'analyse ADN.

Milo laissa passer quelques bretelles en silence, puis pesta :

– Cette maison doit à tout prix être passée au peigne fin.

# 46

À 10 heures, le lendemain, aucun élément nouveau ne nous était apparu.

J'avais alors un rendez-vous, la première séance en vue de l'évaluation pour une garde d'enfant, une fillette de huit ans prénommée Amelia, perturbée par la guerre à laquelle se livraient ses parents.

Elle était accompagnée par son père, un scénariste à la mine sombre ayant un lourd passé dépressif. Ce détail ne suffisait pourtant pas à le mettre hors jeu, car son ex, un ancien mannequin, avait multiplié les cures de désintoxication.

Amelia lâcha la main de son père quand elle me vit. Cette petite rouquine rondelette avait des yeux gris dignes d'un orphelin de guerre. Sur ses joues, des traînées salées témoignaient de larmes récentes.

– Il faut que vous sachiez qu'elle ne voulait pas venir, me lança d'emblée le père.

Je me penchai et, souriant à Amelia, pris soin d'éviter le ton mielleux prisé des psys amateurs :

– Bonjour, Amelia. Je suis un docteur qui ne fait jamais de piqûre. Je ne t'obligerai pas à faire ce que tu n'as pas envie de faire.

La fillette fit la moue.

– Je lui ai offert un chien, et elle voulait qu'il vienne ici avec nous, dit M. Mine-sombre, pour justifier les larmes de sa fille. Je lui ai expliqué que votre règlement l'interdisait.

– De quelle race est ton chien, Amelia ?

– C'est un bichon maltais croisé bâtard, répondit Mine-sombre à la place de sa fille, comme s'il me divulguait un secret d'État.

– Et comment il s'appelle, Amelia ?

La fillette lâcha un murmure inaudible. Je me penchai un peu plus, mais Mine-sombre intervint :

– Milou.

– Tu pourras venir avec Milou, la prochaine fois, Amelia.

– À ce propos, combien de prochaines fois prévoyez-vous ? me demanda Mine-sombre.

– Dis-moi, Amelia, tu aimes seulement Milou, ou bien tous les chiens ?

– Tous les chiens.

– Elle n'est pas allergique à d'autres races ? demandai-je au père de l'enfant.

– Pas à ma connaissance. Elle adore surtout Milou, au fait, pas les chiens de façon générale.

– Tu m'attends une seconde, Amelia, d'accord ? Je reviens tout de suite.

Je m'éclipsai un instant et fis mon retour avec Blanche trottinant à mes côtés.

Les yeux gris de la fillette s'écarquillèrent, tels des nénuphars éclairés par le soleil.

– Waouh ! s'exclama-t-elle.

– Hmm… J'attends ici ou dans la voiture ? voulut savoir le père.

Une heure plus tard, une Amelia ayant retrouvé sa joie de vivre et couverte de léchouilles serrait Blanche contre elle, près de la porte de mon bureau.

– Il faut y aller, Milie, j'ai une réunion à la Warner, s'impatienta Mine-sombre.

Il lui tendit la main. Elle l'effleura brièvement avant de laisser retomber son bras.

– Même heure la semaine prochaine, dis-je. Avec ou sans Milou, comme vous voulez.

– J'espère que ces séances ne s'éterniseront pas, ronchonna Mine-sombre.

Amelia, tout sourire, se pencha une dernière fois vers Blanche et l'embrassa. Son père dut encore attendre un instant, tandis que chien et fillette partageaient ce moment de bonheur.

Mon téléphone personnel sonna alors que j'avais tout juste enregistré les résultats de la séance.

– Ahearn m'a enfin rappelé, m'annonça Milo.

– La maison d'Arrowhead a été fouillée ?

Mon ami laissa passer une seconde avant de répondre :

– Bientôt.

– Génial…

– Ce n'est pas si simple. En fait… Tu es dispo ?

– Oui, depuis une minute.

– OK, je conduis et tu surveilles les radars.

Il passa me prendre quatre minutes plus tard – certain de ma réponse positive, il était déjà en route quand il m'avait appelé.

Il écrasa l'accélérateur alors que je m'étais tout juste installé sur le siège passager.

– Une patiente est repartie il y a seulement quelques minutes.

– Ah oui ? Tu ne serais pas docteur, par hasard ? ironisa-t-il en prenant la direction d'Arrowhead.

Le trajet s'effectua dans un silence ponctué de quelques rares échanges.

Parvenus à la résidence secondaire des Corvin à 13 h 15, nous demandâmes à voir Ahearn. On nous orienta vers la terrasse située à l'arrière de la maison.

Quinquagénaire trapu au torse imposant, le lieutenant de San Bernardino avait le crâne rasé et constellé de taches de rousseur, ainsi qu'une moustache blanche. Il portait une chemise blanche, un pantalon gris, une cravate bleue et des rangers noires.

Le cadavre étendu sur le dos dans l'herbe était quant à lui en chemise bleu marine, jean, cravate beige et chaussures de ville marron. Sensiblement du même âge que Ahearn, l'individu était doté de membres interminables et d'une forte mâchoire bleuie par un début de barbe.

Il avait reçu une balle dans la poitrine, du côté gauche, et une autre dans la joue droite. L'arme qu'il portait dans un holster était encore à sa place ; il avait manifestement été surpris par son assassin.

Identifier la victime et estimer l'heure de sa mort n'avait posé aucun problème. Envoyé sur place par Ahearn à 9 heures le matin même, l'inspecteur Roger Livingston avait reçu l'ordre de monter la garde en attendant l'arrivée de la police scientifique, prévue à 10 heures. Il avait enregistré son heure d'arrivée sur les lieux, 9 h 18, mais n'avait plus rien noté par la suite. À 10 h 44, deux techniciens du labo de San Bernardino s'étaient présentés, retardés par un embouteillage dû à une collision dans le nord de la ville.

Livingston ayant garé sans précaution le véhicule de la brigade de biais devant la maison, les techniciens durent le contourner pour atteindre la porte d'entrée. N'ayant obtenu aucune réponse après avoir sonné, ils firent le tour de la bâtisse.

Les employés de la police scientifique ne sont pas armés ; la panique qui s'empara de ces deux-là est par conséquent bien compréhensible. Ils regagnèrent leur fourgon à toutes jambes et s'éloignèrent de plusieurs centaines de mètres avant de prévenir le commissariat.

À présent à l'intérieur de la maison, ils martyrisaient leur téléphone, en attendant que l'enquêtrice du coroner prenne le cadavre en charge, ce qui leur permettrait de procéder à la fouille de la maison.

À San Bernardino, le shérif tient également le rôle de coroner, et ses adjoints font office d'enquêteurs. Ce matin-là, l'adjointe Sandra Kolatch, une quadragénaire au visage carré, encore sous le choc, était de service. Retenue par une fusillade entre gangs, elle n'était arrivée sur place que quelques minutes avant Milo et moi.

– Pas de téléphone, annonça-t-elle, après avoir fouillé les poches de Livingston.

– Il est dans ma voiture, Sandy, lui dit Ahearn. Il était par terre, derrière la maison. Je l'ai mis dans un sachet.

Le lieutenant n'avait pas respecté la procédure. Kolatch hocha la tête et prit quelques notes. Elle ferma les yeux, un instant, et me parut déprimée lorsqu'elle les rouvrit. Le ressenti n'est pas le même quand on connaît la victime.

– C'est bon, lieutenant, dit-elle à Ahearn, quand elle eut terminé la procédure basique.

Puis elle quitta les lieux. Deux employés de la morgue approchèrent, donnant l'illusion d'une méticuleuse chorégraphie ; ils portaient un brancard pliant – outil dont l'efficacité ne cessait de me surprendre, même si j'en avais vu un nombre de fois incalculable.

Sans perdre une seconde, ils firent glisser le corps de Livingston dans une housse mortuaire, qu'ils refermèrent et chargèrent sur le brancard.

Ahearn suivit la manœuvre, les yeux secs et injectés de sang. Sa moustache avait bien du mal à dissimuler les tremblements de ses lèvres.

– Je suis navré, Al, dit Milo.

– Il a dû tomber nez à nez avec l'assassin, se désola Ahearn, les poings serrés et la mâchoire crispée. Je l'ai envoyé ici parce que je pensais que ça ne craignait rien. J'étais sûr qu'il saurait gérer ça.

– Il était impossible d'anticiper cette embuscade.

– Sérieux, surveiller une maison vide… C'est la mission la plus tranquille qui soit, en principe.

Il sortit du jardin et regagna l'allée. Nous restâmes tous les trois immobiles quand le brancard entra en contact avec l'arrière du fourgon et que ses pieds se replièrent dans un claquement sinistre. Les techniciens vérifièrent que le corps était correctement sanglé et refermèrent le hayon, puis nous perdîmes de vue le véhicule.

– J'avais quelques soucis avec Roger, avoua Ahearn. Ce n'était pas mon atout numéro 1. Une maison vide, bon sang… et il était armé, en plus.

L'humidité apparue au coin de ses yeux en brunissait les vaisseaux éclatés.

– Vous ne pouviez pas deviner ce qui allait se passer, Al, le réconforta Milo.

– Allez dire ça à sa veuve. Comme si elle pouvait reconnaître que son mari était idiot. Oh, et puis merde, je ne vais pas lui faire de reproches, n'importe qui aurait pu se laisser surprendre.

Milo et moi restâmes muets.

– C'était une mission si enfantine que j'ai été à deux doigts d'envoyer un petit jeune ; ça aurait pu être Ramona, poursuivit le lieutenant, désignant une adjointe aux cheveux noirs qui n'aurait eu aucun mal à se faire passer pour une lycéenne. Elle n'a aucune idée de la chance qu'elle a eue. Je suis désolé que nous n'ayons pas investi la maison dès que vous nous l'avez demandé, Milo. C'était aussi ça, Roger ; il lui arrivait de laisser traîner les choses. Sans vouloir me chercher des excuses, la situation est devenue folle en ville. Je ne sais pas ce qu'il en est chez vous, mais ici les gangs sont d'origines ethniques très diverses ; on ne sait jamais à qui on a affaire.

Il lâcha un petit bruit de gorge sec et demanda à Milo :

– Vous pensez que c'est votre suspect – Mearsheim – qui a fait ça ?

– Sauf erreur de notre part, cet homme n'hésite pas à tuer.

– Il a combien de victimes à son actif ?

– Mes deux bonhommes, Brassing, votre adjoint, probablement sa première épouse, peut-être sa deuxième – à moins que ce soit sa troisième ou quatrième femme, qui sait ?

– Un psychopathe, quoi… Et merde… Il y avait quelqu'un dans la maison il y a encore peu de temps. J'ai fait un rapide tour à l'intérieur ; j'ai vu du café, des céréales, du lait et de la charcuterie. Très peu de vers, et rien qui laisse supposer un séjour prolongé – les lits sont faits. J'ai enfilé des gants et des surchaussures avant d'entrer, ne vous en faites pas, et je n'ai touché à rien. S'il y a eu des taches de sang, elles ont été nettoyées. J'ai d'ailleurs cru sentir une odeur d'eau de Javel du côté de la cuisine. Vous n'avez pas eu trop de monde sur la route ?

Cette dernière question, insignifiante, n'était qu'une pathétique tentative de changer de sujet.

– Ça a été, répondit Milo. Lors de notre dernier passage ici, il n'y avait rien de tout ce que vous nous décrivez. L'assassin est donc revenu ici très récemment.

– J'avais prévu d'avoir une discussion avec Roger demain, dit Ahearn. Je comptais lui suggérer une reconversion, laisser entendre qu'il n'était peut-être pas fait pour la police, en douceur mais avec fermeté. Nos enfants fréquentent la même école… Vous pensez vraiment que votre tueur est un nouveau Charles Manson ? L'autre possibilité serait… un squatter cinglé survenu ici par hasard ? On en voit parfois en campagne – ce qui se comprend ; les SDF sont attirés par les cabanes ou appentis rarement occupés. Ici, dans ce quartier chic, on a plutôt droit à des cambriolages, mais je n'ai repéré ni signe d'effraction ni désordre consécutif à une fouille.

Les techniciens de scène de crime descendirent de leur fourgon et s'approchèrent de nous, chargés de leur matériel :

– Nous pouvons entrer, lieutenant ?

– Allez-y ; je crois avoir senti de l'eau de Javel vers la cuisine, répondit Ahearn. Ratissez également le jardin.

– Rien ne vous a laissé penser que plus d'une personne s'est installée ici ? lui demandai-je.

– Je n'ai pas poussé l'analyse si loin, docteur. Je suis simplement entré quelques minutes pour prendre note de ce qui crevait les yeux. Pourquoi cette question ?

– Il semblerait que Mearsheim ait enlevé sa femme. Il serait logique qu'il l'ait conduite ici, s'il voulait l'humilier.

– Comment ça, « l'humilier » ?

– En revenant dans la maison où elle l'avait trompé avec Corvin.

– Comme je vous l'ai dit, les amants sont également descendus dans des hôtels, mais pour Mearsheim il était plus difficile de surveiller un otage dans un Hilton que dans une maison isolée, intervint Milo.

– Une humiliation… répéta Ahearn. Vous pensez qu'il s'est passé quelque chose de super glauque dans cette baraque. Et merde…

Il nous indiqua un endroit du jardin qui avait attiré son attention, une légère dépression que l'herbe commençait à combler.

– Les chiens ont un sacré flair mais vous savez comme moi qu'ils ne sont pas infaillibles. S'ils ne reniflent rien, je devrais sans doute creuser.

– Oui, c'est ce que je ferais.

– Incroyable… C'est de pire en pire.

– On trouvera peut-être des indices sur le terrain du voisin ? suggéra Milo.

Ahearn tourna la tête vers la forêt :

– C'est un type super riche qui vit là-bas. Il va falloir s'imposer dans cette luxueuse propriété ? Super, j'ai hâte…

– Vous n'avez rien trouvé d'intéressant dans le téléphone de Livingston ? m'enquis-je.

– Il a appelé sa femme à son arrivée ici. Connaissant Roger, il s'est probablement endormi dans la voiture. Il a dû être surpris allongé sur la banquette arrière.

– Vu la façon dont il s'est garé face à la porte, le tueur s'est peut-être senti traqué.

– Possible, concéda Ahearn, la respiration saccadée. Roger était un type normal. On ne peut pas faire notre boulot quand on est normal, pas vrai ?

– Je ne vous le fais pas dire.

– La route n'est pas éclairée, fis-je remarquer. Il doit faire très sombre, par ici, la nuit.

– C'est le noir complet, quand il n'y a pas d'étoiles, confirma Ahearn. Votre gars venait ici de nuit, vous croyez ?

– Oui, et Brassing l'a peut-être surpris à ce moment-là. On sait vers quelle heure il a été tué ?

– J'attends encore les résultats de l'autopsie, docteur, mais vous avez sûrement raison. Il faisait certainement nuit quand Brassing a été balancé dans ce ravin. Même si elle n'est pas très fréquentée, il y a tout de même toujours un peu de circulation sur cette portion de l'autoroute 18 ; impossible d'y larguer un cadavre de jour sans être vu.

– Un incendie aurait été plus visible la nuit, mais personne n'en a signalé, ajouta Milo.

Ahearn fit craquer ses phalanges.

– Si l'assassin a bien synchronisé sa manœuvre, il a pu mettre le pick-up au point mort et y jeter une allumette dès qu'il s'est mis à rouler ; à 2 ou 3 heures du matin, il a dû brûler hors de vue de la route. D'autre part, notre expert estime qu'il n'a pas brûlé longtemps ; si l'objectif était de détruire des preuves, le feu n'a pas vraiment eu l'effet escompté. La plupart des traces d'incendie étaient concentrées à l'arrière du Range Rover, où on a remarqué les traces d'essence censée accélérer la combustion. Le reste du véhicule, moins touché par les flammes, a été abîmé dans la chute. Je pense que ça s'est produit la nuit.

Il déplia ses mains et fit craquer ses doigts en tirant dessus. Et de conclure :

– De nouveaux éléments vont forcément nous apparaître.

– Vous êtes un optimiste, dit Milo.

– Non, je suis réaliste – ou plutôt surréaliste, si j'en crois mon fils, qui est à la fac, même si je ne vois pas trop ce qu'il veut dire par là. Il est tout le temps habillé en noir et il écrit une pièce de théâtre dans laquelle les acteurs dansent n'importe comment. (Ahearn s'esclaffa.) Dire que ce gosse était fan de football !

– L'odeur d'eau de Javel est nette, lieutenant, mais nous n'avons pas trouvé de trace de sang pour l'instant, pas même avec nos écouvillons, dit un technicien. Cela dit, la zone est vaste, et avec les nombreuses vitres et sans rideaux, la luminosité est trop forte pour que le luminol soit efficace.

– Vous vous y attaquerez après la tombée de la nuit.

– La relève s'en chargera, lieutenant.

– Je ne veux pas de bug au niveau des transmissions d'infos, prévint Ahearn.

– Il n'y a pas de raison, lieutenant.

Le technicien regagna l'intérieur de la maison.

– C'est toujours la communication qui pose un problème, nous dit Ahearn. C'est toujours là que ça déconne. Bon, on a fait le tour de la question ?

– Il faut encore établir qui fait quoi, souleva Milo.

– Un de mes gars a été descendu, je m'occupe de l'affaire. Je me charge de tout ce qui concerne ma juridiction.

– Normal, Al.

– Et personne ne va déconner, je vous le promets.

Il nous raccompagna jusqu'à la voiture, tout en nous détaillant son plan, aussi nerveux qu'un étudiant passant un oral.

La maison et le jardin seraient passés au peigne fin, avec l'aide de capteurs infrarouges et de chiens policiers. Le voisin serait contacté ; si celui-ci n'autorisait pas la fouille de la zone boisée de son terrain, Ahearn ferait une demande de mandat auprès du « meilleur juge possible », pour reprendre ses termes.

Par ailleurs, Ahearn s'assurerait que l'on demande de nouveau aux employés de tous les hôtels fréquentés par Chet Corvin s'ils avaient vu les Weyland.

– Ce serait sans doute une bonne idée d'élargir cette recherche aux motels des environs, proposai-je.

Ahearn jeta un regard à Milo, l'air de dire : « Il ne manque pas d'idées, de type. »

En véritable ami et enquêteur de premier ordre, Milo précisa ma pensée :

– Il dit ça par rapport au *timing* des événements. Mearsheim a descendu Corvin dans un motel miteux ; il l'avait peut-être avant ça suivi dans d'autres établissements similaires, sans qu'une occasion de l'abattre se présente.

– Un assassinat dans un motel..., résuma Ahearn. On n'en manque pas, par ici. Je verrai ça. Autre chose ?

– Guettez une éventuelle apparition de Cory Thurber, le gamin en Camaro, dit Milo.

– C'est un suspect ou une victime potentielle, pour vous ?

– Au point où nous en sommes, je le verrais plutôt en victime, mais Mearsheim a probablement un complice. Bref, on n'en sait rien.

– Donna ayant disparu des écrans radars, Mearsheim pourrait avoir une nouvelle compagne pour complice, dis-je.

– Il fait collection, c'est ça ? railla Ahearn.

– Non, il les balance à la déchetterie, répondit Milo.

# 47

– Je me demande si notre venue a servi à quelque chose, dit Milo, s'agitant au volant tout en fonçant vers Arrowhead Village.

– La maison va enfin être fouillée, c'est déjà ça, rappelai-je.

Milo resta silencieux sur cinq kilomètres avant de reprendre :

– Sept années entre Jackie et Donna.

– Il y a de bonnes chances qu'il ait eu une autre compagne entre ces deux-là. Quand a-t-il épousé Donna ?

– Bonne question. Appelle Moe et vois s'il peut nous dégotter cette info.

Je relayai la demande sur la messagerie de Reed.

– Essaie Sean.

Même résultat.

– J'ai l'impression de m'embourber dans un marécage, se plaignit Milo. Le simple fait de marcher est épuisant. Essaie Petra.

Ma troisième tentative ne fut pas plus couronnée de succès que les deux premières. Sans attendre une nouvelle instruction, je composai le numéro de Raul Biro.

– Tu m'appelles sur le téléphone du lieutenant, doc ? me dit-il.

– Il est au volant.

– Vous êtes où ?

Je lui fis un résumé de la situation.

– Un flic ? s'écria-t-il. Merde… Et vous pensez qu'il a été tué par l'assassin du type chargé d'entretenir la maison ? Ce Weyland ?

– C'est notre hypothèse numéro 1 pour l'instant. Au fait, son vrai nom est Mearsheim. Enfin, peut-être…

– Quelle que soit son identité réelle, j'ai peut-être du nouveau. Quand serez-vous de retour ?

– Dans deux heures.

– Parfait, dit Biro. J'ai mis la main sur quelqu'un qui va vous intéresser. Écoute ça.

Dopé par la nouvelle, Milo dépassa allègrement les limitations de vitesse, multipliant les changements de voie aventureux. À l'approche de l'embouteillage habituel au niveau de l'échangeur à quatre niveaux, il emprunta la bande d'arrêt d'urgence pour gagner l'autoroute 101.

Ignorant les avertisseurs et les regards noirs, Milo sortit de l'autoroute dans un crissement de pneus, puis s'élança dans les rues de la ville en conduisant de façon très créative.

Biro nous attendait quand Milo pila devant le commissariat d'Hollywood, sur Wilcox Avenue. Bien qu'impeccable, comme toujours, dans son costume bleu clair et sa chemise blanche, sans oublier sa cravate en cachemire, Biro semblait surexcité. Grâce à une télécommande, il nous ouvrit le portail du parking, dans lequel il nous précéda en courant. Milo glissa sa voiture entre deux berlines.

– Merci d'avoir insisté, Raul.

– C'est l'idée de Petra.

– Comment va-t-elle ?

– Malade comme un chien – elle a la grippe, et pas un simple rhume, je pense, dit Biro, avant de consulter sa montre. Tu as battu des records de vitesse.

– J'ai eu de la chance.

– Oui, j'imagine, dit l'inspecteur, qui surveillait la rue en tapotant impatiemment le trottoir du pied droit. Il est un peu en retard. S'il ne vient pas, je sais où le trouver.

Une minute plus tard, un taxi blanc orné de bandes rouges et bleues s'approcha depuis le sud. Il était orné d'un médaillon Prestige Cabs aux allures de blason européen.

Biro fit signe au chauffeur d'entrer dans le parking. Nous étions déjà devant sa portière lorsqu'il s'immobilisa. Un individu en gilet gris, trapu mais imposant, s'extirpa du véhicule. En plus d'une chevelure blanche en brosse et d'un visage donnant l'impression qu'il avait passé des années sur un ring, ce sexagénaire était doté d'un physique conçu pour les longues marches à travers la steppe.

– Bonjour, monsieur Grinshteyn, l'accueillit Biro. Merci de vous être déplacé.

– Boris, dit le chauffeur de taxi.

– Lieutenant Sturgis, se présenta Milo, la main tendue. Merci de nous consacrer un peu de votre temps, monsieur.

Boris Grinshteyn hésita un instant avant de serrer la main de Milo, comme s'il craignait que celui-ci ne lui vole une ou deux des saucisses qui lui servaient de doigts.

– La police me dit « Venez », alors je viens.

Sa voix de basse et son accent russe firent resurgir en moi le disque préféré de ma tante Edith, si « cultivée » : *Pierre et le loup*.

– Et nous vous en remercions, monsieur, dit Biro. Avez-vous apporté ce dont nous avons besoin ?

– Yah, lieutenant.

– C'est lui, le lieutenant, je ne suis qu'un humble inspecteur.

Les traits de Grinshteyn se crispèrent, ce qui m'évoqua une salade oubliée dans le réfrigérateur.

– Il est trop modeste, intervint Milo. En réalité, il est commissaire.

– Oh ! Pas envie *commissars* ! se récria le chauffeur.

Il ouvrit le coffre du taxi et farfouilla un certain temps parmi un tas de linge et des magazines rédigés en alphabet cyrillique.

Enfin, il tendit à Milo plusieurs feuillets cornés et tachés – de thé, visiblement.

Il s'agissait du registre du taxi, couvert d'une écriture de l'Ancien Monde.

– Je vous donne une semaine de taxi, décrivit-il. La compagnie m'a dit photocopie avant que je vous donne.

– Vous avez conduit plusieurs fois le même client ? s'étonna Biro.

– Non, non, une seule fois.

– Mais pourquoi vous nous apportez tout ça ?

– Avec la police, on donne toujours plus qu'ils demandent, expliqua Grinshteyn, l'air aigri.

– OK, je l'ai, dit Milo, désignant le bas d'un feuillet.

L'appel avait été reçu à 21 heures le soir du meurtre de Chet Corvin. Client : M. Korabin. Destination : Whitely Avenue, non loin au sud du croisement avec Franklin Avenue.

Autant dire à quelques dizaines de mètres du Sahara.

– M. Corvin… dit Milo.

– Yah, lieutenant, acquiesça Grinshteyn. (Milo lui montra la photo de Chet Corvin.) Nyo, pas lui. (Puis celle de Paul Weyland.) Yah.

– Vous en êtes certain ?

– Il donne pas pourboire. On oublie pas les salopards.

Poursuivant sa lecture du registre, Milo ouvrit grand les yeux lorsqu'il découvrit l'adresse à laquelle le chauffeur avait embarqué son client : Marquette Place, à Pacific Palisades.

Biro ne l'avait pas attendu pour dégainer son téléphone et afficher un plan. Après quelques recherches, il nous fit voir son écran. Deux points rouges signalaient respectivement Marquette Place et Evada Lane. En pleine nuit, dix minutes en voiture, grand maximum, suffisaient pour aller de l'une à l'autre.

– Maison ou appartement ? demanda Milo.

Biro et Grinshteyn répondirent en chœur :

– Maison.

– Délabrée, ajouta le chauffeur. Je m'attendais à plus chic à Pacific Palisades.

Il ponctua sa phrase de trois ricanements méprisants.

– Vous ne prenez pas souvent des clients dans ce quartier ? m'enquis-je.

– Je fais Brentwood, parfois Beverly Hills. Là-bas aussi, des maisons délabrées.

Il agita ses mains boudinées, l'image même du désenchantement.

– Pourquoi vous trouviez-vous à Pacific Palisades, ce soir-là ?

– Un type malade. Ils m'appellent, je dis d'accord.

– Comment M. Corvin vous a réglé sa course ?

– Liquide. Billets et pièces.

Un nouveau ricanement.

– Un radin, déduisis-je.

– Salopard.

– Vous vous rappelez autre chose à propos de lui ?

– Non.

– Vous avez discuté avec lui ?

– J'ai dit bonsoir, il dit où je le conduis. J'ai dit d'accord, il dit rien. Après, c'est moi qui dis rien. (Encore trois ricanements.) Salopard…

Raul fit un aller-retour express à l'intérieur du commissariat et en ressortit muni d'un mug LAPD – le bleu et or que l'on a pour habitude d'offrir aux citoyens participant aux collectes de fonds en faveur de projets pour la police.

– Non, je prends pas cadeaux, se raidit Grinshteyn.

– Ça ne pose aucun problème, monsieur.

– Pour moi, c'est problème. Je veux que ce qui est à moi. Pas plus.

Le commissariat de Hollywood était nettement plus agité que celui de West L.A. ; l'*open space* était bondé d'inspecteurs qui téléphonaient, lisaient à voix haute ou rédigeaient quelque rapport. Des standards téléphoniques clignotaient de tous les côtés et les voix humaines cherchaient à dominer les multiples bruits électroniques. Deux zombies de Palo Alto inspectaient des ordinateurs, tandis que d'autres semblaient perdus dans leurs pensées. Milo, Biro et moi nous étions isolés dans une salle d'interrogatoire vide, assis à une table calée dans un coin afin d'intensifier la pression sur les suspects.

– Cette nouvelle adresse répond à beaucoup de questions, Raul. C'est peut-être là-bas que notre homme a planqué ses véhicules.

– Ou autre chose de plus sinistre, ajoutai-je.

– Oui, possible. Et si Mearsheim se terre vraiment là-bas, tu nous as peut-être offert la solution de ce mystère sur un plateau, *commissar*.

– Il faut que je porte une chapka, alors ? dit Biro. Je ne suis pas fan des couvre-chefs. Sérieusement, ce n'est pas grand-chose, j'étais loin de me douter que Grinshteyn identifierait Weyland.

– Comment as-tu mis la main sur ce type ? lui demandai-je.

– Comme je n'avais rien repéré d'intéressant sur les séquences de vidéosurveillance, j'ai tenté ma chance du côté des compagnies de taxis et d'Uber, comme tu me l'avais conseillé, Milo. J'ai commencé par les taxis parce que chez Uber, ils sont pénibles et exigent des tonnes de formulaires.

– D'autant plus qu'il y avait peu de chances que Weyland utilise Uber, fis-je remarquer. Il n'avait aucun intérêt à être enregistré par l'application.

– Exact. Enfin bref, Grinshteyn est le troisième chauffeur que j'ai interrogé, j'ai eu de la chance.

– Vous vous sous-estimez, ô tsar, dit Milo. Mais restons concentrés sur notre affaire. Avant tout, il faut évidemment aller jeter un coup d'œil à cette adresse. Même si le salopard n'y est pas, on y dénichera peut-être des preuves concrètes ; notre objectif est donc d'y entrer. Je vais contourner John Nguyen et ses conneries juridiques ; quelqu'un m'a parlé d'une nouvelle juge, une certaine Sonia Martinez – son frère était flic à Oakland ; il a été descendu.

– Oui, j'en ai entendu parler, dit Raul. Je n'ai pas encore eu affaire à elle.

– Si je trouve le moyen d'arracher Sean ou Moe à leurs gamineries de braquages, je mets en place quelques passages rapides devant la maison sans attendre, histoire de nous familiariser avec le terrain. Notre gars n'est pas idiot ; s'il est là-bas, on ne peut pas prendre le risque qu'il nous voie et foute le camp.

Binchy était sorti, mais Reed rentrait tout juste d'un « dîner ».

– Pas de souci, dit-il.

– Essaie de repérer la Taurus, le pick-up Ford et la Camaro.

– Ah zut, pas de Ferrari ni de Bentley ? plaisanta Reed.

– La prochaine fois, on traquera un truand du darknet, promis, répliqua Milo avant de raccrocher.

– C'est la nuit que ce genre de passage est le plus efficace, commenta Biro.

– Et comment, majesté. Notre bonhomme se déplace de nuit, on en fait autant.

Quelqu'un toqua à la porte. Un agent en uniforme entra :

– Inspecteur Biro ? Le labo vous demande au téléphone. C'est à propos de votre affaire.

– C'est qui ?

– Benitez.

– OK, merci, dit Biro, qui se leva et boutonna sa veste. Il s'agit de la fusillade sur Argyle Avenue survenue le lendemain du meurtre de Corvin. Rien d'exotique, une histoire de trafic de médicaments. On va peut-être même m'annoncer que le tireur souhaite se rendre.

– J'adore ces moments où ils entrevoient la lumière, dit Milo. Merci encore.

– Tu comptes intervenir vers quelle heure, ce soir ?

– Tu es toujours un plus dans une équipe, Raul, mais je ne veux pas te priver de ta femme et de tes enfants.

– Ils sont en vacances dans sa famille pour deux semaines, dans le Colorado. Les premiers jours, j'ai essayé de manger équilibré et de mener une vie saine ; ces temps-ci, j'en suis à dévorer des plats dégueus chauffés au micro-ondes et à regarder en boucle des rediffusions de matchs sur ESPN. Aie pitié et prends-moi avec vous.

– Je suis toujours ravi de rendre service.

– Tu plaisantes, mais je t'assure que je suis en train de péter un câble, dit Biro en s'éloignant.

L'esprit ailleurs, Milo sortit lentement du parking du commissariat de Hollywood, sans prendre le moindre risque.

– Le fait que la femme de Raoul soit absente me fait penser à un truc, dis-je. Mearsheim nous a raconté que Donna était partie rendre visite à sa mère. La famille de celle-ci doit être inquiète, à l'heure qu'il est. Ils seraient certainement désireux de nous aider.

– On n'a rien trouvé sur les réseaux sociaux, quand on s'est intéressés à Donna.

– Ça peut s'expliquer si son mari contrôlait tous ses faits et gestes. Et si on regardait du côté des registres des naissances ? Ou à l'académie ? Elle a peut-être donné un autre nom que celui de Paul en tant que contact en cas d'urgence ?

– Ce sont de bonnes idées mais elles nous demanderont du temps. Je m'y collerai si on ne trouve rien dans la maison de Marquette Place.

– Ce serait bien de savoir qui en est le propriétaire. Même chose pour celle d'Evada Lane, dans laquelle Paul et Donna ne sont que locataires, comme l'a souligné Chet.

– Il cherchait à rabaisser Mearsheim. Tu n'aurais pas remarqué la réaction de celui-ci, à propos, quand Chet a dit ça ?

– Il n'a pas réagi du tout, il me semble.

– Ce type donnait l'impression d'être inoffensif, doux comme un agneau, alors qu'il dupait tout le monde.

– Ça fait partie de son plaisir.

– Ouais, eh bien faisons-le redescendre sur terre. Je me renseigne sur les propriétaires des deux baraques avant ce soir.

Son téléphone joua quatre notes du *Boléro* de Ravel. Milo se redressa instantanément lorsqu'il vit qui cherchait à le joindre :

– Bonjour, Al. Quoi de neuf ?

– Je vous appelle pour vous tenir au courant de la fouille de la maison, dit Ahearn. Nous n'avons pas repéré de traces de terre retournée dans le jardin. Entre nous, j'ai quelque peu empiété sur le terrain du voisin, sans plus de succès. Ma collègue avec son chien étant absente pour deux jours, j'ai réclamé quelqu'un d'autre, sans succès. Elle y fera passer son chien à son retour. J'ai demandé une analyse infrarouge, qui devrait être effectuée dans la matinée. Concernant l'intérieur, nous attendons la nuit pour le passer au luminol. En résumé, rien n'indique que nous soyons sur une scène de crime, pour l'instant.

Milo s'était affaissé à chaque mauvaise nouvelle, tel un dirigeable percé.

– Merci pour votre appel…

– Attendez, j'ai gardé le meilleur pour la fin, dit Ahearn. Nous avons prélevé deux empreintes exploitables dans la salle de bains, sur le coin d'une étagère du placard ; de belles traces de pouce et d'index. Et Dieu soit loué, ces empreintes sont référencées dans le fichier.

– Dites-moi que leur propriétaire a un casier judiciaire chargé, espéra Milo.

– Rien de bien violent, nuança Ahearn. Et regardons les choses en face, nous ignorons depuis combien de temps elles sont là. Ce sont peut-être simplement celles d'une femme de ménage de passage. Cela étant, nous n'avons pas encore réussi à localiser cette personne, ce qui me titille un peu. Dans un monde parfait, il s'agirait de la nouvelle compagne du tueur, comme l'a suggéré votre ami psy. Je vous fais un résumé de ce qu'on sait sur elle ?

– Donnez-moi tout ce que vous avez. Je suis au volant, vous pouvez m'envoyer ça par texto ou par e-mail ?

– Ah, les transferts de données high tech. Mon aîné me prend pour un dinosaure – les cinq autres aussi, d'ailleurs. OK, je vous envoie ça tout de suite.

Milo me tendit son téléphone. Les renseignements nous parvinrent alors que nous filions vers le sud après nous être engagés sur La Brea Avenue.

Connue dès l'âge de dix-neuf ans des services de police, Trisha Stacy Bowker, quarante-trois ans, avait un casier judiciaire courant sur une période de seize ans. Elle avait été condamnée dans le Massachusetts, dans le Vermont, dans le New Hampshire et dans le Missouri pour vols de diverses gravités, détournement de fonds, acquisition illégale et fraude. Elle avait échappé aux arrestations pendant des années, et le reste du temps écopé de sursis ou de faibles peines de détention.

Le dernier échec de Trisha Bowker – usurpation d'identité à Saint-Louis – lui avait valu un an de prison avec sursis. N'ayant pas enfreint sa mise à l'épreuve pendant huit mois, elle avait vu sa liberté conditionnelle levée six mois plus tard.

– Elle a été libérée et a disparu des radars un an avant la disparition de Jackie Mearsheim, constatai-je en relisant le rapport. Elle s'est peut-être tenue sage parce qu'elle s'était mise avec un criminel plus doué qu'elle.

– Jackie est morte, Donna est morte. Trisha séduit Corvin alors qu'elle est avec Mearsheim depuis des années ?

– Pourquoi pas ? Deux escrocs s'attaquant aux cœurs solitaires. Ils tombent sur un plan en or et l'exploitent jusqu'à la moelle.

– Tomber amoureuse de Paul revenait à perdre son fric et sa vie. À quoi ressemble cette princesse ?

La photo d'identité envoyée par Ahearn était réduite et floue, même en l'agrandissant. On distinguait tout juste un visage de type caucasien et une épaisse tignasse noire. Sur ce cliché, Trisha avait vingt-sept ans.

Un feu rouge nous immobilisa à hauteur de Beverly Boulevard, ce qui permit à Milo de jeter un coup d'œil sur la photo.

– Bon sang, c'est minuscule, pesta-t-il en enfilant ses lunettes. Oui, ça pourrait coller… Un mètre soixante-cinq, cinquante-huit kilos. Brune, corpulence normale. Ouais, c'est peut-être la fille du Sahara.

– Si Trisha Bowker est la copine de Mearsheim, il n'y a pas eu d'enlèvement au Sahara. On n'a rien d'autre que la description de Sarabeth Sarser, mais celle-ci était terrifiée et shootée aux amphétamines ; il est possible qu'elle ait vu deux personnes qui s'enfuyaient ensemble.

– Autre hypothèse, Sarabeth n'a pas rêvé, et Mearsheim a décidé de changer d'équipière.

– Il aurait tué Trisha, en plus des autres ?

– Pour ce genre d'individu, les femmes sont des produits jetables, alors oui, pourquoi pas ?

Il tapota le volant des deux pouces et se redressa, ses yeux verts pétillants.

– On a beaucoup à faire, ajouta-t-il. Pour commencer, voyons à quoi ressemble Trisha sur un écran d'ordinateur. Et ensuite, j'enfile mon costume de Sherlock sur Internet.

# 48

Afficher la photo de Trisha Bowker sur un plus grand écran n'apporta rien de plus. D'un cliché à l'autre, elle oscillait entre banale et pas trop mal, selon son humeur au moment de l'arrestation. Teinte en blonde sur certaines photos, elle avait les yeux noirs et le regard morne. Pas de cicatrice remarquable ni de tatouage. Miss Tout-le-monde, en somme – ce qui pouvait être un atout.

Al Ahearn n'avait rien trouvé de récent sur Trisha, ce qui n'empêcha pas Milo de tenter sa chance. En vain.

Il imprima les renseignements transmis par Ahearn et les inséra dans le dossier des meurtres, puis il se rendit dans l'open space des inspecteurs pour se servir un gobelet de l'immonde café. Il regagna son bureau – son téléphone dans une main, son café dans l'autre – et s'affala sur son siège.

– Pourquoi je m'oblige à boire cette horreur ? dit-il en portant le gobelet à ses lèvres. Reed ne répond pas à mes appels. J'espère qu'il s'est contenté de passer devant la maison sans s'y arrêter, comme convenu.

Quatre gorgées plus tard, Reed tapota sur le montant de la porte du bureau ; son tee-shirt blanc tendu par ses muscles, ce blondinet au visage rougeaud aurait fait un parfait envahisseur viking.

– Désolé, lieut', mon portable est en rade de batterie, expliqua-t-il. C'est une vieille bicoque, dans un quartier qui comprend surtout des immeubles. On peut en effet parler de maison délabrée pour Pacific Palisades. Je n'ai vu aucun des véhicules recherchés, mais il y a un double garage accolé à la baraque. Comme vous m'aviez demandé de rester discret, je me suis limité à deux allers et retours. Impossible de vous dire s'il y a quelqu'un à l'intérieur, mais il n'y a pas de courrier entassé devant la porte. Bon, c'est quoi, le plan ?

– Je ne sais pas encore, dit Milo. Si ce n'est intervenir là-bas ce soir.

– OK, je reste dans les parages.

– Prends de quoi grignoter, Moses. Je ne tiens pas à te voir tomber dans les pommes.

– Je n'ai aucun souci côté nutrition, lieut', nous rassura Reed, tout sourire, en faisant jouer ses biceps épais comme des cuisses. J'ai modifié mon programme de musculation ; je soulève plus lourd mais moins de fois et je prends un peu de créatine. Et je fais attention à tout ce que j'avale.

– Tu as pris quoi, pour le déjeuner ?

– Quatre boîtes de Muscle Milk.

– Je ne veux même pas savoir ce qu'il y a là-dedans.

– C'est bon, en fait ; ça a le goût de chocolat.

– Pourquoi, tu n'en prendrais pas si c'était mauvais ?

– Bien sûr que si. Bon, je suis à mon bureau. Tenez-moi au courant si ça bouge.

La journée était trop avancée pour contacter l'académie et demander des renseignements à propos de Donna Weyland. Milo ne trouva rien du côté des taxes foncières, ce qui tendait à confirmer qu'elle était locataire.

Sans informations sur ses origines, il nous était impossible de localiser sa famille.

– Faute de mieux, il faut creuser dans ce qu'on a, dit Milo. Il y a sept ans, Mearsheim fait disparaître Jackie à Santa Barbara. Il est peut-être déjà avec Trisha Bowker à l'époque. Quoi qu'il en soit, après s'être occupé de Jackie, il se met en quête d'une nouvelle victime. Il est possible qu'il en déniche une ou plusieurs autres avant de tomber sur Donna. Quel est le rôle de Trisha dans cette histoire ?

– Les hypothèses sont nombreuses, de simple amie à complice à part entière. Si ces deux-là faisaient équipe, elle a peut-être servi d'appât. Deux femmes font connaissance, se lient d'amitié ; l'une d'elle avoue qu'elle est célibataire, qu'elle se sent seule. L'autre lui dit : « Je connais un mec sympa ».

– Avec un bon boulot à l'académie, comme Jackie. Mearsheim aura été embauché par deux académies distinctes, tu te rends compte ?

– Il était peut-être compétent dans son domaine ; c'était peut-être un technicien qui ne nécessitait pas ou peu d'être supervisé. Ça prouve qu'il est intelligent, en tout cas. Enfin, qu'il ait eu ou non des victimes masculines à son actif avant Chet, Trisha a été chargée de séduire ce dernier. C'était sans doute la cible idéale : Mearsheim en était arrivé à le mépriser, vu la façon dont Chet le considérait, et il avait comme nous compris que sa suffisance était en réalité son point faible.

Milo secoua la tête :

– Ce crétin était incapable de seulement imaginer qu'une femme lui disant qu'elle l'aime puisse mentir. Trisha a dû l'attirer aussi efficacement qu'un aimant.

– Passion, dîner aux chandelles, bijoux... Mearsheim et Trisha ont peut-être voulu voir plus grand ; Chet a rechigné à dépenser davantage, ils l'ont tué.

Milo lâcha un rire amer :

– Il a été puni pour ses péchés. Un grand classique. Allez, faisons un peu d'immobilier.

La maison louée sur Evada Lane appartenait à une société baptisée Scribble Properties. Quelques recherches nous apprirent que celle-ci était constituée de seulement trois personnes – deux établies à Seattle, dans l'État de Washington, et la troisième à Austin, au Texas.

Bernard Leviton, Gray Winograd et Susan Minelli, s'ils avaient chacun leur page sur les réseaux sociaux, partageaient la même histoire : scénaristes pour la télévision anciennement employés au sein d'une émission de fin de soirée, ils avaient mis leurs ressources en commun en louant leurs demeures de Los Angeles, ce afin d'investir dans des HLM en centre-ville. Après avoir mis en place ce système, ils avaient filé et s'étaient installés dans des États n'exigeant pas d'impôt sur le revenu.

Susan Minelli avait autrefois vécu dans la maison d'Evada Lane ; Milo commença donc par elle.

Il tomba sur une messagerie. Idem avec Bernard Leviton, à Seattle. Le nouveau Texan, Gray Winograd, était également absent, mais sa femme répondit :

– Allô… ? Non, c'est Meryl à l'appareil… La police ?

Sa voix donnait à croire que Meryl Winograd était agacée ; elle faisait traîner chaque syllabe, comme pour prolonger la conversation.

– Je vous appelle à propos de la propriété d'Evada Lane, expliqua Milo.

– Ah ! Cette maison… Il s'est passé quelque chose là-bas ? Quoi donc ?

– Il ne s'agit que d'une enquête de routine.

– J'ai l'impression d'entendre un dialogue de film. Vous m'avez dit que vous étiez qui, déjà ? (Milo se présenta pour la deuxième fois.) Un instant… Je vous trouve sur Internet, en effet. Dites-moi quel est votre numéro de téléphone professionnel, que je sois certaine que c'est bien vous. (Milo se plia à cette demande.) Vous semblez serein, je vous crois. Bon, que voulez-vous savoir sur cette maison ?

– Les locataires…

– Je ne sais rien des petites affaires de Gray et de ses copains ; ils emploient des gérants pour s'en occuper.

– Qui sont ces gérants ?

– C'est une société qui s'appelle Aswan, Aslan, quelque chose comme ça. Ce ne sont pas des lumières.

– Ils vous ont causé des problèmes… ?

– C'est une énorme boîte, apparemment, pour laquelle Gray et ses amis sont insignifiants. Je passe mon temps à répéter à mon mari que louer un bien est un métier, pas un loisir.

– Vous avez dit « Ah ! Cette maison… », comme si vous aviez déjà eu des soucis là-bas.

– Vous vous faites des idées. J'ignore tous les détails concernant cet endroit et je m'en moque. L'immobilier, ce n'est pas ma tasse de thé. Ils se voyaient déjà magnats, alors que moi, je suis bien au Texas. C'est plutôt sympa, ici ; la nourriture et la musique sont bonnes, mais je suis embêtée par mes allergies. Sans parler de l'humidité, mon Dieu…

– Vous n'êtes au courant d'aucun…

– S'il y avait un problème sérieux, Gray s'en plaindrait, ce qui n'est pas le cas. Et sinon, il fait beau à Los Angeles ?

– Le temps est splendide.

– Normal.

Un coup de fil à Aslan Property Management valut à Milo une série d'instructions frénétiques et en grande partie incompréhensibles, lui intimant de presser telle ou telle touche. Implantée dans de nombreuses villes, cette société était spécialisée dans la gestion de centres commerciaux et d'immenses complexes résidentiels.

Milo éloigna son téléphone en tendant le bras, tandis que la voix robotique continuait de débiter ses ordres. Il tapa sur la touche 0, censée le mettre en relation avec un opérateur, mais eut droit à une nouvelle messagerie automatique.

Il raccrocha.

– Cette ligne, ce sont les douves autour du château, fis-je observer. Elle protège la compagnie des locataires qui veulent se plaindre.

– Va me chercher de l'huile bouillante et une catapulte.

La maison louée sur Marquette Place n'avait pas de propriétaire officiel.

Elle avait autrefois appartenu à un certain Herbert McClain, décédé à l'âge de quatre-vingt-onze ans. Ce monsieur n'ayant pas rédigé de testament, ce bien faisait l'objet d'une validation de succession depuis six mois.

Le curateur désigné par le tribunal était un avocat du nom de Mitchell Light, dont le bureau était situé non loin du tribunal du centre-ville. Peut-être s'agissait-il d'un de ces parasites qui distribuent des cadeaux aux juges et attendent que les affaires leur tombent dans les bras.

Cette hypothèse fut requalifiée en forte probabilité quand Milo découvrit le site Internet criard de Light. Les cheveux d'un noir douteux et affublé d'un costume miteux, l'avocat affichait un sourire rempli de prothèses et on ne peut plus factice.

Light se présentait comme spécialisé dans deux domaines : « soulager le chagrin écrasant des héritiers au moment de plonger dans l'univers des successions » et « résoudre rapidement les problèmes rencontrés par les victimes d'accidents que leur assureur refuserait d'indemniser ».

– Que vous glissiez, chutiez ou mourriez, Light s'occupe de tout, railla Milo. Bon allez, c'est parti.

Il composa l'un des trois numéros « 24 h/24 » vert fluo et fut estomaqué lorsque l'on décrocha dès la deuxième sonnerie :

– Mitch à l'appareil, dit une voix de baryton qui n'aurait pas déparé à la radio. Quel problème puis-je résoudre pour vous, cher ami ?

Milo lui répondit sans détour.

– La police ? reprit Mitchell Light, sur un ton soudain moins enjoué. Je ne vois vraiment pas à quelle propriété vous faites allusion.

– Vous en êtes pourtant le curateur, monsieur Light.

– Je m'occupe de nombreux biens immobiliers en cours d'évaluation. Les tribunaux sont surchargés, tout progresse au ralenti.

– Ce qui ne vous empêche pas d'encaisser votre commission au passage.

– Ah, parce que vous travaillez bénévolement, vous ? Inutile d'insinuer je ne sais quoi, lieutenant. Je vais faire de mon mieux pour vous transmettre tout ce que j'ai sur ce bien – si ces renseignements sont accessibles.

– Je vous remercie. Quand pensez-vous me donner tout ça, monsieur ?

– Aussi rapidement que le permettront les circonstances, dans la mesure où aucun barrage juridique ni autre frein ne se dressent sur mon chemin.

– Auriez-vous une estimation à me donner, monsieur Light ?

– Je me trouve à Cabo, en ce moment ; je compte regagner mon bureau d'ici trois jours. Je m'y attaque dès mon retour – sauf impératif imprévu.

– Un membre de votre équipe pourrait-il…

– Mon équipe est avec moi, lieutenant.

Un gloussement féminin se fit entendre en fond sonore.

– Vous ne voyez vraiment pas de quel bien je parle ? Il appartenait à Herbert McClain, décédé à quatre-vingt-onze ans…

– Il a vécu vieux, tant mieux pour lui. S'il avait rédigé un testament, nous n'aurions pas cette conversation.

Un bruit de verres s'entrechoquant fut suivi de nouveaux rires.

– Et concernant les locataires ? Vous ne vous rappelez rien à leur sujet ?

Silence.

– Monsieur Light ?

– Quels locataires ?

– La maison est actuellement occupée par…

– C'est inacceptable ! J'interdis systématiquement la location de mes biens ; ça évite les complications.

« *Mes* biens. » Si la procédure de validation de la succession se prolongeait suffisamment, la facture finale de Mitchell lui permettrait sans doute de racheter la maison.

– Quelles complications craignez-vous ?

– En cas de location, des prétendus héritiers ne manquent pas de se faire connaître et rouspètent à propos des loyers ou de la gestion. Je ne mets jamais mes propriétés en location, lieutenant.

– Et pourtant, celle-ci est occupée.

– Dans ce cas, c'est à vous d'enquêter et d'infliger les amendes et pénalités requises, quelles que soient les conséquences. Reprenez contact avec moi à mon retour, dans quatre jours ; je lancerai certainement une procédure d'expulsion.

– Me donnez-vous la permission d'entrer dans la maison ?

– Oui, allez-y, lieutenant.

– Par écrit, si possible.

– Je suis en séminaire, comme je vous l'ai dit.

– Par e-mail ?

L'avocat poussa un long soupir, auquel succéda un murmure féminin.

– Je vais tâcher de vous envoyer ça, céda Mitchell Light. Mais n'y comptez pas trop, la connexion Internet est bancale, ici.

– Merci, monsieur.

– Faire respecter la loi est ma passion.

– Ils n'ont eu aucun mal à squatter cette maison, dis-je. Il leur a suffi de jeter un coup d'œil aux registres de propriétés en cours de succession, de vérifier lesquelles n'étaient pas vraiment surveillées et de s'installer.

Le téléphone fixe de Milo sonna.

– Susan Minelli à l'appareil, s'annonça une voix nette et pleine d'assurance. La police veut m'interroger à propos de mon ancienne maison, apparemment. Pourquoi ?

– Les locataires sont cités dans une enquête, madame Minelli. Que pouvez-vous nous dire à leur sujet ?

– Il s'agit d'un problème d'ordre financier ?

– Je ne suis pas autorisé à entrer dans les détails, madame.

– C'est pourtant ce que vous venez de faire. Bon d'accord, une histoire de fric. Pourquoi je ne suis pas étonnée ?

– Ils vous ont déjà causé des soucis ?

– Ils ont toujours réglé leur loyer en retard, et ils n'ont rien versé depuis cinq mois. Je ne m'en suis rendu compte que récemment, à la réception du rapport trimestriel de la société de gestion ; il y a un gros trou dans les recettes. J'ai exigé auprès d'Aslan – c'est le nom de cette boîte – qu'ils règlent ça. On m'a répondu que l'expulsion était la seule solution, mais ces gens sont peu réactifs. Mes partenaires et moi, nous envisagions déjà de faire appel à une autre société de gestion immobilière ; vu ce que vous m'apprenez, ce sera fait dès l'échéance du contrat.

– C'est vrai que c'est pénible.

– Les joies de l'immobilier. Si seulement je l'avais su au moment de me lancer dans cette histoire. Enfin, vous ne pouvez vraiment pas me dire ce qui se passe ?

– Pas pour l'instant, affirma Milo. Si la situation évolue, je ne manquerai pas de vous le faire savoir. D'ici là, je vous prie de ne pas contacter les Weyland.

– C'est le nom des locataires ? Aslan n'en parle qu'en citant un numéro.

– Quoi qu'il en soit, ne vous approchez pas de ces gens.

– Ils sont dangereux ?

– Au point où en est l'enquête, mieux vaut rester loin d'eux.

– Génial… J'ai loué ma somptueuse demeure à des criminels. Qu'est-ce qu'ils font ? Du trafic de drogue ? Super ! Ils ont sans doute revendu les tapis, les tentures et Dieu sait quoi d'autre.

– Nous ferons de notre mieux pour surveiller votre maison, madame.

– J'aime votre façon de m'appeler « madame » on se croirait dans *Dragnet*[1]. Je parie que vous portez une cravate noire très fine.

– Les mauvais jours, oui.

1. Série policière des années 1950 très populaire aux États-Unis.

Susan Minelli s'esclaffa :

– Vous me faites l'effet d'un brave type. Sinon, il fait beau à Los Angeles ?

– Le temps est splendide.

– Normal.

Milo raccrocha avec délicatesse et s'étira autant que le permettait le placard qui lui servait de bureau.

– Mearsheim et Trisha occupent ces deux maisons sans payer le loyer, résuma-t-il.

– Comme tout escroc qui se respecte.

– Ils ont la bougeotte, ils envisagent peut-être de filer ailleurs sans tarder.

– Pourvu que non, espéra Milo, avant de vérifier ses e-mails. Rien de la part de notre avocat lumineux[1]. Tu l'as bien entendu me donner son autorisation verbale d'entrer dans la propriété ?

– Je confirme.

– J'ai deux squats à surveiller, mais je compte bien entrer dans la maison de Marquette Place.

1. *Light* : lumière.

# 49

La juge Sonia Martinez était en vacances.

– Elle est partie pêcher en Alaska, détailla Milo. Pourvu qu'elle ne se fasse pas dévorer par un ours.

Il appela Biro pour qu'il lui suggère un autre juge, mais l'inspecteur n'eut aucun nom à lui proposer. Plusieurs coups de téléphone le mirent finalement en contact avec un certain Galen Friedman, juge récemment nommé qui ne cachait pas ses ambitions politiques et se présentait comme « fan des flics » – sa fille avait d'ailleurs tout juste intégré l'école de police.

Friedman n'écouta que quinze secondes du baratin de Milo avant de l'interrompre :

– Vous avez clairement fait votre boulot. Apportez-moi le formulaire à mon domicile et je vous donne le feu vert.

– Je vous remercie, votre Honneur. Où habitez-vous ?

Friedman lui donna une adresse sur June Street, dans Handcock Park.

– Impeccable, votre Honneur. Je vous fais livrer ça au plus vite. D'ici là, puis-je supposer qu'un accord verbal...

– ... vous permet d'agir ? Oui, allez-y. Capturez vos criminels, lieutenant Sturgis. Et n'oubliez pas les petits en décembre.

– Quels petits ?

– Je défends ardemment la cause des enfants malades, lieutenant. En fin d'année, j'organise un appel aux dons en faveur de l'hôpital orthopédique. C'est une bonne action.

– Je n'y manquerai pas.
– Je compte sur vous, lieutenant.

Après avoir rempli la demande de mandat de perquisition, Milo prit soin de téléphoner à John Nguyen, l'assistant du procureur, « pour faire les choses dans les règles ».
– Vous courez toujours après votre dessinateur fou ?
– Non, il n'est plus dans notre viseur.
– Quoi, alors ? Il y a du nouveau ?
– La situation a sérieusement évolué, John.
Milo fit un résumé des récents événements.
– Vous avez obtenu des éléments solides, dit Nguyen. J'aurais pu vous mettre en contact avec n'importe quel juge.
– Je ne voulais pas vous déranger, John.
– Oui, c'est ça, ironisa l'assistant du procureur. Friedman vous a demandé de participer à un de ses galas de charité, je parie.
– Les enfants malades.
– On se verra là-bas, alors. Vous verrez sa baraque, c'est un vrai château. Par contre, la bouffe est à vomir.

Milo demanda à une policière, Shari Bostwick, de porter la demande de mandat de perquisition chez Friedman.
– Hancock Park ! s'exclama-t-elle. Le quartier chic !
– Tu n'as pas envie de voir le château ? dis-je à Milo.
– Pas ce soir. (Il se leva, s'ébroua comme un chien trempé et saisit sa veste, qu'il jeta par-dessus son épaule.) Mes rêves immobiliers sont plus modestes. Bon, voyons quels soldats je vais enrôler.

Moroni était en trip moto dans le Dakota du Sud, et Lincoln en visite chez des parents à Birmingham, en Alabama.
Ne restaient donc plus que Reed et Binchy, auxquels Milo comptait adjoindre tous les agents sur qui il mettrait la main.
Malheureusement, tous ceux à qui il s'adressa lui opposèrent de bonnes excuses. En fin de compte, il n'obtint rien

de plus de la part d'un sergent débordé que la promesse de faire passer des véhicules de patrouille sur Evada Lane, « peut-être deux ou trois fois » par période de service.

– C'est gentil, mais ce n'est pas la peine, déclina Milo.

Il rappela Biro :

– Tu m'as dit que tu tournais en rond. C'est toujours le cas ?

– Mes pas ont déjà creusé un cercle dans le parquet.

– J'ai de quoi t'occuper, si tu veux, mais ce ne sera pas la mission la plus stimulante du siècle.

– Ce sera toujours mieux que de lézarder chez moi.

Milo demanda à Biro de surveiller la maison d'Evada Lane.

– Sois sur place au coucher du soleil, précisa-t-il.

Après avoir raccroché, il consulta de nouveau sa messagerie électronique, ce qui fit naître un sourire sur ses lèvres :

– Miracle des miracles, monsieur Light, le phare juridique de la nation, m'a envoyé son papier ; j'ai l'autorisation d'entrer dans la propriété de Marquette Place par tous les moyens nécessaires. Rentre chez toi et détends-toi, je m'occupe de la suite avec Moe et Sean.

– Vous serez encore moins nombreux que quand on est intervenus chez Bitt, fis-je remarquer.

– Vu ce qui est arrivé l'année dernière, mieux vaut y aller en toute discrétion.

J'étais présent à ses côtés, l'année précédente, quand une descente dans une maison s'était conclue par la mort d'une tueuse, abattue par une jeune fliquette trop enthousiaste. Celle-ci avait scrupuleusement suivi les règles mais, la procédure d'enquête sur son geste traînant en longueur, elle avait fini par démissionner de la police.

– On se retrouve à quelle heure, ce soir ? demandai-je à mon ami, qui me dévisagea quelques secondes. Tu oserais me priver de l'orgasme après tous ces préliminaires ?

– D’accord, docteur Obsédé, mais tu enfiles un gilet pare-balles, comme l’autre fois, et tu restes encore plus loin de l’action.

– Je me suis habitué à ce look, pas de souci, et la solitude ne me fait pas peur.

– OK, mais aide-moi d’abord à tout mettre en place.

# 50

Il était 21 heures. Milo et moi étions installés à bord d'une voiture banalisée garée sur Marquette Place, quatre maisons au nord de celle qui nous intéressait. L'éclairage de la rue ne fonctionnait que de façon intermittente mais le clair de lune nous offrait une luminosité honnête.

Comme Reed nous l'avait décrit, le quartier était essentiellement constitué d'immeubles, exception faite d'une zone d'un demi-hectare clôturée et envahie d'herbes qui attendait que l'on y bâtisse des logements, ainsi que de la bicoque dans laquelle Herbert McClain avait vécu soixante ans avant de mourir sans laisser de testament derrière lui.

À Los Angeles, il n'est pas si rare de voir des gens ainsi s'accrocher au passé, insensibles à la valeur de leur terrain et ne recherchant que le confort d'un environnement familier. De telles propriétés sont souvent mal entretenues ; celle que squattait Paul Mearsheim ne semblait pas faire l'objet de la moindre attention. Le jardin se résumait à une étendue de terre constellée de chardons, tandis qu'il manquait des tuiles en plusieurs endroits du toit, au faîte duquel était perchée une vieille antenne de télévision. Quant aux fenêtres, dont les encadrements fendillés semblaient s'affaisser, elles étaient obstruées par des rideaux tirés.

Ne manquait au tableau qu'une voiture cabossée aux plaques dépourvues de vignette à jour.

Dans une autre ville, le double garage accolé à la maison aurait peut-être été jugé trop imposant au vu de la taille de celle-ci, cependant, à L.A., mégapole érigée autour de la voiture, ce détail ne choquait pas.

Si on devinait sur la partie droite de la maison de la lumière à l'intérieur, malgré les épais rideaux, nous n'avions pour l'heure pas noté le moindre signe de présence humaine. Il en allait de même à Evada Lane, comme nous le confirmait Biro deux fois par heure.

– S'ils ont détalé comme des lapins, je suis cuit, lâcha Milo.

Ces mots m'inspirèrent une vanne culinaire mais je préférai rester silencieux. Dans de telles situations, moins on en dit, mieux c'est.

Lors de telles descentes, je me contentais généralement d'un rôle d'« observateur ». L'année précédente, j'avais été promu « témoin ». Assigné à comparaître suite aux tirs de la policière, j'avais dû répondre aux questions habituelles, temps perdu et non facturable.

Les heures s'écoulaient. Agacé par une démangeaison tenace au niveau du téton gauche, je déboutonnai ma chemise, glissai un doigt sous le gilet pare-balles et me grattai.

– Il y a quelque chose de bizarre dans le tissu des gilets, commenta Milo. La prochaine fois, réfléchis à deux fois avant de demander à m'accompagner.

– Je ne me plains pas, assurai-je en reboutonnant ma chemise.

– Les préliminaires… dit Milo en riant.

Il appela Moe Reed, qui était garé un peu plus loin, au sud de la maison squattée. Binchy était quant à lui posté plus haut, sur le côté opposé de la chaussée. Les deux jeunes inspecteurs étaient en civil : chemise marron et jean pour Binchy, sweat-shirt noir, baskets et bonnet pour Reed, dont le torse d'athlète, déjà imposant au naturel, devenait monstrueux en y ajoutant l'épaisseur du gilet pare-balles.

« Laisse tomber le bonnet, on dirait un cambrioleur », lui avait conseillé Milo.

« Ça tombe bien, je suis en mode agent secret », avait-il répondu.

– Rien à signaler, lieut', dit-il.

Idem de la part de Binchy.

L'année précédente, le plan ayant abouti à la mort de la suspecte avait été préparé avec soin, au terme d'une journée complète de patrouilles opérées par plusieurs véhicules ; Reed avait même joué les livreurs. Ce soir, en revanche, il était prévu que Milo toque poliment à la porte et, si on lui répondait, qu'il donne sa véritable identité.

D'une voix posée et tout sauf agressive, il donnerait du « monsieur Weyland » à Mearsheim et lui dirait avoir quelques questions à lui poser à propos de Trevor Bitt.

Il était possible que cela déstabilise Mearsheim, mais il y avait également des chances qu'il se sente menacé dès l'instant où Milo frapperait à la porte. S'il tentait de s'enfuir par l'arrière, Reed et Binchy l'y attendraient. Si la situation dégénérait, par exemple si le suspect se barricadait, alors on procéderait de façon tout autre.

Si on en arrivait là, et si Trisha Bowker était présente dans la maison, il fallait espérer que Mearsheim n'en fasse pas une otage – pire encore, il pouvait l'armer pour qu'elle l'aide à nous résister.

Malgré les risques non négligeables de notre plan, il s'imposait – et je l'avais soutenu – pour une raison simple, à savoir la prévisibilité des criminels.

Les psychopathes sont par essence des créatures d'habitudes. Ce que nous savions à propos de Paul Mearsheim laissait penser que nous avions affaire à un tueur très efficace, un escroc de longue date, un assassin n'ayant jamais été arrêté tant il opérait en finesse. Sa performance d'acteur, le soir du meurtre de Braun, méritait un Oscar.

J'estimais qu'il éviterait toute violence et se comporterait avec le plus grand calme, cherchant à afficher son innocence, tant il était certain de se tirer de n'importe quelle situation grâce à ses mots.

Mais ce n'était que supposition de ma part.

À 21 h 32, des phares percèrent la nuit côté sud. Le véhicule passa à hauteur de Binchy, qui nous appela :

– Je crois que c'est lui, mais sans certitude.

La circulation était réduite sur Marquette Place. La voiture en question s'engagea sur l'allée de la maison de McClain et s'immobilisa devant le garage de droite.

Une Ford Taurus gris métallisé. Milo sortit les jumelles de vision nocturne qu'il avait empruntées à un inspecteur chargé de la protection de dignitaires.

La portière de la Taurus s'ouvrit. Un individu plutôt petit sortit de la voiture et se dirigea vers la porte d'entrée d'une démarche tranquille, sans se retourner. Il déverrouilla le battant et entra à l'intérieur.

– Comme s'il était chez lui, commentai-je.

– C'est lui, dit Milo à Binchy et Reed. Laissez vos véhicules et approchez-vous à pied. Vous connaissez la suite.

Les deux inspecteurs n'eurent besoin que de quelques secondes pour se glisser à l'arrière de la maison.

Aucun mouvement à l'intérieur. Milo patienta un quart d'heure, consultant sa montre toutes les cinq minutes.

– OK, il est 22 h 10. Dix heures dix, donc – en Asie, les nombres doubles portent bonheur.

Il sortit de la voiture, lissa sa veste par-dessus son holster de poitrine et s'approcha de la maison.

Je m'étais posté à l'endroit convenu avec lui, à savoir un renfoncement plongé dans l'ombre, au pied d'un immeuble voisin, et en grande partie masqué par un énorme arbre à caoutchouc.

Milo m'avait dans un premier temps demandé de rester dans la voiture, mais j'avais négocié ma liberté. La présence de l'arbre, imposant paravent végétal, avait fait pencher la balance de mon côté.

Je le suivis du regard jusqu'à la porte d'entrée. Il frappa, laissa s'écouler quelques secondes puis frappa de nouveau. Sa masse se crispa lorsqu'un rai de lumière se dessina dans l'interstice de la porte.

Il échangea quelques mots avec quelqu'un, prêt à bondir.

Soudain, il poussa le battant et s'élança à l'intérieur, son arme en main. Quelques secondes plus tard, Binchy et Reed surgirent et le rejoignirent dans la maison.

Les armes avaient été dégainées mais personne n'avait fait feu. J'en conclus que tout s'était déroulé en douceur. J'attendis quelques instants avant de les rejoindre.

Paul Mearsheim, désormais barbu et le crâne rasé de près, était allongé sur le dos, un bras coincé sous lui.

Bouche bée et le regard vide. La poignée et quelques centimètres de la lame d'un couteau à viande dépassaient de sa poitrine.

Il avait la gorge tranchée, ses chairs séparées par une sorte de sourire écarlate.

Figés autour du cadavre, Milo, Binchy et Reed, qui avaient rengainé leurs armes, semblaient sidérés. Les deux inspecteurs maintenaient fermement une femme secouée de sanglots, les mains ensanglantées et plaquées sur ses flancs.

La quarantaine et de corpulence moyenne, elle avait les cheveux blonds et courts et un visage plutôt avenant.

Donna Weyland avait perdu du poids depuis le jour où elle avait été prise en photo en compagnie de ses collègues de l'académie. Elle portait un jean, un bustier blanc et des chaussures de sport roses, tout cela moucheté de rouge. Le mur était constellé de sang derrière le cadavre de Mearsheim. Des mares rougeâtres se formaient dans les plis de sa chemise.

C'était du sang artériel, d'un carmin vif. Obéissant à la gravité, il ruisselait par endroits sur le torse maigrelet du défunt jusqu'au sol, où il imprégnait une vieille moquette grise.

La mort était récente.

Les poings serrés, Donna Weyland fut saisie d'une crise d'hyperventilation.

– Respirez lentement, lui intima Milo.

Elle ferma les yeux et prit une longue inspiration, puis elle trouva la force de prononcer quelques mots entrecoupés de halètements :

– Il… disait… qu'il allait… me tuer… Je… (Elle désigna un fusil de chasse gisant à terre, à deux mètres de la main droite de Mearsheim.) Il… J'ai dû…

Aussi surprenant que cela puisse paraître, elle avait avec ce seul couteau pris le dessus sur Mearsheim armé du fusil.

Mon cerveau passé en mode caméra haute définition, j'observais cette femme secouée de sanglots… mais qui ne versait aucune larme.

Après avoir contourné le petit groupe, je m'intéressai de plus près à Mearsheim.

Impossible d'examiner la main coincée sous son corps, toutefois l'autre ne présentait aucune lésion défensive.

En outre, la gorge de la victime avait été proprement tranchée. Aucun signe d'hésitation ; témoignant par conséquent d'une assurance meurtrière totale, l'entaille inclinée partait du côté gauche du gosier pour monter jusque sous l'oreille droite.

Cet homme avait donc été égorgé par derrière, et l'arme du crime tenue par une main droite.

Rien n'indiquait qu'il se soit débattu.

Quant au fusil, il se trouvait trop loin du corps pour avoir été lâché par un individu mortellement frappé.

On avait clairement disposé cette arme à cet endroit.

Donna Weyland avait les yeux rivés sur moi – de même que les autres personnes présentes dans la pièce.

Il n'y avait plus un bruit dans la maison.

L'espace d'une fraction de seconde, le visage de Donna Weyland se métamorphosa, délaissant sa terreur théâtrale pour afficher une expression froidement analytique. Son regard soudain glacial laissa transparaître une hostilité mal contenue qui m'était familière – que j'avais remarquée sur une série de photos d'identité.

– Salut, Trisha, dis-je.

Elle eut un soubresaut réflexe ; Reed et Binchy raffermirent instantanément leur prise.

Milo sortit ses menottes.

Tel un virus envahissant sa proie, la suspicion policière s'était imposée en un instant, et tous l'avaient compris.

Quatre paires d'yeux se posèrent sur Donna Weyland, alias Trisha Bowker. Celle-ci demeura sans réaction un moment, comme à la recherche dans son catalogue mental de l'expression adéquate à adopter.

Elle afficha dans un premier temps une moue de gamine assez curieuse. Prenant presque aussitôt conscience que celle-ci serait inefficace, elle changea de stratégie en laissant échapper un gémissement pathétique.

Lorsque Milo lui passa les menottes, elle s'affaissa, comme pour tenter d'y échapper, mais Reed et Binchy la maintinrent en place.

Cela fait, Milo pivota et considéra le cadavre, puis il récita ses droits à Trisha avec une négligence étudiée.

Quand tout espoir a disparu, il ne reste plus qu'à se battre ou à s'enfuir. Donna/Trisha n'était pas en mesure de se battre.

– Ce… C'était… Je… suis… désolée… Je vous… en prie…

Cette dernière tentative n'ayant produit aucun effet, elle cracha au visage de Milo.

Quand ils se font prendre, les criminels pètent parfois un câble. Trisha/Donna multiplia les insultes et se débattit comme une diablesse lorsque Reed et Binchy l'emmenèrent.

Milo se calma en inspirant ; alors des bruits se firent entendre à travers les minces cloisons de la maison – comme des aboiements assourdis, étouffés mais insistants.

Ces protestations de chien asthmatique nous parurent de plus en plus humaines. Binchy fit son retour :

– Moe l'a emmenée.

Milo et moi nous dirigions déjà à toutes jambes vers le côté sud de la maison. Vers le garage.

On accédait au garage par une pièce de service vide qui empestait l'insecticide et dans laquelle de petits tas de cafards morts n'avaient pas été balayés. La porte ne comprenant aucun verrou, Milo actionna la poignée de sa main gantée.

Nous découvrîmes une pièce faiblement éclairée par une ampoule nue fixée au plafond.

Un pick-up Ford gris foncé et une Camaro noire étaient garés côte à côte.

Entre les deux véhicules était disposée une causeuse d'une autre époque, rongée par les mites.

Sur ce petit canapé, une silhouette s'agitait et hurlait à travers un bâillon, attachée par du ruban adhésif et le regard empli de terreur.

Le prisonnier était un homme, sans doute à peine capable de voir quoi que ce soit tant ses paupières étaient enflées. Il semblait se demander si notre irruption annonçait la fin de ses ennuis ou une dégradation de la situation.

Bras maigres, cheveux blonds filasses et sales. Son tee-shirt gris était maculé de sang séché, et d'autres taches rouges et brunes se mêlaient sur son jean. Sur le sol, non loin de ses pieds nus, se devinait une sorte de croûte jaune – clairement de l'urine séchée. Le garage empestait l'essence, le produit nettoyant, l'insecticide et la merde.

Un marteau à panne ronde avait été abandonné près du pare-chocs arrière de la Camaro, à quelques dizaines de centimètres de la causeuse.

La main droite du prisonnier n'était plus qu'une masse informe massacrée.

– Police. Tout va bien, tout va bien, dit Milo en se précipitant vers le malheureux.

Il entreprit de retirer le bâillon, tandis que le garçon était pris de convulsions.

– Mon Dieu... souffla Binchy, désignant un recoin du garage.

Une scie à ruban était posée à même le sol, devant le pick-up.

Ses lèvres parcheminées et enflées enfin libérées, Cory Thurber, haletant, dut lutter pour articuler quelques mots, tandis que de la bave coulait de sa bouche. Pendant que Milo lui détachait les bras, il trouva la force de pousser un gémissement qui faiblit rapidement, jusqu'à devenir inaudible :

– Au secouuuuurs...

– Ça va aller, gamin, tu ne risques plus rien, accroche-toi, l'encouragea Milo.

# 51

Dès lors que l'on sait quoi chercher, rassembler des preuves devient un jeu d'enfant.

Après l'arrestation de Trisha Bowker, il fallut moins de dix heures pour établir la façon dont elle s'était liée à Paul Mearsheim. Ces deux-là s'étaient mis en couple neuf ans auparavant. Mearsheim était consultant en informatique à l'académie du Massachusetts, où Trisha était employée en tant qu'assistante scolaire. Leur penchant commun pour l'amoralité avait été le ciment de leur relation.

Tous deux avaient trafiqué leur CV pour décrocher leur poste dans le secteur public, manœuvre qu'ils n'avaient cessé de reproduire à mesure qu'ils se déplaçaient vers l'ouest du pays. Le CV de Mearsheim omettait systématiquement de citer plusieurs renvois de sociétés financières en raison d'« irrégularités », et Trisha n'évoquait évidemment jamais son casier judiciaire chargé.

Se muer en Paul et Donna Weyland, couple marié, les avait aidés à duper leur monde. Grâce à ses compétences en usurpation d'identité, Trisha avait récupéré les noms de deux personnes décédées en 1958 au cours d'un incendie survenu dans le New Jersey. Se faire passer pour mari et femme avait été enfantin, car personne ne vérifiait jamais les registres de mariage.

Des années durant, les Weyland avaient combiné emplois généreusement rémunérés au sein de divers établissements scolaires publics et privés, allocations illégalement perçues et magouilles occasionnelles – principalement des fraudes à l'assurance en simulant des accidents de la vie courante.

D'après ce qu'en savait Milo, leur premier meurtre avait été celui de Jacqueline, la mère de Cory, une veuve piégée dans ce qu'elle pensait être un authentique mariage avec Paul, lequel ne se privait pas de continuer à s'envoyer en l'air avec Trisha.

Nous n'avions pour l'heure pas connaissance d'autres homicides perpétrés par le couple entre celui de Jackie et notre affaire, mais Milo poursuivait son enquête.

La recherche de preuves d'ordre biologique fut menée à bien en quarante-huit heures ; des taches de sang et des restes de chair prélevés sur les dents de la scie à ruban trouvée dans le garage de la maison de Marquette Place portaient l'ADN de Hargis Braun. Les cartouches de fusil de chasse découvertes dans un placard de la cuisine correspondaient aux fragments de projectiles incrustés dans ce qu'il restait du visage de Braun. Le sol du garage avait été nettoyé à l'ammoniaque et à l'insecticide, toutefois le luminol désigna clairement un coin bétonné, ainsi que plusieurs zones sur les murs en papier goudron. Les techniciens avaient également découvert des traces de sang sur le plateau du pick-up et deux cheveux de Braun dans l'entrée de la maison d'Evada Lane – que l'on fouillait toujours.

À Marquette Place, on avait par ailleurs mis la main sur un string léopard fendu, plusieurs perruques – dont une brune correspondait aux cheveux prélevés au motel Sahara – et un collier en filigrane d'argent orné d'améthystes.

Il fut confirmé que ce bijou était bien celui que Bijan Ahmani, propriétaire de la bijouterie Snowbird à Arrowhead Village, avait vendu à Chet Corvin. Ahmani désigna la photo de Trisha/Donna coiffée d'une perruque brune parmi cinq autres personnes, tout comme Briana Muldrew, directrice adjointe de l'Auberge Hilton Hampton de San Bernardino.

Milo révéla une partie de ces éléments à Trisha Bowker – dont une analyse ADN avait confirmé qu'elle avait porté la perruque brune et le collier –, laquelle se déclara « enthousiaste » à l'idée de répondre à ses questions, à en croire son avocat commis d'office, un quinquagénaire à l'air las répondant au nom de Hollick Wilde. Dans un premier temps étonné par ma présence dans la cellule d'interrogatoire de la prison du comté, Wilde se rattrapa aussitôt :

– Parfait ! Nous avons précisément un problème psychologique à traiter. Plus nous aurons d'avis de spécialistes, mieux ce sera.

Trisha Bowker lut une déclaration préparée d'avance. Hollick Wilde souriait, content de lui, ce qui, ajouté au jargon juridique qu'ânonnait la prisonnière, indiquait sans équivoque qu'il était l'auteur de ces lignes.

Son propos se résumait en quelques mots : Paul Mearsheim était le mal incarné, et Trisha une créature terrifiée et intimidée, complice malgré elle dans la plupart des cas.

Elle raconta comment Mearsheim avait abattu puis mutilé Braun dans le garage de la maison de Marquette Place, enveloppé le cadavre dans une épaisse bâche en plastique, qu'il avait scellée avec du ruban adhésif. Il avait ensuite chargé son fardeau sur le pick-up et filé en direction d'Evada Lane. Parvenu à destination, il avait « transféré l'objet » dans la demeure des Corvin, protégé par l'obscurité et la tranquillité de l'impasse.

– Pourquoi avoir abandonné le cadavre dans cette maison ? demanda Milo.

– Parce qu'il détestait Chet ! s'exclama Trisha Bowker, manifestement ravie qu'il lui pose cette question. Chet passait son temps à se moquer de lui.

– Où sont les mains du mort, Trish ?

– Je n'en sais rien. Il s'en est débarrassé quelque part.

– Où ?

Elle consulta Wilde du regard.

– En toute franchise, elle n'en a aucune idée, assura Wilde.

– OK, passons à autre chose. Paul et vous êtes ensemble depuis longtemps, Trish.

L'avocat et sa cliente échangèrent quelques mots à voix basse.

– Un peu, oui, répondit cette dernière.

– « Un peu » ? C'est-à-dire ? insista Milo.

– Un certain temps. Je ne sais plus.

– Neuf ans, d'après ce que nous avons découvert.

Trisha sembla hésiter, comme si elle cherchait à deviner où cette conversation la menait. Elle tourna de nouveau la tête vers Wilde, qui acquiesça.

– Oui, ça doit être ça, dit-elle.

– Le fait que Trish soit restée si longtemps en couple avec cet individu démontre la gravité du mal dont elle souffre, déclara Wilde. Elle est atteinte du syndrome de Stockholm. (Il s'adressa à moi.) Vous savez mieux que moi que cette pathologie chronique subsiste si elle n'est pas traitée.

– Neuf ans, répéta Milo. Paul et vous étiez donc déjà en couple quand il a fait la connaissance de Jackie.

Trisha Bowker resta murée dans le silence.

– Nous serions ravis de contribuer à l'éclaircissement de cette affaire, mais ce point est-il pertinent ? intervint Wilde.

– Comme vous voulez, dit Milo, avant de revenir à l'accusée. Concernant votre relation avec Paul, diriez-vous que c'était lui l'élément dominateur du couple ?

– Oui, en permanence. C'était son truc, de tout contrôler ; c'était sa motivation première, son obsession. (Elle se tourna vers moi.) Il était atteint d'un trouble de la personnalité narcissique poussé à l'extrême. Il se comportait comme un réalisateur de film, avec toute l'autorité que ça sous-entend. Il me forçait à porter des perruques. La vie était un film pour lui.

– Il vous a forcée à passer pour une brune.

– Il voulait ce qu'il voulait, quand il le voulait.

– Vous étiez brune quand vous retrouviez Chet Corvin à Arrowhead.

– C'est lui qui l'exigeait.
– Chet ou Paul ?
– Hmm… Les deux, je crois.
– Moi qui croyais que les blondes s'éclataient plus. Alors comme ça, Chet aimait les filles en perruque, lui aussi ?
– C'était aussi un maniaque du contrôle. Il m'ordonnait de porter de la lingerie fine, de faire toutes sortes de choses.
– De jouer un rôle, en somme.
Trisha fit sa moue boudeuse de gamine et ses paupières tremblèrent.
– Les hommes me manipulent comme une poupée.
Milo jeta un coup d'œil sur ses notes avant d'enchaîner :
– Quand Paul a transporté le cadavre à Evada Lane, comment savait-il qu'il disposait d'assez de temps pour le mettre en place avant le retour des Corvin ?
Trisha Bowker répondit trop rapidement, tel un chien dressé réagissant à un signal :
– Il les a vus partir ; il a échangé quelques mots avec Chet, qui s'est vanté, comme d'habitude.
– Il s'est vanté de quoi ?
– Il a dit qu'ils allaient dîner au Lawry's alors qu'il était le seul de la famille à en avoir envie.
– Encore un obsédé du contrôle.
– Je ne fais pas toujours les bons choix, minauda Trisha. (Wilde toussota.) Mais je ne suis pas une spécialiste, évidemment.
– En matière d'hommes, vous voulez dire ?
– Dans la vie de façon générale, précisa Trisha, qui, avec une nouvelle moue, tenta de pleurer mais y renonça après n'avoir produit qu'une minuscule larme. Je ne sais pas comment tout ça a si mal tourné.
Milo hocha la tête et resta encore un moment plongé dans ses notes.
– Bon… Qu'aviez-vous prévu de faire, si les Corvin n'étaient pas partis dîner si loin ?

Le regard de Trisha se porta sur sa gauche, vers son avocat, entraînant le reste de son corps.

– Allez-y, si vous avez la réponse à cette question, dit Wilde.

– Non, je ne sais pas. C'est Paul qui a tout mis au point.

– Paul avait-il un plan B pour se débarrasser du corps ?

– Ma cliente a déjà répondu à cette question, intervint l'avocat.

– Je n'en sais rien du tout ! confirma l'intéressée.

– J'entends bien, mais étant donné que vous connaissiez Paul mieux que quiconque, qu'aurait-il fait, à votre avis ?

– Hmm… Il aurait attendu, tout simplement.

– Attendu quoi ?

– Un autre moment propice.

– Pour déposer le cadavre chez les Corvin ?

– C'est ça.

– Paul tenait absolument à déposer le corps chez Chet.

– Chet passait son temps à le rabaisser, il voulait prendre sa revanche. Il le surveillait, il les surveillait tous.

De la passion, comme si elle partageait la colère de Paul, était soudain apparue dans la voix de Trisha. Consciente d'être allée trop loin, elle se calma :

– Écoutez, je ne peux pas vous donner de détails précis, si ce n'est vous affirmer que Paul était un monstre. Il détestait Chet, c'est vrai, mais en fait il détestait tout le monde. C'était quelqu'un de haineux, toujours en train de… manigancer quelque chose. (Elle interrogea Wilde.) Je peux leur parler de l'alarme ?

– Je vous en prie.

– Je vais vous dire à quel point il avait prémédité son coup : figurez-vous qu'il avait appris le code de l'alarme des Corvin en la voyant le composer. Et il l'avait retenu. Il avait une mémoire phénoménale et n'oubliait rien ; il ne pensait qu'à se venger.

– En « la » voyant composer le code ? releva Milo. De qui parlez-vous ?

– De Felice. Il faisait tout pour attirer son attention et se montrait très aimable avec elle, rien à voir avec son comportement avec Chet. Il avait même volé une clé dans la cuisine.

Elle esquissa un sourire en coin qui ne manqua pas de trahir sa malice mais, comme précédemment, elle se reprit et retrouva sa gravité théâtrale :

– Ce n'était même pas nécessaire ; Paul m'a dit qu'ils n'avaient pas branché l'alarme. À son retour, il m'a raconté son exploit, tout fier de lui.

– Les Corvin lui ont facilité la tâche.

– C'est certain.

Trisha s'agita sur son siège, s'empêchant de jubiler au prix d'un sérieux effort.

Milo farfouilla dans ses documents et poursuivit, sans relever la tête :

– Autre détail qui a rendu les choses plus simples pour Paul : vous avez empaqueté le cadavre et vous l'avez aidé à l'installer sur le plateau du pick-up.

Wilde ouvrit grand la bouche.

– Non ! s'écria Trisha. Je n'ai jamais fait ça !

– Alors qu'avez-vous fait quand Paul a enveloppé le corps ? Puis quand il l'a chargé ?

– Rien du tout. J'étais restée à la maison.

– Quelle maison ?

– La petite.

– Sur Marquette Place, donc.

– Il m'a forcée à rester là-bas, affirma-t-elle, soudain livide. J'étais terrifiée. Je me suis réfugiée dans la chambre et j'ai attendu qu'il ait terminé. C'était épouvantable. J'étais paralysée par la peur.

– Le syndrome de Stockholm, c'est ça ?

– C'était une torture mentale, continua-t-elle. J'en souffre depuis toujours. Même avant d'avoir rencontré Paul, les hommes m'ont toujours manipulée.

Hollick Wilde se tourna vers moi :

– Certains y voient une forme particulièrement aiguë de trouble de stress post-traumatique.

– Depuis combien de temps souffrez-vous de ce mal, Trisha ? demanda Milo.

– Depuis toute petite. On a toujours abusé de moi, et ça a empiré avec Paul.

– Il vous effrayait.

– Il me terrifiait.

– À cause de ce qu'il avait fait à Jackie ?

Trisha Bowker cligna des yeux, les lèvres pincées.

– N'évoquons pas cela, intervint Hollick Wilde.

– Puis-je vous demander si Paul a tué d'autres femmes, en plus de Jackie ?

Trisha baissa les yeux, ce qui équivalait à un aveu. Il faudrait poursuivre les recherches.

– Je vous en prie, je préfère que nous restions focalisés sur l'affaire qui nous préoccupe, dit Wilde.

– Entendu, céda Milo, revenant à ses notes. Avec toutes ces règles, n'hésitez pas à me rappeler à l'ordre.

– Avec plaisir.

Trisha Bowker se détendit – tout le monde semblait déterminé à collaborer.

Milo lui ayant demandé de répéter son histoire, Trisha lui sortit quasiment mot pour mot sa première version des faits.

– OK, j'ai saisi le tableau, dit mon ami, avant d'adresser un sourire à l'avocat. Hmm... Je crois que j'ai là quelque chose en rapport avec notre affaire, monsieur Wilde.

– Si c'est le cas, ça ne peut qu'être une bonne chose, dit ce dernier.

C'était probablement la phrase la plus stupide que j'aie entendue de la bouche d'un avocat de la défense. Il donna son feu vert à sa cliente d'un signe de la tête. Milo se lança :

– Que diriez-vous si je vous annonçais que nous avons retrouvé les mains de M. Braun enterrées dans le jardin de la maison de Marquette Place, sous un massif de lauriers ?

Trisha cligna des yeux à de multiples reprises et se pelotonna sur la droite, tel un marin encaissant une vague.

– Trish ?

– Je dirais que c'est une bonne chose, que je suis satisfaite que vous compreniez de quoi Paul était capable.

– Ce type était flippant.

– Terrifiant.

– Terrifiant, mais le syndrome de Stockholm vous empêchait de réagir, d'accord... Et maintenant, si je vous disais que votre ADN a été retrouvé sur les mains enterrées dans le jardin de la maison de Marquette Place ?

Trisha fit mine de se lever, puis se laissa retomber sur son siège.

– C'est impossible...

– C'est très possible, au contraire, Trish. C'est un fait établi. Le légiste a trouvé votre ADN dans de minuscules entailles en demi-lune sur une main – probablement dues à des ongles plantés dans la chair.

– Impossible. C'est Paul qui a fait ça.

– Il aurait pris le temps de vous forcer à poser la main sur celle de M. Braun et d'y enfoncer vos ongles ?

– Non, non, non, je n'ai jamais fait ça. Il a dû trouver un moyen de...

Elle secoua la tête, si vivement qu'elle fut fouettée par quelques mèches de cheveux.

– Je pense qu'il vaudrait mieux... commença Wilde.

– Il m'a forcée ! cria Trisha en se levant d'un bond. Sinon, il m'aurait tuée !

– Ces traces d'ongles me disent que vous étiez en colère, Trisha.

– Non, j'étais morte de peur ! Il aurait pu me trancher les mains, à moi aussi !

– À propos de trancher, nous avons également trouvé vos empreintes digitales sur la scie à ruban, dans le garage.

– Il m'a forcée à m'en servir !

– À couper les mains de Hargis Braun...

– Ce n'était pas... Il était déjà mort...

– Désolé, messieurs, cet entretien est terminé, intervint Hollick Wilde.

Trisha Bowker fit mine de sangloter.

– Tenez bon, lui dit l'avocat.

– Comment je le pourrais ? Ils ne comprennent pas !

– Nous leur ferons voir la lumière, assura Wilde, malgré son visage assombri.

En fin de journée, Wilde fit une proposition : Trisha était prête à plaider coupable de complicité d'homicide après les faits et à accepter une peine de trois ans de détention, en échange de quoi elle nous révélerait l'endroit où le corps de Jacqueline Mearsheim était enterré.

John Nguyen s'esclaffa.

Le lendemain matin, Wilde offrit que sa cliente plaide coupable pour complicité de meurtre non prémédité et soit condamnée à dix ans de prison.

John Nguyen évoqua une peine entre vingt-cinq ans et la perpétuité. Wilde en proposa quinze.

– Je peux éventuellement demander de quinze à vingt-cinq ans de détention, mais en définitive c'est le juge qui décidera, conclut-il.

– Marché conclu, dit Wilde.

Peu après, Nguyen souffla à Milo :

– Je vais faire en sorte que Friedman soit chargé de ce procès. Elle écopera de la perpétuité.

# 52

Malgré le plan dessiné à la main par Trisha Bowker, les recherches furent longues. Après deux jours de fouilles, une partie du squelette de Jacqueline Mearsheim fut retrouvée sous plus d'un mètre d'une riche terre agricole, dans les Monts Santa Ynez, sur les hauteurs de Santa Barbara. Il s'agissait d'une ancienne vigne créée par un grand ponte de l'industrie musicale, qui depuis avait renoncé à ses rêves de pinot noir. Il avait fallu le contacter aux îles Caïmans pour obtenir son autorisation de pénétrer sur ses terres.

Selon le récit de Trisha, qui désormais collaborait afin de redorer son blason, Mearsheim et elle avaient visité une exploitation viticole voisine lors d'un week-end au cours duquel Jackie était restée clouée au lit par la grippe. En découvrant les lieux abandonnés, Paul avait gardé cet endroit à l'esprit et, quelques mois plus tard, y était revenu avec le cadavre de Jackie dans le coffre de sa voiture. Entré dans la propriété en coupant quelques fils barbelés, il avait creusé un trou sans être dérangé, non loin d'un brise-vent constitué d'eucalyptus.

N'ayant pas réussi à arracher quoi que ce soit à Trisha Bowker à propos d'éventuelles autres victimes, Milo contacta Sheila Braxton et lui livra un résumé de l'affaire.

– Le moment est venu de se replonger dans le fichier des personnes portées disparues dans la région, dit-elle. Et le gosse ? Il s'en sort ?

– Autant qu'on peut l'espérer.

– Transmets-lui mes vœux de bon rétablissement. Je passerai le voir à l'occasion.

Milo et moi nous rendîmes au chevet de Cory Thurber afin de l'informer des derniers développements de l'affaire. Quatre jours après avoir été secouru, le jeune homme était toujours hospitalisé au Cedars-Sinai. Rick Silverman n'était pas de service le soir où le blessé avait été transporté en ambulance aux urgences, mais Milo avait prévenu son compagnon. Ce dernier était aussitôt intervenu pour donner les premiers soins à Cory, puis il avait fait venir une chirurgienne de la main, à qui il avait demandé ce que l'on pouvait faire pour réparer les doigts broyés de Cory.

« Il joue du piano », avait précisé Milo.

« Et merde… », avait lâché la chirurgienne, avant de s'éloigner.

Ce matin-là, Cory avait retrouvé la force de s'exprimer à travers ses lèvres craquelées. Sa main bandée évoquait une moufle géante.

– Vous me prenez pour un fou ? s'étonna-t-il, lorsque Milo me présenta.

Mon ami expliqua les raisons de ma présence.

– Ah, d'accord, dit Cory, qui pourtant évita de croiser mon regard.

– Bon, tu n'aurais rien à nous dire, par hasard ? lança Milo.

– Non, si ce n'est répéter ce que je vous ai dit hier. C'est la femme qui m'a torturé.

– Elle t'a frappé avec un marteau.

– Elle riait en me massacrant la main…, précisa Cory, l'air ébahi, comme s'il relatait une anecdote stupéfiante. Son mec m'a bâillonné et tenu pendant qu'elle me frappait en riant. Lui, c'était une mauviette. C'est pour ça qu'elle l'a tué.

– Parce que c'était une mauviette ?

– Oui, complètement. Elle lui a tendu le fusil en lui demandant de m'abattre. Il a refusé : « Non, je ne vais pas recommencer ! » Elle lui a crié dessus. (Cory ferma les yeux et poursuivit.) Elle m'a ensuite frappé deux ou trois fois, et j'ai perdu connaissance. Quand j'ai repris conscience, j'étais…

Il baissa les yeux sur sa moufle.

– Que lui a-t-elle dit, exactement ? m'enquis-je, quand Cory eut relevé les yeux.

– Qu'il devait me tuer. Lui a répondu que si c'était si facile, elle n'avait qu'à le faire, et que la fois précédente, ça l'avait fait vomir. Ils ont dû passer dans une autre pièce, à ce moment-là, car leurs cris se sont faits plus sourds, mais ils ont continué à se hurler dessus. Je l'ai alors entendue crier : « Où tu vas, putain ?! » Et il y a eu un bruit sourd.

– Quel genre de bruit ?

– Comme si quelque chose, ou plutôt quelqu'un, était tombé par terre. Puis le silence. Elle est revenue dans le garage, couverte de sang. J'ai cru qu'elle allait me descendre, mais elle n'avait pas d'arme à la main. Elle ne cessait de répéter « Putain ! », jusqu'au moment où on a frappé à la porte. Elle est partie et je l'ai entendue discuter avec quelqu'un.

– C'était nous, Cory.

– OK.

Les paupières du jeune homme luttèrent un instant contre la gravité, puis renoncèrent.

Cory sombra dans le sommeil.

# 53

Deux jours plus tard, installé au chevet de Cory dans le service de chirurgie, je fignolais un rapport de garde parentale sur mon iPad en attendant qu'il émerge de l'anesthésie.

La première des nombreuses opérations prévues s'était terminée une heure auparavant. Elle s'était déroulée « aussi bien que possible », pour reprendre les termes de la chirurgienne. Tout comme Rick, elle travaillait bénévolement dans cet hôpital qui œuvrait main dans la main avec Medi-Cal[1] pour remettre sur pied un maximum de patients démunis.

Vers 15 h 15, Cory ouvrit les yeux. Quelques minutes plus tard, son regard se fit plus net et il trouva la force de me saluer d'un signe de la tête. La veille, j'avais multiplié les allées et venues dans sa chambre, le servant en eau et en soda, non sans prendre soin d'éviter toute discussion d'allure psychothérapeutique. Je ne manquais jamais d'insister sur ce point auprès de mes internes et collègues à l'époque où je travaillais au service d'oncologie : les patients ne souffrant d'aucune pathologie psychiatrique ont horreur d'être pris pour des dépressifs ; n'empirez pas la situation, contentez-vous d'être aimables avec eux.

En fin de journée, Cory s'était quelque peu détendu.

1. Programme d'assistance médicale venant en aide aux Californiens les plus démunis.

Il m'offrait à présent un sourire un peu bêta, tout en pourléchant ses lèvres parcheminées. Je me penchai et portai un gobelet d'eau à sa bouche entrouverte.

Il lâcha un croassement, se racla la gorge et laissa passer quelques secondes.

– Merci, docteur... (Ses yeux se fermèrent un instant, puis se rouvrirent.) Vous êtes... souvent ici. Vous avez beaucoup de temps libre ?

– Pour toi, oui.

– Parce que j'ai la main broyée ?

– Parce que tu as vécu un enfer et parce que j'ai envie de t'aider à t'en remettre.

– C'est pour ça que vous avez lancé une cagnotte GoFundMe ?

– C'est le lieutenant Sturgis qui en a eu l'idée.

– Elle s'est remplie à une vitesse folle, après la grosse somme versée dès le début.

Il s'agissait d'une partie de la déduction fiscale dont j'avais bénéficié cette année.

– Les gens y voient une bonne action, Cory.

– Hmm... Toutes ces années, depuis que ma mère est morte, très peu de gens ont été cools avec moi. Mademoiselle Edda, par exemple. Sans elle...

Il tenta de lever la main, sans succès, puis grimaça de douleur.

– Encore un peu d'eau ?

– Euh... sans vouloir jouer les enfants gâtés, je pourrais avoir du 7Up ?

– Quel patient exigeant ! plaisantai-je, avant d'aller chercher une canette.

Cory me répondit par un sourire.

Un demi-gobelet plus tard, il se mit à parler.

– J'ai toujours su que c'était lui. Et vu le comportement de la police, je pensais qu'ils étaient au courant mais qu'ils ne voulaient pas me l'avouer. Ils se disaient sans doute que je n'étais qu'un gamin stupide, que je n'avais pas à connaître la vérité. Je n'avais qu'une envie, leur dire que je savais tout, mais j'étais mort de peur. Et puis il est parti. J'en ai été ravi, même si je me demandais ce que j'allais devenir. Vous connaissez la suite, docteur, pas vrai ?

– Tu as été placé en famille d'accueil.

– Oui, et pas qu'une seule… mais bon, ça ne s'est pas trop mal passé. Je me disais de ne plus y penser. De ne plus penser à maman. J'y ai réussi un temps, puis ça n'a plus été possible, en particulier en grandissant. Même quand je travaillais, ces pensées me revenaient sans cesse, comme une chanson dont on n'arrive pas à se débarrasser. On aurait dit qu'une fenêtre s'était ouverte dans mon cerveau et que ces souvenirs s'y glissaient sans arrêt. Ça a fini par m'agacer, à tel point que j'ai fait des recherches et je l'ai localisé.

– Comment tu t'y es pris, Cory ?

– Ça n'a pas été bien compliqué. Il était informaticien à l'académie. J'ai appelé et j'ai prétendu être son fils tout juste sorti de l'armée après une longue période de service en Irak, en ajoutant qu'il fallait que je le retrouve. Ce n'était qu'un demi-mensonge, car j'ai vraiment voulu m'enrôler dans l'armée, ne serait-ce que dans les garde-côtes, mais j'ai un souci du côté de la colonne, des vertèbres soudées, quelque chose comme ça. On m'a répondu qu'il avait été muté à l'académie de Los Angeles, que j'ai contactée et à qui j'ai répété le même discours. (Il écarta une mèche terne de cheveux de son front couvert d'acné.) J'ai encore menti en prétendant avoir été blessé par balle en Irak ; ils m'ont donné son adresse.

– Sur Evada Lane.

– C'est ça. J'ai découvert son autre maison en le suivant. (Il baissa les yeux sur sa main abîmée.) J'ai peut-être provoqué mon destin, non ? Simuler quelque chose d'affreux ne peut que faire qu'une autre chose affreuse vous arrive, vous ne croyez pas ?

– Je pourrais en effet te sortir un couplet moralisateur dans cette veine, Cory, mais je doute fort que ça corresponde à la réalité.

– Vous ne croyez pas au karma ?

– Non, pas dans le sens propre du terme.

– Comment vous y croyez, alors ?

– Nos actes ont parfois des conséquences directes, c'est vrai, mais il arrive également que des choses se produisent par hasard.

– Dans ce cas, les gens qui commettent des horreurs s'en sortent de temps en temps sans être punis.

– Eh oui, malheureusement, Cory.

Il considéra son gobelet vide. J'y versai du soda et l'aidai à boire. Cela fait, il lâcha une longue expiration, puis un renvoi.

– Oups, pardon… Je n'ai pas si mal, à vrai dire. Je suis sans doute encore shooté par l'anesthésie. (Quelques instants s'écoulèrent en silence.) À propos de shooter, je n'ai jamais pris de drogues dures, j'ai seulement fumé un peu d'herbe de temps à autre. Quand je jouais au Carpenter, il y avait plein de pilules louches en coulisse. Je n'ai jamais touché à ces trucs, je ne voulais pas que mon jeu au piano en pâtisse.

– Les autres musiciens t'en proposaient, j'imagine.

– Oui, comment vous le savez ?

– J'ai fait partie d'un groupe, autrefois. J'ai connu ce genre de situation.

– Quand ça ?

– Quand j'avais ton âge.

– Avant de devenir psy.

– Bien avant. Je me produisais pour gagner un peu d'argent pour payer mes études.

– Vous étiez pianiste ?

– Guitariste.

– Ah… Et vous n'avez jamais touché à la drogue, vous non plus ?

– Un peu d'herbe, c'est tout.
– C'est acceptable, sourit Cory.
– Donc, tu as obtenu l'adresse de la maison d'Evada Lane et tu as pris l'habitude de le surveiller.
– Oui, mais j'avais la trouille d'aller le trouver. Ce quartier était chic, beaucoup plus luxueux que ceux dans lesquels nous avions vécu. Ça me semblait totalement injuste : ce type était devenu riche, alors que maman était…
Il détourna un instant le regard, puis reprit :
– Je me sentais bizarre. Je suis rentré à Santa Barbara, convaincu d'être un loser de première. Pendant longtemps, j'ai pensé à… faire une bêtise, mais chaque fois je me dégonflais. Je fumais de l'herbe, je ne vais pas vous mentir, et je buvais de la bière. J'essayais d'étouffer ce que je ressentais, vous comprenez ?
– Tout à fait.
– Mais ça ne partait pas. Je me sentais toujours merdeux et épuisé. Le soir, je jouais au Carpenter et dans d'autres bars. Comme je n'avais rien à faire en journée, je traînais sur la plage, je dormais dans la Camaro… Elle est intacte, au fait ? La Camaro ?
– Oui, pas de souci, le rassurai-je, sans lui préciser que sa voiture avait été passée au peigne fin par les techniciens du LAPD. Ça ne te dérange pas si on la passe au lavage ?
– Non, pas du tout, répondit Cory, un grand sourire aux lèvres. Concernant la vignette…
– On s'en occupe.
– Waouh…
– Donc, tu traînais à la plage.
– Oui, j'ai toujours aimé ça, surtout quand il n'y a pas trop de monde ; à Carpinteria, à Oxnard ou parfois à Santa Barbara même, vers la jetée Stearn. Maman m'y emmenait souvent ; on marchait sur la jetée, on mangeait des crevettes grillées, on regardait les otaries…
Les yeux marron du jeune homme se voilèrent.
– C'est là que tu as fait la connaissance de Hal.

– Ouais. Lui aussi traînait sans but particulier. Il était installé sur une couverture, et moi sur le sable. Quand il m'a souri, je l'ai pris pour un pervers. Mais il n'a rien tenté de douteux. Il contemplait l'océan en buvant du Coca Light, et quand nos regards se croisaient, il me souriait. Je le trouvais quand même un peu bizarre. Puis il s'est levé et s'est approché de moi en boitillant. Il m'a dit : « Tout va bien, fiston ? » (Cory grimaça en visualisant la scène.) La façon dont il a posé cette question... On aurait dit qu'il s'inquiétait vraiment pour moi, comme si... comme s'il devinait que j'étais un loser. Je ne voulais pas lui raconter ma vie, au début, mais j'ai fini par tout lui déballer, je ne sais pas pourquoi.

– Tu lui as parlé de ta mère.

– Oui, et aussi de ce type, de ce connard qui vivait maintenant dans le quartier chicos de Pacific Palisades. Assis à côté de moi, sur le sable, il m'a écouté sans rien dire. Quand j'en ai eu terminé, il m'a dit : « Je ne suis pas un super-héros, gamin, mais si tu as la frousse d'affronter seul ce gars, je peux t'accompagner. » J'aurais dû me dire que j'avais vraiment affaire à un pervers, en fin de compte, mais non, ça ne m'a pas traversé l'esprit, peut-être à cause de sa façon de... J'aurais pu finir victime d'un tordu, je le sais bien, mais comme il ne m'a rien fait de mal, j'imagine que j'ai eu raison de ne pas le craindre.

– Hal était animé de sentiments sincères.

– Je l'ai remercié mais j'ai décliné son offre. Il a dit : « Je dis ça comme ça, c'est tout ; à toi de voir. » Là, je me suis un peu énervé ; je lui ai demandé pourquoi il me faisait une telle proposition, alors qu'il ne me connaissait pas. Il m'a répondu : « Oui, c'est stupide et bizarre, mais j'ai eu des problèmes, moi aussi, je sais ce que c'est. » Il m'a désigné sa jambe et m'a expliqué qu'il était handicapé depuis longtemps ; comme il lui était impossible de décrocher un emploi normal, il était en permanence à la recherche de façons de se rendre utile, quelque chose comme ça.

– Il voulait donner un sens à sa vie.

– Oui ! Il a employé cette expression, au mot près ! Un sens à sa vie. Chacun doit donner un sens à sa vie. Je lui ai expliqué que la mienne aurait un sens si je retrouvais ma mère et si je faisais en sorte que le connard paie pour ce qu'il avait commis. Mais j'ai avoué avoir renoncé à ce projet ; désormais, seul le piano comblait les... vides dans mon esprit. Il m'a dit : « Tu es doué dans un domaine, au moins ; la plupart des gens n'ont pas le moindre talent. » Sur le moment, je me suis demandé ce qui lui permettait d'affirmer une telle chose, puisqu'il ne m'avait jamais entendu jouer. Mais pourquoi contredire quelqu'un qui vous fait des compliments ?

Cory ravala un sanglot.

– C'était un type formidable, ajouta-t-il. Qu'est-ce que je regrette qu'il soit mort de façon si affreuse.

– Ce n'est pas ta faute.

– Si, je l'ai laissé intervenir.

– C'est lui qui a décidé de parler à Paul, Cory.

– Oui, il était censé lui parler, rien de plus ! « Faire appel à son humanité », comme il disait. Je lui ai dit que ce gars n'en avait aucune en lui, mais Hal m'a répondu qu'on en trouvait au moins un peu chez tout le monde. Je lui ai donc donné l'adresse. Il m'avait promis de m'appeler à son retour, ce qu'il n'a pas fait ; je me suis dit qu'il avait changé d'avis et ne s'était même pas déplacé. Sur le coup, je lui en ai voulu et je l'ai pris pour un menteur de plus. Je savais où il habitait car il m'avait donné son adresse en me disant de ne pas hésiter à venir y pieuter en cas de besoin. Je me suis donc rendu chez lui pour lui dire deux mots ; après m'être dégonflé à deux ou trois reprises, j'y suis retourné mais cette fois, j'étais prêt à frapper à sa porte. C'est alors qu'un vieux bonhomme m'a jeté un regard noir. J'ai fichu le camp ; s'il notait mon immatriculation et prévenait les flics, je risquais de perdre mon logement.

Il leva sa main intacte, puis considéra l'autre, comme si elle l'avait laissé tomber.

– C'était la merde, docteur, enchaîna-t-il. J'en voulais à la terre entière. Je me suis dit que j'allais régler moi-même mes comptes. Dès que j'ai eu assez d'essence, j'ai foncé à Pacific Palisades, en pleine nuit pour que personne ne me voie. J'y suis allé plusieurs fois ; je me garais à quelques rues de chez lui et je marchais jusqu'à sa maison. Je n'ai jamais vu grand-chose, à vrai dire – c'est le problème, quand on espionne de nuit ; il ne se passe jamais rien. Sauf que parfois…

– Il se passait quelque chose.

– Rien d'important, mais plusieurs fois, une fille est sortie de la maison voisine et a regardé l'autre maison, de l'autre côté. Il lui arrivait de fumer, et d'autres fois elle restait là sans rien faire. J'ai trouvé ça bizarre.

– Et finalement, tu as découvert la maison de Marquette Place et celle d'Arrowhead.

– Oui, elles étaient liées, d'une certaine façon. Un soir, alors que j'étais aux aguets, une femme est sortie. Ce n'était pas la fille des voisins, mais la nouvelle femme du connard.

Cory ne put réprimer une grimace.

– Il était très tard, poursuivit-il. Elle s'est mise au volant du pick-up et est partie. Je l'ai suivie. J'avais vaguement l'idée de lui parler de son mec, d'essayer de mettre le bazar dans la vie de ce salopard. Je ne sais pas vraiment ce qui m'a poussé à faire ça. J'attendais depuis si longtemps, et rien ne se passait. Je me sentais minable… Et donc, cette femme s'est rendue à l'autre maison, là où elle…

Il fut saisi d'un frémissement qui fit voleter ses cheveux.

– C'était étrange, continua-t-il. Elle est entrée dans le garage, puis en est ressortie et a attendu. Il était dans les 2 heures du matin. Peu après, le Range Rover est apparu. Je l'ai reconnu : c'était celui des voisins – de la maison d'où la fille bizarre sortait parfois. Un homme était au volant – je l'avais vu, lui aussi, rentrer chez lui en Uber, une sorte de limousine noire. C'était le voisin, un bonhomme corpulent aux allures de coach sportif.

– Chet Corvin.

– Je ne connaissais pas son nom, je savais seulement que c'était le voisin. La femme a grimpé à bord du Range Rover et ils sont partis. J'ai eu envie de prévenir le connard, de lui dire que sa femme se tapait le voisin sans qu'il le sache, qu'il était un gros naze. Mais en fait, il était parfaitement au courant, c'est ça ?

– Tu les as suivis jusqu'à Arrowhead ?

– Presque. J'avais tout juste assez de fric pour l'essence ; j'avais joué au Carpenter et dans une pizzeria de Goleta fréquentée par des étudiants pleins aux as. Personne ne m'a donné de pourboire mais je me suis fait un peu de thune. En arrivant à San Bernardino, il fallait que je fasse le plein ; heureusement, les autres aussi. Je me suis arrêté à la même station-service qu'eux, ils n'ont jamais remarqué que je les suivais.

Il esquissa un sourire :

– C'est tout moi, ça. Je suis invisible.

– Je n'en suis pas certain, Cory.

– Ah non ? Venez vous balader avec moi, un de ces jours, et vous verrez. Je me fonds dans le décor… (Il rougit soudain.) Je ne veux pas paraître bizarre, docteur…

– Je le sais bien. Donc, tu es allé à Arrowhead.

– Oui, jusqu'à cette maison au toit pointu. J'ai éteint mes phares sur les dernières centaines de mètres ; c'était flippant de conduire dans l'obscurité ; heureusement que je voyais leurs feux arrière. Ils sont entrés dans la maison, il avait la main sur les fesses de la nana, et elle la sienne sur le pantalon du gars, en plein sur la bite. Ils étaient sur le point de baiser, c'était clair. Et moi je me disais, en pensant au connard : « Je vais prendre des photos, trou du cul. J'ai hâte de voir ta tronche quand je te prouverai en images quel gros loser tu es. » Et soudain, il est arrivé !

– Paul.

– Je ne prononce jamais son nom. Oui, le connard est arrivé, à bord de sa Taurus. Il est passé à ma hauteur. Il faisait très sombre et j'étais planqué sous les arbres, sur le bas-côté, mais j'ai failli faire dans mon pantalon. Et s'il nous avait suivi depuis le début ? Il m'avait peut-être vu faire le plein d'essence ? Mais non, sans doute pas : il a continué son chemin et s'est arrêté près de la maison, qu'il n'a plus quittée des yeux.

– Il guettait les deux autres.

– Oui, et ça a duré un long moment. Puis il est reparti. Je crevais de trouille, c'était la folie. J'ai appelé Hal mais il n'a pas décroché. J'étais sûr qu'il m'avait laissé tomber. J'étais loin d'imaginer la vérité.

– Tu n'avais aucun moyen de la deviner.

– Vous croyez ?

– J'en suis certain, Cory.

– Si vous le dites... Je suis rentré à Santa Barbara, sans cesser de penser à tout ça. J'ai fini par juger que le mieux que je pouvais faire était de contacter la femme et lui dire qu'elle était mariée à un connard. Vu ce qu'il avait fait à maman, elle était en danger.

Il lâcha un rire léger, pas désagréable, qui se mua peu à peu en son évoquant un panneau de verre rongé par de l'acide.

– Quelle bonne idée j'ai eue... Je suis épuisé, docteur. J'ai l'impression d'être totalement vidé. Je suis vraiment crevé.

# 54

Peu après que j'eus pressé le bouton d'appel, une charmante infirmière de l'âge de Cory entra dans la chambre et injecta un produit dans sa perfusion. Il s'était déjà rendormi, mais cet ajout eut pour effet de ralentir sa respiration.

Elle l'observa un instant et lui effleura le bras.

– Il est très courageux, docteur, dit-elle. C'est un vrai héros.

Descendu à la cafétéria de l'hôpital, je trouvai Milo attablé dans un coin, occupé à dévorer un sandwich bourré d'une sorte de viande accompagné d'un verre de thé glacé qu'on aurait dit couvert de perles de sueur.

– Comment il va ? me demanda Milo.

– Pas trop mal, vu ce qu'il a subi.

– Tu peux me raconter ? Il a renoncé à la confidentialité ?

– Oui, dès hier, répondis-je, avant de relater à mon ami les propos de Cory.

– Braun pensait pouvoir se présenter chez Mearsheim et lui ordonner de se comporter correctement ? C'est quoi, ce délire ? Il voulait mourir ?

– Difficile à dire.

– Vraiment, Alex ? Sérieux, ça me fait penser à ces âmes charitables qui s'envolent pour le Congo, la Syrie ou je ne sais quel autre enfer sur terre, où ils se font décapiter. Je ne critique pas leurs bonnes intentions, mais quand même, ils prennent un sacré risque.

Je restai sans réaction.

– D'accord, ne t'implique pas, surtout, railla Milo, qui s'octroya une gorgée de thé et reposa son verre. Je n'ai rien à reprocher à la victime, mais reconnais que ce type s'est jeté dans la gueule du loup. On peut même parler de suicide.

Je me levai, me servis un café et rejoignis Milo.

– Tu as l'air vexé, dit-il.

– Oh non, aucun risque. Je réfléchissais.

– À propos de… ?

– Ma réponse ne va pas te plaire, je le sens.

– Qu'est-ce qu'il y a, Alex ?

– Les gens sont de natures très variées, il y a de tout, et chaque histoire est particulière.

– OK, ne critiquons pas les morts – du moins pas ceux qui étaient animés de nobles intentions, comme notre Braun.

Et de souffler dans sa barbe :

– Crétin de Bon Samaritain…

Mon portable gazouilla. Je consultai l'écran et décrochai.

– Le lieutenant Sturgis m'a mise au courant, me dit Felice Corvin. Je suis infiniment soulagée que cette histoire soit terminée.

– Il est à côté de moi. Nous sommes à l'hôpital.

– Avec ce pauvre garçon.

– En effet.

– Transmettez-lui mes meilleurs vœux de bon rétablissement, Docteur Delaware. J'ai participé à sa cagnotte – il a connu l' enfer. Si vous étiez une femme, je vous demanderais de l'embrasser de ma part.

– Je lui dirai que vous avez appelé.

– Bien…

Silence.

– Qu'y a-t-il, madame Corvin ?

– Ça va vous paraître bizarre, mais en réalité je vous appelle à propos de mon fils. Bretty va mal depuis quelque temps ; je me doutais que ça se produirait un jour ou l'autre, vu son manque de réaction à… la mort de Chet… à la perte de son père. Il était le seul à vraiment l'aimer, et Chet l'aimait – du moins à sa façon, autant qu'il en était capable. Enfin bref, Brett ne va pas bien.

– Une seconde, je m'isole dans un coin plus tranquille.

– Inutile, docteur Delaware. Le lieutenant Sturgis en sait déjà plus que quiconque sur ma famille.

– Que se passe-t-il avec Brett, exactement ? m'enquis-je, m'éloignant tout de même de Milo.

– Comme je vous l'ai raconté, Brett a un peu pleuré, au début, puis plus du tout. Mais maintenant, il est en larmes à longueur de journée. Il pense me le cacher mais je l'entends sangloter bruyamment quand il est seul, par exemple après s'être couché. Le matin, il a l'air hagard et n'avale rien. Il n'a jamais brillé à l'école, mais maintenant c'est la catastrophe, il ne fait même plus semblant de travailler. Il a laissé tomber le sport, alors qu'il adorait ça. Il maigrit, docteur. Il n'embête même plus Chelsea. Elle se montre plus gentille avec lui mais ça ne change rien, il l'ignore. Tout comme il m'ignore. On dirait un adulte miniature infiniment triste.

Elle renifla, marmonna une excuse et sanglota. Quand elle reprit la parole, sa voix était aussi craquelée que des brindilles enflammées :

– Enfin bref, voilà l'histoire avec mon Bretty, docteur Delaware. Vous serait-il possible de le voir ? J'ai vécu de mauvaises expériences avec les psys jusqu'à présent, mais vous connaissez notre situation familiale. J'ai conscience de ne pas m'être montrée aimable avec vous quand Chet vous a contacté, mais…

– Fixons un rendez-vous.

– Oh ! Merci, soupira Felice. Quand ?

– Le plus tôt sera le mieux.

– Merci, docteur. Je ne saurais vous dire à quel point c'est important pour moi. Aujourd'hui, ce serait possible ?

– Disons 18 heures, proposai-je, après avoir jeté un coup d'œil sur mon agenda.

– C'est noté, sans faute. Merci, merci encore !

Je pris note du rendez-vous et rejoignis Milo.

– Encore des gens qui te réclament ?

– Tu me connais, Grand, ma popularité est universelle.

– Je parie que tu étais déjà une star au lycée. C'est quoi, une garde parentale à régler ?

– Non, une autre histoire.

RÉALISATION : NORD COMPO À VILLENEUVE-D'ASCQ
IMPRESSION : CPI FRANCE
DÉPÔT LÉGAL : JUIN 2022. N° 148639 (168651)
IMPRIMÉ EN FRANCE